JEUNES
DISPARUES

OUVRAGES ÉCRITS PAR LISA REGAN

En français

Jeunes disparues

La Fille sans nom

La Tombe de sa mère

En anglais

Detective Josie Quinn

Vanishing Girls

The Girl With No Name

Her Mother's Grave

Her Final Confession

The Bones She Buried

Her Silent Cry

Cold Heart Creek

Find Her Alive

Save Her Soul

Breathe Your Last

Hush Little Girl

Her Deadly Touch

The Drowning Girls

Watch Her Disappear

Local Girl Missing

The Innocent Wife

Close Her Eyes
My Child is Missing
Face Her Fear

LISA REGAN

JEUNES DISPARUES

Traduit par Vincent Guilluy

bookouture

L'édition originale de cet ouvrage a été publié en 2018 sous le titre *Vanishing Girls*
par Storyfire Ltd. (Bookouture).

Publié par Storyfire Ltd.
Carmelite House
50 Victoria Embankment
London EC4Y 0DZ

www.bookouture.com

ISBN : 978-1-83525-513-1
eBook ISBN : 978-1-83525-512-4

À ma tante, Kitty Funk, qui y a toujours cru.

PROLOGUE

Elle était certaine qu'un homme rôdait sous les arbres. D'aussi loin qu'elle pouvait s'en souvenir, la forêt avait été son royaume bien à elle, un domaine débordant de plantes, de vie. Un décor idéal pour toutes les histoires sorties de son imagination fertile. Une oasis de paix, à l'abri du regard dur de sa mère ou de celui, méprisant, de son père.

Elle avait souvent senti la présence de l'homme dans ces bois, comme un champ de forces pesant sur son petit royaume. Quand elle s'avançait entre les arbres, elle l'entendait. Des feuilles qui bruissaient. Une brindille qui craquait. Elle avait déjà aperçu des ours, des chevreuils, des renards et même un lynx, une fois, dans la forêt. Mais les bruits que faisait l'homme étaient délibérés. Ils ressemblaient aux siens. Elle était sûre que c'était un être humain et, à en juger par la lourdeur de ses pas, un homme. Parfois, elle entendait sa respiration, profonde, pénible. Mais quand elle se retournait vivement pour lui faire face, le cœur cognant dans sa poitrine, il restait invisible. Deux fois, elle avait entrevu des yeux qui l'observaient, cachés par un épais feuillage.

— Maman ? avait-elle dit un matin au petit déjeuner alors

qu'elle était seule avec sa mère.

Celle-ci lui avait lancé un regard chargé de mépris.

— Quoi ?

Les mots étaient restés coincés au bord de ses lèvres. *Il y a un homme dans la forêt.* Elle n'avait pu que bégayer :

— Le... le...

— Mange tes œufs, avait coupé sa mère en soupirant et en détournant le regard.

Sa mère ne l'aurait jamais crue, de toute façon. Mais il y avait un homme dans les bois. Elle en était sûre.

Elle en fit un jeu. Elle s'obligea à ne jamais trop s'approcher de la lisière des arbres. Mais cela ne fit qu'attirer un peu plus l'homme, qui se rapprochait encore et encore de la clairière derrière chez elle, caché derrière un tronc, le visage dissimulé par les branches. Un jour, elle dut rentrer chez elle en courant, incapable de respirer. Elle avait senti ses mains frôler les rubans de sa robe, il était passé tout près de l'attraper. Elle ne reprit son souffle qu'une fois franchie la porte, à l'arrière de la maison.

Pendant une semaine, elle ne quitta sa chambre que pour manger. Par la suite, elle ne sortit de la maison que si sa mère, son père ou sa sœur étaient déjà dehors. Pendant longtemps, l'homme resta invisible. Elle cessa de le sentir, de l'entendre. Elle commença à penser qu'il était reparti d'où il était venu. Qu'elle l'avait peut-être même imaginé, en fin de compte.

Et puis, une fois, sa sœur sortit mettre du linge à sécher tandis qu'elle papillonnait à l'autre bout du jardin, pourchassant les monarques orange qui proliféraient, en haut de la colline. Un drap blanc, flottant sur la corde à linge, la fit disparaître aux yeux de sa sœur. Elle s'approcha trop près de la lisière du bois. Une main jaillit et se plaqua sur sa bouche, étouffant ses cris. Un bras encercla sa poitrine, la souleva du sol. L'homme la serra contre lui et l'emporta, dans cette forêt qui avait été son amie. Dans la panique, une pensée surnagea. *Il était donc bien réel.*

1

On venait d'installer des téléviseurs aux pompes de la station-service *Stop & Go*. Apparemment, les gens étaient incapables de quitter un écran des yeux ne serait-ce que le temps de faire le plein. Et elle avait beau s'en agacer, l'inspectrice Josie Quinn avait le regard rivé à l'écran quand une info de dernière minute se mit à défiler en clignotant. On venait enfin de retrouver le téléphone portable d'Isabelle Coleman, dans les bois à proximité de son domicile.

À quelques kilomètres de là, plantée devant la maison coloniale blanche à deux niveaux des Coleman, la journaliste Trinity Payne, en doudoune bleue et foulard jaune, cheveux au vent, tentait de faire son reportage malgré les mèches noires qui lui fouettaient le visage.

— Il y a cinq jours, Marla Coleman a trouvé sa maison vide en rentrant du travail. Pensant que sa fille de dix-sept ans, Isabelle, était sortie avec des amies, elle n'a commencé à s'inquiéter que le soir en ne la voyant pas rentrer. Selon des sources policières, sur le moment, rien ne faisait penser à une disparition inquiétante. Les amis et la famille d'Isabelle en parlent comme d'une jeune fille dynamique, avec des centres d'intérêt divers, et tout à fait capable de décider sur un coup de tête de partir en voyage. Mais quelques jours plus tard, alors qu'elle ne répond pas au téléphone et que sa voiture est toujours garée devant son domicile, la police est désormais en état d'alerte maximale et les habitants de Denton ont organisé des battues.

La longue allée en arc de cercle menant à la maison des Coleman, où trois véhicules étaient stationnés, apparut à l'écran tandis que Trinity Payne poursuivait :

— Ces jours derniers, des volontaires ont passé au peigne fin les alentours de la maison des Coleman, où Isabelle a été vue pour la dernière fois.

La caméra fit un zoom arrière, montrant les bois épais qui encadraient la maison. Josie connaissait l'endroit. C'était une des plus grandes maisons de la périphérie de Denton, qui se dressait, seule, au bout d'une route de campagne. Les voisins les plus proches étaient à près de trois kilomètres. Josie avait heurté un chevreuil avec sa voiture de patrouille, une fois, non loin de là.

La caméra revint sur Trinity Payne.

— Hier, lors d'une battue, on a découvert dans cette zone boisée un téléphone portable dont on pense qu'il appartenait à la jeune disparue. L'écran était en miettes, et la police nous a appris que la batterie en avait été retirée. Les parents d'Isabelle Coleman disent que jamais elle ne se serait séparée de son plein gré de son téléphone. L'opinion qui prévaut maintenant est qu'Isabelle Coleman a été enlevée.

Trinity Payne répondit ensuite aux questions sans intérêt des présentateurs du bulletin d'informations de la chaîne, WYEP, avant de donner un numéro de téléphone permettant à toute personne détenant des informations de contacter la police municipale de Denton. Entre les omoplates de Josie, les nœuds qu'elle sentait depuis trois semaines maintenant se contractèrent. Elle fit jouer sa nuque et ses épaules pour essayer de s'en défaire. Entendre ces dernières infos en sachant qu'elle était totalement impuissante lui donnait envie de fracasser l'écran plasma à grands coups de pistolet à essence, de le pulvériser.

Isabelle avait disparu depuis cinq jours. Pourquoi avait-il fallu tout ce temps avant de trouver des indices quant à son enlèvement ? Pourquoi attendre deux jours avant de lancer des battues autour de la maison ? Pourquoi l'écarter, elle, Josie, alors qu'elle avait proposé de participer aux recherches ? Le fait d'être suspendue – sans retenue sur salaire – pour un potentiel usage excessif de la force ne la rendait pas inapte aux recherches, si ? Et même quand elle s'était proposée en tant que citoyenne ordinaire, ça n'avait rien changé : ses collègues, moins gradés qu'elle, pour la plupart, l'avaient renvoyée chez elle. Ordre du chef.

Josie fulminait. Tous les moyens devaient être consacrés à retrouver cette fille. Tous. Elle était certaine que ses collègues dormaient sur des lits de camp dans la salle de repos, qu'ils bossaient vingt-quatre heures sur vingt-quatre ; comme pendant les inondations de 2011, lorsque toute la ville s'était retrouvée sous deux mètres d'eau et qu'on ne circulait qu'en bateau. Elle savait qu'ils avaient dû faire appel aux pompiers volontaires, aux services médicaux d'urgence et à tous les bénévoles en mesure de participer aux recherches pour suivre la moindre piste. Alors pourquoi le chef ne l'avait-il pas encore convoquée au commissariat ?

Denton couvrait à peu près soixante-cinq kilomètres carrés, dont une bonne partie constituée de montagnes sauvages de la Pennsylvanie centrale, avec de petites routes sinueuses, des forêts épaisses et des habitations aussi dispersées que des confettis jetés négligemment au vent. La population dépassait à peine les trente mille habitants, tout juste de quoi fournir une demi-douzaine de meurtres par an (liés à des violences conjugales, pour la plupart), et suffisamment de viols, de cambriolages et de bagarres d'ivrognes à la sortie des bars pour occuper modérément une équipe de cinquante-trois policiers municipaux.

Compétents, certes, mais mal outillés pour traiter une affaire d'enlèvement. Surtout si la victime dudit enlèvement était blonde, vive, appréciée de tous et destinée à de brillantes études. Toutes les photos d'Isabelle que Josie avaient vues – et il y en avait des milliers sur sa page Facebook, toutes publiques – semblaient sortir d'une séance photo glamour. Même celles où elle était avec ses copines en train de faire la grimace, de tirer la langue pour exhiber leur dernier piercing lingual. Celui d'Isabelle se terminait par une petite boule où on pouvait lire le mot « Princesse », mais il aurait tout aussi bien pu afficher « Miss Perfection ».

La porte automatique de la boutique du *Stop & Go* s'ouvrit en chuintant sur un jeune couple qui s'avança vers les pompes et une petite Subaru jaune, garée à l'opposé de la voiture de Josie. La femme s'y installa et l'homme se chargea de faire le plein. Josie sentit leurs yeux posés sur son dos, mais s'obligea à ne pas leur faire le plaisir de se tourner vers eux. Ils n'auraient pas eu le cran de lui poser des questions, de toute façon. Les gens n'osaient pas, en général. Ils se contentaient de la dévisager durement. Au moins, son incartade avait cessé d'être le sujet du jour, maintenant.

Dans cette petite ville où les journaux parlaient surtout d'accidents de la route, d'événements caritatifs locaux et du plus gros cerf abattu pendant la saison de la chasse, l'inspectrice un peu caractérielle avait cessé de faire la une.

Elle avait espéré que l'affaire Coleman lui permettrait de disparaître de la liste noire du chef, qu'il ferait une exception et la laisserait revenir travailler une semaine ou deux, le temps de mettre l'enquête sur de bons rails, ou jusqu'à ce qu'ils retrouvent la fille. Mais il ne l'avait pas rappelée. Elle passait son temps à vérifier que son téléphone fonctionnait, que la batterie ne s'était pas mystérieusement vidée, qu'elle ne l'avait pas mis par erreur sur silencieux. Mais non. Son téléphone fonctionnait parfaitement. Le chef restait inflexible.

Josie décida qu'elle n'était pas prête à rentrer chez elle tout de suite et entra dans la boutique prendre un café. Elle tua dix bonnes minutes à le siroter lentement – beaucoup de crème, deux sucres – et alla payer. Elle connaissait bien Dan, le gérant, un ancien motard à la cinquantaine bien tassée qui n'avait pas renoncé aux blousons de cuir. Il bavarda avec elle suffisamment longtemps pour lui faire comprendre qu'il était de son côté tout en évitant de parler de l'affaire dans laquelle elle était impliquée. Il la connaissait assez bien pour ne pas lui poser de questions.

Mais elle finit par n'avoir plus rien d'autre à faire que de rentrer chez elle.

Elle remarqua un petit groupe de clients tournés vers un écran suspendu au-dessus du guichet de la loterie, près de l'entrée du magasin. Elle les rejoignit en buvant les dernières gouttes de son café et vit que le reportage qu'elle avait suivi à la pompe à essence n'était pas terminé. Un sous-titre, « Étudiants et enseignants réagissent à l'enlèvement d'I. Coleman », balayait le bas de l'écran tandis que repassait le montage vidéo qui tournait en boucle depuis la veille. La première fois que Josie l'avait vu, cependant, WYEP parlait d'une disparition et non d'un enlèvement.

— C'était, euh, vraiment une fille sympa. J'espère qu'on va la retrouver. Je veux dire... Ça fait peur de savoir que ça peut arriver à Denton.

— C'est dur à croire, en fait. Elle a disparu, comme ça. C'est horrible. Elle était vraiment sympa.

— On devait aller en ville ensemble, ce week-end. J'y crois pas. Je l'ai vue hier encore. C'était ma meilleure amie.

— Isabelle est une des étudiantes les plus brillantes de ma classe. Nous sommes tous extrêmement inquiets.

Un spasme secoua les épaules de Josie. Seul le professeur d'histoire d'Isabelle en parlait comme si elle était encore vivante, tous les autres utilisaient le passé. Ils avaient déjà abandonné l'idée de la retrouver saine et sauve. À raison, sans doute. Les gens ne s'évaporent pas comme ça, et les jolies jeunes filles kidnappées en ressortent rarement vivantes et indemnes. Josie savait qu'à chaque seconde qui passait, les chances de retrouver Isabelle saine et sauve s'amenuisaient.

Une goutte de sueur perla au pli de sa nuque et roula le long de sa colonne vertébrale quand Josie sortit, son gobelet en carton encore chaud à la main, et posa les yeux sur sa Ford Escape. Il fallait vraiment qu'elle rentre. Dan allait vouloir qu'elle libère la pompe pour d'autres clients. Mais l'idée de passer toute la journée seule chez elle lui semblait insupportable. Bien sûr, elle pouvait toujours aller faire un tour en voiture, essayer peut-être de rejoindre la scène, qui devait être délimitée et entourée de Rubalise maintenant qu'on l'avait repérée, et tenter de détecter quelque chose que ses collègues auraient pu ne pas voir.

Elle sortit son téléphone et appela le numéro qu'elle composait quatre à six fois par jour depuis six mois. La plupart du temps, ça sonnait dans le vide et elle n'obtenait que la messagerie mais, une fois de temps en temps, il répondait. Cette fois, il décrocha à la troisième sonnerie.

— Jo, dit le sergent Ray Quinn, apparemment essoufflé.

— Quand est-ce que vous avez trouvé l'endroit ? demanda-t-elle sans préambule.

Il restait quand même assez d'air dans les poumons de Ray pour pousser un de ces gros soupirs dont il était coutumier. Ceux qu'il poussait à chaque fois qu'elle l'agaçait.

— Bon Dieu. Tu es mise à pied. Arrête de m'appeler. On a la situation en main.

— Vraiment ?

— Tu ne me crois pas ?

— Pourquoi est-ce que le chef n'a pas demandé de renforts ? Il dit que Coleman a été enlevée. Il a demandé un coup de main à la police d'État ou au FBI ? On n'a pas assez de moyens.

— Tu ne sais rien de cette affaire, Jo.

— J'en sais suffisamment. Si c'est vraiment un enlèvement, il faut appeler des renforts. Pour hier, dernier délai. Tu sais bien que les mômes qu'on ne retrouve pas au bout de quarante-huit heures...

— Arrête.

— Je ne rigole pas, Ray. C'est du sérieux, là. La fille peut être n'importe où, à l'heure qu'il est. Vous avez commencé à fureter du côté des personnes figurant dans le fichier des délinquants sexuels ? Dis-moi au moins que quelqu'un est en train de le faire. Enfin, ça n'est pas sorcier ! Une belle blonde qui n'a pas vingt ans, enlevée ? Hiller est bon pour ça. Tu devrais lui demander de s'en occuper, et peut-être envoyer LaMay avec lui. Et appeler le commissariat de Bowersville, voir s'ils peuvent faire vérifier leur fichier par deux ou trois de leurs gars. Ce n'est pas très loin. Dis-moi que tu as déjà fait tout ça...

Elle sentait son agacement au bout du fil, mais elle y était habituée. Elle essaya de se rappeler l'époque où ils se parlaient avec affection. Avec douceur, tendresse, patience. Et pour ça, il lui fallut remonter à la période du lycée. Ils s'étaient beaucoup aimés autrefois, non ? Ray soupira.

— Ça recommence. Tu crois tout savoir. Tu crois être la seule à bien faire ton boulot de flic. Tu sais quoi, Jo ? Tu te plantes. Tu ne sais rien. *Rien !* Alors ferme-la et arrête de m'appeler. Mets-toi au tricot, à ce que font les bonnes femmes qui ne bossent pas. Je vais raccrocher, là.

La violence de ses paroles la blessa. Dans sa bouche, le mot « rien » était coupant comme une lame, vif comme l'éclair d'un coup de poignard dans l'ombre. Ray avait toujours été mordant – elle savait l'être aussi –, mais jamais cruel à ce point. Elle reprit rapidement contenance et cracha :

— Signe les papiers du divorce, Ray, et j'arrêterai de t'appeler.

Silence. Elle lui rendit son coup de couteau :

— Je vais épouser Luke. Il m'a demandée en mariage. Hier. Au lit.

Ray ne répondit pas, mais elle l'entendit souffler. Leur séparation remontait à plusieurs mois, mais leur relation était rompue depuis bien plus longtemps. Elle savait qu'il haïssait Luke, que savoir sa femme avec un autre homme lui faisait horreur. Même si c'était sa future ex-femme.

Josie était tellement concentrée sur le son de sa respiration, sur ce qu'il allait bien pouvoir dire, sur sa réaction en apprenant la nouvelle, qu'il lui fallut un moment avant de se rendre compte que des coups de feu claquaient, au loin. Ça n'avait rien de très rare à Denton. Pendant la saison de la chasse, dans les bois autour de la ville, on entendait parfois tirer toute la journée, un vrai feu d'artifice. Mais la saison de la chasse était terminée, et on n'était pas le 4 juillet. On était en mars et il n'y avait aucune raison d'entendre tous ces coups de feu.

Le téléphone toujours à la main, Josie jeta son gobelet dans la poubelle la plus proche et s'avança sur le parking. Les coups de feu se rapprochaient, brisant le silence de cette fraîche matinée. Les clients aux pompes s'immobilisèrent, cherchant l'origine de la fusillade. Elle croisa les regards de certains d'entre eux, aussi interloqués qu'elle.

Quelque chose arrivait, mais ils ne voyaient ni ce que c'était ni d'où ça venait.

Instinctivement, elle porta sa main libre à son arme de service, ne rencontra que le vide. La peur lui broya la poitrine, lui fit remonter le cœur dans la gorge.

Dans le silence, elle entendit Ray appeler :

— Jo ?

Soudain, à l'angle, une grosse Cadillac Escalade surgit, fonça sur le *Stop & Go*, heurta le trottoir et rebondit, droit vers Josie. Ses pieds étaient comme pris dans du ciment. *Bouge !* se dit-elle. *Bouge !*

L'Escalade passa à quelques centimètres d'elle, le rétroviseur du côté conducteur accrocha le coin de son blouson, la souleva et la projeta en l'air. Elle retomba lourdement sur l'asphalte sur le flanc gauche et roula, à l'opposé du véhicule, jusqu'à ce que son ventre cogne un des potelets métalliques qui protégeaient les pompes.

Le SUV fit exploser la vitrine du *Stop & Go* dans une gerbe de verre et de métal et termina sa course encastré dans un mur, moteur hurlant. Autour du véhicule, un nuage de poussière de ciment s'éleva. Les gens s'enfuirent en courant. Les poumons de Josie cherchaient désespérément un air qui ne venait pas.

2

En tentant de reprendre son souffle, Josie roula sur le côté droit, malgré une douleur aiguë qui lui traversait la jambe gauche. Son jean était déchiré tout le long du mollet, laissant apparaître des lambeaux de peau rose à vif. Elle finit par pouvoir avaler une grande goulée d'air. Tout son torse lui faisait mal. Mais elle était vivante. Elle pensait n'avoir rien de cassé, rien de sectionné non plus, mais l'adrénaline était trop forte pour en ressentir du soulagement.

En se tournant vers l'Escalade, elle vit que quelques personnes s'étaient avancées, tout en gardant prudemment leurs distances. Josie se remit péniblement debout et vit le buste d'un homme qui émergeait, inerte, tête en bas, de la vitre ouverte de la portière arrière. Du sang s'étalait sur le dos de son t-shirt blanc. Ce qui ressemblait à un TEC-9 avait atterri sur le parking, à quelques mètres de la voiture. Elle chercha de nouveau à tâtons son arme de service, gagnée par la panique quand elle ne la trouva pas. Elle tituba en direction du véhicule, essaya de se redresser. Une douleur fulgurante lui traversa le bas du dos.

— Reculez ! ordonna-t-elle aux curieux.

Deux femmes se tournèrent vers elle, blêmes. L'une porta les mains à sa bouche, l'autre à sa poitrine, qui se soulevait au rythme de la sirène d'alarme qui s'était déclenchée dans l'Escalade. Les jeunes gens que Josie avait vus rejoindre leur Subaru jaune un peu plus tôt étaient là aussi, accrochés l'un à l'autre. Devant les pompes à essence, une femme âgée sanglotait, appuyée contre sa voiture.

Le conducteur s'affaissa, le front sur le volant. Des tirs avaient fait voler sa vitre en éclats. Un filet de sang coulait de son oreille. Ses épais cheveux noirs étaient poisseux et pas que de sang, Josie en était certaine. Elle s'approcha de la voiture, se pencha avec précaution par la fenêtre du conducteur, posa deux doigts sur son cou. Pas de pouls. Elle retira ses doigts rougis.

En entendant un hoquet, elle fonça de l'autre côté de la voiture. Dan, le gérant du *Stop & Go*, était à quelques pas de la porte arrière, côté passager. Plié en deux, il vomissait, un fusil à la main.

— Donne-moi ça !

Il ne protesta pas quand Josie s'empara de son fusil. Elle se retourna et vit ce qui lui avait soulevé le cœur : un autre cadavre d'homme, lui aussi à demi passé par la fenêtre, dont la nuque brisée formait un angle étrange avec le reste de son corps.

Elle souleva le fusil, cala la crosse au creux de son épaule, canon vers le sol, prête à toute éventualité, et s'avança lentement vers le siège avant, en résumant mentalement ce qu'elle savait de la situation. Une voiture immatriculée en Pennsylvanie. Quatre occupants, dont trois morts. Trois Latinos, visiblement. Entre vingt et trente ans, lourdement tatoués. Les deux types à l'arrière, crâne rasé, avec un tatouage identique à la base de la nuque, lui avaient tout l'air d'appartenir à un gang. Le conducteur et l'homme assis derrière lui avaient été tués par balles, sans aucun doute. L'autre passager, à l'arrière, était apparemment mort dans l'accident. Une balle semblait lui avoir éraflé le côté du crâne pendant la fusillade, mais il n'y avait aucune autre blessure visible.

Quand le passager à l'avant se mit à tousser, Josie leva vivement le canon du fusil vers la vitre baissée. Elle s'approcha prudemment. Derrière elle, Dan cria d'une voix aiguë, pleine de panique :

— Attention !

Dans la voiture, le passager se plia en deux, secoué de spasmes. En avançant encore, Josie vit que, contrairement aux autres, il était blanc, d'âge moyen, avec des cheveux bruns courts et des lunettes. Sa ceinture de sécurité était bouclée. Les autres portaient des t-shirts, lui, une chemise écossaise boutonnée et une cravate. Du sang perlait d'un trou dans sa poitrine. Il avait le visage pincé de douleur, barbouillé de sang. De petites échardes de verre, grosses comme des grains de riz, piquetaient sa peau comme si on l'avait arrosé de paillettes.

Il tourna la tête vers Josie et la fixa de ses yeux noisette. Un frisson la parcourut et elle baissa son fusil.

— Monsieur Spencer ? dit-elle.

Elle s'approcha, se pencha vers lui. Au prix d'un immense effort, il tendit la main vers elle, cherchant à s'accrocher à quelque chose, et finit par agripper la manche de son blouson. La panique que Josie lut dans ses yeux lui fit l'effet d'un seau d'eau froide en pleine figure. Il remua les lèvres pour parler. Du sang coulait de sa bouche. D'une voix rauque, pleine d'un désespoir qui la crucifia, il parvint à chuchoter un mot. Un nom.

— Ramona.

3

Josie était assise dans l'ambulance, une poche de glace inutile à la main. Elle avait mal à trop d'endroits à la fois. Il lui aurait fallu un vrai lit de glace, pas une simple poche. Quelqu'un avait appelé le 911, et les secours étaient intervenus très vite. Elle avait compté trois voitures de la police de Denton, plus deux de la police d'État. De toute évidence, la fusillade avait commencé sur l'autoroute et s'était terminée quand l'Escalade s'était encastrée dans la boutique du *Stop & Go*. Les flics de l'État avaient inspecté l'autoroute dans les deux sens sur des kilomètres, scrutant au passage chaque sortie, mais n'avaient trouvé aucun autre véhicule criblé de balles. Personne ne pouvait dire avec qui les types de l'Escalade avaient échangé des coups de feu.

Josie observait ses collègues traiter la scène. Elle ne connaissait que vaguement deux des trois hommes, mais le dernier, Dusty Branson, était le meilleur ami de Ray depuis l'école primaire. Josie et lui avaient été amis, aussi – jusqu'à ce que son mariage avec Ray s'effondre. Maintenant, elle avait du mal à rester dans la même pièce que lui. Comme elle s'y attendait, les flics de Denton paraissaient épuisés, hagards, mais, résolus et efficaces, ils enregistrèrent les dépositions des témoins, disposèrent des bâches autour du SUV, prirent des photos et marquèrent tous les indices potentiellement significatifs éparpillés un peu partout.

— Ne m'approche pas, fous le camp, marmonna Josie en voyant Dusty s'écarter nonchalamment de l'Escalade et se diriger vers elle.

Il s'avança, un carnet à la main, l'ouvrit à une page vierge. Il ne croisa son regard que brièvement. Elle fut soulagée quand il se détourna. Elle n'avait jamais aimé ses yeux de fouine, sombres comme deux charbons luisants. Il lissa d'une main ses cheveux bruns, gras, et elle ressentit un maigre sursaut de joie en voyant qu'ils grisonnaient prématurément à la racine. Dusty n'avait pas encore trente ans.

— Alors comme ça, tu as tout vu ?

— Oui, répondit-elle.

Il attendit, le stylo posé sur la page vierge. Josie fixa une petite tache sur la chemise de l'uniforme de Dusty, juste au-dessous de la cage thoracique. Du café, visiblement. Il se mit à griffonner tandis qu'elle parlait. Son stylo s'immobilisa juste au moment où elle évoquait le dernier mot prononcé par Dirk Spencer avant de perdre conscience.

— Tu devrais le noter, insista-t-elle. C'est important.

Il leva les yeux vers elle. Le petit sourire en coin qu'il lui adressa lui retourna l'estomac.

— Tu ne sais pas ce qui est important.

— Dusty, ce type était à deux doigts de mourir. Pourquoi prononcer ce nom si ce n'était pas important ? Si cette Ramona n'avait pas d'importance ?

Il se gratta la tempe du bout de son stylo.

— Et alors ? C'est probablement le nom de sa femme. Ou de sa fille.

— Peut-être.

Mais dans sa tête, elle entendait Dirk Spencer chuchoter en

boucle : *Ramona, Ramona...* Elle attendit que Dusty daigne noter le prénom sur le carnet.

— Vérifie quand même, OK ?

— Tu n'es plus en position de me dire ce que je dois faire, rétorqua-t-il en refermant son carnet et en le remettant dans sa poche.

Elle ravala une réplique, brûlant d'envie de le bousculer. Mais pour ça, il lui aurait fallu le toucher, et peu de choses la révulsaient autant que l'idée d'un contact physique avec Dusty Branson. Elle cracha :

— Peut-être, mais ça ne change rien au fait que tu doives faire ton boulot convenablement, si ?

Elle soutint son regard jusqu'à ce qu'il détourne les yeux.

— Justement, j'en ai, du boulot.

Dusty s'éloigna lentement, comme si, au contraire, il n'avait rien à faire.

Par chance, aucun des clients du *Stop & Go* n'avait été sérieusement blessé. Un des policiers locaux avait coupé le moteur du SUV, mais les coups de Klaxon lancinants de l'alarme n'avaient pas cessé et portaient sur les nerfs de Josie, déjà à vif.

— Jo, bon Dieu !

C'était Ray, en uniforme, tête nue. Il la rejoignit dans l'ambulance et s'approcha pour la prendre dans ses bras, mais décida au dernier moment de n'en rien faire. Ils ne s'étaient pas touchés depuis près d'un an. D'un côté, elle était soulagée de le voir, contente qu'il soit venu vérifier comment elle allait. De l'autre, ces retrouvailles la faisaient frissonner. Jamais elle n'aurait cru ressentir ça. Ray faisait partie de sa vie depuis l'école. Ils avaient été amis bien avant de devenir un jeune couple, au sortir de l'adolescence. Il avait toujours été beau garçon, dans le genre « voisin sympa » avec ses cheveux blonds ébouriffés, ses yeux bleus, son corps de sportif. Secrètement, elle avait été fière qu'il lui appartienne. Il plaisait aux femmes. À celles qui ne savaient pas qu'il avait des problèmes, en tout cas.

— Ça va ? demanda-t-il en s'asseyant sur le banc, face à elle.

Il la détailla du regard, comme pour vérifier qu'elle n'avait rien de grave.

— Oui. Un peu secouée, c'est tout.

Ray désigna sa jambe du menton.

— C'est plutôt moche.

— Juste une éraflure.

— Écoute, Jo. Pour ce matin... Je suis désolé de m'être énervé. Avec cette affaire Coleman, on est sur les dents. Je ne voulais pas...

— Josie, tu es là ! fit une voix grave, dehors.

Luke apparut, en uniforme, lui aussi. Ça allait être embarrassant.

Elle avait beau l'avoir souvent vu dans son uniforme gris de la police d'État, à chaque fois, son allure lui en imposait et elle savait qu'il en était de même pour Ray. Il ôta son chapeau et se pencha pour monter dans l'ambulance.

En presque tout, c'était l'opposé de Ray – c'est pourquoi il lui plaisait tant, se disait-elle. Policier d'État, Luke devait garder ses cheveux noirs très courts, presque ras sur les côtés, avec une petite brosse sur le dessus. Il était rasé de près, propre, et son visage était doux et lisse quand il lui embrassa la joue. Il ignora Ray, se plia sur le siège à côté de Josie, passa un bras sur son épaule.

— Tu n'as rien ?

Elle sourit.

— Non, ça va.

Elle sentit Ray se renfrogner avant même de le regarder. Une heure plus tôt, au téléphone, elle l'avait nargué en lui parlant de son futur mariage, mais la manifestation d'affection de Luke la mettait mal à l'aise. Elle n'avait aucune raison de se sentir gênée, pourtant, et elle s'en voulait de l'être. Ray détestait

Luke. Josie savait qu'il complexait face à Luke, plus grand, plus large d'épaules, et en meilleure forme physique. Il était même mieux monté, même si elle ne l'avait jamais dit à Ray. Elle gardait ça pour le jour où il la pousserait vraiment à bout.

Elle tapota le dos de la main de Luke et lui assura encore une fois qu'elle allait bien. Puis elle dit :

— Tu peux me laisser seule un moment avec Ray ?

La mâchoire de Luke se raidit imperceptiblement, mais il sourit, l'embrassa délicatement sur les lèvres et déclara :

— Oui, bien sûr.

Il ne manqua pas de donner un petit coup d'épaule à Ray en sortant de l'ambulance. Tandis qu'il s'éloignait, Ray l'observa, l'air à la fois satisfait et inquiet.

— Tu vas vraiment épouser ce mec ?

Josie soupira, pressa la poche de glace désormais fondue sur son épaule gauche.

— Je n'ai pas envie de reparler de ça.

— Alors pourquoi veux-tu qu'on soit seuls ?

— Parce que je veux savoir ce que le prof d'histoire d'Isabelle Coleman fabriquait sur le siège passager de cette Escalade, là.

4

Ray jeta un coup d'œil par la porte restée ouverte de l'ambulance, comme s'il pouvait apercevoir Dirk Spencer, mais celui-ci était déjà en route vers le centre hospitalier Geisinger, dans un état critique. Il avait perdu connaissance après avoir chuchoté ce seul mot à Josie, et ni elle ni les secouristes n'étaient parvenus à le réanimer. C'était l'unique témoin de la fusillade, mais il aurait beaucoup de chance s'il survivait plus de quelques heures.

— Comment sais-tu que c'était le prof d'histoire d'Isabelle Coleman ?

Josie leva les yeux au ciel.

— Il est passé aux infos à la télé hier soir, et ce matin aussi, pour dire à quel point Isabelle est une élève brillante. Il était interviewé par Trinity Payne. Elle a interviewé tout le monde. Je pensais que tu étais sur l'affaire Coleman ?

— Oui, bon, le chef m'a demandé de fouiller le bois autour de la maison des Coleman. Je n'ai pas le temps de regarder les infos.

— Alors c'est toi qui as trouvé son téléphone ?

Il baissa les yeux.

— Non, c'est une des volontaires. Ce qui est plutôt gênant, parce que nos gars avaient déjà ratissé le coin juste après la disparition de la petite. Quoi qu'il en soit, la volontaire l'a trouvé et nous l'a signalé. Dusty et moi l'avons enregistré officiellement comme indice matériel.

— Eh bien, quelques minutes avant l'accident, j'ai vu Dirk Spencer aux infos raconter qu'Isabelle est une très bonne élève et que tout le monde veut la voir rentrer chez elle.

— Tu penses que tout ça a à voir avec la disparition d'Isabelle Coleman ? dit Ray avec un geste vague vers le SUV.

— Son enlèvement, tu veux dire.

— Tu m'as compris.

Josie expliqua à Ray que Dirk Spencer avait chuchoté un prénom, Ramona, avant de perdre conscience. Trois lignes horizontales zébrèrent le front de Ray. Les mêmes que celles qui apparaissaient quand elle lui demandait de lui acheter des tampons à la supérette. Signe chez lui de perplexité et d'accablement mêlés.

— Et alors ? C'est probablement sa petite amie.

Josie soupira.

— Oui, probablement. Bon. Qu'est-ce que le chef a caché à la presse à propos de l'affaire Coleman ?

Ray la dévisagea, le sourcil levé.

— Tu sais que je ne peux pas t'en parler.

Des élancements traversaient le crâne de Josie.

— Tu ne crois pas que je vais finir par le découvrir ?

Il prit un air exaspéré.

— Mais tu ne peux pas obéir aux règles, juste une fois ? Tu me demandes de risquer mon boulot, là, Jo.

Incrédule, elle se mit à rire.

— Ha ! Ton boulot ? Tu te fous de moi, c'est ça ? Tu crois vraiment que le chef te virerait si tu disais ce que tu sais à un collègue ? Et je te rappelle que je suis ta supérieure.

Le sujet était sensible. Ray aurait pu être promu en même

temps qu'elle si le chef n'avait pas régulièrement trouvé des bouteilles de bourbon vides sous le siège de sa voiture de patrouille...

Il n'est pas vraiment aisé de sortir en furie d'une ambulance : Ray trébucha et manqua s'étaler sur l'asphalte. Josie l'entendit maugréer « fils de pute... » sans pouvoir saisir le reste de ses paroles.

Luke se glissa à ses côtés avec une poche de glace toute neuve, qu'elle appliqua contre sa tempe, cette fois. Son mal de tête empirait rapidement. Il lui fallait de l'ibuprofène. L'adrénaline refluait, elle avait mal partout.

— Qu'est-ce qui s'est passé ? demanda Luke.

— J'ai voulu découvrir ce qu'il savait de l'affaire Coleman.

Il posa une main sur son genou.

— Josie...

Mais, s'interrompant, il s'abstint de lui faire la leçon. C'était une des choses qu'elle aimait chez lui.

— Et de votre côté, vous avez quoi sur ce carnage ?

Luke soupira, se frotta les yeux.

— Que dalle, voilà ce qu'on a. On sait juste que la voiture a fait une embardée et quitté l'autoroute. Mais c'est comme s'ils avaient échangé des coups de feu avec une voiture invisible. On sait qu'il y a un autre véhicule impliqué à cause de tous les impacts sur l'Escalade, mais on n'a rien, à part les balles qu'on a retrouvées.

— Quel genre ?

— Du 9 millimètres, du 30.06 et quelques-unes de 7.62 par 39.

Josie fit passer le sac de glace sur son épaule gauche.

— Un revolver et un fusil de chasse ? Ça aide vachement. Presque tout le monde a ça chez soi, en Pennsylvanie. Même si les balles de 7.62 ne sont pas si courantes par ici.

— 7.62 par 39, c'est le calibre de l'AK-47. L'arme de beaucoup de gangs des grandes villes.

— Donc tu penses que c'est une histoire de gangs ?

— Le véhicule est au nom d'un certain Carlos Garza, de Philadelphie – c'est le conducteur. Connu pour faire partie des Vingt-Trois, un gang latino qui sévit là-bas.

— Les deux types à l'arrière avaient le chiffre 23 tatoué sur la nuque. Ce qui s'est passé a peut-être commencé sur l'autoroute mais, quand même, Philadelphie est à deux heures d'ici.

— Tu sais comme moi que le trafic de drogue n'a pas de frontières.

— Donc ça pourrait être une histoire de dope ?

— Ça m'en a tout l'air.

— Dans ce cas, qu'est-ce que le prof d'histoire de terminale du lycée de Denton East foutait assis à côté du chauffeur, et qui est cette Ramona ?

Luke haussa les épaules.

— Qui sait ? Avec un peu de chance, Spencer ne mourra pas et il pourra nous l'expliquer lui-même.

5

Josie détestait être inactive. Elle aurait voulu être à son poste. Sur l'affaire Coleman, ou au moins sur la fusillade. Ça faisait deux crimes très inhabituels pour Denton en l'espace d'une semaine, et elle ne pouvait contribuer à résoudre ni l'un ni l'autre. Elle s'attarda au *Stop & Go* aussi longtemps que possible mais, lorsque Trinity Payne débarqua dans son van de la chaîne WYEP, elle se dit qu'il était temps de partir.

Une fois rentrée chez elle, elle ferma la porte à clé, se débarrassa de ses vêtements déchirés et alla tout droit à la salle de bains. Elle ouvrit le robinet de la baignoire puis s'examina dans le miroir en pied. Tout son flanc gauche commençait à prendre une vilaine couleur prune. Elle avait échappé de peu à l'Escalade ; à quelques centimètres près, elle était la quatrième victime. Elle en eut la chair de poule. Elle aurait voulu avoir Luke avec elle. Pour une fois, elle aurait préféré qu'il ait un job où un coup de fil suffit à se faire porter pâle, pour qu'il passe la journée avec elle, l'aide à apaiser son angoisse.

Mais elle était seule pour la journée, et il n'était que midi. Elle s'assit sur le rebord de la baignoire, y plongea lentement la jambe gauche, serra les dents quand la peau à vif entra au contact de l'eau chaude, avec la sensation de plonger dans un bain de lave. La plaie n'était pas profonde, mais elle était assez étendue. Elle la nettoya au savon antibactérien, la tamponna délicatement et, en boitillant, alla s'étendre sur son lit. Elle glissa un oreiller sous son mollet pour le surélever, dénicha deux comprimés d'ibuprofène dans sa table de nuit et les avala d'un coup, sans eau.

Les bras en croix, elle fixa le plafond, se concentra sur sa respiration pour faire refluer un peu la douleur. Elle entendait les voitures passer dans la rue, les bruits de la maison – le bourdonnement du réfrigérateur, le ronronnement du système de chauffage à air pulsé qui s'enclenchait, puis le silence assourdissant quand il s'arrêtait. Elle avait emménagé trois mois plus tôt, et n'était toujours pas habituée à l'endroit. Ça avait été un moment de fierté, pourtant, d'avoir enfin sa maison à elle. Elle ne pouvait plus rester dans celle qu'elle partageait avec Ray. Bien sûr, c'était douloureux – la fin d'un mariage est toujours douloureuse – mais, en restant là-bas, elle devenait irrationnellement irritable. Il avait eu le bon sens de s'en aller et de passer quelques mois sur le canapé de Dusty, le temps qu'elle trouve à s'installer ailleurs. Il lui avait proposé de garder la maison. Il l'avait trompée, c'était à lui de partir, avait-il déclaré. La chose la plus intelligente qu'il ait dite en dix ans.

Josie avait essayé. Elle avait essayé de tourner la page tout en continuant à habiter la maison qu'ils avaient achetée ensemble au début de leur mariage. Celle où ils avaient fêté leurs promotions. Où ils avaient invité leurs amis communs (presque uniquement des policiers municipaux) les jours de congé, ou les soirs après une journée de travail particulièrement dure. La maison qu'ils avaient meublée et décorée ensemble, après d'âpres discussions parfois, comme un parfait jeune couple.

Elle n'avait pas tenu. Elle ne voulait plus vivre là-bas. L'idée d'acheter sa maison à elle, avec l'argent qu'elle gagnait, l'avait grisée. Il lui avait fallu un mois pour trouver ce bungalow de trois chambres sur près de huit mille mètres carrés de terrain. Elle l'avait su dès qu'elle en avait vu la façade : cette nouvelle maison était faite pour elle. Elle n'avait même pas besoin de la visiter, mais l'agent immobilier avait insisté. Elle avait appartenu à un professeur d'université, qui avait été muté subitement et voulait vendre rapidement. L'occasion était idéale.

Elle avait laissé tout le mobilier à Ray. Elle ne voulait plus rien garder de leur vie commune – l'inconvénient étant que, tout son argent étant passé dans la maison, il ne lui restait presque rien pour acheter de nouveaux meubles. Il manquait encore pas mal de choses. Mais, vu ses horaires de travail, elle était rarement chez elle, n'invitait personne hormis Luke, et ils passaient quatre-vingt-quinze pour cent de leur temps dans sa chambre.

Sa seule folie avait été l'immense lit sur lequel elle était allongée à présent. Une mince compensation pour une enfance pourrie. Un grand lit dans une grande chambre, haute de plafond, avec tout un mur en baies vitrées. À l'opposé du placard de soixante centimètres sur un mètre cinquante de son enfance.

D'habitude, Josie savourait le fait d'être étendue sur ce lit luxueux, avec ses tas de coussins, mais elle ne pouvait s'empêcher de penser à Dirk Spencer, blessé, dégoulinant de sang, les yeux fous de panique, luttant pour articuler un unique mot. Pourquoi ce mot ? Ce prénom ? Qui était Ramona ? Que faisait Dirk Spencer dans un SUV avec des gangsters de Philadelphie ? Était-il allé là-bas ? L'avaient-ils embarqué de force ? Et qui leur tirait dessus ?

Trop de questions sans réponses. Trop pour que Josie puisse rester chez elle, allongée sur son lit.

6

Il ne lui fallut qu'une minute pour dénicher l'adresse de Dirk Spencer sur internet. Il habitait au sommet d'une colline, dans un lotissement baptisé Briar Lane. On n'accédait à ce petit groupe de maisons en préfabriqué que par une route de campagne étroite qui partait de Denton même et sinuait à travers une épaisse forêt. En l'empruntant, Josie passa devant le chemin qui menait à la maison des Coleman. La même route desservait les deux endroits. Une grosse boîte aux lettres jaune, ornée d'oiseaux peints à la main, se dressait sur le bas-côté devant l'entrée du sentier qui conduisait à travers bois chez les Coleman. Elle s'attendait à voir de la Rubalise et une voiture de patrouille, peut-être même le van de WYEP garé à proximité, mais l'endroit était désert.

Comme dans la plupart des lotissements récents de Denton, toutes les maisons de Briar Lane se ressemblaient. Elles étaient déclinées en trois couleurs : ocre, gris ou blanc. Certains habitants avaient donné à la leur un vague cachet avec des jardins paysagers ou des ornements de pelouse. Mais la maison de Dirk Spencer était grise et quelconque. Il n'avait pas pris la peine de la personnaliser. Si Josie n'avait pas su qu'il y habitait, elle aurait pu croire la maison inoccupée.

Elle se gara devant, sur la route, même si l'allée de Spencer était déserte. Elle ne savait pas qui d'autre vivait ici. Il avait peut-être une femme, qui pouvait rentrer chez elle à tout moment. Josie voulait pouvoir repartir sans être bloquée par une autre voiture. Elle frappa plusieurs fois à la porte, puis sonna. Personne. Aucun bruit dans la maison. Pas de chien aboyant, pas de chat à la fenêtre.

— Désolée, chérie, fit une voix derrière elle. Il n'est pas là.

Josie se retourna et vit une femme aux cheveux blancs, au bout de l'allée. Elle portait un imperméable vert kaki, alors qu'il ne pleuvait pas, et s'appuyait sur une canne. Elle sourit à Josie.

— Tu l'as loupé. On est venu le chercher ce matin, dans une grosse voiture.

Donc Spencer était monté de son plein gré dans l'Escalade.

— Vous l'avez vu partir ?

— Ben, oui. Un gros SUV garé sur la route, au même emplacement que toi. Ils ont klaxonné deux fois. C'est pour ça que je suis allée à la fenêtre. Dirk est sorti en courant deux minutes après, et il a sauté dans la voiture.

Il les attendait. Il avait dû rentrer sa propre voiture au garage.

— Il vaut mieux que tu l'aies manqué, après toutes vos disputes. Tu ne sais plus où il cache sa clé de rechange ?

Josie comprit alors que la femme la prenait pour une autre, pour quelqu'un qui devait très bien connaître Dirk Spencer. Avant qu'elle puisse répondre, la vieille dame remonta l'allée en boitillant, ramassa un caillou rond, gros comme le poing, à côté des marches du perron, et l'agita jusqu'à ce qu'une petite trappe s'ouvre sur le côté du faux caillou et qu'une clé brillante en tombe. Josie s'accroupit vivement pour s'en emparer.

— Merci.

Nouveau sourire. De près, la vieille dame avait le visage

fripé de rides et l'air des gens un peu sourds mais qui, trop gênés pour l'admettre, se contentent de sourire et d'acquiescer.

— Tu t'es teint les cheveux, dit-elle.

Josie lui rendit son sourire sans répondre. Si jamais sa visite clandestine chez Dirk Spencer posait un problème par la suite, elle pourrait toujours prétendre sans mentir qu'elle n'avait en rien forcé la vieille dame.

— Ça te va bien, d'avoir les cheveux plus foncés.

Comme Josie ne répondait toujours pas, la femme ajouta :

— C'est vraiment dommage que ça n'ait pas marché entre vous. Il t'aime vraiment.

Les coins de la bouche de Josie se plissèrent.

— C'est vraiment gentil à vous de dire ça.

— Tu travailles toujours dans ce restaurant, en ville ?

— Euh, non.

La vieille dame la dévisagea un long moment, les yeux étrécis, comme si elle essayait de deviner quelque chose. Josie attendit et une sueur froide se mit à perler sur sa lèvre supérieure – la femme allait se rendre compte de son erreur, c'était sûr. Mais elle se remit à sourire et reprit son air absent, puis fit demi-tour et repartit vers la route.

— Bon, je te laisse, dit-elle par-dessus son épaule.

Josie brûlait d'envie de lui demander si elle savait où trouver quelqu'un du nom de Ramona, mais s'en abstint. Et si l'ex de Spencer *était* cette Ramona ? Josie la salua de la main, la regarda s'éloigner lentement, puis se retourna et inséra la clé dans la serrure.

Dans le salon, il y avait deux canapés dépareillés, avec une couverture jetée sur chaque dossier. Des bibliothèques, pleines, occupaient un mur. Le reste des livres s'empilait sur des tables basses. On avait abandonné un sweater bleu sur le bras d'un des canapés. Le quotidien local daté de trois jours plus tôt était étalé sur une autre table basse, ouvert à la page d'un des premiers articles écrits sur la disparition d'Isabelle Coleman.

À côté, un reste de café noir, épais, achevait de se figer au fond d'un mug.

Dans la cuisine, l'évier débordait de vaisselle sale. Le plan de travail était constellé de miettes. Un couteau couvert de beurre ranci gisait près du grille-pain. À côté de celui-ci, un chargeur de téléphone était branché au mur, l'autre bout du cordon pendouillant sur le côté du plan de travail. Josie nota mentalement qu'il fallait voir ce qu'on pouvait dénicher du côté du téléphone de Spencer. Sur le frigo, fixées par des aimants, des photos d'endroits que Spencer avait visités. New York, l'Inner Harbor à Baltimore, le Rock'n'Roll Hall of Fame de Cleveland, Hersheypark, San Francisco. Sur la plupart, Spencer souriait gaiement en regardant l'appareil, aux côtés d'une femme aux longs cheveux bruns et aux yeux bleus. Hormis les cheveux longs, elle ne ressemblait pas beaucoup à Josie. Elle devait être un peu plus âgée, une petite trentaine peut-être. Josie supposa que c'était elle, l'ex-petite amie. Sur une des photos, elle portait un tablier vert et se tenait devant le comptoir d'un restaurant que Josie reconnaissait vaguement.

Parmi les photos prises avec son ancienne petite amie, d'autres montraient Dirk Spencer en compagnie d'une autre femme et d'une adolescente. La femme était plus âgée, environ quarante-cinq ans, avec une taille épaisse, des cheveux fins, presque blonds, et des yeux foncés. L'adolescente ressemblait à un mélange des deux adultes qui l'entouraient, mais elle avait la peau plus mate. Elle avait les cheveux bruns, comme Dirk.

La famille Spencer, se dit Josie. Il était peut-être divorcé. Elle se demanda où étaient cette femme et cette jeune fille en cet instant. Il allait falloir prévenir sa famille, s'il ne survivait pas ; quelqu'un les avait probablement déjà contactées, parce que le pronostic semblait plus que réservé. Elle sortit son téléphone pour photographier quelques-unes de ces images, puis monta inspecter l'étage. Le lit double de la chambre principale n'était pas fait. Dans l'autre chambre, au bout du couloir, un second lit double était fait au carré, une coiffeuse et une table de nuit prenaient la poussière. Aucune décoration. La chambre paraissait totalement inoccupée. Rien d'intéressant. Josie redescendit dans l'entrée en prenant soin de ne toucher à rien. Sur le perron, elle tira la porte et donna un tour de clé.

— Mais qu'est-ce que vous faites là ?

Josie se figea en entendant la voix de Trinity Payne. La main toujours sur la clé, dans la serrure, elle sentit son estomac se retourner. Ça s'annonçait mal. Elle prit une grande inspiration, se raidit et se retourna en essayant de prendre un air contrarié, agacé.

— Et *vous*, qu'est-ce que vous faites là ? rétorqua-t-elle.

Trinity portait la même doudoune bleue que le matin, dans son reportage, avec une jupe noire évasée qui lui descendait au genou. Dessous, ses longues jambes musclées enveloppées d'un collant fin se terminaient par de hauts talons de dix centimètres. Au moins, Josie n'avait pas à redouter que Trinity lui coure après – pas avec des chaussures pareilles.

Elle leva les yeux vers la journaliste. Comme à chaque fois, leur ressemblance la frappa. Elles n'avaient pourtant aucun lien de parenté ; Trinity avait grandi à quelques dizaines de kilomètres de là dans une famille relativement aisée, entre ses deux parents, tandis que Josie avait été élevée par une mère célibataire qui n'avait jamais vraiment réussi à sortir de la misère. Mais elles avaient toutes les deux de longs cheveux d'un noir de jais, un teint de porcelaine et de beaux yeux bleus ourlés de longs cils. Josie leva la main pour ramener ses cheveux devant son épaule et masquer la longue cicatrice irrégulière qui courait sur sa joue droite. C'était la différence la plus frappante entre elles deux. Au grand soulagement de Josie, cette cicatrice était assez près de son oreille pour qu'elle puisse, avec un peu de fond de teint et en lâchant ses cheveux, la dissimuler presque entièrement.

Trinity pointa l'index sur sa propre poitrine.

— Moi ? Je travaille sur un sujet. Qui devient tout à coup beaucoup plus intéressant, maintenant que je viens de découvrir qu'une policière mise à pied est en train de s'introduire illégalement dans le domicile de la victime d'une fusillade.

Josie scruta la route, derrière Trinity, mais le van de WYEP n'était visible nulle part. Elle savait d'expérience que Trinity demandait parfois à son cameraman de garer leur véhicule un peu plus loin, pour ne pas effrayer et faire fuir les gens qu'elle voulait interviewer. Trinity était aussi sournoise que prête à tout. Deux ans plus tôt, alors qu'elle était pressentie pour présenter une grande matinale d'actualité, une source douteuse lui avait refilé une histoire bidon. Elle en avait fait un reportage. Quand il s'avéra que l'histoire avait été montée de toutes pièces, Trinity avait porté le chapeau. Le scandale avait fait la une des journaux nationaux. Traitée en paria, elle était revenue en Pennsylvanie et avait décroché un job de reporter de terrain pour la petite chaîne d'information qui couvrait le centre de l'État. Josie soupçonnait qu'elle cherchait désespérément le scoop qui lui permettrait de revenir dans les bonnes grâces des chaînes nationales et du grand public. *Elle ne risque pas de le trouver ici*, se dit Josie.

— Je n'ai pas essayé d'entrer illégalement, dit-elle en agitant la clé sous le nez de Trinity.

— Vous connaissez Dirk Spencer ?

— En quelque sorte.

Josie voulut repartir vers sa voiture, mais Trinity lui bloquait le passage.

— Soit vous le connaissez, soit vous ne le connaissez pas. Alors, quoi ? Vous n'êtes pas ici officiellement.

— Écartez-vous. Je n'ai rien à vous dire.

Un téléphone portable surgit comme par magie dans la main de Trinity, qui plissa les yeux.

— Vous voulez bien attendre, le temps que j'appelle votre chef pour lui demander comment il se fait que j'aie surpris l'inspectrice qu'il vient de suspendre en train de sortir de la maison de Dirk Spencer, quelques heures après une fusillade entre gangs, sur l'autoroute, qui l'a laissé pour mort ?

Josie fixa durement son visage trop maquillé, ses yeux froids comme de la glace. Elle avait envie de la gifler, mais c'était exactement ce genre de situation qui lui avait valu ses ennuis actuels. Elle se demanda avec quel degré de force elle pouvait écarter Trinity de son chemin sans que ce soit considéré comme une agression. Le cameraman était probablement caché quelque part, derrière les rhododendrons de l'autre côté de la rue, en train de filmer toute la scène. Le passage en force étant exclu, elle alla droit au but.

— Qu'est-ce que vous voulez ?

Trinity baissa lentement son téléphone.

— Je veux que vous me parliez de la femme que vous avez agressée. Que vous me donniez votre version de l'histoire.

Josie soupira.

— Vous savez que je n'ai pas le droit d'en parler, pas tant que l'enquête est en cours.

— Ça, c'est du blabla de service de presse, rétorqua Trinity en levant les yeux au ciel. Vous ne voulez pas faire connaître votre point de vue ?

Josie n'en avait aucune envie. Elle n'avait pas l'intention de ressasser tout ça en public, sous quelque forme que ce soit. Ce qu'elle voulait, c'était tourner la page. Se remettre au boulot et retrouver Isabelle Coleman, ou bien découvrir pourquoi on avait tiré sur Dirk Spencer.

— Ce que je veux n'a pas d'importance. Je n'ai pas le droit d'en parler.

Trinity posa une main soigneusement manucurée sur sa hanche.

— Et l'histoire de ce matin ? Vous en avez été témoin. Vous avez le droit d'en parler, non ?

— Si je vous raconte ce qui est arrivé ce matin, vous me lâchez ?

Trinity se mordit brièvement la lèvre.

— Oui, jusqu'à ce que l'enquête sur votre usage excessif de la force soit terminée. Je ne peux rien vous promettre, ensuite. Nos téléspectateurs voudront savoir ce qui s'est passé.

— Je ne veux pas être filmée.

— Alors je ne vous lâche pas.

— Je ne peux pas décider de mon propre chef d'accorder une interview télévisée. Je dois en référer à mes supérieurs, vous le savez très bien.

— Moi aussi, j'ai des supérieurs. Et ils veulent une interview. Alors, qu'est-ce qu'on fait ? J'appelle votre chef tout de suite ou on discute de ce qui s'est passé ce matin ?

Josie était furieuse contre elle-même de s'être fait surprendre chez Dirk Spencer. Aucune explication ne satisferait son chef. Elle décida de mentir.

— Très bien. Je vous donnerai une interview exclusive sur mon affaire d'usage excessif de la force, une fois l'enquête terminée. Mais pas d'images aujourd'hui. Je vous raconte ce qui s'est passé ce matin, mais vous ne m'avez pas vue ici.

Un minuscule éclair de satisfaction traversa le visage de Trinity.

— Marché conclu.

7

Le récit de Josie fut succinct, elle ne raconta que dans les grandes lignes ce qui était arrivé le matin, sans aucun détail. Elle se disait qu'en décrivant sommairement ce à quoi six ou sept clients du *Stop & Go* avaient aussi assisté, elle ne risquait pas d'ennuis. Puis, quittant une Trinity dubitative, elle reprit sa voiture et redescendit en ville, se maudissant encore de s'être laissé prendre dans sa toile d'araignée. La journaliste allait être furieuse quand elle s'apercevrait que Josie n'avait aucune intention de lui accorder d'interview exclusive, ni sur l'enquête dans laquelle elle était mise en cause ni sur quoi que ce soit d'autre, d'ailleurs.

Elle ralentit à proximité de l'embranchement vers la maison des Coleman et prit à gauche pour s'en approcher. À mi-chemin de la maison, elle découvrit une voiture de patrouille de la police de Denton, garée sur le côté. À l'intérieur, dodelinant de la tête, les yeux clos, se trouvait Noah Fraley. Josie se gara derrière lui. Tout le bas de son dos se rebella et un élancement lui traversa la jambe lorsqu'elle mit son poids dessus. En s'avançant vers Noah, elle s'aperçut qu'il ronflait.

En se penchant vers la portière, elle aperçut du coin de l'œil une Rubalise jaune flotter dans le vent, tendue devant un rideau d'arbres. Noah était donc censé surveiller la zone. Josie lui tapa doucement sur l'épaule et il se réveilla en sursaut, l'air égaré, avant de se reprendre. En la voyant, le rouge lui monta aux joues et il bégaya :

— Jos... Inspectrice Quinn. Qu'est-ce que vous faites là ?

Gêné de s'être fait surprendre à dormir à son poste, il parlait trop vite, les mots se bousculaient dans sa bouche. Lorsqu'elle lui sourit, ses joues virèrent au cramoisi. Il était vaguement amoureux d'elle, depuis toujours. Noah n'était pas laid, mais elle ne pouvait pas penser à lui de cette manière. Il manquait d'assurance. Il faut afficher un certain degré d'arrogance pour être policier. Même si ce n'est qu'une façade. Et c'est précisément à cause de ce défaut de confiance en soi que Noah se voyait confier des missions comme celle de rester toute la journée dans une voiture pour s'assurer que personne n'entre dans un bois.

— C'est la scène de crime ?

Noah jeta un coup d'œil à la Rubalise tendue sur le côté de l'allée, puis se retourna vers elle. L'hésitation se lisait sur sa figure.

— Euh, oui, dans le bois, là.

Le bois était épais, touffu, et Josie ne voyait aucun chemin entre les arbres.

— Dans le bois ? Loin de la route ?

Noah haussa les épaules.

— Je ne sais pas. Il faut avancer pas mal.

Josie s'accouda à la portière, se pencha un peu plus.

— Ça vous embête si je jette un œil ?

— Je... euh... Je ne peux pas... Je ne suis pas censé... Je ne devrais pas...

— Noah, le coupa-t-elle d'un ton entendu. Je suis inspectrice, j'ai de l'expérience. Vous savez bien que je ne toucherai à rien.

— Mais le chef a dit : « Personne à part... »

— Tout a déjà été passé au peigne fin, n'est-ce pas ?

— Euh, oui, mais je dois quand même dresser la liste de tous ceux qui viennent et qui repartent.

— Vous n'avez pas besoin de me mettre sur la liste. On va faire comme si je n'étais jamais venue.

— Mais le but de la liste, c'est justement de savoir qui est venu sur les lieux, et quand.

Josie tenta un autre angle d'attaque.

— Agent Fraley, je suis votre supérieure, oui ou non ?

Il se tortilla sur son siège, gêné, détourna le regard.

— Mais tu ne... vous... vous êtes suspendue.

— Vous ne croyez pas que le chef va vite me rappeler ? Je sais que vous manquez de monde. Vous êtes sur le pont en permanence, non ?

Noah acquiesça, poussa un long soupir.

— On n'en peut plus, reconnut-il.

— Et avec la fusillade en plus...

Il releva les yeux vers elle.

— Je... j'ai appris que vous étiez sur place. Je suis content de voir que vous n'avez rien, au fait.

— Moi aussi.

Josie était assez proche pour percevoir son odeur de sueur rance. Il n'était pas rentré chez lui prendre une douche ou se changer depuis trois jours, visiblement. Elle essaya autre chose.

— Noah. Le chef va m'appeler d'un instant à l'autre, Ray me l'a dit. Quand il le fera, il faut que je sois au courant de tout. Vous ne dites pas que je suis venue, et je ne dis pas que vous vous êtes endormi à votre poste.

Il ferma les yeux. Résignation et culpabilité se livraient une rude bataille sur sa figure.

— Faites vite, s'il vous plaît, OK ?

Elle lui donna une tape sur l'épaule et partit au petit trot, en boitant, vers le bois avant qu'il change d'avis.

— Et ne laissez pas votre voiture là !

Il avait raison. Si quelqu'un du commissariat passait, elle serait incapable de fournir une explication solide. Et il n'y avait pas beaucoup d'endroits où elle pouvait garer sa voiture sans trahir le fait qu'elle fouinait sur les lieux de l'affaire Coleman. Elle ne pouvait pas se garer devant la maison non plus. Le mieux était de laisser sa voiture sur le bas-côté de la route principale, à plus de huit cents mètres de là. Si quelqu'un arrivait chez les Coleman depuis le centre de Denton, sa voiture resterait invisible. Et si quelqu'un débarquait pendant qu'elle inspectait les lieux, elle pouvait toujours revenir à sa voiture par le bois et repartir sans être vue. Elle n'avait plus qu'à espérer qu'aucun policier ne décide de prendre cette route pour monter au lotissement où habitait Dirk Spencer pendant qu'elle était sur place.

Le temps de repasser devant la boîte aux lettres des Coleman, elle était déjà en nage, et tout son flanc gauche était passé de la douleur sourde à l'élancement aigu. Elle ôta son blouson, le noua à sa taille. En arrivant tout près de la boîte aux lettres, elle remarqua une petite tache colorée dans l'herbe, à quelques pas de là. En s'approchant, elle identifia un faux ongle en plastique : rose vif, rayé de jaune. Elle prit quelques photos avec son téléphone avant de le ramasser à l'aide d'un mouchoir et de le fourrer dans sa poche.

Elle savait pertinemment que le bois qui entourait la maison des Coleman avait été exploré en long, en large et en travers. Qu'on avait dû tout ratisser jusqu'au bord de la route. Et probablement aussi de l'autre côté, à l'opposé de la boîte aux lettres, sur des centaines de mètres. Elle était certaine que quelqu'un avait vu cet ongle. Que c'était un indice matériel à conserver, au moins jusqu'à ce qu'on puisse déterminer s'il appartenait ou non à Isabelle. À moins qu'il n'appartienne à une des volontaires ayant participé aux recherches, ce qui était tout à fait possible. Ou peut-être à Mme Coleman, qui l'aurait perdu en venant relever son courrier. Josie soupira et repartit sur la longue allée. C'était le genre de chose qui la rendait folle. Impossible de savoir si c'était important ou pas. Si on ne l'avait pas obligée à rendre temporairement sa plaque, elle serait allée voir tout de suite Mme Coleman avec le faux ongle pour lui demander si elle le reconnaissait. Mais en cet instant précis, elle n'était plus policière. Elle fit un signe de tête à Noah en repassant devant lui, avant d'enjamber maladroitement la Rubalise. Un autre ruban jaune tendu d'arbre en arbre délimitait un chemin étroit qui menait à la clairière où on avait trouvé le téléphone. Le sol était boueux, couvert de feuilles mortes et de branches cassées. L'endroit était à une bonne quinzaine de mètres du bord de l'allée, estima-t-elle. Ce n'était qu'une petite clairière, avec un rocher sur un côté. Rien d'intéressant, en réalité. Tous les indices matériels avaient été relevés et emportés.

Josie tourna lentement sur elle-même, pour s'imprégner du décor.

— Mais qu'est-ce qu'elle fabriquait ici ? marmonna-t-elle pour elle-même.

La clairière n'avait absolument rien de remarquable. Elle ressemblait à des milliers d'autres clairières des forêts qui environnaient Denton et les villes voisines de la Pennsylvanie centrale. Ce n'était même pas tant une clairière qu'un espace un peu plus large entre les arbres. Que faisait donc Isabelle Coleman au cœur de ce bois ? En rebroussant chemin, Josie se demanda si Isabelle n'était pas plutôt dans l'allée, et qu'elle s'était enfoncée dans le bois en s'apercevant qu'on la poursuivait. Ou peut-être y avait-il eu lutte, et elle s'était échappée par le bois.

Josie n'en savait pas assez sur l'affaire. Elle n'en connaissait que ce qu'elle avait pu glaner dans les reportages de Trinity Payne. Pour tout le monde, Isabelle était seule chez elle avant sa disparition. Dans la maison, rien n'avait été déplacé, et son téléphone avait disparu.

En passant, Josie adressa un geste de remerciement à Noah, qui sembla considérablement soulagé de la voir repartir. En revenant à sa voiture, elle tâta le mouchoir dont elle avait enveloppé le faux ongle, et se demanda quand le chef allait se décider à la rappeler au commissariat.

8

Josie dut faire deux fois, au ralenti, le tour du centre-ville pour retrouver le restaurant qu'elle cherchait. Le *Sandman's Bar & Grill*. Elle y avait dîné une fois avec Luke – une de leurs premières apparitions ensemble en public. La salle était comme dans son souvenir, et telle qu'elle apparaissait sur la photo affichée sur le réfrigérateur de Dirk Spencer. Un éclairage tamisé, un long comptoir de bois verni, luisant, qui occupait tout un côté. En face, deux douzaines de tables pour deux, dont quelques-unes avaient été resserrées pour accueillir des clients venus en groupe. Les murs de briques rouges étaient ornés de panneaux publicitaires pour des marques de bières qui n'existaient plus : Falstaff, Meister Brau, Rheingold...

L'heure du déjeuner était passée et il était trop tôt pour l'happy hour, les clients étaient rares. Josie boitilla jusqu'au comptoir, la pulsation lancinante de sa jambe parfaitement synchronisée aux élancements douloureux de son dos. Il lui fallait plus d'ibuprofène. Le jeune barman, qui venait probablement tout juste d'avoir vingt et un ans, avait les yeux rivés à un des grands écrans de télévision accrochés au mur, au-dessus du bar. On y voyait Trinity Payne – décidément, Josie ne pouvait lui échapper –, devant le *Stop & Go*, cette fois. L'écran était muet, mais le barman le fixait avec une grande concentration. Josie se demanda si c'était la fusillade ou Trinity qui le fascinait à ce point.

Quand elle fit racler son tabouret pour s'installer au comptoir, il se retourna, lui adressa un sourire professionnel, artificiel, avant de lui demander ce qu'il pouvait lui servir. Elle allait répondre « rien », mais la douleur empirait et un shot quelconque lui parut un excellent remède.

— Deux shots de Wild Turkey.

Il regarda derrière elle, puis vers la porte. Josie se força à sourire.

— Pour moi, les deux. La journée a été longue.

Le sourire du barman s'effaça, mais il se reprit immédiatement.

— Bien sûr. Pas de problème.

Josie attendit qu'il revienne avec le verre et une bouteille avant de demander :

— Vous avez une employée ici qui s'appelle Ramona ? Une serveuse...

Ça ne lui disait apparemment rien. Son sourire de façade fit place à une authentique perplexité.

— Je ne connais personne de ce nom. Elle ressemble à quoi ?

Josie sortit son téléphone, trouva la photo qu'elle avait prise de Dirk Spencer avec sa petite amie, zooma sur la jeune femme et la montra au barman.

— Ah, ça, c'est Solange, dit-il immédiatement. Elle sera de service ce soir. Elle devrait arriver d'ici une demi-heure, si vous voulez l'attendre. Je peux...

Il s'arrêta brusquement, comme s'il se rendait compte tout à coup qu'il n'était peut-être pas censé en dire autant sans savoir qui était Josie ni ce qu'elle voulait.

— Ne vous en faites pas. Je suis inspectrice de police. Mais je ne suis pas vraiment venue ici en tant que telle. Je ne suis pas en service. Elle n'a pas d'ennuis, je veux seulement lui parler de quelque chose.

Devant son air dubitatif, Josie se mit à prier pour qu'il ne demande pas à voir sa plaque. Il finit par hausser les épaules en déclarant :

— OK. Vous voulez autre chose ?

Josie sourit.

— Juste un soda, merci.

Comme annoncé, Solange arriva une vingtaine de minutes plus tard, et rejoignit le barman derrière le comptoir, l'air préoccupé. En voyant Josie, elle sourit timidement. Elle eut du mal à nouer à sa taille le tablier vert qu'elle avait enfilé. Elle refit le tour du bar et tendit la main à Josie.

— Hé, c'est vous, la policière qui est passée aux infos...

— Inspectrice Josie Quinn, oui. Je ne suis pas en service, là.

— Vous avez été suspendue.

— Oui.

Solange pinça les lèvres, le visage fermé.

— Qu'est-ce qui se passe ?

— Vous connaissez quelqu'un du nom de Ramona ?

Pas la moindre réaction. L'expression de Solange ne changea pas.

— Non.

Josie soupira.

— Ce matin, il y a eu une fusillade sur l'autoroute, qui s'est terminée quand une Escalade s'est encastrée dans la boutique du *Stop & Go*.

Solange croisa les bras.

— J'ai vu ça aux infos. Qu'est-ce que j'ai à voir là-dedans ?

— Personne du commissariat n'est passé vous voir ?

— Non. Pourquoi ?

— Dirk Spencer était dans cette voiture.

Solange porta les mains à sa bouche, les yeux écarquillés de surprise. Elle fit un pas en arrière, heurta un tabouret, s'y appuya.

— Oh mon Dieu. Il est... ? Il est... ?

— Pour autant que je sache, il est encore vivant. On l'a héliporté à l'hôpital Geisinger. J'ai cru comprendre qu'il était très gravement blessé. Je ne sais pas si vous êtes, ou étiez, ensemble, mais vous aurez peut-être envie d'aller le voir.

Solange se ressaisit, le visage à nouveau fermé, lissa son tablier avec soin.

— Nous ne sommes plus ensemble depuis deux ans. Nous avons rompu.

— Personne ne répond au domicile de M. Spencer, répondit Josie prudemment. A-t-il de la famille ou quelqu'un que nous devrions prévenir ?

— Je croyais qu'on vous avait suspendue ?

— C'est vrai. Je ne suis pas venue en tant qu'officier de police. Enfin, si, mais non. Je suis là parce que j'étais présente au *Stop & Go* ce matin. J'ai failli me faire tuer dans l'accident.

Josie releva un pan de sa chemise et montra à Solange l'énorme bleu qui virait déjà au noir sur son flanc gauche, avant de reprendre :

— Avant que M. Spencer perde connaissance, il a prononcé un nom : « Ramona ». Ça vous dit quelque chose ?

Solange secoua la tête.

— Non. Je ne connais personne de ce nom. Lui non plus. En tout cas, pas que je sache. Mais il a peut-être rencontré quelqu'un depuis notre séparation.

L'idée n'avait pas l'air de lui plaire.

— Vous devez vous douter qu'avec l'enlèvement d'Isabelle Coleman, la police de Denton est sur les dents. Comme je connaissais Dirk Spencer du lycée, que j'étais sur place et que c'est à moi qu'il a parlé en dernier, je me suis dit que je devais peut-être aller personnellement avertir sa famille.

Il ne faisait pas chaud dans le restaurant, mais Solange

commença à s'éventer d'une main. Son regard papillonnait, fuyant celui de Josie.

— Ah, d'accord. Mais il n'a pas de famille, ici. Il a une sœur à Philadelphie, Lara, mais ils se parlent à peine. Elle... Elle a toujours des ennuis, vous voyez... Des ennuis avec la justice. Il a une nièce, June. Qui vivait chez lui, mais qui s'est enfuie il y a plus d'un an. Personne ne l'a revue depuis.

— Quel âge a June ?

Solange haussa les épaules.

— Je ne sais pas exactement. Elle doit avoir seize ou dix-sept ans, maintenant. Mais vous ne la trouverez pas.

— Pourquoi dites-vous ça ?

Nouveau haussement d'épaules.

— Parce que Dirk l'a cherchée. Croyez-moi, il l'a cherchée partout. Cette gamine ne veut pas qu'on la trouve.

9

D'après Solange, June était une jeune fille très perturbée. Son père ne s'était jamais occupé d'elle, elle avait vécu à Philadelphie avec sa mère et, à quinze ans, s'était déjà fait expulser de quatre établissements scolaires, arrêter une demi-douzaine de fois, avait survécu à deux overdoses et à une tentative de suicide en se tranchant les veines.

— Sa mère ne vaut guère mieux, dit Solange en écartant les mains comme pour dire que c'était inévitable. C'est une femme qui est allée en cure de désintoxication plus de fois que je ne peux compter, et je ne parle pas de son casier judiciaire. Elle pourrait avoir sa place réservée sur le banc des accusés du tribunal. Pas étonnant que June soit dans un tel état.

Josie se hérissa. Elle savait ce que c'était qu'avoir une mère pareille. À en croire Solange, June était surtout la victime impuissante d'un chaos innommable, une gamine sans ressources, sans personne vers qui se tourner et qui assistait à la lente autodestruction de sa mère. Et y participait même parfois, à son corps défendant. Se détachant de ces pensées, Josie se tourna vers Solange.

— Comment June a-t-elle atterri ici ?

Solange leva les yeux au ciel, mais s'arrêta en voyant que Josie était tout à fait sérieuse.

— Dirk en avait fait sa croisade personnelle. Il ne voulait pas qu'elle suive les traces de sa mère. Dirk et sa sœur ont été élevés par une mère célibataire, morte d'une crise cardiaque quand ils avaient une vingtaine d'années. Donc à part lui et Lara, June n'a aucune famille. Il a dû insister, mais il a fini par convaincre sa sœur de laisser June habiter chez lui, à l'essai. Il voulait l'adopter.

— Sa sœur a refusé ?

Solange hocha la tête.

— Oui. Cette garce est plus que rancunière. Si elle a accepté que June vienne ici, c'est uniquement parce qu'elle avait six mois de prison ferme à purger, après avoir enfreint les règles de sa liberté conditionnelle. L'aide à l'enfance lui avait signifié que si elle ne confiait pas temporairement la garde de June à Dirk, la petite serait placée en famille d'accueil.

— C'était quand, ça ?

— Il y a deux ans, à peu près. June venait d'avoir quinze ans.

— C'est à cette période que vous avez rompu avec Dirk ?

Solange se recroquevilla. Le barman lui fit glisser une bouteille de Coca sur le bar, et elle lui sourit faiblement avant de reprendre, l'air triste :

— Oui. Vous savez, je trouvais ça vraiment bien, que Dirk veuille sauver sa nièce. Sincèrement. Mais bon, j'ai dix ans de moins que lui. Je voulais m'installer, avoir des enfants. C'était ça, notre projet. Prendre chez nous une ado rebelle et perturbée, ça n'était pas quelque chose que nous avions envisagé.

— Donc vous êtes partie ?

— J'ai essayé de m'y faire. Je pensais que, quand June aurait dix-huit ans, Dirk et moi pourrions commencer notre vraie vie à deux, mais je n'ai pas tenu jusque-là. Dirk et moi sommes restés en contact après mon départ ; notre séparation devait être temporaire mais, à un moment, on s'est bien rendu compte qu'on prenait des chemins différents. Dirk me demandait de continuer à passer chez lui, d'être une « figure féminine positive » pour June, alors j'essayais de faire des trucs avec elle, de temps en temps. J'ai tout fait pour essayer de me rapprocher d'elle, je l'ai fait pour Dirk. Mais elle restait fermée comme une huître.

Josie pouvait demander à Ray ou à Noah si June s'était déjà fait arrêter à Denton, mais elle ne se souvenait d'aucun incident auquel aurait été mêlée la jeune fille.

— Elle a eu des ennuis, ici ?

Solange reposa son Coca, fit tourner la paille dans le verre, tinter les glaçons.

— Elle n'était pas aussi dure que je le pensais. Elle séchait les cours, et Dirk l'a surprise plusieurs fois à fumer de l'herbe. Elle fumait des cigarettes, aussi. Il n'aimait pas ça. Mais elle était surtout très déprimée, et mutique. Il lui faisait voir une psy deux fois par semaine. Impossible de savoir si ça servait à quelque chose ou même si elle parlait, en séance. Et il était au lycée comme elle, donc il la surveillait de près. Mais elle ne s'est fait aucune amie.

— Elle se débrouillait comment, scolairement ?

— Bof, passable. Dirk voulait qu'elle participe à des clubs extrascolaires, mais rien ne l'intéressait. En fait, une fois, elle a répondu quelque chose comme : « Pas question de participer à un club de merde ! » ajouta Solange en riant tristement. Elle était juste complètement déprimée, je vous dis. Vous avez grandi ici ?

— J'y suis même née.

— Bon, donc vous savez ce que c'est. À moins d'être hyper-populaire au lycée ou de savoir exactement ce qu'on veut, pour un ado, il n'y a absolument rien à faire, ici.

C'était la pure vérité. Jeune, Josie avait eu quelques ennuis, en grande partie à cause de sa mère. Pourtant, même après le départ de celle-ci, elle se rappelait très bien avoir plongé dans un étrange no man's land à la fin de l'adolescence. On n'était pas assez vieux pour faire ce qui semblait vraiment intéressant. On voulait seulement se soûler, ou se défoncer, ou les deux, et voir ce qui arrivait. Repousser les limites. Si on n'était pas dans une bande au lycée, on se retrouvait marginalisé, impatient de découvrir la vie, mais sans rien pouvoir faire. La seule chose possible, c'était de ruer dans les brancards, surtout dans un endroit aussi petit que Denton. Une ville, certes, mais avec tous les traits et les défauts d'un petit village.

Adolescente, Josie avait très peu d'amis. Ray était la seule personne qui l'ait jamais comprise et, quand les autres s'étaient moqués d'elle parce qu'elle avait décidé sur un coup de tête de fuir Denton et d'aller à l'université, il avait été le seul à la défendre. Elle voyait très bien pourquoi Denton pouvait paraître l'endroit le plus déprimant de la terre aux yeux de June, qui venait d'une grande ville comme Philadelphie.

— Elle avait gardé le contact avec ses amis de Philly ?

— Au début, oui. Mais Dirk ne voulait pas qu'elle reparte les voir, le week-end, et ils se sont lassés, peu à peu. Au bout d'un an, il ne lui restait plus personne. Elle s'est sentie très seule, je pense. Dirk faisait de son mieux et, comme je vous l'ai dit, j'ai essayé de nouer des liens avec elle, parce qu'il me l'avait demandé, mais elle n'allait pas bien du tout. Ça ne m'a pas étonné qu'elle fugue.

— Elle est rentrée à Philadelphie ?

— C'est ce que Dirk a cru, oui, mais aucune des personnes qui la connaissait ne l'y a jamais revue. Et Dirk et sa sœur se sont persuadés l'un l'autre qu'elle avait été enlevée.

Josie sentit des picotements sur sa peau.

— Comment ça ?

— Parce qu'ils n'ont jamais réussi à la retrouver, je suppose. Il est allé voir la police d'ici, et sa sœur et lui ont fait un signalement à Philadelphie, mais ça n'a jamais rien donné.

Josie fronça les sourcils.

— Ça, c'était il y a un an ?

— Oui, acquiesça Solange. Elle avait laissé son téléphone, mais avait emporté quelques affaires personnelles. Elle se trimballait partout avec une vieille sacoche marron qu'on n'a jamais retrouvée.

Il fallait décidément que Josie demande à Noah de se renseigner là-dessus.

— Elle s'est enfuie de chez Dirk ?

— Oui. Dirk est allé faire réviser sa voiture un samedi matin et, à son retour, elle avait disparu.

— Aucun signe d'une éventuelle effraction, d'une intrusion ?

— Rien. Elle était partie, c'est tout. On a interrogé tous les voisins – Dirk a une voisine assez âgée, curieuse, qui se mêle de tout –, mais personne n'avait rien vu. On a pensé, enfin, j'ai pensé qu'elle s'était peut-être enfuie dans la forêt pour... Qu'elle était partie se suicider, vous voyez ?

Josie savait que c'était plus courant en Pennsylvanie centrale qu'on ne voulait bien l'admettre.

— Vous avez fouillé la forêt ?

— Dirk a demandé à des collègues de l'aider à chercher. Ça a duré deux semaines, mais oui, on a fouillé partout. Aucune trace de June. Personne n'a rien vu. Dirk a essayé de faire parler de sa disparition aux infos, mais on lui a répondu que les fugueurs n'intéressaient pas les journaux. Il a placardé quelques affiches en ville, mais ça n'a jamais rien donné.

Cela évoquait quelque chose à Josie.

— Quand elle a disparu, June avait les cheveux bruns et des piercings partout. Aux sourcils et dans le nez, c'est bien ça ?

— Oui. Exactement. Dirk déteste ce genre d'ornements, mais sa mère la laissait faire ce qu'elle voulait.

Le souvenir se précisa dans l'esprit de Josie. Les affiches. Josie avait effectivement déjà vu June. Plus âgée, et avec plus de piercings que sur les photos du frigo de Dirk, mais c'était bien elle. Josie avait demandé au chef pourquoi la police ne participait pas à ces recherches. Il lui avait répondu qu'ils avaient déjà déployé tous les moyens possibles pour la retrouver mais qu'à son avis, elle était probablement repartie à Philadelphie et se faisait héberger ailleurs que dans sa famille. Philadelphie était loin de leur secteur. Josie n'avait pas remis en cause cette hypothèse. Elle n'avait aucune raison de le faire, et aucune raison de creuser le sujet plus avant. Il y avait parfois quelques fugues à Denton : des jeunes perturbés, élevés dans un environnement familial néfaste, toxicomanes. La plupart du temps, la famille n'essayait que mollement de ramener à la maison ces gamins en difficulté. Quand ils finissaient par s'enfuir, c'était plutôt un soulagement. C'était triste mais, dans son métier, Josie voyait passer régulièrement ce genre de cas.

Pourtant, dans la disparition de June Spencer, quelque chose lui semblait ne pas coller, maintenant qu'elle en connaissait certains détails. On avait décrété que June avait fait une fugue uniquement à cause de son passé compliqué. Josie venait de passer chez Dirk Spencer, à la cambrousse, comme disaient les gens de Denton, et il était impossible que June en soit simplement partie à pied. C'était à des kilomètres de tout. Il lui aurait fallu aller quelque part, avec quelqu'un. Elle avait peut-être eu l'intention de partir et marché sur la petite route de montagne avant de se faire embarquer par quelqu'un, mais elle n'avait pas pu s'enfuir à pied, seule, de chez Dirk Spencer. On l'avait sans doute prise en stop, mais était-elle arrivée là où elle le voulait ? Pas sûr. Josie comprenait bien pourquoi Dirk Spencer l'avait cherchée avec tant d'insistance.

— Dirk va-t-il souvent à Philadelphie ?

— Presque jamais. Il déteste les grandes villes.

— Il connaît encore des gens, là-bas ?

— En dehors de sa sœur ? Non.

— Pas d'anciens amis qui pourraient faire partie d'un gang ?

Solange écarquilla les yeux, puis désigna l'écran de télévision.

— Ah, OK, c'est parce qu'ils ont dit à la télé que les types dans la voiture étaient des gangsters, c'est bien ça ? Quel genre de gang ?

— Les Vingt-Trois. Un gang latino.

Solange semblait encore plus perplexe.

— J'ignorais totalement que Dirk avait des amis à Philadelphie, encore moins des gangsters. Je… Enfin, vous l'avez vu, non ?

Josie acquiesça. Elle comprenait ce que Solange voulait dire.

— Il est plutôt naïf, vous voyez ? Je veux dire… Dirk n'a rien d'un dur. Il s'intéresse aux livres, au théâtre et à l'histoire de l'art.

Josie repensa aux bibliothèques qui tapissaient le salon de Dirk Spencer.

— Oui, je vois très bien.

— Je crois qu'il n'a même jamais tenu une arme de sa vie.

Quand Josie l'avait vu, le matin même, il n'avait pas d'arme. C'était aussi le seul passager du véhicule à avoir bouclé sa ceinture. Il n'était pas à sa place dans cette voiture. Ils étaient passés le prendre chez lui, il était monté de son plein gré dans le SUV. Mais il n'était pas à sa place, ça ne cadrait pas.

D'ailleurs, rien de ce que Josie avait entendu jusqu'ici aujourd'hui ne cadrait.

10

Elle revint à elle dans le noir total. Haletant de panique, elle demeura immobile, cligna des yeux plusieurs fois pour s'assurer qu'ils étaient bien ouverts. Ils l'étaient. Tout ça n'avait-il été qu'un rêve ? L'homme dans le bois. Sa main plaquée sur sa bouche. Il l'avait entraînée au plus profond de la forêt. Et puis elle se rappela sa frayeur, bien réelle, lorsqu'il avait pressé plus fort sur sa bouche et son nez, l'avait empêchée de respirer jusqu'à ce que ses poumons brûlent et que sa vision s'obscurcisse.

Et maintenant, ça. Un noir si absolu qu'elle ne voyait même pas son propre corps. Ça n'était pas un cauchemar. On l'avait kidnappée.

Elle sentit sous elle comme un lit de terre, de cailloux et de brindilles. Ses doigts s'enfoncèrent dans le sol tandis qu'elle tâtonnait à la recherche de quelque chose – *n'importe quoi* – de familier. L'air était humide, fétide. Elle se demanda si on l'avait enterrée vivante. *Non*, se dit-elle en se redressant, les jambes tremblantes. L'espace dans lequel elle se trouvait était trop grand pour être une tombe. Elle pouvait s'y déplacer – il fallait qu'elle bouge. Elle tendit les mains, cherchant désespérément des murs et une issue, mais ne rencontra que la pierre froide, humide. Elle eut beau se tourner dans toutes les directions, elle n'entendit que ses propres sanglots. Elle s'essuya le nez avec un pan de sa chemise, se remit à bouger, parcourut frénétiquement des doigts les murs de la pièce, les palpa en haut, en bas, jusqu'à être certaine qu'il n'y avait pas d'issue.

— Ohé ! cria-t-elle dans l'obscurité épaisse qui étouffait les sons.

Aucun écho ne lui parvint.

Elle s'obligea à ralentir, à respirer lentement, profondément, pour calmer les battements de son cœur, à parcourir à nouveau autour d'elle, méthodiquement, chaque centimètre de sa cellule jusqu'à ce qu'enfin ses doigts rencontrent du bois. Une porte. Elle s'y arc-bouta de toutes ses forces, mais la porte était épaisse et refusa de bouger. Elle en suivit les bords, essaya d'enfoncer ses ongles dans les interstices, à la recherche d'un peu de lumière. Pas la moindre craquelure. Pas de poignée, pas de serrure. Elle cogna sur le battant de ses petits poings, jusqu'à en avoir les os en feu, à ne plus rien pouvoir faire d'autre que hurler, hurler, la gorge à vif, la voix rauque.

Personne ne vint.

Elle s'écroula, roulée en boule, tandis qu'il faisait de plus en plus froid dans son réduit. Elle replia les jambes sous sa jupe pour les couvrir entièrement, croisa les mains sous sa chemise, tremblante, se balança d'avant en arrière en murmurant en boucle :

— S'il vous plaît. Je veux rentrer chez moi.

11

Josie résista à l'envie de boire d'autres shots avant de quitter le *Sandman's*. Parler de l'horrible enfance de June avait réveillé quelques-uns de ses propres démons, des fantômes sombres, informes, assoupis mais qui, une fois éveillés, menaçaient de l'engloutir. Il s'était passé et dit trop de choses, aujourd'hui. De nouveau invoqués, ces fantômes lui tournaient autour, la tiraient vers le fond comme un courant sous-marin, l'emportaient vers une mer sombre et insondable. Elle se traîna jusqu'à sa voiture.

À cause de la fusillade, Luke allait travailler tard et la laisser seule. Seule avec les souvenirs ressurgis du passé. Dont il ignorait tout. Elle ne voulait pas lui en parler. Elle préférait qu'il la voie telle qu'elle était à présent, compétente, confiante, sans peur, pleine d'assurance. Seul Ray connaissait son histoire et il faisait partie du passé, lui aussi. Presque tous les amis de Josie étaient policiers, ils devaient tous être au travail. Il y avait bien sa grand-mère, Lisette, sa meilleure amie peut-être, mais elle vivait dans une maison de retraite en périphérie de Denton. Elle ne pouvait appeler personne, en réalité.

Tout allait bien tant qu'elle travaillait. Elle était de service plus souvent qu'à son tour, et ça lui plaisait. En dehors du service, elle passait son temps avec Luke. Mais ce soir, elle n'avait que ses fantômes, ses doutes, des montagnes de questions, et rien pour l'en distraire. Elle effectua un demi-tour en passant devant le *liquor store*. Jim Beam serait peut-être son réconfort, ce soir.

Elle parcourait lentement les rayons lorsqu'elle aperçut une autre femme du coin de l'œil. Elle faillit ne pas la reconnaître. L'autre s'était arrêtée devant les vins en cubi, plus vêtue qu'elle avait jamais dû l'être. Elle avait tiré ses longs cheveux blonds en queue-de-cheval. Sans maquillage ni paillettes, elle portait un simple jean et un petit t-shirt bleu sous un blouson en jean marron. La transformation était assez stupéfiante. Dans ses vêtements ordinaires, Josie aurait pu ne pas identifier la danseuse, à peine habillée, du club de strip-tease local.

Misty dut sentir son regard brûlant posé sur elle car elle leva les yeux et les écarquilla comme dans un dessin animé en repérant Josie à l'autre bout du rayon. Josie remarqua qu'elle avait à la main un téléphone et un porte-monnaie. *Pas de poches*, se dit-elle, en ravalant une plaisanterie à propos des dimensions de ses petites culottes.

— Laissez-moi tranquille, déclara Misty.

Josie ne put s'empêcher d'éclater de rire, ce qui fit sursauter Misty. Celle-ci n'avait que quelques années de moins qu'elle. Elle devait être en seconde à Denton East quand Josie et Ray faisaient leur terminale, mais Josie ne s'en souvenait pas. Elle ne comprenait pas non plus pourquoi elle était allée travailler au seul et unique club de strip-tease de Denton, le *Foxy Tails*. Mais Misty avait gardé un air juvénile que Josie ne supportait pas. Elle paraissait toujours sincèrement surprise de l'animosité dont les autres faisaient preuve à son égard, ce que Josie trouvait bizarre : elle ne devait pas être la seule femme à avoir trouvé son mari dans le lit de Misty. Josie était convaincue qu'elle avait dû

JEUNES DISPARUES   57

faire face plus d'une fois à une épouse légitime furibarde. Elle s'avança d'un pas.

— Je suis sérieuse, dit Misty. Je vais appeler Ray.

— Ne vous gênez pas.

Misty s'empourpra de la gorge à la racine des cheveux, et leva haut son téléphone.

— Je ne rigole pas. Fichez-moi la paix.

Josie étrécit les yeux, une main sur la hanche.

— Et qu'est-ce que vous croyez que je vais vous faire, Misty ?

Un éclair d'affolement passa dans les yeux de biche de la strip-teaseuse.

— Je... je ne veux pas vous parler.

Elle se recroquevilla quand Josie se remit à rire.

— Ha ! je n'ai aucun intérêt à vous parler, mais je sais que les gens qui font ce que j'ai envie de vous faire se retrouvent en prison.

Misty passa du rouge au cramoisi.

— C'est... Vous me menacez ?

Josie prit une voix grave.

— Vous avez peur ?

Sur l'écran du téléphone, les doigts de Misty tremblaient. Sa voix dérapa dans les aigus quand elle reprit la parole.

— J'appelle Ray.

Josie ne la lâcha pas des yeux. Elle entendit la tonalité, encore et encore, puis le message préenregistré de la boîte vocale de Ray. « Vous êtes bien sur la messagerie de Ray Quinn... »

— Il ne répondra pas, il a beaucoup de boulot, dit Josie.

Misty laissa son bras retomber, fit deux pas en arrière.

— Ne m'approchez pas, dit-elle sans conviction.

— Pourquoi ? Pourquoi ? Vous ne respectez pas les autres, pourquoi est-ce que je vous respecterais, toi ?

Les traits de la jeune femme se déformèrent et Josie comprit qu'elle allait découvrir la vraie Misty.

— Oh, arrêtez un peu. Si vous saviez rendre votre mari heureux, il ne serait pas venu me chercher.

Josie fut piquée au vif. N'était-ce pas pour cela que Josie se lamentait tant de l'échec de son mariage ? Parce qu'elle ne lui suffisait pas ? Parce que peut-être, si elle avait pu lui pardonner ce qui s'était passé, Ray ne serait pas allé voir ailleurs ? Elle s'était toujours dit qu'elle n'y était pour rien. Ils étaient ensemble depuis le lycée. Les jours où elle se sentait moins solide, elle voyait bien qu'il semblait s'être lassé d'elle – elle s'ennuyait parfois avec lui, elle aussi. Mais ce n'est pas que Ray ait couché avec Misty qui lui avait fait le plus mal. C'est qu'il en était tombé amoureux.

Et qui tombait amoureux d'une femme comme Misty ? Une strip-teaseuse, rien que ça. Quel cliché ! Ça la rendait physiquement malade.

— À votre place, je ne me vanterais pas de briser des couples.

Un sourire cruel fendit le visage de Misty.

— Ray m'a dit que vous ne le satisfaisiez plus, dit-elle doucement.

Peut-être à cause de l'alcool, ou de la sale journée qu'elle venait de passer, ou des mois passés à enrager sur la dissolution de son mariage, sur le refus de Ray de signer les papiers du divorce, ou peut-être à cause de tout ça à la fois, la réaction de Josie fut immédiate. Avant même qu'elle se rende compte de ce qu'elle faisait, elle fit un pas en avant, donna un coup d'épaule dans la poitrine de Misty qui recula en titubant, battit des bras pour essayer de retrouver l'équilibre, en vain, et s'écroula dans les étagères derrière elle. Des bouteilles de vin rouge explosèrent sur le carrelage en un geyser de liquide pourpre. Le vacarme fut assourdissant.

Avant que Misty ou les employés du magasin aient pu

réagir, Josie s'enfuit en courant, franchit la porte automatique sans même attendre qu'elle s'ouvre entièrement. L'air frais du soir lui fit du bien tandis qu'elle fonçait en tremblant vers sa voiture.

Elle s'appuya contre la portière, respirant profondément, et se força à se calmer. En baissant les yeux, elle s'aperçut qu'elle avait les poings serrés et, quand elle les décrispa, elle vit que ses doigts tremblaient.

— Salope ! glapit Misty d'une voix stridente.

Celle-ci se tenait à dix mètres d'elle, devant la boutique, couverte de vin rouge et d'éclats de verre, haletante, en larmes. Elle hurla une seconde fois :

— Espèce de salope !

Josie resta muette. Elle parvenait à peine à respirer. Elle avait cru que voir Misty dans cet état, choquée, humiliée, lui ferait du bien. Mais elle se sentait encore plus mal. Elle était vide, creuse, honteuse.

Elle rentra chez elle le plus vite possible.

12

Une sonnerie ininterrompue tira Josie du sommeil. Elle avait la tête lourde, embrumée, comme si on lui avait enfoncé de la gaze dans les orbites et du coton dans la bouche. Un haut-le-cœur la fit se plier sur le rebord du lit. Elle jeta un coup d'œil au réveil. Il était plus de midi. Elle n'avait pas dormi aussi tard depuis l'université. La sonnerie, comme une mitraillette, suivait le rythme des pulsations de son mal de crâne. Elle se retourna, tenta de s'asseoir au bord du lit. Grossière erreur. Elle essaya de se rappeler une fois où elle avait eu aussi mal partout, en vain. Une douleur sourde occupait tout le bas de son dos, les élancements dans sa jambe étaient comme des roulements de tambour. Elle fouilla sa commode à la recherche d'ibuprofène, en avala plusieurs comprimés, sans eau, comme d'habitude, qui lui laissèrent un sale goût pâteux dans la bouche.

Dingdongdingdongdingdong !

Un rapide coup d'œil autour d'elle ne lui permit pas de localiser son téléphone. À côté de son oreiller gisait une bouteille de tequila. Il restait un fond du liquide ambré, qu'elle engloutit pour faire descendre les antidouleurs. Elle se redressa maladroitement.

Dingdongdingdongdingdong !

Puis elle entendit une voix familière. Étouffée, mais qu'elle parvint à distinguer.

— Ouvre, bon Dieu, Jo ! Je sais que tu es là !

Seul Ray l'appelait « Jo ». Elle le laissa jouer de la sonnette comme de la gâchette d'une arme à répétition et s'égosiller jusqu'à avoir la gorge à vif, et prit son temps pour descendre l'escalier. Quand elle ouvrit la porte, un soleil aveuglant inonda son hall d'entrée. À contre-jour, Ray n'était qu'une silhouette informe. Josie se palpa le crâne. Les cheveux tout aplatis sur un côté, elle devait avoir une sale tête.

— Luke est là ? demanda Ray.

Elle cligna des yeux, tentant de distinguer ses traits.

— Qu'est-ce que tu crois ?

— Ce que je crois, c'est que tu as une sale tête. Tu es malade ?

Puis il renifla et eut un mouvement de recul.

— De la tequila ? Sérieusement, Jo ?

Josie soupira. Elle n'était pas sûre de pouvoir rester debout très longtemps, tant elle était endolorie, mais elle ne voulait pas le laisser entrer. Elle ne voulait pas de lui dans son sanctuaire.

— Ce n'est pas moi qui ai des problèmes d'alcool, Ray, marmonna-t-elle, volontairement blessante. Qu'est-ce que tu veux ?

Ses yeux s'étaient habitués à la lumière et elle put voir qu'il triturait à deux mains le rebord de sa casquette, comme souvent, ces temps-ci. Il ressemblait à un suppliant, avec son couvre-chef dans les mains. Comme s'il voulait l'implorer.

— Misty m'a raconté ce qui s'est passé hier soir.

— Et... ?

— Tu ne peux pas lui faire ça, Jo.

— Va te faire foutre.

— Tu as de la chance qu'elle ne porte pas plainte.

— Oh, ça va.

— Je suis sérieux. Laisse-la tranquille. C'est moi qui t'ai trompé, pas elle.

— Oui, j'imagine que oui. Elle n'est qu'une pétasse sans intérêt.

Un muscle tressaillit dans la mâchoire de Ray.

— Jo.

Josie leva les yeux au ciel.

— Ray, je ne lui ai absolument rien fait. J'étais juste là dans le magasin.

Il lui lança un regard dubitatif. Ses traits étaient plus nets à présent, et elle voyait bien qu'il était à bout. Il était mal rasé, avec de grandes poches sous ses yeux brouillés. Son uniforme de la police de Denton pendouillait lamentablement.

— Elle dit que tu l'as poussée.

— Je l'ai à peine frôlée.

— Jo, sois honnête.

— Oh, c'est bon, Ray. Comment une femme comme elle peut-elle être aussi sensible dès que je la touche ? Elle n'est pas en verre, que je sache, bon Dieu.

Ray ferma les yeux, martyrisa sa casquette de plus belle, les jointures de ses phalanges virèrent au blanc. Elle vit qu'il comptait mentalement jusqu'à dix.

— On peut continuer à se disputer là-dessus, tu n'auras jamais raison, reprit-elle. Pourquoi est-ce que tu es réellement venu ?

Il rouvrit brusquement les yeux, soupira lourdement.

— Tu te souviens que tu m'as demandé d'aller interroger les délinquants sexuels des environs ?

Un frisson d'excitation parcourut Josie.

— Vous avez retrouvé Isabelle Coleman ?

— Non. Pas elle. Une autre fille. Dont on ne... Dont on ne savait pas qu'elle avait disparu. On pensait qu'elle avait fugué.

Josie sut ce qu'il allait dire avant qu'il rouvre la bouche, mais elle le laissa parler.

— Elle s'appelle June Spencer.

13

— Attends, tu viens de dire qu'elle *s'appelle* June Spencer. Elle est vivante ?

— Oui.

Le soulagement de Josie fit vite place au malaise. June avait disparu depuis un an, c'était une très longue captivité. Elle n'osait même pas imaginer ce qu'elle avait dû subir. La nausée qu'elle avait combattue un peu plus tôt la reprit de plus belle. Elle se plia en deux et vomit sur son perron ce qui lui restait de tequila dans l'estomac.

— Mon Dieu, dit Ray en posant la main sur son dos pour la réconforter.

Josie se tortilla.

— Ne me touche pas.

— Qu'est-ce que tu as ?

Elle se redressa, repoussa une vague de vertige, s'essuya la bouche d'un revers de main.

— Ça va. Comment va June ?

— Elle est catatonique.

— Qu'est-ce que tu veux dire ?

Ray continuait à l'observer comme si elle était un animal

sauvage. Il tendit le bras vers elle, le rabaissa quand elle le fusilla du regard.

— Je veux dire qu'elle est catatonique. Elle est là, mais elle n'est pas là. Elle ne parle pas, ne réagit pas, ne répond pas. Quand elle te regarde, c'est comme si tu étais transparent. Mais les médecins disent qu'elle est indemne, sur le plan neurologique.

Josie leva les deux mains pour essayer de se lisser les cheveux, tout en cherchant à comprendre. Il lui fallait absolument une douche chaude et un café.

— Où est-elle, en ce moment ?

— À l'hôpital Denton Memorial. Ils disent qu'elle est en bonne forme. Physiquement. Forte, même. Le pervers qui l'a enlevée devait bien la nourrir. Mais ils ont fait un examen complet, pour voir s'il ne l'avait pas violée.

Les mains de Josie retombèrent, elle s'adossa au chambranle. Elle avait soif. Elle avait envie de s'asseoir, de se brosser les dents, d'avaler un Alka-Seltzer. Mais elle ne voulait pas laisser entrer Ray.

— C'était qui ?

— Donald Drummond. Il habite à l'autre bout de Denton, sur 7th Street. La maison appartenait à sa mère. En sortant de prison, il s'est installé chez elle, et puis elle est morte.

Josie connaissait ce nom et cette rue. Elle connaissait les noms de tous les délinquants sexuels de Denton, qui s'ajoutaient à sa petite liste personnelle, celle des hommes qu'elle soupçonnait.

— Le gros balèze ?

— Oui, celui-là. Plus de deux mètres, et pas maigre, ça, c'est sûr.

— Il s'est rendu sans résister ?

Elle essaya d'imaginer combien d'agents il avait fallu pour lui passer les menottes, mais Ray répondit :

— Pas du tout. Le chef a été obligé de tirer. Pleine poitrine. Il a pris trois balles avant de tomber.

Josie n'eut aucun regret pour Drummond. Elle aurait voulu être sur place, elle aurait même été la première à entrer chez lui. Le commissariat devait être bien vide pour que le chef lui-même se soit rendu sur les lieux. Depuis cinq ans qu'elle était dans la police de Denton, elle ne l'avait jamais vu quitter son bureau, sauf pour les pots de fin d'année et les très rares fois où il était allé chercher son quad pour le mettre à disposition de la police de Denton.

— La vache.

Elle ne trouva rien d'autre à dire. Le sourire que Ray lui adressa aurait pu passer pour une grimace.

— Oui, ça a été chaud.

— Où était-elle ? Où est-ce qu'il l'avait enfermée ?

— Une chambre à l'étage. Aménagée comme une cellule. Renforcée de partout. Elle n'avait aucune chance de s'enfuir. Le chef fait tout fouiller pour voir s'il n'y en a pas eu d'autres.

Josie changea de position, essayant de soulager sa jambe meurtrie, qui lui faisait mal quelle que soit sa posture. Il allait très vite lui falloir quelque chose de plus costaud que l'ibuprofène. Plus de tequila, peut-être.

— D'autres ?

— Oui, dans le jardin, et tout ça. Ils attendent qu'on leur envoie des chiens renifleurs de cadavres. On va creuser partout, pour être sûrs qu'il n'y a personne d'enterré là-bas. Le chef se dit qu'il a peut-être aussi enlevé Isabelle Coleman.

— Il y avait des traces fraîches dans le jardin ? Comme s'il avait été bêché récemment ?

— Non, je ne crois pas.

Bien sûr. Ça n'était pas possible. Ça n'avait pas de sens. Le type avait séquestré June une année entière. Isabelle avait disparu depuis six jours. Pourquoi s'en débarrasser aussi vite, si c'était un collectionneur ? Non, Isabelle avait été enlevée par quelqu'un d'autre. L'idée ne fit qu'aggraver la nausée qui soulevait l'estomac de Josie. Ray tenta à nouveau de lui effleurer le bras.

— Tu peux me faire entrer, tu sais. J'ai deux heures avant de devoir repartir.

Josie leva la main pour l'en empêcher.

— Non. Je ne veux pas que tu entres chez moi.

L'air déconfit qu'il prit déclencha chez elle un sentiment de culpabilité. Jusqu'à ce qu'elle se rappelle précisément pourquoi elle ne voulait pas le laisser entrer.

— Si tu as deux heures, pourquoi tu ne les passes pas avec ta petite amie ? Je ne te ferai entrer chez moi que pour signer les papiers du divorce.

Ray baissa les yeux.

— C'est que... Justement, je voulais te parler de Misty et moi. Surtout après ce que tu as fait hier soir.

Un éclair de rage la traversa.

— Il n'y a que ça qui te préoccupe, hein ? Tu te fous de ce qui se passe dans cette ville. Tout ce qui t'intéresse, c'est d'être sûr que je laisse ta petite amie tranquille. Et pourtant, tu ne veux pas accepter le divorce. Je ne te comprends pas, Ray. Pourquoi est-ce que tu fais ça ? Je n'ai rien fait de mal, moi. Rien ! Pourquoi est-ce que tu me fais ça ?

Sa voix avait pris un ton aigu, perçant, inhabituel. Des larmes lui brûlèrent les yeux, roulèrent sur ses joues, achevant de l'humilier. Elle leva les bras, le repoussa le plus durement possible.

— Je te déteste !

Ray resta debout, n'esquissa pas le moindre demi-tour. Il absorba la poussée en reculant de deux pas, puis revint face à elle, poitrine offerte, bras le long du corps, sans chercher à éviter ses coups. Elle lui en donna plusieurs qu'il reçut sans broncher. Il gardait les yeux baissés, en signe d'humilité. Elle avait besoin de le repousser, et il la laissait faire. Qu'il sache encore ce dont elle avait besoin et qu'il le lui accorde volontiers ne fit qu'empirer les choses. Elle laissa retomber ses bras. Elle se sentait vidée, malade, épuisée comme jamais. Bile et tequila lui brûlaient la gorge.

— Va-t'en, Ray.

Ils étaient à quelques mètres de la porte. Il ramassa sa casquette et se dirigea vers sa voiture garée dans la rue en marmonnant :

— Une autre fois, peut-être, alors.

Il arriva au bout de l'allée, posa la main sur la poignée de sa portière, puis se retourna vers Josie.

— Attends un peu. Tu savais déjà qui était June Spencer, non ?

Josie ne répondit pas.

— Comment le savais-tu ?

Elle resta muette.

— Jo ! Ne me dis pas que tu mènes ta propre enquête de ton côté.

— J'ai trouvé un faux ongle près de la boîte aux lettres des Coleman.

Ray secoua la tête.

— Bon Dieu, Jo.

— Il est rose. Rose vif, avec des rayures jaunes. Je t'enverrai une photo plus tard.

— Ne fais pas ça.

Il pointa l'index vers elle.

— Ne fais plus rien. Le chef aura ta peau s'il s'en aperçoit. Je t'ai parlé de June Spencer par courtoisie, parce que je savais que tu allais en entendre parler aux infos et que tu allais m'appeler, et aussi parce que Dirk Spencer était dans la voiture qui a failli t'écraser hier. Mais je te préviens, maintenant : arrête.

Josie poursuivit comme si elle n'avait pas entendu.

— Il faut que tu découvres à qui est ce faux ongle. À Isabelle ? À sa mère ? À une des volontaires ? Isabelle mettait des faux ongles, j'ai vu des photos d'elle et de ses copines sur sa page Facebook. Visiblement, elles allaient souvent chez la manucure. Quoi qu'il en soit, ça peut être important.

— Je suis sérieux, Jo, arrête tout de suite. Pour ton propre bien. Rentre chez toi et repose-toi. Et puis appelle Luke. Pars en voyage. Prends un abonnement à Netflix. Fais n'importe quoi. Mais lâche l'affaire Coleman, bon Dieu.

14

Les locaux de la police d'État où Luke était affecté étaient à trente-cinq kilomètres du centre de Denton, au bord d'une route à deux voies où la vitesse était limitée à quatre-vingt-dix kilomètres à l'heure. C'était une bâtisse trapue à toit plat, entourée par la forêt sur trois côtés. Il n'y avait aucun autre bâtiment à moins de trois kilomètres à la ronde. Josie s'y était souvent rendue, frappée à chaque fois par l'isolement et l'austérité des lieux. Chaque année, à Noël et le 4 juillet, quelques policiers essayaient en vain d'égayer l'endroit avec des décorations achetées au Walmart le plus proche. Les guirlandes lumineuses et autres ornements dorés tape-à-l'œil restaient accrochés devant l'entrée, pendouillant de plus en plus tristement jusqu'en juin. On les remplaçait alors par de grandes banderoles à franges et de longs rubans aux couleurs nationales qui restaient jusqu'à Halloween. De mi-octobre à fin novembre, après Thanksgiving, une citrouille solitaire plantée sur un petit ballot de paille factice montait ensuite la garde sur le perron. C'était mieux que rien, mais l'endroit n'en demeurait pas moins déprimant.

Josie ne comprenait pas comment Luke pouvait supporter

ça. Elle aimait beaucoup le vieil immeuble à trois étages qui abritait la police de Denton, l'ancien hôtel de ville reconverti en commissariat soixante ans auparavant. C'était un immense bâtiment gris, avec des moulures compliquées surmontant des fenêtres en ogive à double battant, et un vieux clocher dans un angle. Il faisait presque penser à un château. À chaque fête ou jour férié, l'association historique locale envoyait quelqu'un décorer l'endroit. Il avait du cachet. Il manquait à Josie.

Elle pensait avec nostalgie à son bureau du deuxième étage lorsqu'elle se gara sur le parking. Autour d'elle, deux voitures officielles et quelques véhicules personnels, dont le Ford F-150 blanc de Luke. Elle savait qu'il était là. La veille, pendant qu'elle craquait face à Ray, il lui avait envoyé quatre SMS, laissé trois messages de plus en plus affolés. Le temps qu'elle retrouve son téléphone et le rappelle, il était à deux doigts de lui envoyer le SWAT pour voir si tout allait bien. Il n'avait pas pu quitter son poste, mais il s'inquiétait visiblement pour elle. Il lui avait demandé si elle était passée à l'hôpital pour faire examiner sa jambe, et s'était agacé quand elle avait répondu par la négative. Elle avait dû faire un immense effort pour ne pas l'envoyer bouler.

— Il faut vraiment que je me repose, avait-elle dit en espérant ne pas paraître trop énervée.

Elle avait pris une douche chaude, allumé sa cafetière électrique et dormi douze heures d'affilée. À son réveil, les messages sans réponse s'étaient accumulés, et elle avait promis à Luke de venir déjeuner avec lui le lendemain.

Elle eut un frisson d'excitation en le voyant franchir la porte et venir à sa rencontre. Il était en uniforme et elle savait ce qui l'attendait, dessous. L'idée de le voir nu la réveilla mieux que la cafetière entière qu'elle avait bue avant de prendre sa voiture.

En souriant, il se pencha vers sa fenêtre ouverte.

— Vous savez pourquoi je vous ai demandé de vous arrêter sur le côté, madame ? demanda-t-il, faussement sérieux.

Josie lui sourit.

— Je ne sais pas, monsieur l'agent, mais j'espère bien avoir droit à une fouille complète.

Il l'entoura de ses longs bras quand elle sortit de sa voiture, la serra contre lui et l'embrassa. Un baiser long, lent et tendre, comme toujours. Josie sentit son corps réagir à son contact, un désir violent montant en elle. Elle voulait sa bouche, ses mains partout sur son corps. Elle voulait qu'il efface la frustration de ces deux derniers jours. Elle l'embrassa plus brutalement, lui mordilla la lèvre inférieure.

— Wow ! dit-il en l'écartant doucement.

Il recula un peu, lui sourit d'un air interrogateur et la dévisagea.

— C'était quoi, ça ? Tout va bien ?

Elle espéra lui rendre un sourire moins gêné que ce qu'elle ressentait.

— Très bien. Tu m'as manqué.

Il lui remit doucement une mèche de cheveux en place.

— Désolé de ne pas avoir pu venir.

— Ça va, maintenant. Mais j'aurais vraiment aimé que tu sois là, ces deux derniers jours.

Il lui prit la main, caressa sa paume, effleura la bague de fiançailles qu'elle n'avait pas oublié de mettre.

— Je vais me rattraper, promit-il.

Elle releva un sourcil.

— Quand ?

Luke se mit à rire.

— Dès maintenant. Je t'emmène déjeuner.

Mais elle n'avait pas envie d'aller déjeuner. Elle n'avait pas faim. Elle n'avait pas envie de discuter de comment elle se sentait. C'était lui qu'elle voulait. Entremêlant leurs doigts, elle l'écarta de la voiture, l'entraîna à l'extrémité du parking, vers le bosquet le plus épais qu'elle puisse trouver aux abords du bâtiment.

Il la laissa faire avec réticence.

— Josie. Qu'est-ce qui se passe ? Tu m'emmènes où ?

— Tu verras bien, dit-elle par-dessus son épaule.

Ils se frayèrent un chemin entre les arbres et les rochers. Tous les quelques pas, elle se retournait, ignorant l'air confus et inquiet de Luke, pour vérifier si le bâtiment était encore visible. Lorsqu'ils furent enfin assez éloignés, elle s'arrêta et se tourna vers Luke.

— Qu'est-ce qu'on fiche ici ? demanda-t-il.

Elle se débarrassa de son blouson, de son t-shirt Rascal Flatts et de son soutien-gorge. Luke ne dit rien, mais sourit nerveusement en la voyant retirer à la hâte ses chaussures, dézipper son pantalon. Il avait les mains sur les hanches.

— Tu es complètement dingue, tu le sais ?

Mais ses yeux brillaient d'envie quand elle ôta le reste de ses vêtements.

— Je constate que tu ne t'enfuis pas, répliqua-t-elle.

— Pas question de m'enfuir, dit Luke, la voix rauque.

Ses yeux passèrent de ses seins à sa jambe, qu'elle avait eu le bon sens d'envelopper d'un bandage dans la matinée.

— Comment va ta jambe ?

— Ça va.

Il hocha la tête, sans cesser de l'examiner.

— Tu es assez amochée. Tu es sûre que tu te sens bien ?

— Mais oui, ça va, répliqua-t-elle, d'une voix presque impatiente.

Il jeta un coup d'œil autour d'eux.

— On est en plein bois.

— Je sais.

Elle connaissait cette forêt, elle s'y sentait bien. Elle et Ray l'avaient explorée dès l'âge de neuf ans. Ils avaient même donné des noms à certains endroits particuliers – falaises, vallons ou formations rocheuses, par exemple. Peu d'endroits lui étaient encore inconnus. Elle était mieux ici que dans sa voiture ou dans celle de Luke.

Luke entreprit de dégrafer son holster. Accroché à sa ceinture par quatre passants à boutons-pressions, il contenait son SIG 227 de service, une matraque, une bombe lacrymogène, des menottes et une petite radio.

— Tu as une idée du temps qu'il me faut pour enlever et remettre ce truc ?

Josie plissa les yeux et se lécha les lèvres.

Il s'arrêta, l'air perplexe, tout à coup, comme s'il ne reconnaissait plus la femme qui lui faisait face.

— Mais qu'est-ce que tu as ?

Elle fit un pas vers lui.

— Tais-toi, dit-elle en tirant sur les passants et en lui retirant ceinture et holster, qu'elle jeta au sol.

Il la fixait toujours comme une étrangère. Avant qu'il puisse dire un mot, elle se dressa sur la pointe des pieds pour s'emparer de sa bouche, l'embrasser avec fièvre. Ses mains plongèrent vers sa braguette.

Luke lui agrippa les bras, s'arracha à son baiser, mais ne s'écarta pas d'elle.

— Josie, haleta-t-il en cherchant son regard.

— Rattrape-toi, Luke, dit-elle, du défi dans la voix. Là, maintenant, tout de suite.

Son injonction flotta un long moment dans l'air, au-dessus d'eux. Elle se demanda s'il allait refuser. Elle plongea la main dans son pantalon, s'empara de son sexe. Si son cerveau disait autre chose, son corps, lui, était prêt.

— Viens.

Elle se retrouva adossée à un arbre. Luke, le pantalon aux chevilles, la souleva comme si elle ne pesait rien, entra en elle avec une délicatesse qui fit vite place à l'urgence. L'écorce de l'arbre lui râpait le dos, en rythme, réveillant la brûlure de l'accident. La douleur aiguë devint délicieuse, grisante, oblitérant toute autre pensée, toute autre sensation.

— Plus fort, lui souffla-t-elle à l'oreille.

En se contractant de tout son corps autour de son sexe, elle laissa échapper un long cri de plaisir. C'était au moins une chose sur laquelle elle pourrait toujours compter. En revenant à la voiture, échevelée, en sueur, satisfaite, Josie se sentit plus lucide qu'elle ne l'avait été depuis longtemps.

15

Ils allèrent déjeuner dans un *diner* à plusieurs kilomètres de là, à l'opposé de Denton. C'était bon d'être ailleurs un moment. Josie commanda un double cheeseburger avec des frites et des bâtonnets de mozzarella fondue. Faire l'amour lui donnait toujours une faim de loup, la faisait déborder d'énergie. Plus rien ne lui résistait. Ray disait souvent que la cocaïne avait des effets similaires. Ils s'étaient séparés un temps, quand ils étaient à l'université. Elle avait essayé d'autres hommes, lui, les drogues. Faire l'amour avec Luke était satisfaisant, mais jamais autant qu'avec Ray. Jusqu'à aujourd'hui. Elle planait, comme si elle était sur le toit du monde sans risquer d'en tomber.

En face d'elle, Luke chipotait son burger, jouait avec la plus longue de ses frites pour regrouper les autres en troupeau.

— À quoi penses-tu ?

Luke, sans relever la tête, répondit par une autre question.

— Ray a signé les papiers ?

— Pas encore. Tu sais, il est occupé par l'affaire Coleman et avec l'histoire des Spencer en plus...

Au nom de Spencer, Luke se redressa.

— J'en ai entendu parler. Un truc de dingue. Au fait, tu sais que l'oncle est encore vivant ?

Josie ne le savait pas.

— Il a parlé ?

Luke secoua la tête.

— Non. Toujours dans le coma. On n'a rien trouvé dans son téléphone, non plus. Quelques SMS échangés entre lui et le conducteur pour qu'ils passent le prendre, mais rien qu'on ne sache déjà. Il paraît que les gars de ton service n'arrivent même pas à joindre sa famille.

— Il a une sœur à Philadelphie.

— Oui, mais elle est aux abonnés absents. Personne n'arrive à mettre la main dessus.

— Donc June Spencer est seule.

C'était un constat, pas une question. June finirait bien par quitter l'hôpital et Josie se demanda où elle irait ensuite. Elle vivait officiellement chez Dirk mais, si elle était aussi perturbée que Ray l'avait dit, il fallait que quelqu'un s'occupe d'elle. Solange accepterait-elle de l'héberger ? Josie pensait que non. Solange n'avait pas assez de cran pour ça.

Luke haussa les épaules.

— À moins que son oncle se rétablisse ou que sa mère réapparaisse, oui, je suppose qu'elle est toute seule. Je ne sais pas trop.

— Du nouveau sur la fusillade ?

Il avala une bouchée de son cheeseburger, le reposa dans son assiette, s'essuya les mains.

— Pas grand-chose. On a demandé à nos gars de Philly de prévenir les familles et de poser quelques questions mais, sans surprise, personne ne veut parler. On n'a aucune idée de qui leur a tiré dessus, on sait seulement qu'ils se dirigeaient vers l'ouest. Ils ont pris l'autoroute à la hauteur de Bowersville.

Josie fronça les sourcils.

— C'est la bretelle la plus proche du domicile de Dirk Spencer. Donc ils sont passés le prendre et ont pris l'autoroute là-bas. Mais pour aller où ? La sortie suivante, c'est celle du *Stop & Go*, qui mène à Denton. Ils roulaient dans la direction opposée à Philadelphie. Dans ce sens-là, la grande ville la plus proche est à plus de trois cents kilomètres.

— Aucune idée. On ne saura peut-être jamais. Sauf si Dirk Spencer se réveille pour nous le dire. Je suis persuadé qu'ils sont sortis à Denton parce qu'on leur tirait dessus.

— C'est logique. Il n'y a pas beaucoup d'endroits où se planquer sur l'autoroute. Vous avez une idée de l'endroit où la fusillade a démarré ?

— À mi-chemin entre les deux sorties, apparemment. On a trouvé des douilles à cinq kilomètres de la bretelle d'accès de Bowersville.

Donc ils avaient pris la Route 80 et roulé cinq kilomètres avant les premiers coups de feu. Il y avait trois kilomètres de plus jusqu'à la sortie qu'ils avaient prise, déjà salement blessés.

— Je me demande s'ils étaient poursuivis avant de prendre la bretelle à Bowersville. C'est peut-être pour ça qu'ils ont pris l'autoroute. Pour pouvoir se sauver en vitesse sans trop attirer l'attention.

— On y a pensé. Quelqu'un est en train d'éplucher les bandes de vidéosurveillance des divers commerces de Bowersville, pour voir si l'Escalade y apparaît à un moment, et si elle est suivie.

— Et le lien entre Spencer et les types de la voiture ? demanda Josie.

— On n'en a aucun pour l'instant. On sait juste qu'ils arrivaient de Philadelphie et qu'ils y habitaient. Tous les gens qu'on a interrogés là-bas n'ont jamais entendu parler de Spencer.

— C'est bizarre, non ?

— Il se passe beaucoup de choses bizarres, ces temps-ci, marmonna Luke en baissant les yeux sur son assiette.

Josie s'immobilisa, un bâtonnet de mozzarella à moitié enfoncé dans la bouche.

— Qu'est-ce que tu veux dire par là ?

Il releva les yeux.

— C'était quoi, aujourd'hui ? Ce qu'on a fait dans le bois...

Elle résista à l'envie de lever les yeux au ciel. La plupart des hommes n'auraient manifesté que de la reconnaissance. Mais être avec Luke était une épée à double tranchant : elle pouvait absolument compter sur lui pour ne jamais la mettre dans la situation où Ray l'avait plongée et, en même temps, sa grande sollicitude l'agaçait profondément.

— Pourquoi tu me demandes ça ?

— Je m'inquiète pour toi. Avec tout ce qui se passe... Ta mise à pied, ce qui est arrivé au *Stop & Go*. Et puis je sais que tu brûles de reprendre le boulot. Que ça te mine. Isabelle Coleman n'a pas reparu et tu as interdiction de t'en mêler. Je veux juste être sûr que... que tu vas bien, tu comprends ?

Josie se força à sourire. Non, elle n'allait pas bien. Pour les raisons qu'il venait d'énumérer, et pour d'autres aussi. Mais elle n'avait aucune envie d'en parler. Luke avait déjà fait tout ce qu'il pouvait faire pour elle, tout à l'heure, dans le bois. Elle tendit le bras et lui tapota gentiment la main.

— Ne t'en fais pas, ça va très bien.

16

Lisette Matson mélangeait son jeu de cartes de ses mains noueuses, telle une magicienne. Josie avait toujours été fascinée par la dextérité de sa grand-mère quand elle se lançait dans une réussite ou qu'elles faisaient une partie de kings in the corner. Elles étaient attablées dans la cafétéria de Rockview Ridge, l'unique maison de retraite de Denton. Le dîner était terminé et la plupart des résidents musardaient, certains lisant, d'autres faisant leurs mots croisés et d'autres encore papotant doucement. Un homme en fauteuil roulant avançait péniblement en s'aidant de ses pieds et passait d'une infirmière à l'autre pour se plaindre.

— Sherri m'a volé mon larynx.

Il posait à chaque fois un objet contre une canule dans sa trachée pour se faire entendre. Cancer de la gorge. Josie avait oublié son nom, mais elle se rappelait que sa grand-mère lui en avait déjà parlé. Lisette était au courant de l'état de santé de tous les résidents. Les médecins avaient dû lui faire une trachéotomie et le vieil homme avait maintenant besoin d'un larynx artificiel pour parler. Une infirmière en blouse bleue s'arrêta avant de franchir la porte de la cafétéria avec le chariot de médicaments qu'elle poussait.

— Allons, Alton, pourquoi Sherri ferait-elle une chose pareille ?

Il reposa son larynx artificiel contre son cou.

— Parce que c'est une connasse, répondit-il d'une voix métallique avant de se mettre à rire silencieusement.

Plusieurs femmes dans la salle, dont Lisette, répliquèrent :

— Ferme-la, Alton !

— Alton, ces grossièretés ne sont pas nécessaires, dit l'infirmière en lui faisant les gros yeux avant de repartir.

Lisette marmonna :

— Il aime bien énerver les gens, celui-là. Tu devrais entendre les horreurs qu'il nous balance quand les infirmières ne sont pas là. Et il accuse la pauvre Sherri de lui avoir pris son foutu larynx au moins une fois par semaine. Et pourtant il l'a toujours avec lui. Quelqu'un devrait lui prendre pour de bon et lui fourrer dans le...

— Mamie ! coupa Josie en se retenant de rire.

Lisette battit des cils, comme pour dire : « Qu'est-ce que j'ai dit de mal ? », et se remit à son jeu de cartes.

À l'autre bout de la salle, ledit Alton agita dédaigneusement la main à l'adresse de l'infirmière et tourna son fauteuil vers l'angle de la pièce où une télévision diffusait les infos locales.

Josie suivit son regard et découvrit, affichée en plein écran, une vieille photo Facebook de June Spencer avec, en grosses lettres majuscules, les mots « RETROUVÉE VIVANTE » qui clignotaient sous son visage renfrogné. Josie se demanda si Trinity Payne avait vraiment choisi la meilleure photo possible de June Spencer. Peut-être ne souriait-elle jamais. Ça pouvait correspondre à ce que Solange lui avait décrit. Le plan suivant montrait Trinity Payne devant le commissariat de Denton, dans la même doudoune que deux jours plus tôt.

Lisette fixait la main gauche de Josie tout en distribuant les dernières cartes.

— Jolie bague...

Josie sourit faiblement.

— Luke m'a demandée en mariage.

Lisette releva les sourcils.

— Tu aurais dû commencer par ça.

Josie ramassa ses cartes pendant que Lisette disposait la pioche entre elles deux.

— Désolée, j'aurais dû t'appeler.

— J'imagine que tu as dit oui, sinon tu ne la porterais pas.

Josie piocha une première carte.

— Oui. J'ai dit oui.

— Je ne l'ai encore jamais rencontré. Et tu n'as toujours pas divorcé. Tu sais, il y a pire que d'être trompée par son mari.

— Mamie, s'il te plaît.

— Je dis ça comme ça. Des couples qui se remettent d'une infidélité, il y en a plein. Il y a beaucoup de conseillers conjugaux qui gagnent leur vie en aidant les gens à surmonter une chose pareille. Sans divorce. Vous pourriez vous installer, toi et Ray, dans la grande maison que tu viens d'acheter et louer l'ancienne. Un nouveau départ, ça vous ferait du bien.

Josie ferma les yeux et soupira. C'était vrai. L'infidélité n'était pas la pire des choses qui pouvait arriver dans un mariage. Elle le savait parce que ce que Ray lui avait fait subir était bien plus terrible. Elle aurait pu tenter de lui pardonner son infidélité – peut-être. Elle aurait pu essayer, mais le mal était plus profond. Elle ne supportait pas d'y repenser, et elle n'avait tout simplement pas les mots pour en parler à sa grand-mère. Lisette aimait beaucoup Ray. Il faisait autant partie de sa vie que de celle de Josie, et ce depuis plus d'une décennie. Quand Lisette, à soixante-dix ans, vivait encore seule chez elle, c'était Ray qui tondait sa pelouse, l'été, qui pelletait la neige dans son allée, l'hiver. Il faisait toutes les réparations chez elle, allait à la pharmacie lui chercher ses médicaments. Entre lui et Josie, Lisette n'avait jamais manqué de rien.

— Tu pourrais même convaincre Ray de s'inscrire aux Alcooliques anonymes, ajouta Lisette.

— Mamie, arrête.

Après être tombée trois fois, seule, chez elle, Lisette s'était installée chez Ray et Josie et y avait vécu près d'un an. Elle avait toujours l'esprit vif, mais son corps ne suivait plus. « Je ne suis pas malade, disait-elle toujours, je suis juste vieille. » L'arthrose de ses genoux et de ses hanches lui rendait pénible le moindre déplacement. Elle avait commencé par une canne, puis était passée au déambulateur, et avait refusé les prothèses dont elle avait pourtant visiblement besoin, en disant qu'elle était trop âgée pour endurer un choc pareil. Elle supportait assez bien la douleur mais, juste après son soixante-douzième anniversaire, il était devenu évident qu'elle avait besoin d'être mieux prise en charge.

Ray en avait été aussi malade que Josie, mais ils s'étaient mis en quête d'une maison de retraite. Rockview Ridge n'était ni la moins chère ni même la mieux notée, mais c'était la plus proche, et Josie avait besoin d'avoir sa grand-mère à proximité. Elle savait que Ray passait encore la voir en secret. Elle avait dit à Lisette que Ray la trompait, mais sans donner de détails. Elle savait aussi que sa grand-mère avait fait la leçon à Ray, mais qu'elle l'aimait trop pour ne pas lui pardonner.

— Ray est au courant de cette demande en mariage ?

Josie hocha la tête. Lisette tira le roi de pique, qu'elle plaça en diagonale par rapport à la pioche. Elle le recouvrit rapidement de la dame de cœur puis du valet de trèfle. Josie prit une nouvelle carte.

— Oui, je le lui ai annoncé il y a deux jours. Et non, on n'a pas eu l'occasion d'en discuter. Mais ça n'est pas utile, puisqu'on ne se remettra pas ensemble. Et puis, il est pas mal occupé, ajouta-t-elle en indiquant la télévision.

Sur la figure frêle, pâle, de Lisette, les rides se creusèrent encore un peu plus.

— Oui, c'est vraiment terrible. J'espère qu'on retrouvera la petite Coleman vivante aussi. Sa pauvre maman ! Perdre un enfant...

Sa voix se brisa. Elle sortit un mouchoir froissé de la manche de son sweater pour s'essuyer les yeux. Josie reposa son jeu sur la table, prit doucement la main de sa grand-mère. À chaque fois, Lisette pensait aux mères. Quand la glace d'un lac gelé cédait et qu'un jeune garçon s'y noyait. Quand une adolescente se faisait écraser par un chauffard ivre. Quand un adulte mourait d'une overdose d'héroïne. Lisette avait toujours une pensée pour leur mère. Depuis le jour où le père de Josie, alors que celle-ci avait six ans, s'était enfoncé dans le bois derrière leur caravane pour se tirer une balle dans la tête. Sans laisser le moindre mot, la moindre explication, sans le moindre signe avant-coureur d'une quelconque dépression. Lisette avait perdu son seul enfant, ce jour-là, et rien n'avait jamais vraiment apaisé sa souffrance.

Josie était si jeune que la douleur de perdre son père n'avait pas été si terrible. Elle avait de bons souvenirs de lui, mais ils étaient rares et restaient flous. Le plus dur, c'était qu'il avait laissé Josie seule avec sa mère, un monstre qui lui tenait de force la main au-dessus de la flamme de la cuisinière, juste pour l'entendre la supplier. Et qui, quand elle l'avait assez vue, l'enfermait dans un placard. Parfois plusieurs jours de suite.

À l'âge de neuf ans, au début de leur amitié, Ray lui avait tendu un petit sac à dos bleu marine contenant une lampe torche, des piles de rechange, une copie cornée du premier volume des *Harry Potter*, une figurine Stretch Armstrong en caoutchouc qu'il adorait et deux barres de céréales.

— Cache-les dans ton placard, avait-il dit. Grâce à ça, quand elle t'enfermera, tu n'auras plus aussi peur.

C'était presque comme s'il avait été à ses côtés dans le noir pendant ces longues heures de solitude.

Lisette avait essayé d'obtenir la garde de Josie après le suicide de son père, mais avait perdu à chaque fois que l'affaire avait été portée au tribunal. Josie avait dû attendre d'avoir quatorze ans, que sa mère disparaisse en pleine nuit et ne donne plus jamais de nouvelles, pour pouvoir enfin aller habiter à temps plein avec sa grand-mère. Sa vie avait alors beaucoup changé, en bien. Elle avait mangé à sa faim, découvert une vie plus tranquille, eu une chambre à elle. Elle allait même au cinéma, et parfois en vacances. Ray ne la quittait pas. Petit à petit, sa vie avait commencé à ressembler à celle des autres filles de sa classe. Et elle avait fini par enfouir les souvenirs de ces années sombres au fond de sa mémoire.

Lisette renifla, ramenant Josie au présent.

— Je te demande pardon, dit-elle en renfonçant son mouchoir roulé en boule dans sa manche.

Elle piocha une nouvelle carte qu'elle posa immédiatement à l'opposé de la pile qu'elle venait de démarrer. Le roi de cœur. Josie le recouvrit de la dame de trèfle.

Une voix de femme s'éleva dans la quiétude de la salle à manger. Josie et Lisette se tournèrent vers la porte. En provenance de la salle des infirmières, elles entendirent :

— ... pas la garder. On ne peut pas la prendre chez nous !

Un courant d'air froid balaya la salle, chatouilla les jambes de Josie malgré son jean. La porte automatique de l'entrée s'ouvrit avec un chuintement, suivi de bruits de métal et de roulettes qui grinçaient. Une nouvelle résidente arrivait. Une résidente indésirable, visiblement. Et puis Josie entendit la voix de Ray.

— On n'a pas d'autre endroit où la mettre !

Elle se leva d'un bond et fonça dans le hall, où elle découvrit Ray, face au bureau des infirmières, une main sur le comptoir, qui faisait signe d'avancer aux brancardiers de l'autre. Les deux secouristes encadraient une patiente. Elle n'avait pas les traits tirés et décharnés auxquels Josie s'attendait, mais elle était pâle au point d'être presque translucide. Elle ne portait aucun des piercings aux sourcils et au nez que Josie avait vus sur les affiches signalant sa disparition. Elle regardait fixement le plafond sans le voir. Ses longs cheveux étaient emmêlés. On aurait pu la prendre pour un cadavre.

Mais elle n'était pas morte, Josie le savait. Parce qu'elle savait qu'on avait retrouvé June Spencer vivante.

17

Ray parut surpris.

— Jo ! Qu'est-ce que tu fais là ?

Josie, main sur la hanche, se demanda brièvement s'il avait trop bu.

— C'est peut-être la question la plus idiote que tu m'aies jamais posée.

Il secoua la tête. Il semblait encore plus fatigué que deux jours plus tôt. Il avait les joues creuses, de grosses valises sous les yeux. Il n'avait pas bu, il était épuisé, comprit-elle. Elle se demanda à quand remontait sa dernière nuit de sommeil.

— Oui, pardon. Comment va Lisette ?

— Bien. Tu peux passer lui dire bonjour avant de partir. Qu'est-ce qui se passe ?

Ray fixait l'infirmière derrière le guichet. À peine plus âgée que Josie, vêtue d'une blouse bordeaux, elle avait les cheveux bruns, relevés en chignon lâche, les lèvres tartinées d'un rouge à lèvres vif.

— Le seul parent proche de Mlle Spencer est sa mère, or celle-ci est introuvable, dit Ray. Il ne reste que son oncle, Dirk Spencer, toujours traité dans l'unité de soins intensifs de l'hôpital Geisinger et plongé dans un coma artificiel après avoir subi plusieurs blessures par balles. Elle sort tout juste d'une captivité qui a duré un an, et elle est dans un état catatonique. On ne peut pas la laisser seule chez M. Spencer. Il lui faut des soins.

— Alors il faut l'envoyer à l'hôpital, répondit l'infirmière.

— Il y a une épidémie de gastro-entérite sévère à l'université. La moitié des étudiants de la fac sont à l'hôpital en ce moment même. Il n'y a pas de lits disponibles, vous pouvez me croire.

Ray la supplia du regard, insista :

— Allez ! Elle n'a nulle part où aller. C'est l'affaire d'un jour ou deux, le temps qu'on prenne d'autres dispositions. Elle a besoin d'être suivie, et il faut qu'on sache où elle est. Si elle revenait à elle, elle pourrait nous raconter ce qui lui est arrivé.

— C'est une maison de retraite, ici.

— C'est aussi un centre de rééducation, intervint Josie.

— Je vous demande pardon ?

Josie fut la seule à voir le sourire que Ray tenta de réprimer.

— En fait, l'inspectrice Quinn est ma supérieure, dit-il à l'infirmière. Et c'est vrai, vous êtes aussi un centre de rééducation.

Les épaules de l'infirmière s'affaissèrent, elle leva les yeux au ciel.

— Oui, pour les gens qui se font poser des prothèses de genou ou qui se fracturent le bassin, pas pour... ça.

Josie fit un pas vers l'infirmière qui recula, malgré le haut comptoir qui se dressait entre elles. Josie tendit le doigt vers elle comme si c'était le canon d'une arme.

— Cette jeune femme a été enlevée par un prédateur sexuel notoire, elle est restée enfermée dans une chambre pendant un an. Un an ! Ce dont elle a besoin, ce à quoi elle a droit, maintenant, c'est de l'empathie et de la compassion. Tout autre comportement serait inhumain et absolument scandaleux. Vous disposez d'une chambre particulière, à trois portes de celle de Mme Matson. Elle est vide depuis le décès de M. Wallis. On ne vous demande pas de lui laisser cette chambre pour l'éternité. Seulement pour quelques jours, le temps de prendre les mesures adéquates. Ici, c'est calme, et vous avez du personnel médical qualifié. C'est un endroit bien plus confortable que l'hôpital. Donc vous avez le choix. Soit vous prenez cette jeune femme en charge et vous la soignez du mieux possible pendant son séjour ici, soit vous appelez votre directrice – sur son portable parce que, le samedi, elle est au bowling –, et vous la faites venir pour que je discute avec elle de la situation. Qu'est-ce que vous préférez ?

L'infirmière perdit de son arrogance au fur et à mesure que Josie parlait. Elle finit par jeter un coup d'œil à June Spencer par-dessus le comptoir et déclara :

— C'est bon, elle peut rester.

18

June Spencer avait les yeux ouverts. Elle était allongée sur son lit, ses longs cheveux étalés sur l'oreiller, les bras le long du corps, le regard fixe, tourné vers le plafond. Comme une morte à sa veillée funèbre. Ray était à peine parti que, contrairement à ses instructions, Josie s'était glissée dans la chambre de June pour essayer de lui parler. La jeune fille portait encore sa blouse d'hôpital. Josie se promit de lui apporter de vrais vêtements le lendemain. Le fait que personne n'y ait pensé l'agaçait. Les blouses d'hôpital sont trop minces, presque dégradantes ; les victimes d'agressions sexuelles ne devraient pas être aussi exposées, aussi vulnérables. Mais bien sûr, aucun des flics du commissariat n'y avait pensé. C'étaient tous des hommes. Josie était la seule femme. Le chef en avait bien embauché deux autres l'année précédente, mais l'une était en congé maternité et l'autre avait démissionné pour aller faire du droit.

Josie s'avança au chevet de June, une main flottant au-dessus de son avant-bras. Elle ne voulait pas la toucher, pas sans avoir son aval, mais elle ne savait pas comment attirer son attention. Ni même si c'était possible. Elle se mit à parler à voix basse, pour ne pas se faire entendre depuis le hall où infirmières, aides-soignantes et résidents se croisaient en tendant le cou pour apercevoir la jeune catatonique dans sa chambre.

— June, je suis l'inspectrice Josie Quinn. Je suis vraiment contente que tu sois parmi nous. Je sais que tu en as bavé. Je ne suis pas certaine qu'on te l'ait dit, mais l'homme qui t'a fait du mal est mort. Tu es hors de danger, maintenant. On va bientôt retrouver ta maman, et elle viendra te rejoindre. Et dès que ton oncle Dirk le pourra, il viendra, lui aussi. Je ne sais pas si tu m'entends ou pas, mais je ne serai pas loin, si tu as besoin de quoi que ce soit. Ma grand-mère vit ici. Demain, je t'apporterai des vêtements ordinaires. Tu te sentiras peut-être mieux si tu es habillée normalement.

June cligna des yeux. Josie resta immobile un long moment, pour voir si elle allait recommencer.

— Tu m'entends, June ?

Clignement.

Josie se penchait sur elle quand une voix rêche s'éleva :

— Il ne faut pas s'emballer, ma belle. Même les zombies clignent des yeux, de temps en temps. C'est un réflexe purement physique.

Josie leva les yeux. À la porte, Sherri Gosnell, une infirmière trapue d'une soixantaine d'années – la prétendue voleuse de larynx –, entra en poussant un chariot chargé de médicaments avec, sur le dessus, une tablette numérique qui affichait le dossier de June, vierge d'informations en dehors de son nom et de sa date de naissance. Lisette avait dit une fois à Josie que Sherri travaillait à Rockview depuis sa jeunesse. Elle avait commencé comme aide-soignante tout en faisant ses études d'infirmière et, une fois diplômée, avait décroché une place à Rockview. Josie ne se rappelait pas avoir rendu visite à sa grand-mère sans apercevoir Sherri à un moment ou à un autre. À croire qu'elle ne prenait jamais de jours de repos. Elle s'approcha du lit.

— Faut que je fasse son dossier d'admission.

Elle examina June, secoua la tête.

— Je me demande bien ce qu'on va faire avec celle-là.

Une alarme retentit dans le hall. Avec le temps, Josie avait appris à reconnaître chacune de celles qu'on fixait aux chaises, aux lits et parfois même aux vêtements des pensionnaires qui risquaient de tomber, pour alerter le personnel quand ils essayaient de se lever sans assistance.

— Ça, on dirait que c'est Mme Sole, dit-elle à Sherri.

L'infirmière leva les yeux au ciel.

— Elle a passé la journée à essayer de se lever de sa chaise. Je vais demander qu'on installe la petite dans un fauteuil et qu'on lui apporte un plateau-repas, ajouta-t-elle en jetant un coup d'œil à June. Je remplirai son dossier après m'être occupée de Mme Sole.

À ces mots, elle s'éloigna. Josie se retourna vers June. Qui cligna des yeux rapidement pendant quelques secondes, puis s'arrêta et repartit flotter dans l'espace mental qui lui servait de refuge.

19

Josie trouva ensuite deux occasions de passer devant la chambre de June Spencer. Une fois pour aller chercher dans la chambre de sa grand-mère une couverture à mettre sur ses genoux, une seconde pour lui rapporter les caramels mous qu'elle rangeait dans sa table de chevet. À chaque fois, elle ralentit pour jeter un coup d'œil à la jeune fille. Comme annoncé, des aides-soignantes l'avaient installée dans le fauteuil placé à côté du lit. Elle y était immobile, les mains posées sur les bras du fauteuil. Ses jambes pâles, n'ayant pas été rasées pendant un an, émergeaient de sa blouse d'hôpital. Quelqu'un lui avait enfilé d'horribles chaussettes antidérapantes marron. Un plateau était posé sur une table roulante juste devant elle. Blanc de dinde en sauce, compote de pomme, gélatine sucrée, plus une petite canette de soda au gingembre et un thé chaud. Le tout était intact, les couverts parfaitement alignés sur le côté de l'assiette, ce qui signifiait que personne n'avait essayé de lui donner à manger. Josie se demanda si June allait se nourrir. Peut-être, si elle avait assez faim ? Ray avait dit qu'elle était en bonne santé. Il était possible qu'elle s'alimente de manière automatique.

— Allez, viens !

Lisette l'appelait depuis la salle à manger. Josie s'arracha à la contemplation de June pour revenir à la cafétéria avec les caramels.

— Tu ne peux plus rien faire pour elle, maintenant. Laisse-la.

Josie distribua une nouvelle fois les cartes. En silence, elles firent deux parties de kings in the corner avant que Lisette propose de passer au rami.

— Puisque tu ne comptes pas rentrer de sitôt...

Elle adressa un clin d'œil à Josie et recommença à battre les cartes quand elles entendirent Sherri repasser en poussant son chariot, franchir la porte et se diriger vers la chambre de June.

— Je dois faire son dossier d'admission, déclara-t-elle à une des infirmières du bureau.

Pendant que Lisette distribuait les cartes, Josie essaya de se rappeler les règles du rami tout en laissant traîner une oreille du côté du couloir. Elle espérait que Sherri aurait la pudeur de refermer derrière elle, pour préserver l'intimité de la jeune fille. Lisette interrompit ses pensées.

— Tu ne sais plus comment on joue, c'est ça ?

Josie sourit, penaude. Lisette lui tendit un caramel et entreprit de lui réexpliquer le jeu. Elles firent plusieurs parties pour lui rafraîchir la mémoire, puis Lisette remélangea les cartes en déclarant :

— Cette fois, on joue pour gagner.

— Il ne nous faudrait pas du papier et un crayon pour noter le score ?

Lisette leva un sourcil.

— Tu n'aurais pas l'intention, par hasard, d'aller chercher ça dans ma chambre ?

— Pas du tout !

— Tu n'as pas une applique sur ton téléphone qui pourrait servir à ça ?

— Tu veux dire « une appli », mamie.

Lisette agita la main.

— Si tu veux. Qu'est-ce que ça peut bien faire. Ou plutôt : « Kessapeufaire ? » L'arrière-petite-fille de Mme Sole est passée, l'autre jour, et je l'ai entendue dire « kessapeufaire ». C'est la nouvelle mode, c'est ça ? Les jeunes générations sont trop fainéantes pour faire des phrases complètes ?

Josie se mit à rire si fort qu'il lui fallut un moment avant de s'apercevoir qu'on s'agitait au bout du couloir. Un cri glaçant déchira l'air, puis un second, et un troisième – plusieurs personnes, qui hurlaient comme une meute de loups affolés, hystériques. Josie se rua dans le couloir et vit des aides-soignantes, livides de terreur, agglutinées devant la chambre de June Spencer. L'une d'elles cessa de crier juste le temps de vomir. Une autre tomba à genoux en se cachant les yeux tandis que d'autres employées se précipitaient dans la chambre.

Josie fonça comme si le monde autour d'elle tournait au ralenti. Elle allait découvrir quelque chose de terrible, elle le savait, et se sentait comme écrasée par une énorme boule de terreur. Le chariot de Sherri était resté dans le couloir, solitaire, et le dossier de June s'affichait toujours sur l'écran de la tablette posée dessus.

Josie se fraya un chemin, arriva sur le seuil de la chambre. Sherri Gosnell était allongée par terre, au pied du lit, sur le dos. Ses mains reposaient mollement sur sa poitrine. Elle était morte. Une flaque de sang s'étalait rapidement sous elle. Elle avait la gorge en lambeaux, du sang giclait encore par à-coups de la chair arrachée. Elle avait les yeux exorbités, vitreux, comme congelés. Son expression était moins horrifiée, ou même paniquée, que simplement surprise, comme si quelqu'un avait jailli d'un placard pour lui faire une farce. Josie entendit la voix de sa mère résonner à ses oreilles : « Ta figure se figera comme ça ! »

Elle porta son regard à l'extrémité de la chambre, où June était accroupie sous la fenêtre, tournant le dos à la porte, de sorte que l'on voyait sa colonne vertébrale dénudée. Ses chaussettes antidérapantes étaient imbibées de sang, le bord de sa blouse d'hôpital trempait dans la flaque pourpre. De là où elle était, Josie put voir que June tenait dans sa main ensanglantée une fourchette avec, coincé entre les dents de l'ustensile, un petit bout de chair qui pendouillait. Elle ne voyait pas ce qu'elle faisait de l'autre main, mais son épaule, son coude remuaient frénétiquement. De haut en bas, d'avant en arrière.

— Appelez le 911, ordonna doucement Josie aux femmes qui sanglotaient derrière elle. Et n'entrez pas dans la pièce.

Elle avança d'un pas, en hésitant. En fit un second. June s'activait contre le mur, sous la fenêtre. Ses mouvements étaient plus fluides à présent, plus réguliers. Josie ne pouvait toujours pas voir ce qu'elle faisait.

À moins d'un mètre du corps de Sherri Gosnell, un gobelet en polystyrène gisait au sol, renversé. Son couvercle était resté sur la table à roulettes. L'eau chaude pour le thé. June avait dû la jeter à la figure de l'infirmière avant de s'attaquer à sa jugulaire.

Josie contourna la flaque de sang qui s'étalait sur le carrelage. Elle s'approcha suffisamment pour voir que June avait tracé, de ses doigts trempés dans le sang de Sherri, un mot en grosses lettres sur le mur. Un prénom, en réalité.

« RAMONA. »

20

Abasourdie, Josie fixait June qui repassait, encore et encore, sur le R de Ramona de ses doigts couverts de sang. Après tout ce qu'elle avait subi enfant, elle pensait que plus grand-chose ne pouvait la choquer, mais cette vision... C'était presque insoutenable.

Évitant avec soin la flaque de sang qui s'agrandissait toujours, Josie contourna le corps de Sherri et s'accroupit, à un bon mètre de la jeune fille. June, sans lui accorder un regard, passa à la lettre A, la suivit de la paume comme pour mieux l'imprimer sur le mur, le menton en avant – de concentration, de détermination : Josie n'aurait su le dire. Les deux, peut-être.

— June, c'est moi. L'inspectrice Quinn.

Aucune réaction. Comme si June était seule. Pas seulement dans la pièce, comprit Josie, mais seule au monde. June tendit la main derrière elle, trempa les doigts dans le sang de Sherri pour repasser sur les longs jambages droits du M. Josie se pencha vers elle.

— June, je veux seulement te parler. Peux-tu reposer cette fourchette, s'il te plaît ?

La fourchette vola à travers la pièce, rebondit contre le mur opposé et retomba au sol en cliquetant. June avait réagi avec tant de rapidité et d'agilité que Josie n'en crut pas ses yeux. À quelle profondeur se cachait donc la vraie June ?

Josie déglutit, le visage en feu.

— Merci.

La jeune fille retrempa la main dans la flaque pour retracer la lettre O, tout en se balançant d'avant en arrière avec régularité.

Josie jeta un coup d'œil vers l'entrée de la chambre. Les infirmières s'étaient éloignées, probablement pour emmener les résidents et les mettre à l'abri dans les parties communes. Elle n'avait pas beaucoup de temps. Elle s'approcha un peu plus, avala de nouveau sa salive.

— June, je dois te poser une question. Qui est Ramona ?

Rien. Sa main suivait encore et encore l'ovale du O. Josie insista.

— June. Qui est Ramona ? Je veux t'aider, mais je ne peux rien faire si tu ne me dis pas ce qui se passe. Tu connais cette Ramona ? Elle a des ennuis ? June, si Ramona a des ennuis, je dois la retrouver au plus vite. Je peux l'aider. Laisse-moi l'aider. Qui est-elle ? Où puis-je la trouver ?

June leva la main, l'abaissa, recommença. Elle était passée à la lettre N. Josie essaya autre chose.

— J'ai vu ton oncle, l'autre jour. Ton oncle Dirk. Juste après son accident. J'y étais. Il a prononcé son nom. Il me l'a chuchoté à l'oreille. Il a dit : « Ramona. » Si tu pouvais juste me dire...

Le reste de la phrase se bloqua dans sa gorge, si soudainement qu'elle se mit à tousser. June s'était tournée vivement vers elle, ses yeux de braise fondant sur Josie comme un oiseau de proie. Ils brillaient d'intelligence, de conscience. Durant ce bref instant, June fut là. Vraiment, réellement présente, dans la chambre avec Josie. Puis elle disparut. Elle se retourna face au mur, reprit son ouvrage.

Josie se maîtrisa.

— June, je t'en prie. Tu peux me faire confiance. S'il te plaît, dis-moi ce qui se passe. Qui est Ramona ?

Un bruit de sirènes, d'abord étouffé, enfla dans la chambre. Josie se voûta, accablée par la déception et le désespoir. La cavalerie arrivait. June allait partir en garde à vue, et l'occasion de découvrir qui pouvait être cette Ramona et où elle se trouvait s'en irait avec elle.

Josie pivota vers le seuil désert de la chambre. Quand elle se retourna vers June, la jeune fille la fixait de nouveau, ses yeux noisette pleins d'une lucidité si dure et si intense que Josie hoqueta, prise de panique.

Quand June se pencha en avant, Josie se contracta instinctivement et leva la main, mais l'attaque n'eut pas lieu. Le cou tendu, June approcha son visage à quelques centimètres de celui de Josie, ouvrit la bouche, tira la langue le plus loin possible. Au centre de cette langue, un piercing se terminait par une petite boule rose, avec un mot dessus. Comme un lézard, June referma la bouche avant même que Josie ne comprenne ce qu'elle venait de lire, en minuscules lettres blanches, à peine déchiffrables.

« Princesse. »

— Où... où est-ce que tu as eu ça, June ?

Mais l'instant était passé. La jeune fille se retira en elle-même, les yeux aussi inexpressifs, aussi vides que des cailloux polis, et entreprit de repasser sur le A final avec le sang de Sherri Gosnell.

21

Assise sur une chaise face au bureau de Noah Fraley, Josie contemplait ses baskets en attendant de parler au chef tandis que Noah tentait maladroitement d'entretenir un semblant de conversation.

— Vous saviez que le beau-père de Sherri Gosnell était un des patients de Rockview ?

Elle avait fait de son mieux pour éviter de marcher dans le sang de Sherri Gosnell, mais il y en avait quand même une trace brune, là, sous sa semelle. C'était inévitable dans une pièce aussi petite, vu la manière dont June l'avait tuée...

— On dit « des résidents », dit-elle d'un air absent.

— Quoi ?

Elle essayait de garder son attention fixée sur Noah, mais ne pouvait oublier l'image de la langue de June, tendue vers elle. « Princesse. » Qu'est-ce que le piercing d'Isabelle Coleman faisait dans la bouche de June Spencer ? Noah la dévisageait, attendant une réponse.

— Dans les maisons de retraite, on ne dit pas « des patients ». On dit « des résidents ». Ils y vivent.

Noah rougit.

— Oh.

Involontairement, elle l'avait vexé. Elle reprit vivement :

— Oui, je sais que le beau-père de Sherri vit à Rockview. Je l'aperçois de temps en temps quand je vais voir ma grand-mère. Je l'ai vu aujourd'hui, d'ailleurs. Il a un larynx artificiel, et il passe son temps à accuser Sherri de le lui voler. Ça doit être une blague de famille. Le mari de Sherri est plombier, c'est bien ça ?

Josie ne se rappelait plus son prénom, seulement qu'il s'appelait Gosnell. Elle le savait parce que, plus d'un an auparavant, lorsque leur chauffe-eau avait lâché, Ray avait catégoriquement refusé de l'appeler, lui ou un autre, et avait insisté pour en installer un neuf lui-même. Alors qu'il n'avait jamais fait de plomberie de sa vie. La dispute qui s'était ensuivie entre Ray et Josie avait été épique. Faire réparer quelque chose chez eux par un étranger relevait presque de la profanation, pour Ray. Comme si laisser un plombier installer un chauffe-eau équivalait à laisser un étranger coucher avec sa femme. L'ironie de la chose n'avait pas échappé à Josie.

— Nick, compléta Noah. Nick Gosnell. Ils l'ont prévenu il y a une heure. Il était sorti pour une réparation d'urgence. C'est Dusty qui s'en est chargé. Le pauvre. Vous imaginez ? On m'a dit qu'ils étaient ensemble depuis la fac.

Josie plissa le front.

— Hmm, les amours de jeunesse, ça n'est pas aussi merveilleux qu'on le dit.

Elle s'attendait à ce que Noah rougisse un peu plus, qu'il marmonne un vague « pardon » ou qu'il ait un geste d'excuse, mais il se contenta de dire :

— J'imagine que non, en effet.

Josie suivit son regard et vit Ray, planté devant la porte du chef, qui discutait avec un autre agent. Quand il s'avança vers elle, lentement, elle eut l'étrange sensation d'être une de ces femmes de militaires qui voient des soldats en uniforme venir sonner à leur porte, sachant qu'ils ne peuvent apporter que de mauvaises nouvelles. Quand Ray fut tout près, elle se leva, essuya ses paumes moites sur son jean.

Le téléphone du bureau de Noah sonna et il décrocha avec un bref « Fraley »

— Ça va ? demanda Ray.

Non. Ce qui était arrivé avec June l'avait secouée. Elle avait fait un bref rapport à Ray quand il était revenu à la maison de retraite, accompagné d'un petit groupe de collègues, mais elle ne lui avait rien dit du piercing lingual de June.

— Jo ?

— Ouais, ça va, dit-elle. Où est June ?

— En bas, en cellule.

Josie revit June quitter la maison de retraite, encadrée par deux policiers de Denton, ses poignets pâles menottés dans son dos, regardant droit devant elle sans rien voir. Elle n'avait pas fait mine de résister. Voir la jeune fille menottée après avoir été séquestrée pendant un an avait été un déchirement pour Josie. Elle était triste, horrifiée même, par le meurtre barbare de Sherri et elle pensait très fort à sa famille. Mais elle ne parvenait pas à oublier le visage de June.

— Tu m'écoutes ? demanda Ray en agitant une main devant ses yeux.

Elle reporta son attention sur lui. Un début de barbe lui mangeait la mâchoire. Sans qu'elle s'en rende compte, ils étaient arrivés à la porte du bureau du chef.

— Pardon, marmonna-t-elle.

— Je disais que j'avais vérifié, pour le faux ongle. C'est une des volontaires qui a participé aux recherches qui l'a perdu.

— Merci.

— Le chef veut te voir. Ne l'énerve pas, d'accord ?

22

Assis à son bureau, Wayland Harris, chef de la police de Denton, toisait Josie comme s'il l'avait surprise à voler dans une boutique. En fait, le regard qu'il lui lançait par-dessus ses lunettes de lecture était plus dur encore que la fois où il lui avait annoncé sa suspension et exigé qu'elle lui remette sa plaque et son arme. Elle avait lu alors une forme de déception dans ses yeux mais, aujourd'hui, c'était comme si elle était une autre, une étrangère qu'on aurait traînée jusqu'à son bureau pour un interrogatoire. Elle ne comprenait pas. La fois précédente, elle avait commis une faute. Elle le savait. Jamais elle ne l'admettrait publiquement parce qu'elle aimait trop son travail pour risquer de le perdre, mais elle savait que c'était la vérité. Cette fois-ci, pourtant, elle n'était qu'un simple témoin. Elle avait même désarmé June Spencer. En quelque sorte.

— Quinn.

Le fait qu'il ne prononce pas son grade la troubla, mais elle garda son calme.

— Comment se fait-il qu'à chaque fois qu'une catastrophe se produit en ville, vous soyez sur place ? N'ai-je pas été assez clair quand je vous ai ordonné de rester chez vous ? Vous ne savez pas ce que veut dire « être suspendue » ?

— Chef, j'étais juste allée voir ma grand-mère.

— Et vous étiez simplement en train de prendre de l'essence quand ce SUV s'est encastré dans le *Stop & Go*, c'est bien ça ?

— C'est la vérité, oui. Au mauvais endroit au mauvais moment – ou au bon endroit au bon moment, selon la façon dont on voit les choses.

Il se pencha en avant, les coudes sur son bureau. Le chef était imposant. Certains agents le surnommaient « le Grizzly », ou « le Grizz », à cause de sa stature, haute et ronde. Et aussi à cause des poils qui sortaient de son nez en patate.

— Ce que je vois, c'est que je vous ai mise à pied il y a trois semaines et que, malgré ça, vous vous êtes depuis retrouvée mêlée à chaque affaire sérieuse de la police de Denton. Vous cherchez à vous faire virer définitivement ou quoi ?

Josie rougit, non de gêne, mais de frustration.

— Chef, je vous jure que rien de tout ça n'était intentionnel.

Le regard bleu acier se posa brièvement sur la porte avant de revenir à Josie.

— Qu'est-ce que vous êtes allée faire dans cette chambre, tout à l'heure ?

— Quoi ?

— Pourquoi êtes-vous entrée dans la chambre de June Spencer, à la maison de retraite ? Elle aurait pu vous tuer. Vous n'étiez pas armée. Vous n'êtes plus policière, à l'heure actuelle. Ce qu'elle a fait à Sherri Gosnell...

Il secoua la tête avant de reprendre :

— Je vais vous poser une question. Est-ce que vous cherchez à vous faire tuer ?

— Mais non ! Simplement...

— Je vous ai demandé de vous faire discrète, Quinn. Mais vous êtes comme un chat redevenu sauvage. Dans tout ce que vous faites.

— Chef. Je crois que June Spencer a été enfermée avec Isabelle Coleman.

— Quoi ?

Les mots se bousculèrent dans sa bouche quand elle lui détailla son étrange rencontre avec June Spencer.

— J'ai vu sur Facebook une photo d'Isabelle Coleman avec le même piercing lingual. Prise quelques mois avant son enlèvement.

Tandis qu'elle parlait, il la dévisageait, sans expression, délibérément. C'était sa spécialité. Bienveillant ou pas, son visage restait indéchiffrable. Quand Josie eut terminé, il soupira longuement.

— Quinn, je suis au regret de vous apprendre que, ces temps-ci, toutes les jeunes filles ont des piercings. Même ma fille aînée s'en est fait faire un l'année dernière, bon sang. J'avais envie de la tuer.

— Mais, chef, June Spencer n'aurait jamais choisi un piercing orné du mot « Princesse ». Le sien aurait plutôt arboré le terme « Garce », ou une tête de mort, quelque chose dans ce genre. Écoutez-moi. Je ne crois pas que June ait été séquestrée par Drummond pendant toute une année. Je crois qu'elle était prisonnière de la personne qui a aussi enlevé Isabelle Coleman. Je pense qu'elle a vu Coleman à un moment de la semaine dernière, et qu'elles ont échangé leurs piercings. C'est un message, vous ne voyez pas ?

Le chef leva un sourcil broussailleux, l'air sceptique.

— Quinn, vous vous entendez parler ? Un message transmis grâce à des piercings de langue ?

— La coïncidence est trop grande. Je vous en prie, allez voir la page Facebook de Coleman, et vous verrez. Et si Isabelle Coleman et June Spencer se connaissaient ? Vous avez fini de fouiller la maison de Drummond ?

— On n'a rien trouvé. On a désossé toute sa maison et retourné tout son jardin sur un mètre de profondeur. On pourrait y installer une piscine, maintenant. Il n'y a rien. Aucune trace d'Isabelle Coleman.

— C'est qu'elle n'était pas chez Drummond. Elles ont été enfermées ensemble ailleurs, avant d'être séparées. Et si June avait rencontré Coleman après son enlèvement, mais avant d'être enfermée chez Drummond ? Vous avez cherché du côté de ses complices potentiels ?

— Drummond n'avait aucun complice connu. Il n'avait aucun ami. J'ai essayé d'appeler l'unique membre de sa famille encore vivant, un oncle, qui vit dans le Colorado. Il m'a dit que Drummond ne valait même pas la corde pour le pendre. C'est la ville qui va payer son enterrement.

— Et des gens qu'il aurait connus en prison ?

Le chef la pointa du doigt.

— Quinn, arrêtez, ça suffit. J'apprécie que vous m'ayez raconté ce qui s'est passé avec June Spencer, mais rentrez chez vous, maintenant. On ne négligera aucune piste. Vous le savez très bien. À ce jour, vous ne faites plus partie de la police. Laissez-nous faire notre travail.

Josie sentit que c'était peut-être sa seule chance de plaider pour sa réintégration. Qu'elle n'allait probablement pas se trouver face au chef avant longtemps. Impossible de savoir quand il la rappellerait, autrement. Elle ne pouvait pas se taire.

— Je suis désolée d'insister, mais il faut que vous m'écoutiez. Les choses se précipitent. Vous êtes en sous-effectif. Vous travaillez sur l'enlèvement, potentiellement orchestré par plusieurs personnes, d'une jeune fille connue de tout le monde ici. Sur une fusillade, sur un kidnapping, là aussi avec possiblement plusieurs personnes impliquées, et maintenant sur un meurtre.

— Vous croyez que je ne sais pas ce que j'ai sur les bras, Quinn ?

— Ce n'est pas ce que je dis. Mais il vous faut du renfort.

Laissez-moi revenir. Deux semaines. Vous me suspendrez à nouveau une fois que les choses seront plus calmes.

— Ça ne marche pas comme ça, et vous le savez très bien. Comme toujours, j'apprécie votre enthousiasme mais, là, vous êtes sur la corde raide. Le procureur général me harcèle pour que l'enquête vous concernant aille jusqu'au bout. Vous avez plus de chances de gagner à la loterie que de voir cette femme renoncer à porter plainte contre vous. J'essaie de trouver un moyen de vous sortir des ennuis dans lesquels vous vous étiez fourrée avant que tout le reste ne survienne. Alors le fait que vous vous retrouviez au beau milieu de chaque nouvelle affaire ne m'aide pas du tout, je vous le garantis.

— Elle ne portera pas plainte.

Il éleva la voix, criant presque :

— Quinn, vous lui avez cassé deux dents ! Comment pouvez-vous affirmer qu'elle ne portera pas plainte ?

Parce que ce qu'elle faisait était bien pire que le coup de coude que je lui ai mis dans la figure, pensa Josie. Mais elle ne répondit pas, cette fois-ci. La dernière fois qu'ils avaient abordé le sujet, elle avait donné l'impression de se justifier. Elle essaya autre chose.

— Je suis désolée. J'essaierai de... ne plus me faire remarquer, à partir de maintenant. Mais je vous en supplie, pensez-y. On peut faire ça discrètement. Affectez-moi à la permanence téléphonique pour recevoir les signalements, ou à la surveillance de June Spencer pendant sa garde à vue. Je ne ferai pas de vagues, c'est promis.

Il soupira.

— J'ai dit non, Quinn. Je vous ai fait venir ici pour vous le dire de vive voix : ne vous mêlez de rien, c'est compris ?

Josie avait envie de hurler. Mais elle demanda, le plus calmement possible :

— Et cette histoire de Ramona ?

Le chef ferma lentement les yeux, leva la tête vers le

plafond, inspira profondément – sa manière à lui de compter jusqu'à dix. Elle l'avait poussé à bout. Il la fixa de ses yeux bleus.

— Vous n'avez *vraiment* rien entendu de ce que j'ai dit ?

— Si. Mais je me demandais... Il faut découvrir qui elle est, maintenant plus que jamais, vous ne croyez pas ? Et si elle était liée d'une manière ou d'une autre à Isabelle Coleman ? Si elle savait où se trouve Coleman ?

Le chef se frotta les yeux.

— Il n'y a pas de Ramona. J'ai reçu le rapport après la fusillade, et on a étudié *toutes* les possibilités. Il y a six Ramona qui figurent au fichier national des personnes disparues, et aucune n'est de Pennsylvanie. Ni même des environs. On a fouillé la maison de Dirk Spencer. Interrogé ses collègues, ses amis, son ex-petite amie. Personne ne connaît de Ramona. Il n'y a aucune personne de ce nom à Denton, vivante ou disparue. C'est une impasse, Quinn.

— Mais vous ne trouvez pas bizarre que les deux Spencer aient mentionné ce nom ? Ça doit bien avoir un sens. Qui que soit cette Ramona, elle doit jouer un rôle important.

— Ce qui est bizarre, c'est que vous souleviez tout ça alors que vous êtes suspendue. Et je n'apprécie pas que vous doutiez de la qualité du travail que mon service fournit. Alors à moins que vous ne vouliez que je suspende aussi votre salaire, vous feriez mieux de sortir de mon bureau immédiatement.

— Chef...

— Maintenant ! beugla-t-il.

Ce fut comme s'il venait de la gifler. Elle empoigna les bras du fauteuil pour se relever. Ce n'était pas parce qu'il venait de lui crier dessus. Elle était habituée à sa grosse voix sonore. Mais la façon dont il l'avait dévisagée... Pour la seconde fois en moins de cinq minutes, elle s'était sentie comme une étrangère dans son propre monde.

Sans le quitter des yeux, elle sortit du bureau.

23

Elle n'avait aucune idée du temps qu'elle avait dormi. Allongée sur le ventre, elle s'éveilla en sursaut quand la porte buta contre son corps en s'ouvrant. La lumière qui jaillit l'aveugla quand elle tenta d'ouvrir les yeux. Dans son crâne, la douleur fut instantanée, insoutenable. Elle serra les paupières le plus fort possible, leva un bras devant son visage et recula en se tortillant jusqu'à se cogner violemment contre mur de pierre. Avant qu'elle puisse reprendre son souffle, une main brutale la força à se redresser.

— Lève-toi, ordonna une voix d'homme.

Quand il la tira par les cheveux, elle obéit à la douleur plus qu'à son ordre. Ses jambes tremblaient quand elle se remit debout. Elle tenta à nouveau d'ouvrir les yeux, mais la lumière était trop violente.

— Pitié, croassa-t-elle. Je veux rentrer chez moi !

Elle sentit son haleine chaude contre son oreille quand il se mit à rire.

— Tu ne peux pas rentrer, ma mignonne. Tu es à moi, maintenant.

24

Il était près de 22 heures et Josie avait déjà sifflé trois shots de Wild Turkey quand Luke arriva chez elle. Sur le seuil, elle se jeta à son cou et l'embrassa longuement. Elle sentit monter le désir, amplifié par l'alcool. Avant qu'il ait pu reprendre son souffle, elle tenta de déboucler sa ceinture.

Il se mit à rire doucement, lui prit les mains, les garda dans les siennes comme s'il voulait les réchauffer.

— Pas si vite, murmura-t-il. J'ai appris ce qui s'était passé à Rockview. Comment va ta grand-mère ?

— Bien.

Josie n'avait aucune envie de discuter de ce qui était arrivé à Rockview. Elle revoyait encore Lisette sur le seuil de la chambre déserte de June, bouche bée, blême, sous le choc, comme les autres. Josie s'était sentie terriblement coupable de la laisser là-bas, et y repenser ne faisait qu'empirer les choses.

Josie dégagea ses mains, repoussa Luke contre le mur du fond de l'entrée avant de s'attaquer de nouveau à sa ceinture.

— Josie !

Au ton de sa voix, un éclair d'agacement la traversa. Était-ce de la pitié ?

— Tais-toi.

Elle parvint enfin à défaire sa ceinture, fit remonter une main sur sa nuque, l'attrapa par les cheveux pour l'attirer avidement à elle. Il ne résista pas.

Il finit par interrompre leur baiser pour se tourner vers l'escalier.

— Tu veux qu'on monte ?

Josie ôta son t-shirt.

— Non. Je te veux maintenant.

Il lui caressa la joue.

— On peut prendre notre temps, tu sais.

Mais elle n'avait aucune envie de prendre son temps. Elle n'avait envie ni de tendresse ni de préliminaires. Elle voulait un incendie, pour réduire en cendres la moindre de ses angoisses. Elle avait besoin de la chaleur, du feu qu'elle avait ressenti là-bas, dans le bois.

Elle se mit à genoux face à lui.

— Non, on est pressés.

———

Josie ramassa ses vêtements éparpillés et se rhabilla. L'effet anesthésiant du Wild Turkey s'était dissipé, la laissant avec la sensation d'avoir avalé une cafetière entière. Elle se sentait l'esprit clair, tenait son angoisse à bonne distance pour le moment. Luke était assis, torse nu, à la table de la cuisine. Il avait quand même renfilé son caleçon et la regardait s'activer sur le repas tardif qu'elle essayait de préparer avant son arrivée.

— Je t'ai apporté quelque chose, finit-il par dire.

Elle lui sourit.

— Ah bon ?

— Oui. Je l'ai laissé dans mon pick-up.

— Tu l'apportes ici ?

— Oui. C'est une porte. Tu sais, pour le placard de ta chambre.

Josie se figea, couteau posé sur un blanc de poulet grillé. L'euphorie qu'elle ressentait depuis qu'ils avaient fait l'amour dans l'entrée s'évanouit brusquement.

— Le... le placard de ma chambre ?

Luke rit.

— Oui, il n'a pas de porte, tu n'avais pas remarqué ?

Elle rit avec lui en espérant que sa nervosité passe inaperçue.

— Je, euh... J'aime bien en fait, sans porte. C'est mieux ventilé, plus clair.

Elle mentait, mais elle n'avait rien trouvé de mieux. Qu'aurait-elle pu dire ? Rien qui n'amène à des questions auxquelles elle ne voulait pas répondre.

Quand Ray et elle avaient emménagé ensemble, la première fois, après l'université, ils avaient occupé un minuscule appartement, avec une grande penderie. Assez grande pour y entrer, mais pas assez pour être un vrai dressing. Elle y rangeait des choses quand Ray avait refermé la porte sans réfléchir, sans se rendre compte que Josie était à l'intérieur. Le déclic du loquet et l'obscurité soudaine avaient déclenché une crise de panique fulgurante, inattendue. Paralysée, Josie était entrée en hyperventilation. C'était comme si les murs s'étaient resserrés sur elle, comme si l'espace sombre rétrécissait brutalement. Elle avait manqué de s'évanouir.

Ray s'était senti terriblement coupable. Après avoir réussi à calmer Josie, il avait dégondé la porte et l'avait jetée aux ordures. Ça avait été retenu sur la caution quand ils avaient quitté l'appartement, mais Ray avait déclaré que ça n'avait aucune importance. Dans chacun des appartements minables qu'ils avaient loués ensuite puis, enfin, dans la maison qu'ils avaient achetée ensemble, il avait systématiquement retiré toutes les portes des placards. C'était devenu une norme.

Naturellement, elle avait fait de même ici. Ça l'aidait à dormir la nuit. Mais elle ne pouvait pas en parler à Luke. Elle ne pouvait pas lui dire la vérité. Il ne fallait pas qu'il connaisse cette Josie-là.

— Plus clair ? Mais c'est moche ! Enfin, toutes tes affaires sont visibles. Josie, les placards, c'est fait pour qu'on y mette tout ce qui ne sert pas. Un placard doit avoir une porte.

Le couteau qui cliqueta sur le comptoir le fit sursauter.

— Pas toujours, répliqua-t-elle entre ses dents.

Puis elle inspira longuement et se rappela qu'il faisait ça par gentillesse. Parce que Luke avait l'âme d'un réparateur. C'était une des choses qui lui avaient plu dès le début chez lui. Si quelque chose ne fonctionnait plus, il le réparait discrètement. Depuis qu'ils étaient ensemble, il bricolait chez elle : il avait fait des retouches de peinture, changé le robinet du lavabo de la salle de bains qui fuyait, rebouché un trou laissé par le propriétaire précédent dans la cloison de la cuisine. Ça plaisait à Josie – jusqu'à maintenant. Mais là, c'est comme s'il essayait de la réparer, *elle*. Or elle n'avait pas besoin d'être réparée. Elle n'était pas cassée. Elle allait bien.

Il est simplement pétri de bonnes intentions, se dit-elle. Il n'essayait pas de la dominer. Il ne connaissait pas la signification de cette porte. Elle se força à sourire.

— Excuse-moi. Ce que je voulais dire, c'est que je veux repeindre ma chambre. C'est vraiment extrêmement gentil de ta part d'être allé m'acheter une porte ; on n'a qu'à la mettre au garage en attendant que j'aie repeint ici, d'accord ?

— Oh, je peux repeindre ta…

— Non, non, coupa-t-elle. Je… j'ai envie de le faire moi-même, en fait.

Il prit un air mi-déçu, mi-perplexe. Elle devait changer de sujet, et vite. Elle s'en voulut, mais se jeta sur la première chose qui lui traversa l'esprit.

— Comment as-tu appris ce qui s'était passé à Rockview ?

— Oh, j'ai appelé ton commissariat pour savoir si quelqu'un avait réclamé le corps d'une des victimes de la fusillade. Personne ne l'a fait, d'ailleurs. C'est à ce moment-là que Noah m'a averti. C'est à peine croyable.

En se tournant pour prendre quelque chose dans le frigo, Josie renversa la pile d'ustensiles de cuisine dont elle venait de se servir. Luke se précipita pour l'aider à les ramasser.

— Mets tout dans l'évier, dit Josie en soupirant lourdement. Je ferai la vaisselle plus tard.

— Qu'est-ce que c'est que ça, exactement ? demanda-t-il en désignant les morceaux de poulet, les pâtes et l'espèce de crème peu ragoûtante versée dans un saladier posé sur le comptoir.

Josie avait oublié quels ingrédients elle avait utilisés, exactement.

— Des lasagnes au poulet et à la crème, déclara-t-elle.

Elle retrouva la recette sur son téléphone et le lui tendit. Luke plissa le front en regardant alternativement le téléphone et les produits qui se trouvaient sur le plan de travail de Josie. Avant son arrivée, elle avait eu l'idée lumineuse de se mettre en cuisine, pour cesser de penser au travail dont on la privait, pour oublier toutes les questions qui jaillissaient dans sa tête. Mais préparer un repas n'avait rien arrangé. En réalité, elle détestait cuisiner. C'était ennuyeux et frustrant. Depuis qu'elle avait quitté Ray, elle vivait de bagels, de plats préparés micro-ondables et de salades.

— Je peux ? demanda Luke en indiquant les blancs de poulet cuits empilés sur un plat.

Josie n'avait plus le cœur à cuisiner, de toute façon, plus maintenant.

— Bien sûr. Vas-y.

Il commença par réorganiser plats, saladiers et bols sur le plan de travail, avant de se mettre à chercher ce qui lui manquait : un verre doseur, du basilic, du sel, un grand couteau et une planche à découper. Il entreprit de détailler le poulet en dés. Josie tira une chaise et s'assit à la table de la cuisine, genoux repliés.

— Tu crois que tu peux rattraper le coup ?

Il était parti pour arranger les choses, une fois encore.

— On va voir ça.

Rapide, adroit, il découpa le poulet deux fois plus vite que Josie n'aurait pu le faire.

— Raconte-moi ta journée.

Tout heureuse d'éviter le sujet de la porte du placard, elle lui narra par le menu tout ce qui s'était passé à Rockview, de l'arrivée de June à la découverte de Sherri Gosnell, morte, allongée par terre dans la chambre. Elle lui raconta tout, sauf le piercing « Princesse ». Elle regrettait déjà d'en avoir parlé au chef. Il avait peut-être raison, et elle était peut-être folle. Elle ne devait pas prendre les choses au sérieux à ce point, ni essayer de faire le lien à tout prix entre June Spencer et Isabelle Coleman. Tout en l'écoutant attentivement, Luke s'attaqua à la préparation crémeuse, la goûta, y ajouta divers ingrédients, mélangea, goûta encore, rajouta d'autres choses, remua de nouveau.

— Pas de Ramona portée disparue ? demanda-t-il.

— Le chef dit qu'il n'y en a aucune. Qu'il n'y a pas une seule Ramona à Denton.

— Mais les Spencer connaissent quelqu'un qui porte ce prénom, visiblement.

— Sauf que l'ex de Dirk Spencer affirme que non.

Il leva sa cuillère en bois.

— Attends. Pourquoi es-tu allée parler à l'ex-petite amie de Dirk Spencer ?

— Ça n'a aucune importance.

Le sourire de Luke lui annonça qu'il n'allait pas en faire toute une histoire – elle l'aimait pour ça aussi. Il remplit une grande casserole d'eau, la mit sur feu, y ajouta quelques pincées de sel et un trait d'huile d'olive.

— Peut-être que Ramona n'est pas une personne, mais un endroit, dit-il.

— Non, je crois vraiment que c'est quelqu'un. Pas forcément une personne disparue, mais une personne.

La scène avec June repassait en boucle dans l'esprit de Josie, du début à la fin, mais sans qu'elle puisse ne serait-ce que commencer à percer le mystère de cette Ramona.

Et Drummond, alors ? Quelle était sa place dans ce tableau ? Le chef avait reconnu qu'on n'avait trouvé chez lui aucune trace d'Isabelle ni d'aucune autre fille. Où était Isabelle Coleman, et comment était-elle entrée en contact avec June Spencer ?

Josie reprit son téléphone sur le plan de travail et ouvrit son moteur de recherche. Mise à pied, elle ne pouvait pas accéder aux bases de données de la police, mais le fichier des délinquants sexuels déjà condamnés en Pennsylvanie était public ; elle y apprendrait pour quels motifs Drummond y figurait.

Elle n'eut pas à chercher longtemps. Il avait été condamné dix ans plus tôt pour viol par contrainte et séquestration, et avait purgé sept ans de prison. La photo montrait un homme au visage large, qui aurait pu être celui d'un géant. Il paraissait facilement dix ans de plus que ses trente-trois ans officiels et fixait l'objectif d'un regard sans émotion, avec une expression semblable à celle de June à son arrivée à Rockview. Physiquement présent, mais pas mentalement.

Drummond avait un peu plus de vingt ans quand il avait commis le crime qui lui avait valu de figurer sur ce registre, son premier, vraisemblablement. Apparemment, il s'était tenu à carreau après sa sortie de prison, surveillé de près par sa mère.

Josie tapa le nom de la mère dans le moteur de recherche, et tomba sur son avis de décès. Elle était morte quelques mois avant la disparition de June. En théorie, une fois sa mère décédée, Drummond aurait pu enlever June et la séquestrer pendant un an sans que personne n'en sache rien. Il était possible que

June ait fait son sac, soit partie de chez son oncle à pied et se soit fait prendre en stop par Drummond.

Josie se demanda si on avait retrouvé la sacoche de June chez Drummond. Elle envoya un bref SMS à Ray pour lui poser la question. Elle le sentit qui levait les yeux au ciel à l'autre bout de Denton. Il répondit quelques instants plus tard.

Non, pas de sacoche. Ne te mêle pas de ça sinon tu te feras virer définitivement.

Elle répondit :

> *Vous avez interrogé les anciens codétenus de*
> *Drummond ?*

Le chef m'a déjà demandé de me pencher là-dessus.
ARRÊTE DE M'ENVOYER DES SMS.

Elle tapa une réponse cinglante, l'effaça et se contenta d'un simple « merci ». Elle aurait peut-être encore besoin de Ray à l'avenir.

— Tu es sur internet ? demanda Luke.

Elle le vit jeter les lasagnes sèches, cassantes, dans la casserole d'eau bouillante.

— Hmm, oui.

Isabelle Coleman n'était pas chez Drummond, et le sac de June non plus, ce qui signifiait qu'il y avait un autre endroit et une autre personne liés à cette histoire. Pourtant, elle avait du mal à imaginer Drummond tremper dans le trafic d'êtres humains. Ça n'avait pas de sens. C'était un collectionneur. Il avait aménagé une chambre. Qu'avait dit Ray, déjà ? Qu'il l'avait transformée en cellule. Drummond avait vraisemblablement déjà le projet de séquestrer quelqu'un. Il voulait June pour abuser d'elle, pas pour en tirer de l'argent. Les trafiquants achetaient et revendaient des femmes et des enfants pour gagner de l'argent.

Tout ça tournait dans sa tête. Sans déboucher nulle part.

— Josie ?

Elle leva les yeux de son téléphone. Luke, debout près d'elle, lui souriait avec hésitation. Il posa la main sur son épaule.

— Je disais : les lasagnes seront prêtes dans une demi-heure. Tu veux qu'on ouvre une bouteille de vin ?

Elle lui rendit son sourire.

— J'en rêve.

Mais j'aimerais encore mieux pouvoir fouiller dans les fichiers de la police, ajouta-t-elle *in petto*.

25

Les lasagnes s'avérèrent crémeuses à souhait et délicieuses. Même en suivant la recette, Josie n'aurait sûrement pas fait aussi bien que Luke. Après le dîner, ils montèrent dans sa chambre où Luke passa soigneusement en revue pour les embrasser tous les points de son corps qui lui faisaient mal depuis le *Stop & Go*, puis il s'endormit, épuisé, dans le lit de Josie et se mit à ronfler. Le réveil indiquait 00 h 58 quand elle se glissa hors du lit, enfila un pantalon, un t-shirt délavé de la police de Denton et emporta son ordinateur portable dans la cuisine.

Elle commença par se connecter à Facebook, trouva la page de June Spencer et se mit à éplucher ses posts et ses photos de profil. Il y en avait peu mais, si Solange disait vrai, June n'avait simplement pas grand-chose à partager.

Puis elle tapa « June Spencer disparue Denton » dans son moteur de recherche, pour voir si Trinity Payne avait déniché du nouveau ou si l'affaire avait été reprise au niveau national. Tout un tas de liens annonçaient « La jeune disparue de Denton retrouvée vivante au bout d'un an » ou « L'adolescente fugueuse retenue un an comme esclave sexuelle ». Josie regarda leur provenance. Des médias locaux uniquement, essentiellement WYEP et les rares quotidiens imprimés de la région. Parmi les résultats plus anciens, un autre titre attira son attention : « Une femme au foyer disparue, originaire de Pennsylvanie, retrouvée vivante à Denton. » Josie cliqua sur le lien, qui renvoyait à un article de *USA Today* qu'elle parcourut rapidement. Elle ouvrit un nouvel onglet et entra le nom de la femme dans la barre de recherche. Elle tomba sur des centaines d'articles, aux gros titres tous similaires :

« La disparue de Pennsylvanie retrouvée vivante après de longues recherches » ; « La mère de famille pennsylvanienne retrouvée vivante » ; « La disparue du comté d'Alcott découverte vivante au bout de trois semaines ».

Josie entreprit de lire chaque article. Six ans plus tôt, une certaine Ginger Blackwell, trente-deux ans, mère de trois enfants, habitant Bowersville, la ville jouxtant Denton à l'ouest, avait disparu sur le chemin de l'épicerie où elle allait faire ses courses. On avait retrouvé sa voiture sur le bas-côté d'une petite route de campagne entre son domicile et le magasin d'alimentation avec, à l'intérieur, tous ses effets personnels, porte-monnaie, téléphone et clés. Ses provisions étaient toujours dans le coffre, et le pneu avant gauche de la voiture était à plat. Elle avait disparu sans laisser la moindre trace.

La police de Bowersville, celle de l'État et le FBI l'avaient cherchée nuit et jour. On avait établi un poste de commandement à proximité de l'épicerie, là où on l'avait vue pour la dernière fois. On avait même créé un numéro vert tout exprès. Les grandes chaînes de télévision avaient signalé sa disparition. On avait commencé par soupçonner son mari, alors même qu'il avait un alibi. Après l'avoir fait passer au détecteur de mensonges, l'enquête s'était orientée ailleurs. Faute de piste sérieuse, les recherches s'étaient arrêtées. Josie se souvenait vaguement de l'affaire. Elle n'était pas encore policière, à l'époque. Elle sortait tout juste de l'université, vivait chez sa grand-mère et faisait encore plus la fête qu'autre chose. Elle était sûre d'en avoir entendu parler, puisque ça s'était passé non loin de Denton, mais elle n'en avait pas retenu grand-chose.

Trois semaines plus tard, on avait retrouvé Ginger Blackwell sur la bande d'arrêt d'urgence de la Route 80, entre les deux bretelles qui desservaient Denton, nue et ligotée. Elle avait déclaré qu'une femme s'était arrêtée pour l'aider à changer son pneu à plat, et qu'elle ne se souvenait plus de rien ensuite. Elle s'était retrouvée prisonnière, sans pouvoir décrire où elle était séquestrée ni par qui. « J'étais plongée dans l'obscurité totale, avait-elle dit. Comme si on m'avait enfermée dans un placard. Les ténèbres absolues. Comme une boîte noire. »

Josie inspira brusquement. Des doigts invisibles remontaient le long de sa colonne vertébrale. Un placard. Une boîte. Elle n'avait pas besoin de beaucoup d'imagination pour partager la terreur de Ginger Blackwell. La coïncidence n'était-elle pas étrange ? Ginger Blackwell avait disparu sur une route de campagne isolée, exactement comme Isabelle Coleman et June Spencer. Toutes les trois dans un intervalle de six ans. Ça faisait beaucoup en peu de temps pour une petite ville comme Denton. La personne qui avait enlevé Isabelle Coleman, et peut-être June Spencer, avait-elle aussi enlevé Ginger Blackwell ? Josie ouvrit un troisième onglet avec le fichier public des délinquants sexuels et relut la fiche de Donald Drummond. Il était en prison au moment de l'enlèvement de Ginger Blackwell.

Elle revint à l'onglet des articles sur Ginger Blackwell et reprit sa lecture. Blackwell ne se souvenait pratiquement de rien. Elle ne savait pas du tout si la femme qui s'était arrêtée pour l'aider était mêlée à son enlèvement ou pas. La propriétaire d'un salon de coiffure de Bowersville s'était ensuite présentée au commissariat pour déclarer qu'elle s'était arrêtée en voyant la voiture en panne sur le bord de la route, mais que

Ginger Blackwell n'était nulle part. Blackwell ne savait pas si la femme à qui elle avait parlé et la coiffeuse étaient la même personne. Elle ne se rappelait pas avoir été déposée au bord de l'autoroute. Elle n'était que légèrement contusionnée. Les articles ne mentionnaient aucune agression sexuelle.

Comme on l'avait retrouvée sur l'autoroute, l'affaire relevait de la police d'État mais, cette partie de la route étant sur le territoire de Denton, le chef Harris avait bataillé pour la récupérer. En fin de compte, le procureur général du comté d'Alcott avait nommé un enquêteur spécial pour mener une investigation indépendante. La chose était inhabituelle, mais Josie voyait bien que tous les services de police et le bureau du procureur avaient été mis sous pression, l'affaire ayant été reprise par la presse nationale.

L'histoire fut rapidement considérée comme montée de toutes pièces. Josie parcourut plus d'une vingtaine d'articles soulignant que la police croyait à un faux enlèvement. Dans chacun, le mari de Ginger Blackwell était cité, peut-être pour jeter le doute sur cette théorie d'une vaste fumisterie. Il déclarait : « Ma femme n'a pas mis en scène son propre enlèvement. Ce n'est pas un canular. Elle a vécu l'enfer. Et d'ailleurs, si elle avait fait ça toute seule, dites-moi comment elle aurait pu se ligoter elle-même avant de se jeter sur le bas-côté de l'autoroute ? »

Comment, en effet.

En étudiant les photos de Ginger Blackwell, Josie eut du mal à croire qu'elle avait trente-deux ans à l'époque. On aurait dit une adolescente. Elle était mince, avec de longs cheveux auburn, brillants, des yeux bleus comme une mer tropicale. Son teint pâle illuminait chaque photo. Sur certaines, de très jeunes enfants se tortillaient sur ses genoux. Sur d'autres, elle posait devant un monument. Toutes dataient d'avant son enlèvement et, sur chacune, elle arborait un sourire radieux, un air de bonheur absolu. Josie se demanda si elle avait pu retrouver le même sourire, ensuite.

Une main sur ses cheveux la fit sursauter.

— Bon sang, qu'est-ce que tu fabriques ? demanda Luke. Tu n'as pas dormi du tout ?

Son cœur se mit à cogner quand elle jeta un regard autour d'elle, dans la cuisine, et vit le jour gris qui filtrait par les fenêtres. Elle était restée debout toute la nuit.

— Je... je n'y arrivais pas.

Il bâilla.

— Tu dois être épuisée.

Elle ne l'était pas. Elle se sentait plus éveillée que jamais. Luke s'assit à côté d'elle, toujours torse nu, ne portant que le pantalon qu'il laissait chez elle, dans le tiroir du haut de sa commode.

— Qu'est-ce que tu fais ?

Il plissa les yeux face à l'écran de son ordinateur portable, où s'affichaient ses recherches sur Ginger Blackwell.

— Laisse donc Google dormir, plaisanta-t-il.

Josie cliqua sur un des articles, et le sourire contagieux de Ginger Blackwell envahit l'écran. En dessous, une vidéo de quatre-vingt-dix secondes se lança automatiquement.

— Tu te souviens de cette affaire ? La femme kidnappée et balancée sur la Route 80 trois semaines plus tard, Ginger Blackwell ?

Luke se passa la main dans les cheveux et étudia la photo. Dans la vidéo, Trinity Payne apparut à côté d'un écran de télévision où défilaient des photos de Ginger Blackwell et se mit à débiter le peu de choses qu'elle savait sur sa disparition. Josie sursauta en la voyant. Trinity était encore correspondante pour une grande chaîne nationale à l'époque de l'enlèvement. Elle avait peut-être décroché ce reportage parce qu'elle était de la région.

— Je m'en souviens. Mais seulement parce qu'on en avait

parlé aux infos. J'étais en poste près de Greensburg, à l'époque. Je pensais que toute l'histoire était bidon.

Josie soupira, referma son ordinateur.

— C'est ce que tout le monde s'est accordé à dire, oui.

Mais elle n'était pas convaincue. Elle aurait voulu voir le dossier Blackwell pour en juger elle-même. Ça n'était certes pas impossible ; les canulars de cet ordre existaient mais, en général, le coupable finissait par être confondu et condamné, au minimum à une amende pour avoir mobilisé inutilement les services et les ressources de la police. Des recherches aussi importantes que celles menées pour retrouver Ginger Blackwell coûtaient de l'argent. De l'argent dont ne disposait pas un comté comme celui d'Alcott. Josie savait pertinemment que la police de Denton avait dû dépenser l'équivalent de son budget annuel en trois jours après la disparition d'Isabelle Coleman. Si Ginger Blackwell avait mis en scène son propre enlèvement, pourquoi n'avait-elle pas été punie pour ça ? Il manquait quelque chose ; quelque chose qui figurait dans le dossier Blackwell, mais dont la presse n'avait pas eu vent. Elle en était convaincue.

Luke se leva, versa du café et de l'eau dans la cafetière, l'alluma. En l'observant, Josie se demanda si elle pouvait lui faire confiance. Lui faire vraiment confiance. Elle avait appris dès ses onze ans que tous les hommes n'étaient pas dignes de confiance – et même bien avant ça. Alors qu'elle avait six ans, son père avait choisi une balle plutôt que sa fille.

Ray avait été le seul homme à qui elle s'était vraiment fiée, mais c'était encore un garçon quand elle l'avait rencontré. Et ça avait mal fini. Il était devenu adulte et avait réduit en miettes la période la plus sacrée de leur vie commune, leur mariage. Ça avait été la preuve définitive qu'on ne pouvait pas faire confiance aux hommes.

Et pourtant, elle portait la bague de fiançailles de Luke. Elle avait dit oui. Sans hésiter. Ce qui indiquait une certaine confiance en lui, non ? Pouvait-elle lui parler du piercing « Princesse » ? De sa théorie qui reliait Ginger Blackwell, Isabelle Coleman et June Spencer ? Allait-il la balayer avec le même dédain que le chef ? Penserait-il aussi que Josie était folle ?

Elle repensa à l'incident qui avait causé sa mise à pied et l'avait plongée dans un abîme de désœuvrement. Juste après, Ray avait dit exactement la même chose. Qu'elle était folle. Et il avait ajouté : « Tu ne peux pas faire des trucs comme ça. Tu ne peux pas frapper des gens. »

Bien sûr qu'elle n'en avait pas le droit. Elle le savait très bien. Mais presque tous ses collègues de la police de Denton partageaient l'avis de Ray et disaient qu'elle devenait incontrôlable. Elle avait peut-être perdu son sang-froid sur le moment, mais elle savait qu'elle n'était pas folle.

Très honnêtement, elle avait espéré plus de solidarité de leur part. Comme si aucun d'eux ne s'énervait dans le feu de l'action, n'était amené à faire des choses qu'il regrettait ensuite, quelque chose d'idiot ou, oui, d'un peu fou. Cela se produisait parfois. Ils faisaient face, jour après jour, à ce que l'humanité pouvait avoir de pire. Si ça ne vous déstabilisait pas une fois de temps en temps, c'est que vous n'étiez pas humain. Seul Noah avait montré qu'il la comprenait. Quand Josie avait dû quitter le commissariat, tête basse, sans plaque et sans arme, il lui avait glissé à voix basse : « Et pourtant, elle l'a bien cherché, l'autre. »

Josie accepta le café fumant que Luke lui tendait, préparé exactement comme elle l'aimait – deux sucres, beaucoup de crème.

— Luke, tu te rappelles l'incident avec cette femme, tu sais, celui qui m'a valu ma suspension ? demanda-t-elle quand il s'assit près d'elle.

Il se mit à rire.

— J'aurais du mal à l'oublier.

— Tu penses que j'ai fait ce que je devais faire ? En la frappant comme ça ? Ou est-ce que tu penses que j'ai... disons... eu un coup de folie ?

Luke redevint subitement sérieux.

— Non. Je ne crois pas du tout que tu aies eu un coup de folie. Moi, je lui aurais tiré dessus.

26

Ils allèrent prendre le petit déjeuner en ville et, à voix basse, elle lui rapporta ce que June lui avait montré après avoir tué Sherri Gosnell, et lui exposa sa théorie selon laquelle le piercing « Princesse » porté par June Spencer appartenait en réalité à Isabelle Coleman. Il ne lui répondit pas qu'elle était folle. Ne remit pas en question ses compétences. Ne lui dit pas qu'elle avait trop de temps à perdre ni qu'elle ferait mieux de laisser tomber. Au lieu de ça, il leva un sourcil intrigué, mastiqua consciencieusement une bouchée de toast, prit le temps de déglutir et demanda :

— Tu as vérifié sur le profil Facebook de June Spencer qu'il n'y avait pas de photos d'elle avec un piercing lingual ?

Josie se figea, fourchette levée.

— Oui, j'ai regardé. Il n'y avait rien d'utile. Attends, tu... tu penses que j'ai peut-être raison ?

Luke haussa les épaules.

— Je n'en sais rien. Je peux comprendre ce que dit ton chef. Ça ne prouve pas qu'il y a un lien avec l'affaire Coleman mais, avec tout ce que tu m'as expliqué, je comprends aussi pourquoi tu en arrives à cette conclusion.

— Tu penses que ça peut être plus qu'un simple enlèvement ? Que Drummond était peut-être en cheville avec quelqu'un d'autre ? Avec plusieurs personnes, même ?

Luke termina son toast.

— Je ne sais pas. Tout est possible.

— Tu penses que c'est un réseau de trafiquants ?

Il plissa le front et but une gorgée de café avant de
répondre.

— Les trafiquants de ce genre passent beaucoup de temps à
préparer leurs filles. En général, ils ne les prennent pas de force.
Je ne dis pas qu'il n'y a jamais de kidnapping, mais leur mode
opératoire habituel, c'est plutôt de repérer une fille qui n'a pas
d'estime de soi, qui a des problèmes familiaux, qui a besoin d'attention, des trucs comme ça. Ils l'appâtent d'abord, et ils ferrent
le poisson ensuite. C'est souvent un des types de la bande qui
lui fait croire qu'elle est merveilleuse, qu'il est raide amoureux
d'elle, qui lui fait plein de cadeaux, qui la couvre d'attentions et,
quand elle est gaga au point d'être prête à tout pour lui, il
commence à lui faire vendre son corps. C'est une histoire de
manipulation. C'est un jeu pour eux, et ils y excellent. Tu sais,
nous, à la police d'État, on fait beaucoup d'arrestations dans les
relais routiers. Je vois souvent des filles comme ça. Hélas, il y en
a plein. Alors un réseau de trafiquants qui enlèverait des adolescentes pour les donner ou les revendre à des délinquants sexuels
qui s'en serviraient ensuite ? C'est possible, mais je n'y crois pas
plus que ça.

— Mais tu penses qu'il est possible que la ou les personnes
qui ont enlevé Ginger Blackwell ont aussi pu enlever Isabelle
Coleman, et peut-être June Spencer ?

Nouveau haussement d'épaules.

— C'est possible, oui. Ça vaut le coup de vérifier, en tout
cas. Tu devrais suggérer à ton chef de demander une copie du
dossier Blackwell et de voir s'il peut y avoir un lien avec l'af-

faire Coleman – en supposant que le cas Blackwell ne soit pas une affabulation. S'il y a le moindre lien, je suis sûr qu'il s'en apercevra. Qui a ce dossier ?

— La police d'État doit en avoir une copie. Ils ont été les premiers arrivés sur les lieux, et ils avaient été chargés de l'enquête jusqu'à ce que le chef fasse tout un foin et fasse nommer un enquêteur indépendant par le bureau du procureur. C'est le labo de la police d'État qui a traité les indices matériels.

— Tu as appris tout ça sur Google ?

— Trinity Payne avait fait un reportage assez détaillé sur toute l'affaire.

Luke ne répondit pas et ils continuèrent de manger en silence. Puis Josie lui posa la question qu'elle ruminait depuis le début.

— Tu pourrais m'avoir une copie du dossier Blackwell ?

Il la dévisagea.

— Josie...

— Je sais, je t'en demande beaucoup. D'autant plus que je suis suspendue.

En vérité, même sans parler de sa suspension, demander à Luke une copie du dossier le mettait dans une situation inconfortable. L'affaire était close et Josie appartenait à une police différente.

— S'il te plaît, ajouta-t-elle.

Il reposa sa fourchette, mit ses deux mains sur la table.

— Pourquoi ?

— Parce que je suis convaincue que Blackwell n'a pas simulé son enlèvement, mais que je n'en serai sûre que quand je saurai ce que la police a caché à la presse. Et s'il y avait vraiment des liens entre son enlèvement et celui d'Isabelle Coleman ? Et si Coleman était séquestrée au même endroit que Ginger Blackwell ? Je pourrais la retrouver.

Il regarda un moment au loin, derrière elle. Une petite ride verticale apparut au-dessus de son nez. Il paraissait mal à l'aise – comme quand elle avait dû lui annoncer que, techniquement, elle était encore mariée. Elle voyait qu'il pesait ses mots. Que quoi qu'il dise, il essaierait de ne pas la blesser, de ne pas se montrer condescendant. Il finit par se lancer.

— Josie, la police de Denton est parfaitement capable de suivre ces pistes. Rechercher les filles disparues de la région sur Google et essayer de relier les différentes affaires, c'est une chose. Accéder illégalement à un dossier de police uniquement parce que...

Il ne put pas – ou ne voulut pas – terminer sa phrase, mais finit par reprendre :

— Je sais que c'est dur pour toi d'être suspendue, surtout avec tout ce qui arrive en ce moment. Je sais que tu aimerais être l'héroïne de l'histoire, que tu voudrais retrouver Isabelle Coleman toute seule, pour te racheter, ou quelque chose de cet ordre. Mais peut-être que tu... je ne sais pas... que tu dormirais mieux la nuit si tu avais autre chose pour t'occuper.

— Comme quoi ? Tu veux que je me mette au tricot ?

Il rougit.

— Non, oui... Non. Je veux dire...

Elle pointa sa fourchette vers lui.

— Ce n'est pas un hobby, Luke, tu sais. Je ne fais pas ça parce que je m'ennuie.

Il posa les coudes sur la table, mains croisées au-dessus de son assiette.

— Alors pourquoi ? Pourquoi tu fais ça ?

À voir son regard, la question était sincère. Elle fut tout à coup absorbée par sa serviette, la fixa, en lissa le bord du bout des doigts. *Parce que je suis comme ça.*

— Tout ce que je dis, c'est que la plupart des gens seraient très heureux d'avoir quelques semaines de congé, poursuivit Luke. Que la plupart des gens ne pensent pas qu'au travail. Moi, si je le pouvais, je serais à la pêche du matin au soir. Bien sûr que le boulot finirait par me manquer, mais je serais content de faire une pause.

Josie releva les yeux.

— Si je me trouve un hobby, est-ce que tu veux bien au moins envisager d'obtenir ce dossier et de me laisser le consulter ?

Il secoua la tête, lâcha un gros soupir et se remit à manger, mais Josie voyait bien qu'il souriait à demi, et sut alors qu'il ferait son possible.

Le petit déjeuner achevé, Luke partir travailler et Josie rentra chez elle. Elle avait imaginé dormir quelques heures – que faire d'autre ? Mais elle resta au lit sans pouvoir fermer l'œil. Ses stores laissaient passer les rayons du soleil. Elle ne savait pas très bien pourquoi l'affaire Ginger Blackwell la préoccupait autant ni même pourquoi elle avait demandé le dossier à Luke. Quelle importance ? Quel lien pouvait-il y avoir avec les affaires Spencer et Coleman ?

Et puis quelque chose lui vint. La disparition de Ginger Blackwell avait attiré l'attention de tout le pays. La première semaine, son visage était apparu sur toutes les chaînes d'information nationales. Josie avait même vu des reportages sur son enlèvement dans des émissions de divertissement du soir comme *Access Hollywood* ou *TMZ on TV*. Comme si le monde entier avait été inondé de portraits de Ginger Blackwell. Deux semaines plus tard, on l'avait balancée sur le bord de l'autoroute.

— Pourquoi ? marmonna Josie pour elle-même.

Cette couverture médiatique avait-elle quelque chose à voir avec sa libération ? Son ravisseur avait-il commis une erreur ? On pouvait facilement la prendre pour une jeune étudiante. Son ravisseur, ou ses ravisseurs, l'avaient-ils enlevée en pensant qu'elle était plus jeune ? Avaient-ils l'intention de la garder, ou même de la tuer, mais se seraient-ils sentis obligés de la libérer à cause de la pression incessante des médias ?

Malgré le grand nombre d'articles sur la disparition de Ginger Blackwell, on avait très peu de détails sur ce qu'elle avait vu et subi pendant les trois semaines qu'avait duré sa disparition.

Il fallait qu'elle parle à Ginger Blackwell.

27

Josie passa plus d'une heure sur internet à chercher l'adresse de Blackwell, jusqu'à en avoir les yeux en feu, la tête lourde et embrumée par le manque de sommeil. Elle dénicha bien une adresse sur une route de campagne aux environs de Bowersville, mais elle savait que les Blackwell n'y habitaient plus puisque tout le coin avait été transformé en parcours de golf. Elle essaya aussi avec le nom de son mari, mais en vain. Où étaient-ils passés ? Même s'ils avaient déménagé, en cette époque où absolument tout se trouvait sur internet, leur nouvelle adresse devait bien y figurer, non ? Elle essaya de passer par une base de données privée à laquelle la police de Denton était abonnée, en se servant de l'identifiant de Ray. C'était un service auquel elle pouvait se connecter sans qu'il en soit averti, et il utilisait le même mot de passe pour tout, « JoRay0803 ». Leurs prénoms et la date à laquelle ils s'étaient remis ensemble, après la fac. Mais la base de données ne lui fournit que l'ancienne adresse des Blackwell à Bowersville.

Un bourdonnement aigu lui vrillait le crâne et elle tombait de sommeil. Sur tout son côté gauche, la douleur sourde consécutive à l'accident du *Stop & Go* se rappela à son bon souvenir.

Elle n'avait pas changé le pansement sur sa jambe depuis deux jours. Il fallait qu'elle le fasse, mais la fatigue la saisit si brutalement qu'elle aurait pu se laisser glisser sous la table de la cuisine et dormir par terre pendant plusieurs jours. Elle eut tout juste le temps de s'allonger sur son lit avant de sombrer.

———

Elle fut réveillée quelques heures plus tard – bien trop tôt – par des coups insistants frappés à la porte. Le soleil était passé de l'autre côté du ciel, mais ses rayons tentaient encore de contourner les stores, avec moins d'insistance cependant. Josie jeta un œil à son réveil, se retourna et tenta de se rendormir. Les coups à la porte ne cessèrent pas. Même la tête sous l'oreiller, elle les entendait encore. Enfin, au bout d'un quart d'heure, comme on frappait toujours, elle se leva, descendit péniblement l'escalier et alla ouvrir.

Trinity Payne se tenait sur le perron, vêtue de son manteau habituel, d'une petite jupe noire moulante et de hauts talons couleur taupe. Sa crinière flottait doucement au vent. Josie plissa les yeux. Trinity avait les cheveux si brillants qu'elle pouvait presque se voir dedans.

— Jolie coiffure, déclara Trinity comme si elle lisait dans ses pensées.

Josie se tourna, examina son reflet dans les vitres de la porte. On aurait dit qu'une main invisible maintenait une partie de sa chevelure en l'air d'un côté de son crâne. Elle s'humecta la main d'un coup de langue et tenta de lisser les mèches rebelles, mais ne fit qu'empirer les choses.

Trinity avança d'un pas.

— Où est-ce que vous vous êtes fait ça ?

Josie tira plus fort sur ses cheveux, essaya de les peigner avec ses doigts.

— Où est-ce que je me suis fait quoi ?

— Cette cicatrice.

Josie suivit du bout des doigts la trace irrégulière, argentée, qui descendait de son oreille jusqu'à sa mâchoire.

— Ça ne vous regarde en rien, mais c'est la conséquence d'un accident de voiture, mentit-elle. Vous êtes toujours aussi curieuse ? Je veux dire, même en dehors du travail ?

Une hanche en avant, Trinity afficha une moue de dégoût, mais ne répliqua pas. Derrière elle, Josie remarqua la petite Honda Civic bleue garée le long du trottoir.

— C'est votre voiture ? Ça ne paie pas très bien, WYEP, hein ?

Trinity demeurant silencieuse, Josie essaya une approche plus franche.

— Qu'est-ce que vous voulez ?

— Vous étiez à Rockview.

— Et... ?

— Et je voudrais que vous me racontiez, officiellement, ce qui s'est passé. Ni la maison de retraite ni la police de Denton ne veulent faire de commentaires.

— Quelle surprise...

— Je suis sérieuse. Dites-moi ce qui s'est vraiment passé.

Josie croisa les bras.

— Et qu'est-ce qui vous fait croire qu'il s'est passé autre chose que ce qu'en dit la police ?

Trinity leva les yeux au ciel.

— Ne me prenez pas pour une idiote. Vous savez aussi bien que moi que la police ne dit jamais tout. Vous étiez sur place. Vous avez assisté à toute la scène ?

C'était sa manière de faire. Elle glissait ses questions dans la conversation comme si elles étaient de vieilles amies. Josie ouvrit la bouche pour répondre, se tut au dernier moment.

— Oh, allez, vous n'avez rien à perdre. Vous n'êtes que témoin. Je vous demande seulement ce que vous avez vu.

— Mon travail, voilà ce que je pourrais y perdre. Je ne peux pas parler de Rockview.

— Vous connaissiez June Spencer ?

— Vous vous foutez de moi ?

Josie secoua la tête, fit demi-tour, s'apprêtant à claquer la porte et à laisser Trinity Payne sur le perron.

— Et Sherri Gosnell, alors ? insista celle-ci. Vous deviez forcément la connaître. Votre grand-mère vit à Rockview. Sherri y travaillait depuis des années.

Josie, sur le seuil, fit volte-face.

— Où est-ce que vous voulez en venir ? June Spencer était séquestrée par un prédateur sexuel. Elle a été secourue. Elle est mentalement perturbée. Elle n'avait nulle part où aller parce que sa mère reste introuvable et que son oncle est dans le coma. On l'a placée à Rockview. Et avant que quelqu'un ait pu intervenir, Sherri Gosnell est morte. Tout ça a déjà été rendu public. Je ne vois pas très bien ce que vous cherchez. Si vous voulez faire un article, la vraie question, c'est comment Donald Drummond, un délinquant sexuel notoire, a-t-il réussi à enlever cette fille et à la garder aussi longtemps sans que personne s'en aperçoive ?

Trinity soupira, regarda la pointe de ses chaussures.

— Ne le prenez pas mal, surtout. Mais votre histoire, là, ça ne fait pas un article. C'est une histoire terrible, horrible, tragique. Mais les gens savent déjà que les systèmes mis en place pour empêcher les criminels de récidiver ne fonctionnent pas. Que sur dix crimes, il y en a bien huit dont l'auteur avait déjà un casier judiciaire chargé ou aurait dû être en prison, mais en était sorti pour un quelconque vice de procédure. Ça n'est pas un scoop.

Josie plissa les yeux.

— Vous voulez dire que ce n'est pas le genre de scoop qui va vous permettre de repartir travailler sur une grande chaîne d'info.

L'espace d'un instant, Trinity parut choquée, indignée, puis elle reprit un air plus pragmatique. Elle fronça les sourcils, pinça les lèvres.

— C'est une discussion privée, là.

Josie, à son tour, leva les yeux au ciel.

— Rien n'est officiel, Trinity.

— Quel mal y a-t-il à avoir de l'ambition ? Vous, vous êtes bien la plus jeune lieutenante de toute l'histoire de la police de Denton.

— Je suis inspectrice, j'ai été nommée à ce poste. J'étais la seule femme lieutenante de police de la ville, et maintenant je suis la seule inspectrice de la police de Denton. J'aime mon métier et je le fais bien.

— Moi aussi, j'aime mon travail. Et je le fais bien.

Josie objecta en braquant son index sur Trinity.

— Mais vous, vous devez manipuler et harceler les gens pour bien faire votre boulot.

Trinity se renfrogna davantage. Son estomac se mit à gronder bruyamment. Elle posa une main dessus, comme pour le faire taire, puis reprit :

— Les citoyens ont le droit de savoir ce qui se passe dans leur ville. C'est un fait. La presse peut être extrêmement utile. La manière dont j'exerce mon métier n'est peut-être pas votre tasse de thé, mais ce que je fais est important.

— Ce sont les citoyens qui vous intéressent, ou le fait de passer à la télévision ?

— Les deux, admit sans fard Trinity en criant presque pour couvrir le bruit de son estomac qui se remettait à protester.

Josie ne put s'empêcher d'éclater de rire tant la réponse avait été spontanée, désarmante d'honnêteté. Trinity ne se faisait d'illusions ni sur le monde ni sur elle-même. Josie n'admirait pas du tout sa soif de célébrité, de pouvoir personnel, mais elle respectait sa sincérité. Elle pointa du doigt le ventre de Trinity.

— À quand remonte votre dernier repas ?

Trinity lui lança un regard soupçonneux.

— Ça n'est pas le sujet.

Josie ouvrit grand sa porte et, d'un geste, l'invita à entrer.

— Je ne parlerai pas de ce qui s'est passé à Rockview. Mais si vous devez me harceler, autant que vous le fassiez devant mes restes de lasagnes.

Le regard de Trinity s'étrécit.

— Vous, vous voulez me demander quelque chose.

Josie ne nia pas.

— Personne n'est gentil avec moi sans raison. Qu'est-ce que vous me voulez ?

— Entrez, et vous verrez, répondit Josie.

Trinity passa devant elle en claquant des talons, la dévisageant comme si elle redoutait de se faire agresser à tout moment. En gloussant, Josie lui indiqua le chemin de la cuisine.

— Détendez-vous. Je veux juste un petit renseignement.

28

Une heure plus tard, Josie était en possession de l'adresse actuelle de Ginger Blackwell et Trinity, l'estomac presque plein, avait obtenu la promesse que s'il y avait un lien entre les affaires Blackwell et Coleman, elle serait la première informée. Josie lui avait servi ce qui restait des lasagnes cuisinées par Luke et du café tout en lui exposant sa théorie : Ginger Blackwell n'avait pas simulé son enlèvement et on l'avait libérée en grande partie à cause de la forte attention médiatique que l'affaire avait soulevée.

— Elle a été violée, avait déclaré Trinity entre deux bouchées de lasagnes. Et par plusieurs hommes, selon elle.

— Vous l'avez rencontrée ?

— Non. Elle n'a parlé aux journalistes qu'au tout début, et elle ne voulait pas être filmée. Trop traumatisée. Le temps qu'on me mette sur le coup, elle avait cessé de répondre aux interviews. Mais son mari en a donné pas mal. Un bon gars, dévoué à sa femme. Je les plaignais, tous les deux. Surtout quand la police a commencé à dire que c'était un enlèvement bidon.

— Des gens disparaissent tout le temps et partout, dans ce pays. Pourquoi cette affaire-là a-t-elle autant fait parler ?

— Le mari avait un parent, un cousin, je crois, qui était allé à l'université avec le producteur d'une grande chaîne de télévision. Quelqu'un qui connaît quelqu'un qui connaît quelqu'un... Vous voyez le genre. Bref, le cousin en question a contacté son ancien copain de fac, lui a demandé de faire un reportage au niveau national sur la disparition de Ginger Blackwell. Il n'a pas eu à trop insister. Une jeune maman belle comme un cœur, originaire d'une petite ville, qui s'évanouit dans la nature : tout le monde s'est rué dessus. Les autres chaînes ont embrayé, et l'histoire est devenue virale.

— Si la disparition d'Isabelle Coleman avait la moindre chance d'être liée à cette affaire, et qu'elle était aussi médiatisée, vous pensez qu'ils la libéreraient aussi ?

Trinity haussa les épaules. Elle termina sa bouchée et prit un air sérieux.

— Ou alors ils la tueraient et balanceraient son corps quelque part. Si Ginger Blackwell disait la vérité et qu'un réseau de trafiquants d'êtres humains était mêlé à l'histoire, je pense qu'on ne l'a relâchée que parce qu'elle ne se souvenait de rien. En tout cas, c'est ce que son mari disait. Il a affirmé qu'elle avait été droguée.

— Isabelle aussi a pu être droguée.

— Pourquoi pensez-vous que les deux affaires sont liées ?

— Je ne sais pas. Je veux dire, je n'ai pas de raison pour ça. C'est juste que ça me paraît bizarre qu'on ait enlevé trois jeunes femmes dans le coin, c'est tout.

— Je n'avais pas remarqué que vous étiez complotiste.

— Je ne suis pas complotiste. Je dis seulement que ça vaut le coup de vérifier. Et si Blackwell me disait quelque chose qui permette de faire le lien avec l'affaire Coleman ?

Trinity plissa les yeux.

— Le chef sait que vous enquêtez toute seule, maintenant ? Pourquoi me dites-vous ça à moi, et pas aux gars de votre service ?

— Ils sont à la limite de ce qu'ils peuvent traiter, en ce moment. Et puis j'aime bien avoir de vraies pistes, solides, avant d'en parler à mon chef.

— Je ne vous crois pas. Et je ne pense pas non plus que les deux affaires soient liées. Mais on a conclu un marché, hein : si vous trouvez un lien, je serai la première à le savoir.

À regret, Josie concéda :

— Oui, on est d'accord. Je n'ai pas oublié. Mais pourquoi pensez-vous qu'il n'y a pas de lien ?

Nouveau haussement d'épaules.

— Regardez June Spencer. Tout le monde croyait à une fugue et, en fait, elle était séquestrée par Donald Drummond. On ne peut jamais être sûr de rien.

— Bon Dieu. Il y a des pervers partout. Et si j'avais raison à propos de la couverture médiatique ? Vous pourriez obtenir une couverture nationale sur l'affaire Coleman ?

Trinity se renfonça dans sa chaise, joua avec une mèche de ses cheveux. Elle fixait intensément son assiette vide. Josie n'avait jamais vu une femme manger autant que Trinity Payne, et pourtant elle devait peser moins de cinquante-cinq kilos.

— Je peux essayer. J'ai encore quelques contacts à New York. Coleman est une bonne cliente pour les infos nationales ; une belle adolescente blonde avec toute la vie devant elle. Je vais voir ce que je peux faire.

Josie tapait la nouvelle adresse des Blackwell dans Google Maps quand Trinity lui demanda :

— Allez, dites-moi. C'est vrai que June Spencer a tué Sherri Gosnell à coups de fourchette ?

Josie s'immobilisa, la fusilla du regard.

— Trinity, arrêtez.

— Dites-moi juste ça. Ce n'est pas tous les jours que quelqu'un se fait tuer avec une fourchette, quand même. Ça a dû être atroce.

Josie redirigea son attention sur Google Maps.

— Il y avait beaucoup de sang, oui.

— Qu'est-ce qui l'a rendue folle, d'après vous ?

— Aucune idée. Je n'étais pas dans la pièce quand ça s'est produit. Elle était déjà dans un sale état en arrivant à Rockview. Vous êtes sûre que les Rockwell habitent toujours à cette adresse ?

Elle avait affiché sur Google Maps la 3D de l'adresse donnée par Trinity, qui se pencha par-dessus son épaule pour y jeter un coup d'œil.

— Je suis sûre qu'ils y sont encore, oui. Il leur a fallu une éternité pour vendre leur maison de Bowersville. Ça m'étonne-rait beaucoup qu'ils aient déménagé une seconde fois. Mais si vous croyez qu'elle va accepter de vous parler, je vous souhaite bonne chance.

29

Les Blackwell avaient changé de nom et vivaient à Phillipsburg, dans le New Jersey. Voilà pourquoi Josie n'avait pas pu les localiser. Heureusement pour elle, quand Trinity avait couvert l'affaire Ginger Blackwell, elle avait promis à son mari de continuer à chercher les preuves que son histoire était bien réelle ; en échange, ils lui avaient laissé leur nouvelle adresse et leur nouveau nom. Avec Trinity, il y avait toujours une contrepartie.

Josie partit tôt le matin, fila vers l'est sans tenir le moins du monde compte des limitations de vitesse et effectua en trois heures un trajet censé en prendre quatre. Trinity lui avait donné le numéro de portable du mari de Ginger Blackwell, mais elle n'avait pas voulu les prévenir, de peur qu'ils refusent de la voir avant qu'elle puisse se rendre sur place. Il valait mieux jouer la surprise. Elle espérait simplement trouver les Blackwell – ou plutôt les Gilmore, puisqu'ils s'appelaient ainsi désormais – chez eux.

Phillipsburg était une petite ville au charme pittoresque un peu désuet qui rappela beaucoup Denton à Josie. La plupart des bâtiments se serraient au bord du fleuve Delaware, face à la ville d'Easton, sur la rive pennsylvanienne. Josie traversa les jolies rues proprettes du bourg et s'enfonça dans le New Jersey par de petites routes bordées de fermes isolées. Les Blackwell vivaient à l'extérieur de Phillipsburg, au bord d'un chemin vicinal, entre deux exploitations agricoles, dans un grand cottage gris à volets noirs de deux étages. Josie estima qu'il y avait près de cinq cents mètres, occupés par une pelouse aussi bien tondue qu'un terrain de golf, entre la route et la maison. Une longue allée de gravier menait jusqu'à un garage attenant au cottage, dont les deux portes évoquaient des yeux fermés. Le jardin qui entourait la maison avait été aménagé et décoré avec soin. Un véritable paradis familial de banlieue.

Elle se rangea devant le garage et s'avança vers l'entrée de la maison, l'oreille tendue : un grognement sourd, celui d'un gros chien, peut-être, lui parvint de l'intérieur. La porte était doublée d'une contreporte en fer forgé épais. Josie appuya sur la poignée, mais on avait fermé à clé. Le grondement persistait, si fort qu'elle en sentait presque la vibration de là où elle se tenait. Elle sonna et attendit. Au bout de quelques instants, la lourde porte noire s'entrouvrit, juste assez pour que Josie devine le blanc d'un œil inquiet.

— Je peux vous renseigner ?

Josie pressa le visage entre les barreaux de la contreporte et s'adressa au panneau de verre.

— Mme, euh, Gilmore, s'il vous plaît ?

— Elle n'est pas là.

— Hum, en réalité, je voudrais voir Ginger Blackwell.

L'œil cligna. Le grondement se fit plus fort, puis se mua en aboiement.

— Qui êtes-vous ? demanda la femme d'une voix stridente.

Josie dut crier pour couvrir les aboiements.

— Je m'appelle Josie Quinn, je viens de Denton.

— Allez-vous-en.

— Je suis inspectrice de la police de Denton. Enfin, je ne

suis pas en service à l'heure actuelle, mais je suis officier de police. Je veux simplement vous poser quelques questions.

L'œil était si écarquillé qu'on l'aurait dit sorti d'un dessin animé.

— Je vais appeler le 911. Je vous demande de partir immédiatement. Ne revenez jamais.

L'œil disparut, la porte intérieure claqua aussi irrévocablement qu'un couvercle de cercueil qu'on referme.

— Attendez ! hurla Josie, les mains en porte-voix, à l'attention du panneau vitré. Madame Blackwell, s'il vous plaît ! Une autre jeune fille a disparu ! Il faut que vous m'aidiez !

Mais elle était certaine que les aboiements couvraient sa voix. Elle attendit quelques minutes que le chien se taise et se remit à crier face à la lourde vitre de la contreporte, dans l'interstice entre deux barreaux. Les aboiements reprirent. Elle renouvela plusieurs fois l'opération, s'attendant à tout moment à voir déboucher dans l'allée une voiture de police. Mais aucun véhicule ne survint.

À sa cinquième ou sixième tentative, la porte s'entrouvrit de nouveau. Josie, la gorge en feu à force de crier, bafouilla d'une voix éraillée :

— Madame Blackwe... Je vous en prie. Une autre jeune femme a disparu, aidez-moi, je...

La réponse fut glaçante.

— Si vous pensez que je vais aider la police de Denton, vous vous trompez lourdement. Partez avant que j'appelle la police locale – pour de vrai, cette fois.

— J'ai été mise à pied ! lâcha Josie dans un sursaut désespéré pour éviter que la porte se referme.

Dans l'ombre, l'œil la fixait, méfiant mais hésitant. Josie sauta sur l'occasion.

— Je vous en prie. Écoutez-moi. Je ne suis pas ici en tant que membre de la police de Denton. Mais en tant que simple citoyenne. Il s'est passé de drôles de choses, récemment, et j'essaie de découvrir de quoi il retourne. Je... j'ai découvert votre existence sur internet. Vous avez été enlevée avant que je n'entre dans la police. C'est Trinity Payne, la journaliste, qui m'a donné votre adresse. Elle m'a prévenue que vous aviez changé de nom, et a été très claire sur le fait que je ne devais pas empiéter sur votre vie privée. C'est la seule personne à savoir que je suis ici. Je ne dirai jamais où vous êtes, à personne. Je vous le promets, je ne dévoilerai jamais votre nom ni votre adresse.

La porte s'entrouvrit un peu plus, et Josie aperçut la joue pâle, marquée de légères taches de rousseur, de Ginger Blackwell. De fines rides marquaient le coin de son œil.

— Pourquoi avez-vous été mise à pied ?

Josie déglutit. Elle était aussi nerveuse que la première fois qu'elle avait eu à témoigner au tribunal. L'assistant du procureur l'avait bombardée de questions, sous l'œil inquisiteur des jurés. Elle s'était sentie comme un insecte enfermé dans un bocal.

— Une affaire de tapage nocturne. À côté de l'ancienne fabrique de textile de Denton. Près de la rivière, vous savez, les maisons qui sont inondées tous les ans.

— Je m'en souviens, oui.

— J'avais été appelée pour enquêter sur un cambriolage à proximité, et c'était moi l'agente la plus proche. Sinon, une patrouille serait intervenue. Quoi qu'il en soit, je me suis rendue sur place, il était près de 1 heure du matin. Un des habitants du coin m'a dit qu'il entendait un enfant pleurer tout le temps, des bruits de bagarre, ce genre de trucs. Il savait qu'aucun de ses voisins n'avait d'enfant, et m'a dit qu'il avait un mauvais pressentiment. J'ai repéré la maison d'où venait tout le barouf. C'était une bande de jeunes, entre vingt-cinq et trente-cinq ans peut-être, qui faisaient la fête. Ils se sont montrés plutôt arrangeants quand je leur ai demandé de faire moins de bruit, et je leur ai dit que je voulais jeter un coup d'œil à l'intérieur. J'ai fait le tour de la maison, je suis arrivée dans le jardin, derrière, du côté de la rivière, vous voyez ? Et là, j'ai trouvé plusieurs de ces fêtards dehors, dont une femme. Une toxicomane régulière, visiblement. Avec... avec sa fille...

Josie s'interrompit. Elle avait encore du mal à en parler. Le seul moyen d'arriver à trouver les mots fut de se rappeler le contact de son coude contre le visage de la femme, la satisfaction d'entendre qu'elle lui cassait les dents.

— La gamine avait quatre ans. Elle était malade. Très malade. Brûlante de fièvre. Elle criait en se tenant l'oreille. Elle avait une otite, on me l'a dit plus tard. Et sa mère l'offrait à tous les hommes de la fête. Proposait de passer du « bon temps » avec sa fille à ceux qui lui donneraient de la came, ou de l'argent pour s'en acheter.

— Mon Dieu...

— Je ne sais pas ce qui s'est passé, mais j'ai vu rouge. J'ai craqué. Je l'ai frappée. Je lui ai donné un coup de coude, en réalité. Elle s'est écroulée tout de suite.

Le silence s'installa. Josie remarqua que la porte s'était ouverte un peu plus largement. Elle pouvait voir le visage de Ginger Blackwell, à présent. Ses cheveux auburn coupés court, brossés vers l'avant, lui donnaient un air chic, sophistiqué. Son visage était plus mince que sur les photos prises six ans plus tôt. Elle faisait son âge, désormais. Son regard était pénétrant.

— Et la petite ? demanda-t-elle.

Josie ferma les yeux, ressentit le même soulagement que ce matin-là, quand elle était allée voir la fillette à l'hôpital et que le pédiatre de service lui avait annoncé qu'elle allait bien.

— Elle n'avait rien, à part son otite. C'est sa tante qui en a la garde, maintenant. Pour toujours, j'espère.

La porte s'ouvrit en grinçant, suffisamment pour que Josie puisse voir à l'intérieur. À côté de la femme, la tête à hauteur de son ventre, se tenait le plus gros chien que Josie ait jamais vu. Son cerveau mit plusieurs secondes à décoder ce que ses yeux voyaient. Le molosse la dévisageait en silence de ses grands yeux bruns et tristes. Ginger Blackwell gardait une main posée sur son cou. Malgré la contreporte entre elle et l'animal, Josie fut envahie d'une peur primitive qui lui tordit les boyaux.

— C'est un mastiff, déclara Ginger Blackwell.

Josie, incapable de détacher son regard du monstre, tenta de plaisanter :

— Vous lui donnez quoi à manger, des gens ?

Ginger Blackwell eut un rire qui parut sincère, déverrouilla la contreporte et la poussa.

— Il ne vous fera aucun mal. Entrez.

Josie hésita. Le chien restait immobile. Ginger lâcha son collier pour tenir la porte d'une main et inviter Josie à entrer de l'autre. Instinctivement, celle-ci recula. Elle aimait bien les chiens, mais celui-là était d'une taille pour le moins intimidante. Tout son corps lui hurlait de s'enfuir en courant, même si son esprit lui disait qu'il n'y avait aucun danger.

Ginger lui donna une petite tape sur l'épaule.

— Allez, entrez. Marlowe fait peur à tout le monde, mais je vous promets qu'il ne touchera pas à un cheveu de votre tête. Sauf si je le lui demande.

30

— Mes souvenirs de cette période sont très... décousus, déclara Ginger Blackwell. Difficile de séparer la réalité du cauchemar. Parfois, je me dis que je comprends pourquoi la police a conclu si vite que j'avais tout inventé.

Elles étaient assises dans le salon lumineux des Blackwell. Le mobilier était rustique : fauteuils en cèdre teinté et canapé rouge foncé. Au sol, un parquet ciré, agrémenté de tapis, luisait. Il y avait des plantes en pot et des fleurs partout. Josie se serait crue dans un jardin. Le mari de Ginger Blackwell était au travail, ses filles à l'école. Josie lui rapporta ce qu'elle savait de l'affaire Isabelle Coleman. Elle éluda le meurtre de Sherri Gosnell par June Spencer, se contenta de dire qu'on venait de retrouver la jeune fille, et qu'elle croyait possible qu'elle ait été en contact avec Isabelle Coleman à un certain moment. Elle ne mentionna pas le piercing. Ginger écouta attentivement Josie et promit de lui accorder une heure, mais pas plus.

Ginger était assise, le dos droit, dans un des fauteuils, Marlowe assis à son côté. Elle lui caressait machinalement la tête tout en parlant. Le chien ne quittait pas Josie du regard, avec cependant une lueur d'ennui dans les yeux. De temps à autre, quand les doigts de sa maîtresse passaient sur la zone située juste derrière les oreilles, il fermait les yeux, en extase.

— Je m'en veux de vous demander de revivre tout ça, dit Josie, croyez-moi. J'essaie simplement de comprendre ce qui se passe et de savoir s'il y a un lien entre votre enlèvement et ceux d'Isabelle Coleman et de June Spencer.

— Par où dois-je commencer ?

— Par ce dont vous vous souvenez *vraiment*. Ce matin-là, par exemple. Décrivez-moi votre journée.

Ginger laissa son regard dériver au-delà de l'épaule de Josie, comme si ses souvenirs défilaient sur un écran derrière elle.

— Je me suis levée. J'ai pris le café avec Ed avant qu'il parte travailler. Il partait toujours très tôt, avant même que les filles soient levées, en général. Notre cadette avait été invitée à dormir chez une de ses amies. Elle n'avait encore jamais dormi ailleurs qu'à la maison et nous nous posions la question de savoir si elle pouvait y aller ou pas. J'étais pour, parce que je connaissais bien la famille qui l'invitait, mais Ed était contre – parce qu'il ne fait jamais confiance à personne.

Ginger Blackwell eut un sourire crispé. Le mastiff, percevant peut-être son changement d'humeur, se tourna vers elle. Elle lui sourit, le chien souffla et reporta son regard sur Josie. Ginger Blackwell reprit :

— Ne faire confiance à personne quand il s'agit de ses filles, c'est un réflexe assez sain chez mon mari. Quoi qu'il en soit, nous avions décidé d'en discuter plus tard. J'ai réveillé les filles, je les ai préparées pour l'école. Je me souviens que la plus petite avait boutonné sa veste toute seule, ce matin-là, et que nous l'avions chaudement félicitée. Et puis l'aînée s'est crue obligée de faire remarquer qu'elle avait commencé par le mauvais bouton, et que tout était de travers.

Elle soupira, étouffa un petit rire.

— Ah, les enfants ! Enfin, bref. Je les ai emmenées à l'école, je suis rentrée, j'ai fait un peu de ménage. Et je suis partie faire des courses. J'ai décidé d'aller à l'épicerie de Denton, qui était plus loin de chez nous, mais où il y avait plus de choix. Je voulais faire du chou-fleur frit pour le dîner. Les filles adorent ça.

Josie sourit.

— Ça doit être délicieux. Pendant que vous étiez à l'épicerie, est-il arrivé quelque chose d'inhabituel ? Avez-vous remarqué que quelqu'un vous suivait, ou rôdait à proximité, peut-être ? Est-ce qu'on vous a parlé ? Quelqu'un que vous ne connaissiez pas ?

Le regard de Ginger Blackwell se perdit au plafond, cette fois. Elle cherchait visiblement à revivre son expédition à l'épicerie, à retrouver si quelque chose était sorti de l'ordinaire.

— Non... non. Rien. Tout était... tout à fait normal.

— Sur le parking, peut-être ?

— Non, je n'ai pas croisé d'inconnu. Personne ne m'a abordée. J'ai chargé mes provisions dans le coffre et je suis partie.

— Et vous avez crevé en rentrant chez vous ?

— Non. Non, je n'ai pas crevé. Je sais que c'est ce qui a été dit, mais ça n'est pas ça. Il y avait une femme sur le bas-côté.

Oubliant le chien un instant, Josie s'avança sur le bord de son siège, se pencha vers Ginger Blackwell.

— Quoi ?

— Oui. À côté d'une voiture noire. Et avant que vous me posiez la question, je ne sais pas quel type de voiture c'était. Sincèrement, je ne me rappelle pas. Une quatre-portes. Noire. C'est tout ce dont je me souviens.

— OK. Vous disiez qu'elle était sur le bas-côté. Elle était tombée en panne ?

Marlowe se lécha les babines de son immense langue. En haletant, il avança les pattes avant pour s'allonger, y posa le museau sans quitter Josie des yeux. Ginger croisa les bras.

— Oui. Elle était sur le bord de la route, avec un drôle d'air, vous voyez ? Comme si quelque chose n'allait pas, et qu'elle ne savait pas quoi faire.

— Qu'est-ce qu'elle faisait ?

— Elle tournait en rond, en portant la main à son front de temps en temps. Comme si quelque chose allait de travers. Vous voyez ?

— Vous vous êtes arrêtée.

Ginger hocha la tête, les yeux dans le vague.

— Bien sûr. Pourquoi ne l'aurais-je pas fait ? Une femme en panne sur une petite route, près de Bowersville. Vous savez qu'il n'y a pas eu d'homicide à Bowersville depuis cinquante-trois ans ? Du moins, c'était le cas au moment de notre déménagement.

— Oui, c'est une ville tranquille.

Tout à fait comme Denton, même si Denton était bien plus importante.

— Bref, je me suis arrêtée. Elle m'a dit que sa voiture était morte.

— Morte ?

— Oui. Je ne me souviens pas de ce qu'elle a dit d'autre, mais c'est à peu près tout. Sa voiture était morte. Elle voulait se faire emmener en ville.

— Vous le lui avez proposé ?

Ginger grimaça.

— Je ne me rappelle plus. Je ne sais pas. C'est à partir de là que les choses deviennent... embrouillées, confuses. Je suis presque sûre que oui. C'est ce que je ferais – en tout cas, c'est ce que j'aurais sûrement fait, à cette époque.

— Et ce n'était pas la femme du salon de coiffure ? Celle qui a témoigné ensuite qu'elle avait trouvé votre voiture abandonnée ?

Ginger fit non de la tête.

— Non, je... Enfin, je ne crois pas.

— Elle vous a donné son nom ?

— Je ne m'en souviens pas.

— Ça ne serait pas Ramona, par hasard ?

— Je... je ne suis pas sûre. Je ne pense pas. Je ne me souviens pas qu'elle m'ait dit comment elle s'appelait. Il est possible qu'elle l'ait fait, mais je ne m'en souviens vraiment pas.

— À quoi ressemblait-elle ?

— À quelqu'un qui a un cancer.

Josie ne put masquer sa surprise. Il lui fallut fournir un effort conscient pour refermer la bouche. Elle ne s'attendait pas du tout à ça.

— Elle était toute pâle et portait, vous savez, une sorte de turban. Un bandeau qui lui couvrait la tête. Un foulard. Aucune mèche de cheveux ne dépassait, alors j'ai supposé qu'elle était malade. Une des enseignantes de l'école de mes filles avait eu un cancer ; avec la chimio, elle avait perdu ses cheveux et s'était mise à porter des foulards comme ça. La femme portait des lunettes de soleil. Ça, je m'en souviens. Elle était de taille moyenne, à peu près grande comme moi. Peut-être un peu enveloppée, mais certains malades prennent du poids pendant leur chimio, vous savez, parce qu'on leur donne parfois des stéroïdes, pour combattre les nausées, ou quelque chose comme ça. Enfin, qui sait ? C'était peut-être sa corpulence habituelle. Elle n'était pas très grosse non plus, juste un peu enveloppée.

— Comment était-elle habillée ?

Ginger Blackwell remua les mains comme pour enfiler un manteau invisible.

— Elle portait un pull gris. Je ne me souviens pas de ce qu'elle portait dessous.

Elle posa les mains sur ses cuisses.

— Et un pantalon. En synthétique, je crois. J'en suis presque sûre. Elle était assez âgée.

— Assez âgée ?

— Une vieille dame. C'était difficile à dire, mais je lui aurais donné plus de soixante-dix ans ; quatre-vingts, peut-être.

— Vous êtes sûre ?

Ginger hocha la tête.

— Oui, je me souviens bien d'elle. C'est après que ça devient bizarre.

Marlowe gémit doucement. Sa maîtresse l'apaisa d'un long *chhhhhhhh*.

— Bizarre, dans quel sens ?

De la main gauche, Ginger Blackwell entreprit de palper chaque doigt de sa main droite, l'un après l'autre.

— Comme si... Tout ce qui me reste, maintenant, ce sont ces... Je ne sais pas. C'est très difficile à décrire. Ça va vous paraître ridicule.

— Dites-moi toujours.

Ginger écarta les mains, paumes en l'air, dans un geste d'offrande.

— C'est comme de petites séquences vidéo. Un peu comme si vous preniez un film, que vous le découpiez en tout petits clips et que vous remontiez le tout. Chaque clip ne dure que quelques secondes, parfois c'est juste un flash, une image. Rien de continu. Le problème, c'est que, quand je remets tout bout à bout, ça n'a aucun sens. L'ensemble est presque vide.

— Comme un montage *cut*, dit Josie.

— Qu'est-ce que c'est ?

— Ça s'appelle un montage *cut*. Dans les films. À l'université, je suis sortie avec un étudiant en cinéma assez calé. Ce que vous décrivez ressemble à une forme de montage cinématographique.

Josie se souvenait très bien de l'étudiant en question. Elle avait trouvé sa créativité très attirante, mais s'était vite retrouvée à devoir visionner un film ennuyeux après l'autre, avec à chaque fois des pauses pour discuter de la subtilité dont avaient fait preuve le metteur en scène, la réalisatrice ou l'équipe de montage, et de la qualité générale desdits films.

Ginger Blackwell lui sourit. Un sourire sincère.

— Vraiment ?

— Oui. Ça existe en vrai. Parlez-moi de ces flashs. Que voyez-vous ?

— C'est très dur de les rassembler, de les remettre dans l'ordre, vous comprenez.

— Alors n'essayez pas de les remettre dans l'ordre. Racontez-les-moi tels qu'ils vous viennent à l'esprit.

Nouveau sourire, toujours sincère, mais plein d'appréhension également. Marlowe se remit debout, tourna autour du fauteuil et posa la tête sur les genoux de Ginger. Des deux mains, elle entoura sa grosse tête, lui caressa le crâne et se mit à parler calmement.

— Je me revois marcher à travers bois. Pas seule : on me force à marcher. J'ai les mains attachées, devant moi, par des liens de serrage. Il n'y a que des arbres. Même pas de chemin. Et puis il y a un rocher, qui ressemble à la silhouette d'un homme debout. Enfin, pas exactement debout, plutôt adossé à la paroi. Jusqu'à ce qu'on passe devant, je crois vraiment que c'est un homme, mais je comprends ensuite que ce sont simplement plusieurs rochers qui, de loin et sous un certain angle, ont la forme d'un homme.

Cela disait quelque chose à Josie. Mais il y avait des rochers aux formes singulières dans toutes les forêts du comté et des environs. C'était un peu comme les nuages : plus vous en voyiez, plus vous y reconnaissiez des formes.

— Et puis cette séquence se termine. Ensuite, je vois des hommes. Pas de visages, juste des hommes. Je vois, par flashs de deux ou trois secondes, des mains sur mon corps, des hommes au-dessus de moi, je sens qu'ils me font des choses. Je pense que j'ai été violée. Ou plutôt, je sais qu'on m'a violée. On m'a fait passer un examen gynécologique à l'hôpital, après m'avoir retrouvée. On a trouvé des preuves... d'autres hommes... plusieurs. Ed dit aussi qu'on a trouvé des traces de drogue dans mon organisme, ce qui expliquerait pourquoi j'étais aussi désorientée. C'est pour cela qu'Ed et moi étions si furieux quand la police a dit que toute l'histoire était bidon. Ils ont dû se dire que j'étais sortie m'amuser et coucher avec plusieurs hommes.

Marlowe se remit à geindre quand Ginger lui massa l'arrière des oreilles. Elle semblait au bord des larmes.

— Ces flashs sont très sombres. Tout le reste est sombre. J'ai le sentiment récurrent de me réveiller, d'être pleinement consciente, mais d'être dans l'obscurité absolue, complètement paniquée, de chercher à tâtons la sortie d'une sorte de boîte. D'une boîte noire. Mais tout est flou. Comme si j'étais soûle, ou malade. Que j'étais fatiguée, que j'avais mal partout. Et l'instant d'après, je me suis retrouvée allongée au bord de l'autoroute, et la lumière était si vive que j'ai cru que je devenais aveugle.

— Les journaux de l'époque disent que vous étiez ligotée.

Ginger hocha la tête.

— Je ressemblais à une momie emballée dans du ruban adhésif, dit-elle en désignant sa poitrine. Tout le haut du corps. Mais j'avais les jambes libres. C'est aussi pour ça que nous étions tellement en colère quand ils ont dit que j'avais tout inventé. Enfin, comment aurais-je pu me faire ça moi-même ?

— Qui a déclaré que vous aviez inventé toute l'histoire ?

— L'enquêteur spécial nommé par le procureur général. La question de savoir qui était en charge de l'affaire s'est posée parce qu'on m'a retrouvée à Denton, mais sur l'autoroute, qui dépend de la police d'État. Ed a parlé à tous ceux qui ont enquêté. Ils ont tous dit qu'ils n'avaient aucune piste.

Josie plissa le front.

— Mais il y a un grand pas entre déclarer qu'on n'a aucune piste et parler de pure invention.

— Absolument. Au bout de plusieurs mois, l'enquêteur spécial du procureur a rendu un rapport qui disait qu'il n'y avait pas suffisamment d'éléments indiquant qu'un crime avait été commis. Immédiatement, les journaux ont parlé d'invention. C'était bien plus intéressant pour eux que mon enlèvement et mon viol.

Elle baissa les paupières. Josie vit ses lèvres trembler.

— Ça nous a détruits, reprit finalement Ginger, en rouvrant les yeux pour laisser les larmes rouler sur ses joues. Des gens avec qui nous étions amis depuis toujours nous ont tourné le dos. Nos voisins. Nos amis. Nous n'étions plus les bienvenus dans notre propre église. J'ai été traitée de salope, de menteuse. Nos filles se faisaient harceler à l'école. Ed a perdu son travail. Ça a été tout bonnement hallucinant. Cette Trinity Payne a été la seule journaliste à nous croire. Ed lui a beaucoup parlé. Elle avait fait un reportage expliquant pourquoi ça ne pouvait pas être une histoire montée de toutes pièces, mais ses producteurs ont refusé de le diffuser. Les gens se foutent bien de la vérité, en fait.

— Je suis terriblement désolée.

Ginger lui sourit faiblement.

— Ed s'est adressé à un avocat. Il voulait attaquer le bureau du procureur en diffamation, ou quelque chose de ce genre. L'avocat lui a déclaré que ce serait extrêmement difficile à plaider. Que tout ce que nous pensions être la preuve que l'affaire était bien réelle pouvait s'expliquer autrement. Les résultats de l'examen gynécologique ? J'étais partie faire la fête pendant trois semaines et j'avais couché avec plein d'hommes différents. Le ruban adhésif ? Ils diraient qu'Ed m'avait aidée à m'emmailloter.

— Mon Dieu...

— Nous étions absolument impuissants. Totalement désarmés. Je crois que ça a été pire que ce qui m'est arrivé pendant ces trois semaines. Je ne sais pas vraiment ce qu'on m'a fait, je ne m'en souviens pas. Mais ce qui s'est passé après ma libération est de loin la pire expérience de ma vie. Il ne nous restait plus qu'à déménager. Et puis Ed a proposé de changer de nom. De prendre un nouveau départ. Ça ne va pas sans problèmes mais, l'un dans l'autre, je crois qu'on a fait le bon choix.

Elle leva une main, indiqua la pièce qui l'entourait.

— On s'en tire assez bien, je trouve.

— Je suis contente pour vous.

— Je doute de vous avoir été très utile, mais c'est ce qui s'est passé.

— Mais si, vous m'avez beaucoup aidée.

Josie jeta un coup d'œil à son téléphone.

— L'heure est presque passée. Je vais vous laisser tranquille. Mais je voudrais vous donner mon numéro de portable, si vous voulez bien. Si quoi que ce soit d'autre vous revient en mémoire, n'hésitez pas à m'appeler.

Elle avait perdu toute notion du temps. Sa terreur était un cycle sans fin d'obscurité et de privations. Quand son estomac se contractait de faim, elle ne savait plus si la dernière fois qu'elle avait mangé remontait à des heures ou à des jours. Que ses yeux soient ouverts ou fermés, elle ne voyait rien. Elle avait sondé minutieusement chaque centimètre de sa minuscule prison ; il n'y avait aucune issue. Elle redoutait le retour de l'homme et, dans le même temps, elle priait pour que quelque chose vienne déchirer l'obscurité absolue, rompre le silence.

Elle commençait à craindre la lumière plus que les ténèbres ; l'entrebâillement de la porte, le pinceau de la torche qui lui blessait les pupilles comme des éclats de verre. Et quand elle arrivait à garder les yeux ouverts assez longtemps pour essayer de le voir, sa vision restait floue. Il était partout et nulle part à la fois. Au centre d'un soleil aveuglant. Quand, enfin, il lui apportait à manger, elle gardait les yeux fermés, engloutissait la nourriture par poignées, des deux mains, accroupie dans un angle de la pièce comme un animal sauvage.

Elle ne pouvait compter que sur son odorat. La troisième fois qu'il vint la voir, elle le sentit à travers la porte avant qu'elle ne s'ouvre en grinçant. Son odeur, flottant sur le sol de terre battue comme une brume incolore, filtrant par les interstices, la réveilla en sursaut, comme le coup de coude d'un visiteur indésirable. Il sentait le tabac, le détergent et l'oignon. Si jamais elle parvenait à lui échapper, elle saurait reconnaître cette odeur n'importe où.

Parfois, il s'agenouillait près d'elle et lui caressait les cheveux. Gentiment, pour changer. Mais elle n'aimait pas ça. C'était pire que quand il l'avait entraînée dans le bois ou qu'il l'avait projetée contre le mur. Elle n'aimait pas l'entendre se mettre à haleter quand il faisait ça.

32

En rentrant de chez Ginger Blackwell, Josie tenta de remettre de l'ordre dans ses idées. Donc, elle avait été droguée. Josie avait recueilli suffisamment de dépositions de jeunes étudiantes de l'université droguées à leur insu pour savoir que ses ravisseurs avaient utilisé ce qu'on appelait une « drogue du violeur » : Rohypnol, GHB ou kétamine, les plus fréquentes, voire un mélange des trois. Tous ces produits réduisent les inhibitions, ont un effet sédatif et éliminent pratiquement toute chance que la victime se rappelle ce qui s'est passé. Ce qui expliquerait en tout cas ses souvenirs très parcellaires.

Elle se demanda si la femme arrêtée sur le bord de la route était mêlée au rapt. C'était probable, sinon, elle se serait manifestée après la disparition de Ginger. Même si on avait du mal à imaginer une femme de près de quatre-vingts ans participer à un enlèvement. Josie avait vu dans des reportages la propriétaire du salon de coiffure qui avait trouvé la voiture abandonnée de Ginger. Elle n'avait pas l'air malade, et n'avait rien d'une vieille dame. Alors qui était cette femme au foulard ? Était-elle vraiment malade ou le foulard n'était-il qu'un déguisement fait pour inspirer la pitié ? Et si elle n'était pas complice, que lui était-il arrivé, et pourquoi ne s'était-elle pas manifestée ?

Et puis il y avait le rocher. Celui qui ressemblait à un homme debout. Cela lui évoquait un vague souvenir d'enfance, mais elle était bien incapable de se rappeler à quel âge et à quel endroit elle avait pu voir un rocher semblable. Elle sentait quelque chose, à la limite de sa conscience, sans parvenir à mettre le doigt dessus. Elle passa en revue tous les rochers auxquels Ray et elle avaient donné des noms, enfants. Ils s'en servaient comme points de repère. « On se retrouve au Broken Heart » : celui-là, dans le bois derrière le lycée de Denton East, ressemblait à un cœur dont une des bosses était cassée. « Je serai à Turtle à 10 heures » : un rocher en forme de carapace de tortue à un kilomètre et demi de la maison de Ray, où ils venaient s'asseoir, se soûler et batifoler, à la fin du lycée. « On se voit aux Stacks » : beaucoup de jeunes de Denton se donnaient rendez-vous là, dans la forêt aux environs de l'ancienne usine textile, au pied d'une paroi rocheuse où des éboulements avaient formé comme un empilement de roches plates. Là-bas aussi, Ray et elle avaient passé beaucoup de temps à s'embrasser. Elle connaissait beaucoup d'autres endroits comme ça, mais elle ne les avait plus tous en tête.

Elle pouvait peut-être les retrouver sur ses photos datant du lycée. Elle fouillerait en rentrant chez elle. Son portable, posé dans le porte-gobelet à côté de son siège, se mit à sonner. Elle vit s'afficher un selfie de Luke et elle, serrés l'un contre l'autre, tout sourire. Elle tendit le bras, décrocha et passa sur haut-parleur.

— Salut, chéri !

La voix de Luke lui parut très lointaine.

— Tu es en voiture ?

— Oui. Quoi de neuf ?

— Où es-tu ?

— Je, euh, je suis allée à la boutique de loisirs créatifs.

— La quoi ?

— La boutique de loisirs créatifs. Tu m'as conseillé de me mettre au tricot...

Elle l'imaginait parfaitement secouer la tête et arborer son adorable sourire qui signifiait qu'il n'était pas totalement sérieux quand il parlait, quel que soit leur sujet de discussion.

— J'ai dit que tu devrais réfléchir à un hobby. Je ne suis pas certain que le tricot te plaise. Ou bien... Hé, peut-être que tu pourrais tricoter avec ta grand-mère ?

— Elle fait du crochet.

— Il y a une différence ?

Un panneau vert sur la droite lui signala que la première sortie pour Denton était à trois kilomètres. Elle mit son clignotant et passa sur la file de droite.

— Je ne sais pas très bien, dit-elle en riant. Il va falloir que je me renseigne.

— Je te vois ce soir ?

— Bien sûr.

— J'ai ton dossier.

Son cœur bondit. La voiture dévia un peu sur la droite et elle dut donner un coup de volant pour revenir sur sa file.

— C'est vrai ?

— Oui. Je l'ai photocopié et je te l'ai apporté ce matin, mais tu étais sortie. Je l'ai laissé sur la table de la cuisine.

Elle ralentit en arrivant à la bretelle, s'arrêta au feu rouge au débouché de celle-ci.

— Tu l'as photocopié ?

Il ne répondit pas. Elle crut un instant qu'ils avaient été coupés. Puis il finit par dire :

— Je ne voulais pas qu'on puisse remonter jusqu'à moi à cause d'un mail, d'un fax, d'un scan ou je ne sais quoi d'autre. Je n'ai vraiment pas le droit de faire ça, tu sais, Josie.

Le feu passa au vert, elle tourna, prit la direction de chez elle.

— Je sais, Luke. Je suis vraiment désolée de t'avoir demandé une chose pareille, mais je ne te remercierai jamais assez d'avoir fait ça pour moi.

— Tu veux que je te dise un truc bizarre ?

— Bien sûr.

— Quatre gars de la police d'État ont travaillé sur l'affaire Blackwell. Avant que le bureau du procureur s'en mêle et prenne les choses en main, tu vois.

— Et ils sont tous morts ! s'exclama Josie.

— Mais non, dit Luke en riant. Tu vois tout en noir. Mais ils ont tous été mutés dans les deux ans qui ont suivi la clôture de l'enquête.

— Ah. Et c'est inhabituel ?

— Eh bien, ce sont les seuls qui ont été mutés. L'un d'eux venait tout juste d'arriver ici. J'ai trouvé ça bizarre, mais ça ne veut probablement rien dire. On passe trop de temps ensemble, tu déteins sur moi. Bon, écoute-moi, cette conversation n'a jamais eu lieu, parce que je ne t'ai donné aucun dossier, d'accord ?

— Bien sûr, dit Josie en arrivant devant chez elle. Luke, je te remercie énormément. Je te revaudrai ça, c'est promis.

Il prit un ton plus léger.

— Ah oui ? Et de quelle manière ?

— Celle que tu préfères.

Josie raccrocha.

33

Elle se débarrassa de ses chaussures dans l'entrée, soulagée d'être pieds nus après toutes ces heures de voiture. Sa jambe la faisait encore souffrir, et le bas de son dos était tout raide.

Comme promis, une grande enveloppe kraft contenant le dossier Ginger Blackwell l'attendait sur la table de la cuisine, à côté d'un bouquet de fleurs, roses, avec quatre pétales ronds et de petites étamines jaunes au centre. Des cardamines. C'était sa grand-mère qui lui avait appris les noms de la plupart des fleurs sauvages de la région. La cardamine, une de ses préférées, fleurissait à partir de mars. Josie sourit en s'emparant du bouquet.

Elle dénicha un vase pour les fleurs, se versa un verre de vin rouge et s'assit à la table de la cuisine. Le dossier Blackwell était remarquablement mince pour une affaire qui avait fait autant de bruit. Elle feuilleta des pages de pistes à suivre, faxées à la police d'État par celle de Denton, qui allaient du très vague (on avait vu une femme brune rôder près d'une école primaire de New York) au vraiment bizarre (une femme affirmait avoir vu Ginger en rêve). Aucune ne semblait avoir été utile et toutes – toutes celles qui semblaient assez sérieuses pour qu'on s'y intéresse, en tout cas – avaient été suivies et abandonnées. Une note indiquait où Ginger avait été retrouvée, et par qui. Un conducteur de l'Ohio qui avait pris la Route 80 pour traverser la Pennsylvanie l'avait aperçue sur le bas-côté, alors qu'elle tentait de se relever, et s'était arrêté. Il avait appelé les secours, et la police d'État était arrivée. La note précisait que Blackwell était ligotée, bras le long du corps, avec de l'adhésif.

Josie feuilleta le contenu du dossier et en retira deux photos. Une de l'endroit où on avait retrouvé Ginger Blackwell sur l'autoroute, et l'autre qui la montrait sur son lit d'hôpital. La photo fit frissonner Josie. Bien sûr, six ans s'étaient écoulés depuis, mais la femme sur la photo n'était que le fantôme terrifié de celle que Josie avait vue plus tôt dans la matinée. Elle avait les cheveux tout emmêlés, pleins de débris de feuilles mortes et de brindilles, la peau blême au point d'être bleue, les yeux éteints, les joues creuses, et elle était presque aussi inexpressive que June Spencer lors de son arrivée à Rockview.

Au-dessous de la taille, elle était nue. Le haut de son corps, des hanches au cou, était pris dans du ruban adhésif, si serré qu'on ne voyait de ses mains que deux petites bosses sur les côtés.

— Elle n'a pas pu se faire ça toute seule, c'est impossible, marmonna Josie.

Josie examina le reste du dossier, chercha une note sur d'éventuelles empreintes digitales (on avait bien dû essayer d'en relever sur l'adhésif), mais en vain. Il y avait bien la déposition de Ginger, mais aucun rapport de visite des services d'oncologie des environs pour interroger les patientes, par exemple. N'avaient-ils vraiment suivi aucune piste ? Ou bien ces rapports n'avaient-ils pas été versés au dossier ? À moins qu'ils n'en aient été retirés, une fois l'enquête terminée ?

Sérieusement ? se dit Josie en arrivant à la fin du dossier. Il n'y avait même pas de compte rendu médical. Elle parcourut une seconde fois l'ensemble du dossier. Rien sur l'examen gynécologique qui avait été pratiqué. Rien sur d'éventuelles traces de coups. Pas d'analyse ADN consécutive à l'examen gynécologique. Pas de photo du ruban adhésif ni de Ginger après qu'on lui avait enlevé. Les doigts froids de la peur étreignirent Josie. On était bien au-delà d'un travail de police bâclé. Dans une affaire d'agression sexuelle avec séquestration, on n'omettait pas les résultats d'un examen gynécologique.

Et puis elle comprit enfin ce qui la gênait depuis le début. Pourquoi la police avait-elle officiellement conclu à une invention pure et simple ? Pourquoi ne pas simplement laisser l'enquête s'éteindre, faute de pistes, si on avait voulu se débarrasser du problème ? Et de quel problème s'agissait-il ? Qu'auraient bien pu révéler les examens médicaux et l'analyse ADN des prélèvements gynécologiques pour qu'on omette de les verser au dossier ?

Le bruit de la porte d'entrée la fit sursauter. Le rire de Luke, qui se tenait sur le seuil, emplit la pièce.

— Hé, ce n'est que moi.

Josie porta la main à son cœur.

— Tu m'as fait peur.

— Désolé.

Son verre de vin s'était à moitié renversé sur le dossier Blackwell. Elle se précipita sur les serviettes en papier posées sur le comptoir pour éponger le liquide. Luke la regarda faire, l'air presque amusé.

— Tu étais plus qu'absorbée par ce truc. Tu avais oublié que je venais ?

Elle acheva de faire sécher les pages, sans pouvoir enlever la tache rouge, et remit les feuillets dans l'enveloppe.

— Mais non, pas du tout.

Il s'avança pour la prendre par la taille, l'attira à lui. Il sentait le savon et l'après-rasage.

— Les fleurs t'ont plu ?

Elle se détendit quand il lui embrassa la nuque.

— Tu sais bien que oui.

———

Une heure plus tard, ils prirent leur dîner au lit. Luke était passé au restaurant où travaillait Solange, l'ex-petite amie de Dirk Spencer, et en avait rapporté des plats sophistiqués. Il avait aussi pris des fourchettes en plastique, parfaitement assorties à leurs barquettes de polystyrène blanc. Josie le regardait engloutir plus de raviolis à la langouste qu'elle n'aurait pu en manger en toute une semaine. Elle profita d'une légère pause entre deux bouchées pour lui demander :

— Tu connais quelqu'un au service médico-légal ?

— Où ça ? Tu veux dire, le service scientifique de la police d'État ?

— Oui. Tu n'étais pas en poste à Greensburg, avant ?

Il acquiesça, reposa sa barquette sur la table de nuit, s'allongea en travers du lit, appuyé sur un coude, et commença à caresser la hanche indemne de Josie.

— Pas loin, oui. Pourquoi ?

— Donc tu connais quelqu'un au labo ?

Il interrompit ses caresses. Josie leva les yeux de sa barquette et vit qu'il s'assombrissait.

— Quoi ? dit-elle.

— Oui, je connais peut-être quelqu'un dans ce labo.

Elle remua les doigts de pied, avança le pied vers sa poitrine, le chatouilla du gros orteil.

— Peut-être ?

Il fit remonter sa main à l'intérieur de sa cuisse.

— Bon, il faudrait que je demande si ce quelqu'un y travaille toujours. Sans parler, encore une fois, du fait que je ne suis censé ni faire jouer mes relations ni copier des dossiers pour t'aider.

Elle reposa sa barquette, s'étira pour mieux profiter de ses mains baladeuses.

— Je ne te demanderais pas ça si ça n'était pas vraiment très important.

La bouche de Luke remplaça ses doigts et il déposa des baisers tout le long de l'intérieur de ses jambes.

— C'est à propos du dossier Blackwell ?

Josie ne put retenir un petit gémissement.

— Oui. Il me faudrait le, mmm, rapport, mmm, les... les résultats du...

Quand la bouche de Luke atteignit son but, elle perdit l'usage de la parole. Il releva la tête un instant, avec un sourire moqueur.

— Si je te promets de me renseigner, est-ce que tu me promets de ne plus me parler de cette histoire avant demain ?

Elle prit la tête de Luke à deux mains et poussa pour le faire redescendre.

— Oui, souffla-t-elle. Oui, bon Dieu oui !

34

Luke était parti travailler alors que Josie dormait encore, mais il lui avait quand même laissé du café. En le sirotant lentement, appuyée contre son plan de travail, elle remarqua que toutes les chaises avaient été repoussées sous la table, que le tas de courrier qu'elle avait parcouru hier avait été mis en pile bien nette sur le dossier Blackwell, lui-même posé sur son ordinateur portable refermé, le tout en une pyramide ordonnée, juste à côté des fleurs qu'il lui avait offertes la veille. Il avait même changé l'eau du vase.

Elle aurait dû être contente, elle le savait. Ray la rendait folle avec son désordre permanent, mais ceci l'agaçait d'une manière différente. C'était sa maison. Son sanctuaire. Son bazar. Luke ne comprenait pas ça. Parfois, il ne la comprenait pas, *elle*.

En soupirant, elle alla chercher au garage un grand sac en plastique et en tira un vieil album de photos. Peut-être pourrait-elle retrouver le rocher mentionné par Ginger Blackwell. Quand le soir tomba, presque toutes les surfaces de sa cuisine immaculée étaient couvertes de photos de Ray et d'elle. Sur la plus ancienne, ils devaient avoir dix ans. Ils se tenaient sur la véranda, chez lui. La mère de Ray, les voyant rire, avait pris la photo sur le vif. Sa famille habitait alors de l'autre côté du bois qui bordait le parc pour caravanes où vivait Josie. C'était avant le départ du père de Ray. La période où ils passaient des heures et des heures à explorer la forêt, essentiellement pour échapper à leurs parents et ne pas rentrer chez eux.

La série de photos suivante datait du lycée. Ils étaient toujours serrés l'un contre l'autre, Ray la tenait par l'épaule et Josie levait la tête vers lui. Le souvenir de ces années était douloureux, maintenant. Elle n'aurait jamais pu imaginer que Ray la fasse un jour souffrir à ce point.

Josie retrouva une photo d'eux deux le jour où ils avaient signé pour l'achat de la maison. Ils rayonnaient. Ils ressemblaient à deux personnes profondément, follement amoureuses. Deux êtres faits l'un pour l'autre. Elle ravala ses larmes, referma l'album d'un coup sec. La petite voix acide au fond de sa tête lui demanda pour la millième fois si elle n'avait pas été trop dure avec Ray. Elle repensa à cette nuit horrible, puis au moment où elle l'avait surpris avec Misty. Non, elle avait pris la bonne décision. Elle aurait pu finir par lui pardonner son infidélité. Mais pas l'épisode avec Dusty. Cette nuit-là, Ray avait brisé le lien de confiance le plus intime qui puisse exister entre eux et, ça, elle ne pourrait jamais lui pardonner.

En soupirant, elle reprit la pile des photos qu'elle avait mises de côté. Prises par des amis, Ray et elle y apparaissaient à proximité de différentes formations rocheuses de Denton et des environs. Elle les reconnut toutes, mais aucune n'évoquait le Standing Man. Avait-elle inventé ce rocher ? Pourquoi la description de Ginger Blackwell lui avait-elle paru si familière ? Elle essaya de passer un coup de fil à Lisette, à la fois pour savoir comment elle allait et pour lui demander si elle avait un quelconque souvenir d'un rocher surnommé « l'Homme debout ». Mais elle tomba directement sur le répondeur. Elle laissa un message, court et gai, en demandant à sa grand-mère de la rappeler.

Luke lui téléphona peu avant 21 heures, alors qu'elle parcourait mentalement le déroulé de sa vie et tentait de se remémorer quelle période de celle-ci correspondait à quel rocher.

— Qu'est-ce que tu fais demain ?

Josie se mit à rire.

— Houla, je ne sais pas. Laisse-moi consulter mon agenda. Ah, oui, c'est vrai, je n'ai absolument rien de prévu. Pourquoi ? Il y a du nouveau ?

— La personne que je connais au labo, tu sais ? Elle peut te voir demain à 13 heures. Je me suis dit que si tu partais vers 9 heures, tu pourrais être à Greensburg à temps. Si tu te sens de faire toute cette route. Il y en a pour près de quatre heures.

— Je ne peux pas lui parler au téléphone ?

— Non, elle veut te voir en tête à tête. Je n'ai pas pu négocier.

— Ah. Bon, OK, j'irai en voiture. Tu viens avec moi ?

— Impossible. J'ai du boulot. Je vais t'envoyer l'adresse du labo. Il y a un jardin public à quelques rues de là. Tu ne peux pas le rater. Elle te retrouvera là-bas. Je sais que ça fait loin, mais si tu veux les résultats médicaux du dossier Blackwell, c'est la seule option. J'en fais déjà beaucoup plus que ce qui est autorisé dans cette histoire, Josie.

Son ton n'avait rien de sévère, c'était un simple rappel en passant des libertés qu'il prenait avec la loi pour lui donner ce qu'elle demandait.

— Je sais. J'irai la voir. Merci. Je te suis vraiment reconnaissante.

Elle pêcha un stylo sous la montagne de photos et d'albums étalés devant elle sur la table.

— Comment s'appelle-t-elle ?

— Denise Poole. Je t'enverrai le reste par SMS. Je dois

retourner travailler, on vient de me donner une nouvelle mission.

Il avait parlé si vite qu'elle faillit ne pas comprendre.

— Denise Poole, c'est bien ça ? demanda Josie en commençant à noter.

— Oui, dit Luke, apparemment gêné. C'est mon ex. Écoute, il faut vraiment que j'y aille.

— Tu ne m'avais pas dit que tu avais une petite amie quand tu étais à Greensburg, lâcha-t-elle.

— Qu'est-ce que ça peut faire ? On a rompu il y a des années. Ce n'est pas comme si j'étais encore marié.

— Aïe.

— Excuse-moi.

Mais il n'y avait aucune trace de remords dans sa voix.

— Bon, on se reparle demain, d'accord ? Je dois filer.

Quand Luke raccrocha, Josie resta les yeux rivés à son téléphone. Elle était piquée au vif. Il avait raison, ça n'avait pas vraiment d'importance que Denise Poole ait été sa petite amie auparavant. Josie savait pertinemment qu'il avait eu des histoires avant elle. Mais ça l'embêtait qu'il ne lui en ait encore jamais parlé. Elle, de son côté, aurait bien évoqué ses relations précédentes, mais il n'y avait pas grand-chose à dire. Elle n'avait eu que Ray.

Elle réessaya d'appeler Lisette tout en se demandant combien de temps Luke était resté en poste à Greensburg. Elle tomba de nouveau sur la boîte vocale, laissa un second message d'une voix bien trop enjouée pour être crédible. Elle essaya une troisième fois un peu plus tard. Quand elle obtint la messagerie pour la troisième fois, elle appela le bureau des infirmières.

— Elle est vraiment très déprimée, lui dit l'une d'elles. Depuis la mort de Sherri, vous comprenez. Elle se lève encore pour prendre ses repas, mais elle passe le reste de ses journées au lit.

— Ah, fit Josie, interloquée. Je ne m'étais pas rendu compte qu'elle était aussi proche de Sherri.

— Je ne pense pas qu'elle l'était tant que ça, hasarda l'infirmière. Mais pour une raison que j'ignore, ça l'a vraiment beaucoup affectée. On est tous très touchés.

— Bien sûr. Dites, j'ai un empêchement, je ne pourrai pas passer la voir demain. Mais essayez de la raisonner, et demandez-lui de m'appeler.

— Oui, bien sûr.

35

Josie partit le lendemain pour Greensburg. Son GPS l'amena sans encombre au jardin public indiqué par Denise Poole. Elle se rangea le long du trottoir opposé et prit le temps de s'étirer avant de descendre de voiture. Elle s'avança lentement dans le parc, jetant un dernier bref coup d'œil au SMS envoyé par Luke un peu plus tôt.

Elle dit qu'elle portera une écharpe rouge.

La journée était plutôt douce, on approchait les quatorze degrés et le parc était plein de joggeurs, de jeunes mamans avec des poussettes et de bambins qui galopaient dans l'aire de jeux. Josie repéra vite Denise, assise sur un des bancs du pourtour du jardin. Elle était seule, une liseuse dans une main, un gobelet de café dans l'autre, une écharpe de laine rouge posée lâchement sur ses épaules. Elle avait des cheveux bruns tirés en un chignon impeccable, et était beaucoup plus imposante que Josie. Pas plus grosse, mais plus grande et plus large. Bien charpentée. Plutôt jolie dans le genre austère, et vêtue avec élégance. Josie s'assit près d'elle.

— Vous êtes Denise Poole ?

La femme leva les yeux de sa liseuse avec un sourire timide. Josie remarqua qu'elle avait les yeux noisette.

— Et vous devez être Josie.

Elle posa son café pour lui tendre une main que Josie serra.

— Merci d'accepter de me voir.

— Jolie bague, Luke ne m'avait pas dit que vous étiez fiancés, dit Denise en désignant la main de Josie.

Celle-ci baissa les yeux. Elle aurait peut-être dû l'enlever avant de rencontrer l'ex-petite amie de Luke. Mais pourquoi cacher leurs fiançailles ? L'instant était néanmoins gênant.

— Ah, oui. Merci.

Denise se replongea un instant sur sa liseuse le temps de l'éteindre, tout en marmonnant :

— Profitez-en tant que ça dure.

— Pardon ?

Quand Denise releva la tête, son sourire était pincé, douloureux.

— Il ne vous l'a pas dit, hein ? supposa-t-elle d'une voix empreinte de commisération, de condescendante, presque.

Josie ne répondit pas.

— Nous étions fiancés, nous aussi. C'est drôle qu'il vous ait envoyée vers moi en oubliant de mentionner ce minuscule détail. Écoutez, vous m'avez l'air sympathique, et je sais que vous n'êtes pas là pour parler de Luke, mais vous devez savoir que c'est un fiancé en série, si je puis dire. Il aime la période qui précède le mariage. Il aime la nouveauté. Et puis il s'habitue, il se lasse et il passe à autre chose.

Fiancés ? Luke avait parlé d'une ex-petite amie. Il n'avait pas parlé de projets de mariage. Josie se racla la gorge.

— Je ne suis là que pour les analyses du dossier Blackwell.

Denise lui tapota le bras.

— Oui, bien sûr. Ça doit être très important à vos yeux, pour que vous demandiez à Luke de m'appeler.

Josie soutint son regard.

— Je ne sais pas si c'est important ou non. Je ne les ai pas encore lues.

Denise sortit de sa poche une enveloppe pliée en deux et la lui tendit.

— Alors pourquoi en avez-vous besoin ?

Josie haussa les épaules.

— Je ne sais pas encore. Si elles contiennent des éléments importants, je le saurai en les lisant. C'est pour ça que je voulais voir tout ce dont vous disposiez.

— Je l'ai cherchée sur internet. Ginger Blackwell.

— Oui, c'est ce que j'ai fait aussi.

— Pourquoi la police a-t-elle déclaré que l'affaire Ginger Blackwell était bidon alors que l'examen gynécologique a révélé la présence de trois types de sperme différents ?

Jackpot. Josie résista à l'envie d'ouvrir immédiatement l'enveloppe, sous les yeux de Denise Poole.

— Ils ont cru à des rapports sexuels consentis.

— Des rapports consentis avec trois hommes différents en même temps ?

Josie haussa les épaules.

— Hmm, vous savez... Il paraît qu'il existe des femmes seules qui sont prêtes à tout pour qu'on s'intéresse à elles.

Denise Poole fit la moue.

— Oui, j'imagine que quelque part, il peut exister des femmes comme ça.

Josie la remercia de nouveau et se leva.

— Les résultats n'ont pas été croisés avec la base de données de la police d'État, dit Denise.

— Que voulez-vous dire ?

Debout, Denise était encore plus grande que Josie ne l'avait cru. Elle devait mesurer plus d'un mètre quatre-vingts. Elle tenta d'imaginer Luke demander cette femme en mariage, l'embrasser, sans y parvenir. Peut-être son esprit s'y refusait-il. Pourquoi ne lui avait-il pas dit que Denise et lui avaient été fiancés ? Plus important encore, pourquoi Denise avait-elle demandé à Josie de faire quatre heures de route pour la rencontrer en personne, lui dire ce qu'elle aurait très bien pu lui exposer au téléphone, et lui remettre des résultats d'analyse qu'elle aurait parfaitement pu lui envoyer par la poste ou par fax ? Quel genre de relation entretenaient-ils encore pour que Luke n'ait qu'un coup de fil à passer ? Josie n'était pas de nature jalouse, mais toute cette histoire avec Denise était étrange. Même pour elle.

— Je veux dire que les échantillons d'ADN prélevés n'ont jamais été comparés à ceux de la base de données. D'aucune base de données, d'ailleurs. Ni nationale ni fédérale. Personne n'a rien fait avec ces prélèvements.

Josie la fixa, ébahie. Denise lui adressa un nouveau sourire, plus tendu, nerveux, cette fois, et reprit :

— Pourquoi n'ont-ils pas fait cette comparaison ?

— Parce qu'ils ont considéré que Blackwell avait tout inventé, répondit Josie. À quoi bon gaspiller les ressources de l'État pour une folle, finalement ?

En dépit de tout, pour Josie, le fait que les résultats des analyses de sperme n'aient pas été croisés avec les bases de données policières était à la fois instructif et peu étonnant. Quelque chose clochait, définitivement.

— Mais vous n'y croyez pas, dit Denise. Vous ne seriez pas venue si vous pensiez que l'affaire était bidon. Que se passe-t-il vraiment ?

Josie leva un sourcil.

— Pardon ?

Denise croisa les bras.

— Vous avez demandé à Luke de m'appeler pour obtenir les analyses ADN. Il m'a demandé de vous les transmettre alors qu'on pourrait tous les deux se faire licencier pour ça. Pourquoi ?

Josie ne pouvait pas répondre à cette question. Elle ne

pouvait pas non plus ignorer la panique qui montait en elle au fur et à mesure de ses découvertes sur l'affaire Ginger Blackwell et sur la pseudo-enquête menée après qu'on l'avait retrouvée. En menant sa propre enquête non officielle, Josie les exposait tous à de gros ennuis. Elle n'avait plus qu'à prier pour que ça en vaille la peine. Elle soupira, décida de changer de tactique.

— Une adolescente a disparu à Denton. Elle s'appelle Isabelle Coleman. Je pensais que sa disparition pouvait être liée à celle de Ginger Blackwell.

Denise fronça les sourcils.

— Et il y a un lien ?

— Je ne sais pas. Enfin, s'il y en a un, je ne l'ai pas encore établi.

— Pourquoi n'êtes-vous pas passée par votre hiérarchie pour faire votre demande ?

Josie rougit.

— Je... je n'ai pas pu.

— Pourquoi ça ?

— Parce que je suis sur la liste noire de mon chef, et que ça, dit-elle en secouant l'enveloppe, c'est une piste qu'ils ont négligée. Je me suis dit que si j'y trouvais quelque chose d'utile, ça me donnerait l'occasion de rentrer en grâce, et que si je ne trouvais rien, ça ne ferait de tort à personne.

— Je comprends.

Son ton indiquait plutôt qu'elle ne comprenait pas du tout. Mais si les motivations de Josie ou le risque de perdre son travail l'avaient inquiétée tant que ça, elle n'aurait pas accepté, organisé, même, cette rencontre.

— Bon, je vous remercie vraiment beaucoup de votre aide, mais il faut que je rentre.

Denise plissa les yeux.

— Bien sûr. Et je dois repartir travailler, de toute façon, dit-elle en rassemblant ses affaires.

Josie s'écarta et commença à repartir vers sa voiture. À mi-chemin, elle entendit Denise qui la hélait.

— Au fait, dites à Luke que je le verrai quand il viendra chercher son tableau !

Josie fit volte-face.

Denise lui adressa un large sourire.

— Il comprendra ce que je veux dire.

36

Sur le chemin du retour, Josie repensa à tout ce qui s'était passé dans le parc. De quel tableau Denise parlait-elle ? Luke projetait-il de la revoir ? Avait-il encore des sentiments pour elle ? Josie décida de lui passer un coup de fil, mais tomba sur sa messagerie.

— C'est moi, dit-elle, laconique. Je rentre. Ton ex-fiancée ? Vraiment ? C'était très con de ta part de m'envoyer là-bas sans me prévenir. Rappelle-moi.

Cela fait, elle se mit à réfléchir au fait que les échantillons d'ADN relevés lors de l'examen gynécologique pratiqué sur Ginger Blackwell n'avaient été comparés à ceux d'aucune base de données. Elle sentait que quelque chose clochait, même si elle avait prétendu devant Denise que ça ne servait à rien que la police les exploite puisqu'on croyait que Ginger avait menti. On avait recueilli ces traces d'ADN le jour où on avait retrouvé Ginger Blackwell. Il aurait fallu les comparer aux profils génétiques des bases de données nationales et fédérales immédiatement après. Au lieu de ça, quelqu'un les avait mises de côté assez longtemps pour qu'on classe l'affaire sans suite et qu'on oublie le tout.

Sa voiture émit un *bip* signifiant qu'elle allait manquer d'essence. Elle regarda les panneaux défiler sur le bord de l'autoroute jusqu'à en voir un indiquant une station-service à la prochaine sortie. Dans la petite boutique attenante à la station, elle trouva un distributeur et voulut retirer de l'argent pour faire le plein et prendre un café. Les mots « fonds insuffisants » se mirent à clignoter à l'écran. Elle réessaya, en vain. La machine devait être hors d'usage.

Elle s'installa dans une des cabines de toilettes vides, ouvrit l'application de sa banque sur son téléphone pour vérifier l'état de son compte. Elle était payée par virement toutes les deux semaines, et le dernier aurait dû arriver le matin même. Mais sa banque disait la même chose que le distributeur. Aucun virement n'avait été effectué. Elle n'avait plus d'argent. En grognant, elle donna un coup de pied dans la porte des toilettes, qui trembla dans son cadre.

Une fois dehors, elle appela Ray qui, pour une fois, décrocha immédiatement.

— Jo, dit-il comme s'il attendait impatiemment qu'elle l'appelle.

La panique monta lentement au creux de son ventre.

— Qu'est-ce qui se passe ?

— Tu n'es pas au courant ?

— Je suis au courant que mon salaire n'a pas été versé. Je suis... à une heure ou deux de Denton. Je me suis arrêtée prendre de l'essence et je viens de découvrir que mon compte est aussi vide que mon réservoir. Qu'est-ce qui se passe, bon sang, Ray ?

— Qu'est-ce que tu fais à deux heures de chez toi ?

— Ray !

— Le chef a suspendu ton salaire à compter de ce matin.

— Quoi ?

Elle avait parlé assez fort pour que les clients qui entraient et sortaient de la boutique se retournent vers elle. Elle baissa la voix.

— Pourquoi ? Il ne m'a même pas prévenue. Il y a des procédures, quand même, merde, Ray !

— C'est à cause de ce que tu as déclaré à Trinity Payne. À propos de Rockview.

La panique envahit sa poitrine, son cœur bondit – trop de battements en trop peu de temps. Toutes ses économies étaient passées dans la maison, cela faisait des mois qu'elle n'avait plus de réserves. Elle avait bien deux ou trois cartes de crédit, mais pour combien de temps ? Et elle ne pouvait pas payer ses factures avec ça.

— Je n'ai rien déclaré à Trinity Payne à propos de Rockview, qu'est-ce que tu me chantes ?

— Tu n'as pas regardé les infos depuis hier ?

— Non. Que dit Trinity, Ray ? Qu'ai-je dit, d'après elle ?

Il soupira.

— Je t'enverrai le lien vers son reportage.

— Dis-le-moi maintenant !

— Tu aurais confirmé que Spencer a tué Gosnell avec une fourchette, et que ça a été sanglant.

Bam-boum. Son cœur s'emballa. *Bam-bam-bam-bam-boum.*

— Bon Dieu ! Ray, il faut que tu parles au chef. Je n'ai jamais dit ça. Bon, j'ai dit qu'il y avait beaucoup de sang, d'accord, mais je n'ai jamais parlé de la fourchette. Pas explicitement. Et rien de tout ça n'était officiel.

— Qu'est-ce que tu faisais à discuter avec Trinity Payne, d'abord ?

— Mais je ne discutais pas... Pas vraiment. Elle a débarqué chez moi. Elle me harcèle depuis que je suis suspendue. Elle voulait en savoir plus sur ce qui est arrivé à Rockview, mais je ne lui ai rien dit, Ray, je te le jure !

— Écoute, je peux te prêter de l'argent si tu as besoin...

— Je n'ai pas besoin d'argent, Ray, coupa-t-elle. Je veux

reprendre mon putain de boulot. Comment a-t-il pu faire ça ? Il ne m'en a même pas parlé. Il ne m'a pas laissé la moindre chance de me défendre. J'arrive. Je serai là dans deux heures.

— Jo, ne fais pas ça.

— Il ne s'en tirera pas comme ça.

— Il te dit de faire profil bas et, le lendemain ou presque, Trinity Payne parle de toi à la télévision.

Josie cria pour de bon.

— Je ne lui ai *rien* dit !

Ray prit un ton attristé.

— Le mal est fait, Jo. Venir ici pour affronter le Grizzly ne fera qu'empirer les choses. Deux heures de route ? Mais tu es où, bon sang ?

— Mêle-toi de tes oignons. À plus tard.

37

Son coup de fil suivant fut pour Trinity Payne, qui décrocha à la troisième sonnerie en demandant :

— Vous avez parlé à Ginger Blackwell ?

Josie s'étrangla de fureur.

— Espèce de garce. Comment avez-vous pu me faire ça ?

Silence. Si Trinity ne répondait pas, c'est qu'elle se savait en tort. Les doigts crispés sur son téléphone à en avoir mal, Josie fusilla du regard tous les clients de la boutique qui s'étaient arrêtés pour la dévisager.

— Je sais que vous m'avez entendue. Comment avez-vous pu faire ça ? Vous saviez que ce que je vous disais sur Rockview devait rester entre nous.

— Vous avez dit vous-même que rien n'était officiel.

— Mais vous saviez très bien que je vous faisais une confidence. Je ne vous ai même pas confirmé qu'il y avait une fourchette. Comment avez-vous pu vous servir de cet élément ? Est-ce que vous avez la moindre idée de ce que vous venez de faire ?

Trinity prit un ton léger.

— Oh, ça va. Comme si ça gênait quelqu'un. Bon, je me suis servie d'une ou deux de vos phrases, et même comme ça, ça n'était pas très intéressant. Mon producteur ne voulait même pas le diffuser.

— Ça gêne mon *chef* ! J'ai aussi une suspension de salaire, maintenant. À cause de vous, je ne peux même pas mettre d'essence dans mon réservoir.

— Je croyais que vous étiez mariée ?

Josie en eut le souffle coupé. Sa colère éclata comme un éclair aveuglant.

— Nous sommes séparés, grinça-t-elle. Personne ne m'entretient et, maintenant, je suis fauchée, sans travail, parce que vous, vous aviez besoin de votre reportage. Vous êtes une menteuse, une manipulatrice et à moins que vous ne vouliez faire rectifier vos jolies pommettes qui passent si bien à la télévision, je vous conseille de ne plus croiser mon chemin, espèce de garce. Quant à l'exclusivité que je vous avais promise : plutôt crever.

Elle raccrocha avant que Trinity puisse dire un mot de plus. Avec sa carte de crédit, elle prit assez d'essence pour rentrer chez elle. Elle n'osa même pas prendre un café. De toute façon, la fureur lui trouait l'estomac. Elle fulmina tout le reste du trajet, mains crispées sur le volant, tout en cherchant désespérément le moyen de surmonter financièrement les semaines à venir. Elle pouvait prendre de l'essence et s'acheter à manger grâce à ses cartes de crédit, mais pas payer ses factures. Ni rembourser l'emprunt pour sa maison.

Sa belle maison. Son refuge. Elle allait se passer des commodités, décida-t-elle. Elle économiserait sur le gaz, l'électricité et l'eau, mais elle sauverait sa maison. Ensuite, elle ne savait pas comment elle allait faire. Et non, elle n'emprunterait de l'argent à personne. Sa grand-mère n'avait rien à lui donner, et Luke l'avait déjà assez aidée comme ça.

Elle était si focalisée sur la question de savoir comment arriver à joindre les deux bouts qu'elle faillit manquer la sortie de l'autoroute. Elle balaya du regard le parking du commissariat lorsqu'elle s'y gara. La Jeep du chef n'y était pas. Évidemment. Ray avait dû l'avertir de son arrivée et il avait préféré éviter l'affrontement.

Elle se précipita quand même à l'intérieur, mais l'endroit semblait désert. Elle ne vit que Noah Fraley, assis à son bureau, plus quelques autres collègues qui allaient et venaient dans la salle commune du deuxième étage. Ray était introuvable. La porte du bureau du chef était fermée – muette, impénétrable.

À grandes enjambées, Josie vint se planter, mains sur les hanches, regard noir, devant Noah Fraley.

— Où est le chef ?

Surpris, il leva les yeux, rougit.

— Sorti, comme tous ceux qui sont sur l'affaire Coleman. Une femme a téléphoné pour dire qu'elle pensait avoir aperçu une jeune fille blonde, à pied, sur la route d'Old Gilbert.

Josie prit un air intrigué. Elle connaissait cette petite route, qui passait à proximité du lycée catholique de Denton. Beaucoup d'élèves l'empruntaient quand ils séchaient les cours pour aller au petit centre commercial, à près d'un kilomètre et demi du lycée.

— Et il doit rentrer quand ?

Noah haussa les épaules.

— Sais pas. Ça dépend si le tuyau est sérieux ou pas, j'imagine.

Il attendit un long moment que Josie lui pose d'autres questions puis, l'air peiné, un coin de la bouche relevé, se tourna vers la porte du bureau du chef comme si c'était l'incarnation même de ce dernier.

— Entre nous, le chef se comporte vraiment comme un con. Écoutez, si vous avez besoin d'aide, pour payer vos factures ou je ne sais quoi, je peux vous prêter de l'argent. Au moins jusqu'à ce qu'il se calme un peu et vous reverse votre salaire.

Si la proposition était venue d'un autre que Noah, Josie se serait sentie insultée. Même l'idée que Ray l'aide financièrement lui donnait les mains moites. Mais de la part de Noah, l'offre n'avait rien de gênant. Elle n'allait pas donner suite, bien sûr, mais elle lui en fut reconnaissante.

— Merci, c'est gentil.

Noah haussa les épaules comme si c'était naturel.

— Vous voulez que je vous appelle quand il revient ? Il passe presque toutes ses nuits ici. Vous devriez pouvoir tomber dessus.

Mais sa rage s'était dissipée, la gentillesse de Noah l'avait désarmée. Elle n'avait pas assez d'énergie pour entretenir sa colère jusqu'au retour du chef. Et ce n'était peut-être pas la bonne méthode, de toute façon. Le lendemain matin, elle aurait peut-être les idées plus claires, serait moins encline à se mettre en rogne et à dire des choses qui lui vaudraient un licenciement définitif. *Ça peut attendre*, se dit-elle.

— Non, je reviendrai demain. Merci quand même.

Noah se retourna vers son écran, où s'affichait la liste des signalements recueillis par téléphone sur l'affaire Coleman. Josie vit qu'il y en avait peu.

— De rien.

— Dites-moi, Noah.

— Oui ?

— Ils ont déjà transféré June Spencer ?

Il releva les yeux vers elle. Pour la première fois depuis qu'elle le connaissait, elle s'aperçut que ses yeux bruns étaient pailletés d'or.

— Non. Apparemment, on ne trouve nulle part où la mettre. L'unité psy la plus proche est à une heure de route, et tous les lits sont occupés. Le chef essaie de lui trouver une place dans un hôpital de Philadelphie. Mais elle n'a pas encore été mise en examen. Elle va rester en bas, en cellule, jusqu'à ce que le procureur décide de son sort.

— Je n'ai jamais vu le procureur aller aussi lentement. Elle a

quand même tué une femme à coups de fourchette, bon sang !
Pourquoi ne l'a-t-on pas encore inculpée ?

Après un nouveau haussement d'épaules qui voulait dire
« ce n'est pas moi qui décide de ça », Noah revint à son écran.

— Tenez-moi au courant de ce que donne ce nouveau tuyau
dans l'affaire Coleman, dit-elle en repartant.

— Pas besoin, répondit Noah, s'adressant à son dos. Si c'est
vraiment elle, vous le découvrirez aux infos.

38

Il faisait presque nuit lorsqu'elle rentra chez elle. Elle monta tout droit à l'étage sans même allumer les lumières et se fit couler un bain tout en s'inquiétant pour sa facture d'eau. L'accident du *Stop & Go* lui paraissait remonter à plusieurs années alors qu'il datait d'une semaine à peine, et elle avait encore mal au dos après tous ces trajets en voiture. Avant de plonger son corps endolori dans l'eau brûlante, elle jeta un coup d'œil à son téléphone, pour voir si Lisette l'avait rappelée. Rien. Elle tomba une fois de plus sur la messagerie lorsqu'elle essaya de nouveau de la joindre. Elle allait devoir passer à Rockview le lendemain matin à la première heure.

Étonnamment, Luke n'avait pas rappelé non plus. Il avait pourtant bien dû entendre le message furibond qu'elle lui avait laissé. Mais il lui arrivait régulièrement de rentrer très tard, surtout si on le mettait sur une enquête compliquée en fin de journée.

Une fois dans l'eau, elle laissa ses pensées dériver, passer de son obsession à trouver un lien entre les enlèvements de Ginger Blackwell, de June Spencer et d'Isabelle Coleman au sale coup que le chef lui avait fait, sans raison aucune. Tout ça la dépassait. Mais c'étaient des scénarios à ruminer un verre à la main et Josie n'avait plus de vin, ce qu'elle regretta vivement. Luke viendrait peut-être avec une bouteille, pour s'excuser. Elle s'imagina la boire très vite tout en râlant parce qu'il lui avait caché ses véritables liens avec Denise et leur rendez-vous secret à propos d'elle ne savait quel tableau.

Une heure plus tard, lovée dans un nid de coussins sur son lit, vêtue d'un simple t-shirt (un des vieux t-shirts d'université de Ray, qu'elle lui avait volé en partant), Josie était de nouveau plongée dans le dossier Blackwell. Elle relut le rapport du bureau du procureur, qui disait seulement qu'il n'y avait « pas d'élément concret » pour étayer les affirmations d'enlèvement, de séquestration et d'agression sexuelle que maintenait Ginger. Le rapport était contresigné de la main même du procureur général. Josie y chercha le nom de l'enquêteur spécial désigné par lui pour examiner les éléments du dossier.

— Sans déconner, murmura-t-elle pour elle-même. Jimmy la Fouille ?

James Lampson était policier municipal du temps où Josie était encore au lycée. À l'époque, il patrouillait dans les rues, et les jeunes du lycée l'avaient surnommé « Jimmy la Fouille » parce qu'il contrôlait surtout les jeunes filles. Il les faisait descendre de voiture pour des fouilles corporelles sans aucun motif. Il avait sévi plusieurs années avant que les parents de l'une d'elles ne finissent par porter plainte. On s'était contenté de lui taper sur les doigts, au début, mais, quand Harris avait été nommé chef de la police, il l'avait fichu dehors et Lampson avait dû chercher un autre job. La dernière fois que Josie en avait entendu parler, il était agent de sécurité à l'hôpital de Denton.

Jusqu'à ce qu'elle lise son nom dans le rapport, Josie ignorait qu'il travaillait pour le bureau du procureur. Elle ne savait pas non plus comment il avait fini par décrocher ce boulot tranquille d'enquêteur spécial, mais elle avait sa petite idée : le fils de Lampson était très lié au fils du procureur, tous deux avaient joué au football dans l'équipe de Denton East, et tous deux avaient la réputation de coucher avec des filles pour les larguer ensuite et lancer de vilaines rumeurs sur leur compte. Elle ne savait pas ce qu'étaient devenus les deux fils, mais leurs pères travaillaient toujours pour la justice et la police du comté d'Alcott – plutôt mal, apparemment.

Elle pensa à June, enfermée dans une cellule du commissariat de Denton en attendant que le procureur décide de son sort. Le tout en violation flagrante de son droit à une assistance juridique. Il aurait fallu l'envoyer immédiatement dans une unité psychiatrique. Pourquoi le bureau du procureur tardait-il tant ? Elle se demanda si Jimmy la Fouille était encore dans la boucle et s'il ne faisait pas délibérément traîner le transfert de June, comme il l'avait vraisemblablement fait avec le dossier Blackwell. Et si oui, pourquoi ?

La sonnerie de son portable la fit sursauter et répandre le contenu du dossier partout sur le lit. Une sonnerie « carillon ». Donc ce n'était ni Luke ni Lisette. Ni Ray. C'était quelqu'un qui ne l'appelait pas souvent, même si le numéro lui disait vaguement quelque chose. Quand elle décrocha, elle reconnut la sœur de Luke, en pleurs.

— Carrieann ?

Son cœur bondit. La sœur de Luke ne pouvait l'appeler que pour une seule raison. Une boule de coton lui bloqua la gorge, l'étouffa à demi.

— Il est vivant ?

— On lui a tiré dessus, sanglota Carrieann. Luke s'est fait tirer dessus.

Elle imagina Luke au sol, blessé, quelque part sur le bord de l'autoroute ; perdant du sang, incapable d'appeler au secours.

— Il est *vivant* ? redemanda-t-elle.

Elle entendit Carrieann renifler avant de répondre :

— À peine. On vient de le descendre au bloc opératoire.

— Où ? Où est-il ?

— L'hôpital Geisinger. Il a perdu beaucoup de sang. Ils ont dû l'héliporter et l'opérer d'urgence. Mon Dieu...

L'hôpital était à une heure de route en temps normal. Josie pouvait y être en trente minutes.

— Je te rejoins à l'hôpital, dit-elle avant de raccrocher.

39

Carrieann Creighton était une des femmes les plus solides que Josie ait jamais croisées : un mètre quatre-vingts, des muscles là où la plupart des femmes ne sont que courbes et douceur. C'était le pendant féminin de Luke, même s'ils n'étaient pas jumeaux : Carrieann avait cinq ans de plus que lui. Elle vivait à trois heures de là, dans un comté si rural qu'il ne comptait qu'un seul feu de circulation. Josie ne l'avait croisée que deux fois. Luke l'avait prévenue que sa sœur pouvait se montrer rude et distante, mais elles s'étaient bien entendues.

Josie la retrouva dans la petite salle d'attente réservée aux familles, attenante au service de chirurgie. Carrieann faisait les cent pas, en jean délavé, déchiré, chaussures de chantier boueuses aux pieds, avec une veste en jean enfilée sur une chemise de flanelle qui avait connu des jours meilleurs. Ses cheveux blonds, où se devinaient les premières mèches grises, étaient attachés en queue-de-cheval. Elle avait les traits tirés, les yeux rougis. Dès qu'elle l'aperçut, Carrieann traversa la salle à grandes enjambées pour la serrer dans ses bras. Sa détresse fit prendre conscience à Josie de la réalité de la chose.

Pendant le trajet jusqu'à l'hôpital, Josie avait réussi à

contenir son hystérie en dressant la liste de toutes les questions qu'elle se posait. Elle avait été Josie, la policière, pas Josie, la fiancée du policier. C'était le seul moyen de garder le pied sur l'accélérateur, de continuer à avancer, de ne pas s'arrêter sur le bas-côté pour craquer complètement.

Avant que ses jambes l'abandonnent, elle tituba jusqu'à la chaise la plus proche. Carrieann s'affala sur le siège voisin et lui pressa la main. Cet élan d'affection, comme si elles étaient belles-sœurs depuis des années, lui parut étrange et quelque peu inquiétant, mais Josie comprit que Carrieann cherchait plus à se rassurer elle-même qu'à la réconforter. Elle accepta ces effusions de bonne grâce. Josie se trouvait en terre inconnue : avant Luke, seules deux personnes avaient vraiment compté pour elle, sa grand-mère et Ray. Ni l'un ni l'autre n'avaient jamais vraiment été en danger de mort. Luke avait débarqué dans sa vie comme une bouffée d'oxygène au moment où elle croulait sous les ennuis. Elle supportait sa mise à pied en grande partie grâce à lui. Elle aimait sa bonne humeur, son sourire, son corps – son corps qui luttait pour rester en vie en cet instant même. Elle regretta le dernier message qu'elle lui avait laissé. Qui paraissait si futile, désormais. Elle pria pour que ces paroles ne soient pas les dernières.

— Qu'est-ce qui s'est passé ? demanda-t-elle à Carrieann.

La sœur de Luke parcourut la pièce des yeux comme si elle se rendait soudain compte d'où elles étaient, seules, sur des sièges recouverts de vinyle, entourées de vieux magazines abandonnés. Elle triturait d'une main un mouchoir roulé en boule.

— On m'a dit qu'il était sur le parking des locaux de la police d'État. Il venait de finir sa journée. Il est tombé dans une embuscade. Il a pris deux balles. Dans la poitrine.

Josie ferma les yeux. Elle se représenta le cœur de Luke. Un tir mortel, en principe. Comment pouvait-il survivre à ça ? Des filets de larmes chaudes, salées, roulèrent sur ses joues.

— Oh, ma pauvre, chuchota Carrieann en prenant Josie par

l'épaule et en l'attirant à elle. Mais il est solide. Il va s'en tirer.

Carrieann n'y croyait pas plus qu'elle. Ce n'était qu'une phrase creuse, de celles qu'on prononce quand on est totalement impuissant face au destin.

— Quel calibre ?

— Quoi ?

— De quel calibre, les balles ?

La plupart des gens n'auraient pas pensé à poser la question, mais Carrieann et Luke tiraient sur cible et chassaient depuis qu'ils étaient capables de tenir une arme, c'est-à-dire bien plus tôt que la moyenne.

— Du .30-30 Winchester, répondit Carrieann.

— Une arme de chasse.

Carrieann hocha la tête.

Dans les campagnes de Pennsylvanie, tout le monde, ou presque, possédait une arme de chasse susceptible de tirer du .30-30. Un chasseur savait parfaitement quels immenses dégâts de telles munitions pouvaient faire à un corps humain. Selon son type, la balle pouvait le traverser entièrement ou exploser en se fragmentant à l'intérieur et tout détruire sur son passage. Luke avait beaucoup de chances d'être encore en vie. Pour le moment.

— On m'a dit qu'il s'était fait tirer dessus depuis le bois, ajouta Carrieann.

— Mon Dieu...

Ce devait être tout près de l'endroit où ils avaient fait l'amour, quelques jours plus tôt. Le bois entourait les locaux de la police d'État sur trois côtés. Quelqu'un s'y était caché et avait attendu que Luke termine sa journée de travail. Luke, ou n'importe quel policier pris au hasard ? Elle repensa à l'enveloppe kraft sur la table de sa cuisine. Au dossier Blackwell, et à tout ce qui y manquait. À l'autre enveloppe, dans sa voiture, qui contenait la preuve que Ginger avait été violée, comme elle l'affirmait. Luke avait-il été pris pour cible parce qu'il s'était mêlé de cette histoire ? Ça en avait tout l'air. Ou bien Josie surinterprétait-elle, une fois de plus ? Non. Elle était certaine que non. On lui avait tiré dessus sur le parking, à la fin de sa journée de travail. C'était bien lui qu'on visait.

Mais qui pouvait savoir qu'il avait fouiné dans le dossier Blackwell ? Denise, évidemment, savait qu'il avait cherché de ce côté, mais elle semblait plus s'intéresser à lui au niveau privé. Comme il avait accédé physiquement au dossier, ce devait être quelqu'un de son service. Qui ne savait peut-être pas qu'il l'avait donné à Josie ni qu'il avait appelé Denise pour obtenir les résultats de l'examen gynécologique.

Mais si ce quelqu'un savait qu'il lui avait transmis le dossier et que Josie s'intéressait aussi à l'affaire Ginger Blackwell, était-elle la prochaine victime sur la liste ?

Elle jeta un coup d'œil autour d'elle. Elle avait aperçu deux flics de l'État devant l'entrée de l'hôpital, et un à la porte du service de chirurgie, pas un de plus. En général, quand un représentant de la loi se faisait tirer dessus, ses frères d'armes étaient partout, montant la garde et se relayant à son chevet.

— Où sont-ils, tous ?

— Ils fouillent le bois, répondit Carrieann. Ils cherchent celui ou celle qui a tiré.

Ils ne trouveraient personne. Parce que le tireur était issu de leurs rangs. Et qu'il saurait ne pas laisser de traces. Il devait même être parmi eux à l'heure actuelle, à faire semblant de se chercher lui-même. Il les duperait tous. Personne n'irait imaginer qu'un policier ait pu essayer d'en tuer un autre. Et si le tireur avait des complices, et si plusieurs personnes étaient impliquées ? Elle pensa au procureur et à Jimmy Lampson, à leur rapport véreux sur l'affaire Blackwell. Aux quatre policiers d'État transférés après avoir travaillé sur ce dossier. Pour qu'ils ne posent pas de questions ? Pour que les hommes qui avaient enlevé Ginger Blackwell n'aient jamais à répondre de leurs crimes ?

Aucun des membres de la police de Denton ayant travaillé sur le dossier Blackwell n'avait été viré, et trois services différents avaient enquêté sur cette affaire : la police d'État, la police de Denton et le bureau du procureur. Ce qui signifiait que si des représentants de la loi étaient complices, ou même avaient participé à l'enlèvement de Ginger Blackwell, il n'y avait aucun moyen de savoir exactement qui était impliqué, et à quel degré.

— Josie ?

— Hmm ?

— Ça va ? Tu es toute pâle.

Josie leva évasivement la main, le cerveau en surrégime.

— Ça va, oui, ça va.

Et si l'affaire Blackwell était liée à l'affaire Coleman, comme elle le soupçonnait ? Elle pensa à Ray, qui ne cessait de lui répéter de ne pas se mêler de l'enquête sur Isabelle Coleman. La police de Denton était-elle impliquée ? *Quid* du chef ? Savait-il qui était derrière les enlèvements ? Était-ce pour cela qu'il n'avait pas fait appel au FBI pour Isabelle Coleman ? Pour ça aussi qu'il avait suspendu le salaire de Josie juste après qu'elle lui eut parlé du lien entre Isabelle Coleman et June Spencer ?

La main moite de Carrieann qui lui serrait l'avant-bras interrompit ce flot de questions.

— Voilà le chirurgien, chuchota-t-elle.

Josie leva les yeux vers l'homme de haute taille, massif, en blouse et charlotte bleues, qui franchissait la porte. Le regard fixe, l'air sombre, il s'avança vers elles. Carrieann resserra sa prise sur le bras de Josie. Elles se levèrent pour l'accueillir.

— Vous êtes là pour Luke Creighton ?

Josie voulut répondre, mais elle avait les lèvres si sèches qu'elle put à peine entrouvrir la bouche. Carrieann la serra contre elle et parla pour elles deux :

— Oui. Je suis sa sœur, et voilà sa fiancée.

Le médecin se présenta :

— Je suis le responsable du service de chirurgie traumatologique. Mon équipe est en train de recoudre M. Creighton en ce moment même. Son état est stable, pour l'instant, mais les lésions internes sont sévères. Deux balles dans la poitrine, dit-il en indiquant son côté droit, juste au-dessous de la clavicule. La première a raté le cœur, mais s'est fragmentée à l'intérieur – la seconde aussi, d'ailleurs – et a causé beaucoup de dégâts dans les tissus environnants.

Il pointa plus bas, et plus près du centre de son thorax.

— La seconde a perforé la rate et nous avons dû la retirer. Nous avons pu enlever la plupart des fragments et nous avons recousu ce qu'il était possible de recoudre. Il a beaucoup de chance d'être encore en vie. Nous allons le transférer en soins intensifs, et le maintenir dans un coma artificiel jusqu'à ce que son corps commence à se remettre de ces traumatismes. Mais je dois vous avertir : les lésions sont étendues et sévères. Il...

— Quelles sont ses chances de survie ? lâcha Josie.

Elle ne supportait pas le langage du médecin. « Sévères », « traumatismes », « étendues », « fragmentée »... C'en était trop pour elle. Elle ne voulait qu'une chose : savoir quelles chances il avait de s'en tirer.

Le médecin grimaça :

— Je ne peux pas vraiment vous donner de probabilités.

— Essayez. À peu près. Un pourcentage, quelque chose. On ne vous en tiendra pas rigueur. On sait déjà qu'il est très gravement touché. On l'a su dès qu'on a appris qu'il avait reçu deux balles. S'il est encore vivant à cet instant, c'est grâce à vous et à votre équipe. Je comprends bien que le reste ne dépend pas de vous. Mais je vous en prie, dites-moi quelles sont ses chances de s'en tirer.

Le médecin les dévisagea toutes les deux, visiblement très mal à l'aise, avant de répondre :

— Cinquante-cinquante.

40

Elles purent le voir dix minutes chacune, pas plus. Josie n'aurait pas tenu plus longtemps, de toute façon. Au milieu des machines qui servaient à le maintenir en vie, sa grande carcasse semblait avoir rétréci. Il avait des perfusions à chaque bras, au creux des coudes et sur les mains. Un gros tube émergeait de sa bouche, maintenu par de l'adhésif. On l'avait couvert à la hâte d'une blouse bleue d'hôpital sous laquelle des câbles serpentaient avant de rejoindre les divers appareils qui l'entouraient. On lui avait enfilé une grande charlotte bleue. Il ne ressemblait pas du tout à Luke.

Elle s'approcha lentement, de peur de déplacer quelque chose d'important. Il faisait frais dans la chambre, et elle se demanda s'il avait assez chaud. Mais il n'avait jamais froid. Il se levait souvent en pleine nuit pour ouvrir une des fenêtres de sa chambre, ce qui obligeait Josie à se lever à son tour pour aller la refermer ensuite. « Laisse ouvert, murmurait-il d'une voix ensommeillée. C'est moi qui vais te réchauffer. »

Ce souvenir la frappa avec la violence d'une batte de base-ball. Elle laissa échapper un sanglot. Les yeux brouillés de larmes, elle avança en hésitant jusqu'au lit, chercha un endroit sur son bras où poser la main. Elle avait besoin de le toucher, de sentir sa chaleur sous sa paume. Elle voulait qu'il sache qu'elle était là. Les poils drus de son avant-bras étaient souples sous ses doigts. Il avait la peau fraîche, sèche. Elle serra doucement. Les larmes se remirent à couler lorsqu'elle comprit qu'il n'avait aucune chance de sentir son contact. Pas avec tous ces engins qui le maintenaient en vie, pas avec la quantité d'anesthésiques administrés durant l'opération. Elle n'arrivait même pas à imaginer de quoi on le bourrait pour le maintenir dans ce coma artificiel.

— Luke, fit-elle en s'étranglant à demi. Je suis là. Je suis avec toi. Je suis... Je suis désolée de ce qui s'est passé. S'il te plaît, ne... S'il te plaît, ne...

Elle n'arrivait pas à finir sa phrase. Elle voulait lui dire que Denise Poole et sa fichue peinture n'avaient pas d'importance, pas plus que la porte de placard qu'il lui avait achetée. Elle voulait seulement qu'il vive.

Et puis l'infirmière arriva, la fit sortir avec tact de la chambre, la raccompagna jusqu'à la sortie de l'unité de soins intensifs. La porte se referma derrière elle avec le même bruit que celui de son cœur qui se brisait. Essuyant ses larmes d'un revers de manche, elle revint dans la petite salle d'attente où Carrieann l'étreignit à l'étouffer. Elle était soulagée d'en avoir fini.

Autour d'eux, des gens scrollaient sur leurs téléphones, dormaient sur des fauteuils ou fixaient sans la voir la télévision accrochée dans un angle de la salle, qui diffusait, sans le son, un *late-night show*. Plusieurs policiers se tenaient le long du mur opposé, près des fenêtres. Josie les dévisagea avec méfiance, tout en rapprochant deux fauteuils inoccupés pour s'y pelotonner et essayer de dormir un peu. Elle n'en reconnut aucun mais, de fait, elle ne connaissait pas très bien les collègues de Luke.

Elle se fit un oreiller avec sa veste et se roula en boule sur le côté droit. Carrieann s'assit près d'elle un moment, mais se releva au bout de quelques minutes pour faire les cent pas dans la pièce. Josie ferma les yeux, se laissa bercer par le chuintement des pas de Carrieann sur le linoléum et finit par s'endormir.

————

Quand elle s'éveilla, il faisait jour et quelque chose vibrait sous sa tête. Clignant des yeux, elle mit quelques secondes à extraire son téléphone de la poche de sa veste. Il lui restait très peu de batterie. Elle reconnut immédiatement le numéro de Ginger Blackwell, qu'elle avait mémorisé parce qu'elle ne voulait pas l'enregistrer dans sa liste de contacts. En regardant autour d'elle, elle vit que Carrieann n'était pas là. Elle ne reconnut pas les gars de la police d'État, adossés contre le mur en face d'elle. Changement d'équipe. Josie chuchota en s'éloignant de la salle d'attente :

— Oui, allô ?

— Mademoiselle Quinn ?

Contrairement à celle de Josie, la voix de Ginger était claire et fraîche. Ses paroles étaient comme des pointes d'épingles contre les tempes de Josie.

— Oui, c'est moi.

Elle se glissa dans le hall comme une voleuse, chercha les toilettes.

— C'est Ginger... Tout va bien, vous m'entendez ?

Josie s'éclaircit la gorge. Elle repéra le panneau des toilettes pour femmes au bout du couloir et pressa le pas, tout en essayant de prendre une voix plus assurée.

— Oui, ça va. Que se passe-t-il ?

— Je voulais vous dire que quelque chose m'est revenu. Enfin, je crois que ça m'est revenu. J'en ai rêvé. Vous avez obtenu mon dossier ?

Dans les toilettes, Josie se pencha pour voir si certaines

cabines étaient occupées. Miraculeusement, elle était seule, mais ne pouvait pas savoir pour combien de temps encore.

— Oui. Je dois même vous dire, Ginger, qu'il y manque beaucoup de choses.

— Des choses qui manquent ? Comme quoi ?

— Comme les résultats de l'examen gynécologique effectué à l'hôpital. Ils avaient trouvé de l'ADN, vous vous souvenez ?

— Bien sûr que oui. C'était horrible ; très... très invasif.

Josie la sentit frissonner.

— J'en suis désolée. Puis-je vous demander... Vous savez ce que ça a donné ?

Silence.

— Ginger ?

Un froissement au bout du fil. Josie crut entendre geindre Marlowe.

— Ça a donné des résultats... qui corroboraient ce que je disais.

— Donc on vous a communiqué ces résultats ?

— Oui. Un des agents de police m'a dit que l'analyse montrait que... Désolée, je n'arrive pas à le dire.

— Ça ne fait rien, dit Josie. Je voulais seulement savoir si on vous avait communiqué les résultats.

— C'est pourquoi nous avons été tellement choqués qu'on commence à m'accuser d'avoir tout inventé. Quelques semaines plus tôt, on venait de me dire que l'examen gynécologique prouvait que je disais la vérité... à propos de ces hommes.

— Les résultats ne figurent pas dans le dossier ; j'ai réussi à en obtenir une copie autrement. Mais j'ai besoin de découvrir jusqu'où ça va. J'aimerais voir le compte rendu médical. Il faudrait le demander à l'hôpital, j'imagine. S'ils l'ont encore.

Ginger parut soulagée.

— Ah, ça, mon mari dispose du dossier. Il en a lui-même demandé une copie au début de l'enquête. Je peux vous l'envoyer par mail ?

— Bien sûr. Ce serait parfait.

Tandis qu'elle lui épelait son adresse mail, elle entendit la porte des toilettes s'ouvrir. Elle se retourna sur un des policiers, en uniforme de la police d'État, qui franchissait le seuil. Il s'immobilisa en la voyant.

— Ce sont les toilettes des femmes, ici, dit Josie.

— Quoi ? dit Ginger.

Le policier fit un pas en arrière pour jeter un coup d'œil au panneau des toilettes, à l'entrée, et lui adressa un sourire contrit.

— Oh merde, pardon !

— Les toilettes des hommes sont à l'autre bout du hall.

— Mademoiselle Quinn ? Que se passe-t-il ? demanda Ginger au téléphone.

— Je dois raccrocher, lui répondit Josie le plus calmement possible. Je vous rappelle plus tard.

Mais sa voix couvrait difficilement les battements de son cœur.

41

Le mail arriva pendant qu'elle farfouillait sous les sièges de sa voiture à la recherche d'un chargeur. Entre-temps, elle avait trouvé plusieurs bouteilles d'eau entamées, 2 dollars et 17 cents en petite monnaie – qu'elle empocha parce qu'elle en avait besoin –, trois emballages de barres de céréales et un lacet de chaussure. Elle se rassit avec un gros soupir, ferma les yeux un instant, la tête contre le dossier. Le soleil s'était mis à briller pendant son passage aux toilettes et inondait l'habitacle, chassant le froid mordant de la nuit pour le remplacer par une délicieuse fraîcheur. Pendant quelques secondes, elle fit comme si sa vie était redevenue normale. Elle était toujours inspectrice de la police de Denton. Toujours salariée. Luke allait bien. Il allait l'appeler d'un instant à l'autre pour un motif banal, flirter un peu au téléphone et ils conviendraient de se retrouver le soir même. Puis ils boiraient du vin, feraient l'amour, dormiraient et recommenceraient.

Mais la réalité se rappela brutalement à elle, lui laissant un goût amer. Elle ouvrit brusquement les yeux et ouvrit le mail de Ginger Blackwell. Le message était vide, hormis une pièce jointe au format PDF. Josie la téléchargea et l'ouvrit aussitôt. Le dossier de l'hôpital Denton Memorial était volumineux. Il fallut plusieurs minutes à Josie pour l'ouvrir en totalité. En attendant, elle repartit à la pêche sous le siège passager. Ses doigts rencontrèrent un bout de papier. Croyant à un ticket de caisse quelconque, elle poussa un cri de joie en découvrant que c'était un billet de 5 dollars. Au moins, elle n'aurait pas à vivre l'humiliation de devoir demander de l'argent à Carrieann pour s'acheter à manger. Même si elle supposait que la cafétéria de l'hôpital pouvait accepter sa carte de crédit.

Le document fut enfin lisible en entier. Elle aurait préféré avoir son ordinateur portable. Certaines notes rédigées par les infirmières étaient complètement illisibles. Elle parcourut le rapport lentement, avec attention, tandis que le soleil, de plus en plus haut dans le ciel, faisait monter la température dans la voiture, au point qu'elle dut baisser la vitre pour respirer un peu d'air frais. Tout était là. La version des événements racontée par Ginger, bien que parcellaire, était abrégée et réduite à un jargon médical austère : « La patiente signale des pertes de mémoire consécutives aux agressions sexuelles commises par plusieurs hommes. UMJ contactée. »

L'UMJ était l'unité médico-judiciaire, un service composé de soignants spécialement formés pour recueillir des éléments matériels, notamment dans les cas de viol, et s'assurer que les procédures légales étaient parfaitement respectées. Tout y était. Tout avait été fait dans les règles.

Le dossier de police était incomplet, mais tous les éléments manquants étaient disponibles, si on les cherchait vraiment. On avait rendu difficile l'accès au dossier entier, mais sans détruire ni manipuler aucun élément. Ainsi, si jamais quelqu'un se mettait à crier au loup, ceux qui avaient participé à l'enquête pouvaient affirmer que rien n'avait disparu. Le risque de perdre son job ou d'aller en prison à cause de ce dossier mal ficelé était nul, rien de répréhensible n'ayant été commis.

Elle referma le PDF, jeta son téléphone sur le siège passager et perdit quelques minutes de plus à chercher un chargeur. Elle était en train de le brancher pour pouvoir rappeler Ginger Blackwell quand elle vit deux nouveaux policiers traverser le parking et s'avancer vers l'hôpital. Ils n'avaient rien de menaçant ni de suspect, mais elle repensa à celui qui était entré dans les toilettes, un peu plus tôt. Mieux valait ne pas rester seule. Elle empocha son téléphone, son chargeur et le billet de 5 dollars, et revint vers l'hôpital.

42

Les larmes coulaient sur ses joues. L'homme allait la toucher, une fois de plus, et elle se demanda s'il allait se montrer violent ou insupportablement doux. Mais rien ne se produisit. Le faisceau de la lampe torche se détourna de son visage pour se diriger vers le sol et elle l'entendit s'installer par terre. Il y resta assez longtemps pour que sa vision commence à s'accoutumer au peu de lumière qu'il y avait dans la cellule. Au-dessus de leurs têtes, le plafond était en pierre, quelques racines d'arbres avaient poussé entre les fissures. Des gouttelettes de condensation luisaient, dans un angle. Un gros scarabée noir remontait lentement le long d'une des racines.

Elle tourna la tête. Elle discernait les chaussures de l'homme, à un peu plus d'un mètre d'elle. Il avait les genoux ramenés contre sa poitrine, entourés de ses gros bras poilus. Elle devinait à peine la lueur de son regard posé sur elle, triste et hésitant. Il ne savait pas quoi faire.

Lentement, il rampa jusqu'à elle. En sentant son souffle, elle manqua de suffoquer, tout en intimant à son corps de rester inerte. Les mains de l'homme entourèrent son cou. Une vague d'hystérie l'envahit, lui coupant la respiration. Elle leva les bras pour se défendre, mais il était trop fort.

Les mots se bloquèrent dans sa gorge. *Non, par pitié !*

43

— Je vais à la cafétéria, glissa Josie à Carrieann en la croisant dans le couloir.

L'heure du déjeuner approchait et l'estomac de Josie grondait furieusement, excité par les odeurs de cuisine. Elle pria pour que ses 5 dollars lui suffisent.

La cafétéria se remplissait peu à peu d'hommes et de femmes en blouse d'hôpital, de parents de malades à l'air fatigué. Josie choisit une table, au fond, qui lui permettait d'embrasser toute la salle du regard en mangeant son assiette de frites. Personne ne pouvait l'approcher sans qu'elle s'en rende compte. Il y avait aussi une prise assez proche pour y mettre son téléphone à charger. À quelques pas, une télévision diffusait le journal du matin de WYEP. Le son était trop faible pour qu'elle puisse bien entendre. Elle se contenta des titres qui défilaient en bas de l'écran : « Nouveau record d'overdoses d'héroïne dans le comté d'Alcott » ; « La police sur les lieux d'un accident impliquant trois véhicules à Bowersville » ; « Une route s'effondre dans le comté de Columbia ».

Josie essuya le bout de ses doigts gras et pleins de sel et reprit son téléphone. Il était chargé à trente-huit pour cent. Elle essaya de rappeler Lisette, toujours en vain. Elle laissa un nouveau message, l'inquiétude commençant à lui ronger le ventre. Elle allait devoir passer à Rockview à la première occasion, mais ça ne serait pas pour aujourd'hui. Elle retrouva le numéro de Ginger Blackwell et la rappela. Celle-ci décrocha à la troisième sonnerie.

— Vous avez reçu mon mail ? demanda-t-elle sans préambule.

— Oui, merci.

— Vous avez tout ce qu'il vous faut ?

Tout ce qu'il lui fallait... Que lui fallait-il, d'ailleurs ? Qu'allait-elle faire du dossier Blackwell ? Bien sûr, elle savait maintenant que Ginger n'avait pas simulé son propre enlèvement, mais ça ne changeait rien. Savoir qu'elle disait la vérité n'aidait en rien Josie à retrouver Isabelle Coleman. Ce qu'il lui fallait vraiment, c'était retrouver l'Homme debout – mais même y parvenir ne l'avancerait pas beaucoup. Ginger Blackwell ne pouvait pas l'aider de ce côté, de toute façon. Elle se contenta de répéter :

— Oui, merci.

— Il y a autre chose, reprit Ginger. Vous vous souvenez que j'avais quelque chose à vous dire ?

À l'écran, les mots « À la une » apparurent, accompagnés d'une photo en gros plan de Luke. Sa photo de police officielle. Il avait le visage fermé, sérieux, la mâchoire plus carrée qu'en réalité, encadrée par la jugulaire de sa casquette. Il était beau, mais paraissait extrêmement mal à l'aise. Le cœur de Josie se serra. Elle se pinça le nez avec sa serviette tachée de gras pour bloquer les larmes qui lui montaient aux yeux. L'écran montra ensuite des policiers fouillant les abords des locaux de la police d'État.

« L'auteur des tirs sur un policier activement recherché », disait le texte.

Ils ne le trouveraient jamais. Elle se demanda comment les

hommes sans visage qui étaient derrière l'enlèvement de Ginger Blackwell allaient pouvoir tenir la presse à l'écart de tout ça. Quelques années plus tôt, dans le nord-est de la Pennsylvanie, deux policiers d'État étaient tombés dans un guet-apens semblable en sortant sur le parking après leur journée de travail. La couverture médiatique avait été intense, on en avait parlé dans tous les États-Unis.

— Josie ?

— Oui, dit-elle en revenant à sa conversation téléphonique, je suis là. Je vous demande pardon. Vous disiez que vous aviez quelque chose pour moi ?

— Il y avait peut-être une autre femme, ce jour-là. Le jour où j'ai été enlevée.

— Hein, quoi ?

Josie avait parlé plus fort qu'elle ne le souhaitait. Aux tables voisines, quelques personnes se tournèrent pour la dévisager. Elle s'excusa d'un sourire et baissa la voix.

— Vous êtes sûre ?

— Presque. J'ai fait un rêve, la nuit dernière, après votre visite. Ma psy m'a dit que certains souvenirs pouvaient me revenir comme ça. Je rêve souvent que je parle à cette vieille femme, et puis après je me retrouve dans l'obscurité. Mais la nuit dernière, il y avait une autre femme.

— C'était dans un rêve ? Pas un vrai souvenir ?

— Bon, oui, un rêve, mais qui est aussi un souvenir. Mon dernier souvenir conscient avant mon enlèvement, c'est que je parle à cette vieille femme. Je crois que mon rêve est la prolongation de ce souvenir. C'est peut-être parce que je vous en ai parlé qu'il m'est revenu.

— OK. Et vous êtes sûre que cette autre femme dans votre rêve n'était pas la propriétaire du salon de coiffure ?

— Oui, j'en suis sûre. C'était quelqu'un d'autre.

— Donc vous pensez qu'il y avait bien deux femmes ; la

vieille dame au foulard pour qui vous vous êtes arrêtée, et la femme de votre rêve.

— Oui, je crois vraiment qu'elles étaient deux.

— Et vous êtes certaine que la seconde femme est bien réelle ?

Ginger Blackwell se tut, puis lâcha un soupir d'agacement.

— Bon, je ne peux pas vraiment en être sûre. Comme je vous l'ai dit, c'était un rêve. Mais qui avait toutes les apparences d'un vrai souvenir.

— Elle ne vous est jamais apparue pendant votre sommeil jusque-là ? Ni dans aucun de vos souvenirs ?

— Non, je suis désolée. Vous ne me croyez pas, c'est ça ?

Josie ne pouvait pas appuyer son enquête sur un songe qui n'était que potentiellement un souvenir, mais elle se garda de le dire à Ginger Blackwell.

— Que pouvez-vous me dire de cette autre femme ?

— C'est flou. Très flou. Dans mon rêve, elle a une cinquantaine d'années. Des cheveux courts, bruns tirant sur le gris. Je ne vois pas... Je ne sais pas comment elle est habillée. Son visage est... Vous devez comprendre que mes souvenirs sont déformés. Mais je crois qu'elle me disait qu'elle s'appelait Ramona.

— Vous êtes sûre ?

Un bref silence.

— Eh bien, non, je n'en suis pas certaine. Ce nom tourne dans ma tête depuis que vous l'avez prononcé. Mais ce qui me fait croire que c'était peut-être son vrai nom et que c'était un vrai souvenir, c'est que, dans mon rêve, je lui disais que je n'avais encore jamais rencontré, dans la vraie vie, de femme prénommée Ramona. Et puis je me mettais à lui parler de cette série de livres que j'avais lus, gamine. Je les adorais, et le personnage principal s'appelait Ramona. Je me rappelle lui avoir dit que j'essayais de faire lire ces livres à mes filles, mais qu'elles ne s'y intéressaient pas. Trop datés, peut-être. Et la femme s'est contentée de sourire et de hocher la tête. Je me suis dit qu'elle devait s'en ficher. Cette partie du rêve m'a paru tellement concrète... J'ai eu l'impression que c'était la réalité.

Josie sentit les poils de sa nuque se hérisser. Elle se leva et, le téléphone coincé entre l'épaule et l'oreille, alla se débarrasser de son plateau. Parlant toujours à voix basse, elle se dirigea vers les ascenseurs, attendit l'arrivée d'une cabine vide, s'y glissa et appuya sur le bouton de l'étage des soins intensifs.

— Mais vous avez dit vous-même que vous pensiez à ce nom depuis notre conversation. Alors l'entendre en rêve ensuite... C'est peut-être de l'autosuggestion ?

— C'est possible, oui. Mais je crois vraiment que c'est un authentique souvenir. Je pense sincèrement qu'elle était présente, et qu'elle m'a dit s'appeler Ramona.

— Elle vous a peut-être attirée dans un piège, alors. Ça ne nous dit rien de ce qui est arrivé à la première femme, celle qui avait l'air malade, mais cette Ramona a dû être une des dernières personnes à vous avoir vue, dit Josie, presque pour elle-même. Dans vos... flashs, vous vous rappelez l'avoir revue, ou avoir revu une autre femme ?

Il y eut un long silence, puis un nouveau soupir, avant que Ginger réponde :

— Non. Je suis désolée. Je me revois lui débiter des platitudes sur le prénom Ramona, et puis je me suis réveillée.

— Si cette femme était bien réelle, est-ce que vous pourriez la reconnaître si vous la revoyiez ? Si on vous la montrait en photo ?

— Je ne sais pas. C'est possible.

— Dans ce rêve, est-ce que la femme au foulard est partie pendant que vous parliez à Ramona ?

— Je suis désolée, je n'en sais rien. Je ne me rappelle pas.

— Elles se sont parlé, toutes les deux ?

— Je crois que oui, mais je ne me souviens d'aucun détail. Je suis sincèrement désolée. Tout reste très brumeux. Mais je suis convaincue, maintenant, qu'il y avait une autre femme.

Elle s'était arrêtée pour aider une femme malade et puis une autre femme nommée Ramona l'avait abordée. Elle avait été enlevée, droguée, violée. Séquestrée pendant trois semaines jusqu'à ce que la pression médiatique nationale se fasse trop forte et que ses ravisseurs décident de s'en débarrasser. Vivante. De nouveau, Josie fut frappée par le soin que ces gens mettaient à ne pas commettre certains crimes alors qu'ils se vautraient dans d'autres. Comme les éléments du dossier Blackwell, qu'on avait dispersés sans les détruire. Ginger avait été enlevée et violée, mais pas assassinée. Au lieu de la tuer, on l'avait relâchée et on avait pris la peine de discréditer son récit. Pourquoi ?

Parce qu'il était plus facile de discréditer une mère au foyer de trois enfants que d'échapper à des accusations de meurtre.

Ils avaient pourtant pris un grand risque en la relâchant vivante. Qui qu'ils soient.

— Je vous demande pardon, vous devez me trouver ridicule de vous téléphoner à propos d'un rêve, dit Ginger.

L'ascenseur s'arrêta avec une secousse et la porte s'ouvrit. Josie longea le couloir au ralenti, elle ne voulait pas achever cette conversation dans la salle d'attente des soins intensifs, où plusieurs policiers s'étaient rassemblés.

— Vous n'êtes pas du tout ridicule, assura Josie. Je veux que vous me rapportiez tout ce dont vous pourriez vous souvenir, même si ça vient d'un rêve. Merci.

— Vous me tiendrez au courant ?

— Bien s... Hé !

Josie fut interrompue par une femme qui lui cogna l'épaule en la croisant, fit valser son téléphone et ne murmura qu'un bref « pardon » sans même s'arrêter. Josie ramassa son portable, les yeux fixés sur la silhouette qui s'éloignait. Elle portait la même blouse d'hôpital que tous les employés, sous un sweater à capuche noir délavé. Elle lui rappelait quelqu'un, mais qui ? Ses cheveux, coiffés avec du gel, étaient courts, blond sale si l'on omettait ses racines brunes apparentes. Josie aurait juré avoir aperçu des tatouages dépasser de son encolure, mais la femme était passée très vite. Elle avait quelque chose de bizarre, cependant. Josie porta le téléphone à son oreille.

— Ginger, vous êtes encore là ? Désolée, j'ai laissé tomber mon portable. Si vous vous souvenez de quoi que ce soit d'autre...

— Oui, je vous rappellerai.

— Super.

Elles raccrochèrent, tandis que Josie regardait toujours fixement la femme au bout du couloir. Et puis elle comprit : la femme portait de grosses chaussures. De vieux rangers usés. Les infirmières de l'hôpital portaient toutes soit des baskets, soit des sabots en caoutchouc. Personne ne venait travailler huit ou même douze heures de rang dans un hôpital avec des rangers aux pieds. Josie se lança à sa poursuite.

44

La femme tourna la tête en entendant Josie se précipiter. Elle avait un piercing au nez. En voyant l'inspectrice foncer vers elle, elle se mit à courir aussi.

— Attendez ! cria Josie.

La femme zigzaguait dans le couloir, essayait chaque porte pour trouver une issue. L'une d'elles s'ouvrit et elle disparut. Josie s'y engouffra. La porte donnait sur un escalier, elle entendit l'autre femme le dévaler. Elle se lança à sa poursuite et la rattrapa deux étages plus bas, saisit sa capuche et tira le plus fort possible. En un éclair, elle l'immobilisa, joue contre le mur, mains dans le dos, jambes écartées.

— On ne bouge plus, dit-elle, à bout de souffle.

— Lâchez-moi ! Je ne vous connais pas. C'est une agression. Je vais appeler la police.

— La police, c'est moi.

Josie eut à peine prononcé ces mots que la prisonnière se débattit comme une furie. Josie résista comme si elle chevauchait un taureau mécanique dans un bar de cow-boys.

— Je sais qui vous êtes, lui cria-t-elle à l'oreille. Lara Spencer. Maintenant, ne bougez plus, il faut que je vous parle.

La sœur de Dirk Spencer ne se laissa pas démonter.

— Je n'ai rien à dire, putain !

— Je peux vous aider.

Lara continuant à se débattre, Josie haussa le ton.

— Je sais que vous êtes dans la merde. Je sais que June est dans la merde. Je veux vous aider. Je ne suis plus vraiment flic. J'ai été mise à pied. J'essaie de comprendre ce qui se passe, et il faut que vous m'aidiez.

Lara Spencer se calma, mais Josie sentait que tous ses muscles restaient tendus. À la première occasion, elle chercherait à filer.

— Je crois que je suis menacée, moi aussi. Mon fiancé a essayé de m'aider à découvrir pourquoi des femmes disparaissent aux environs de Denton, et on lui a tiré dessus pour ça. Il est en soins intensifs, comme votre frère. Et je pense que je suis la prochaine sur la liste. Alors s'il vous plaît...

Lara se relâcha légèrement.

— Vous avez... vous avez vu June ?

— Je les ai vus tous les deux, Lara. La voiture dans laquelle était Dirk a failli m'écraser dans l'accident. J'ai été la dernière personne à qui il ait parlé avant de tomber dans le coma. J'ai vu June quand elle a tué cette femme à la maison de retraite. Il faut que je vous parle. Je ne dirai à personne que vous êtes ici ni qui vous êtes.

Lara Spencer se détendit un peu plus. Josie desserra peu à peu sa prise, et finit par la lâcher complètement, sans s'écarter, de peur qu'elle ne lui file sous le nez. Lara se retourna, rajusta ses vêtements. Vue de près, elle était vraiment maigre, bien différente de la photo sur le frigo de son frère où elle apparaissait avec June et Dirk. Sa blouse et son sweater étaient trop larges pour elle. Elle avait les joues creuses. Des tatouages lui couvraient le cou presque jusqu'au menton.

— Personne ne sait qui je suis, de toute façon. J'ai des faux papiers.

— Ah. Bon, c'est bien.

Lara détailla Josie.

— Vous avez de l'argent ? J'ai faim.

— En fait, non. Je viens de dépenser mes 5 derniers dollars à la cafétéria.

— Vous n'avez pas de carte de crédit ? Ils les prennent.

Josie n'avait pas voulu utiliser sa carte de crédit pour un repas de quelques dollars, mais elle repensa aux paniers et aux étagères garnis d'encas de la cafétéria. Elle ferait aussi bien d'en prendre pour elle plus tard. Elle pouvait les laisser dans sa voiture.

— OK. Allons-y.

Au grand soulagement de Josie, la cafétéria était noire de monde. Personne ne leur prêta attention tandis que Lara chargeait le plus possible son plateau : un cheeseburger avec des frites, des tacos, une salade du chef, un yaourt et trois bouteilles de thé glacé. Josie se retint de protester quand le caissier lui présenta l'addition. À regret, elle lui tendit sa carte de crédit.

Lara Spencer dévorait ce qui se trouvait sur son plateau, capuche rabattue sur la tête, enfournant sa nourriture comme s'il s'agissait d'une sorte de concours.

— Retirez votre capuche, pesta Josie. Vous allez attirer l'attention. Quand est-ce que vous avez mangé pour la dernière fois ?

Lara Spencer repoussa vivement sa capuche et se remit à engloutir sa nourriture.

— Ça fait plusieurs jours, dit-elle entre deux bouchées.

Josie attendit qu'elle ralentisse le rythme, étonnée par tout ce que cette femme maigre pouvait avaler. Son regard dériva jusqu'à la télévision fixée au mur. Un nouveau journal allait passer en boucle, avec une mise à jour toutes les trente minutes, jusqu'à l'heure des séries de l'après-midi.

— Comment va Dirk ? demanda Josie.

Lara haussa les épaules.

— Il est bourré de came, il a un gros tuyau dans la bouche et des machines qui respirent à sa place. À votre avis, comment il va ?

— Désolée.

Nouveau haussement d'épaules, comme pour dire : « Qu'est-ce que vous voulez que ça me fasse, que vous soyez désolée ? »

Si June ressemblait un tant soit peu à sa mère, il n'était pas étonnant que Solange l'ait trouvée difficile.

— Lara, que faisait Dirk dans un SUV rempli de gangsters de Philadelphie ?

— Comment vous savez que c'étaient des gangsters ?

— Les tatouages.

— Ah. Je ne sais pas.

— Lara, soyez honnête avec moi. C'est sérieux. Votre frère se bat pour ne pas mourir.

Lara releva la tête, les yeux brillants.

— Vous croyez que je ne le sais pas ? Je n'ai que lui. Lui, et June.

Elle se tapota la tempe.

— Et j'ai cru comprendre que June n'était plus vraiment là.

— Alors dites-moi la vérité, pour que je puisse vous aider.

Lara la détailla une nouvelle fois, et son air fermé annonça à Josie que ce qu'elle voyait ne lui plaisait pas.

— Qu'est-ce que vous allez faire, *vous* ?

— Je n'en sais rien, encore. D'abord, je dois savoir à quoi je m'attaque. Dites-moi ce que vous savez.

Lara ouvrit une de ses bouteilles de thé glacé, en engloutit la moitié avant de s'essuyer la bouche d'un revers de manche et de plisser les yeux.

— Il me faut des cigarettes.

— On ne peut pas acheter de cigarettes dans un hôpital.

— Non, mais vous pouvez en trouver au bout de la rue, avec votre carte de crédit.

— Lara, je n'irai pas vous acheter des cigarettes.

Lara termina son thé glacé et s'attaqua à ses tacos, avec une lenteur affectée qui donna à Josie envie de hurler. Elle voyait très bien pourquoi Dirk s'était tant battu pour soustraire June à l'influence de sa mère. Pendant que Lara finissait de manger tout en sifflant une autre demi-bouteille de thé glacé, elle suivit la rediffusion du reportage sur la tentative d'assassinat contre Luke, suivi d'un autre sur les obsèques de Sherri Gosnell. On voyait l'extérieur de la grande église épiscopalienne qui se dressait dans le quartier ouest de Denton, où des gens attendaient, en petits groupes. Six hommes émergèrent de la double porte rouge, le visage grave, en costume, le cercueil de Sherri sur l'épaule. Le plan suivant montrait la cérémonie au cimetière, avant de zoomer sur un homme dont Josie supposa qu'il était le mari de Sherri, Nick Gosnell. Il était plutôt rond, un peu en surpoids, de taille moyenne, avec une raie au milieu de cheveux châtains qui commençaient à grisonner, tout comme son petit bouc. Josie crut voir qu'il avait un œil gonflé. S'était-il battu ? Ou est-ce qu'il était tombé, ivre mort ? Le deuil peut parfois vous faire déraper. Repensant au cadavre de Sherri, Josie était prête à parier qu'il s'était soûlé et étalé de tout son long. Son œil valide était plein de larmes tandis qu'on mettait en terre le cercueil de sa femme. Josie sentit une vague de tristesse l'envahir, mais la repoussa. Elle devait rester concentrée.

Elle se retourna vers Lara.

— Il y a six ans, une femme nommée Ginger Blackwell a été enlevée, séquestrée pendant trois semaines et violée par de multiples agresseurs. On l'avait droguée. Puis on l'a balancée, vivante, sur le bord de la route. La police a vaguement enquêté sur l'affaire avant de la déclarer bidon et de la classer sans suite. J'ai lu le dossier : ce n'était pas une invention. Ginger Blackwell ne s'est pas infligé ça toute seule. Je lui ai parlé, aujourd'hui même, et elle m'a dit que la dernière chose dont elle se souvienne avant d'être enlevée, c'est d'avoir parlé à une femme, ou peut-être deux, au bord d'une route. L'une de ces deux femmes était tombée en panne. Elle ressemblait à une malade du cancer en chimiothérapie. Elle pense qu'il y avait une seconde femme sur place aussi, une femme plus jeune, qui lui aurait dit s'appeler Ramona.

Lara se renfonça dans son siège, bras croisés sur son ventre maigre, les lèvres tordues en une moue dubitative.

— Et vous savez quel est le dernier mot qu'a prononcé Dirk avant de tomber dans le coma, alors qu'il perdait tout son sang, dans le SUV qui s'est encastré dans la station-service ?

Lara ne bougea pas, mais Josie vit une lueur d'intérêt dans ses yeux.

— Un seul et unique mot : Ramona.

Lara ne répondit rien.

— Et votre fille ? Après avoir tué cette infirmière, elle a écrit quelque chose sur le mur avec son sang. Vous savez ce qu'elle a écrit ?

Lara s'assombrit, frissonna un court instant. La presse n'était pas au courant de ce détail ; Josie était certaine que c'était la première fois que la mère de June apprenait ce qui s'était vraiment passé au moment du meurtre. Mais elle ne posa aucune question. Elle se contenta de fixer Josie.

— Elle a écrit : Ramona.

— Et alors ? finit par répondre Lara.

— Qui est cette Ramona ?

— Je ne sais pas. Je ne connais aucune Ramona.

— Dirk et June en connaissent une, visiblement. Et Ginger Blackwell pense qu'elle a croisé une Ramona avant son kidnapping.

Lara dévissa le bouchon de sa dernière bouteille de thé glacé, sans l'ouvrir complètement.

— Je ne sais pas qui est cette Ramona, et je ne sais pas pourquoi ils connaissent ce nom. Dirk ne me disait pas tout. D'après lui, c'était pour mon bien.

— Qu'est-ce que vous voulez dire ?

Lara se referma comme une huître, bras croisés, le regard vissé à la table.

— J'en ai déjà trop dit. J'ai fini.

— Lara...

Lara sembla soudain distraite par une feuille de salade sur son plateau. Elle attrapa une fourchette pour jouer avec.

— Est-ce que June avait un piercing à la langue, un piercing rose avec le mot « Princesse » écrit dessus ?

Lara poussait toujours sa feuille de laitue, mais elle remua lentement la tête, de droite à gauche.

— Non, marmonna-t-elle.

Puis elle soupira.

— June ne porterait jamais quoi que ce soit de rose, et encore moins un truc qui dirait « Princesse ».

— Une jeune fille est portée disparue en ce moment même. Elle s'appelle Isabelle Coleman.

Comme si elle avait eu le pouvoir d'invoquer la jeune fille, le portrait de l'adolescente disparue s'afficha à l'écran au-dessus de la tête de Lara. C'était une des nombreuses photos prises sur sa page Facebook. Sur celle-ci, elle était sur le bord du terrain de football de Denton East. Il faisait nuit, mais le stade était éclairé. À l'arrière-plan, le tableau d'affichage lumineux indiquait sept points d'avance pour Denton. Isabelle portait un blouson vert clair et souriait largement, presque comme si on l'avait surprise en train de rire. Elle était d'une grande beauté. Sous la photo, le texte disait : « Deuxième semaine de recherche pour la disparue de Pennsylvanie. » Un journaliste se tenait debout à côté d'un écran où s'affichait la photo d'Isabelle. Ce n'était pas Trinity Payne, mais un homme. Un homme qu'elle connaissait.

— Et alors ? dit Lara.

L'espace d'un instant, Josie fut perdue. Où était Trinity ? Et que faisait ce présentateur bien connu sur WYEP ? Pourquoi la chaîne parlait-elle d'Isabelle comme de « la disparue de Pennsylvanie » alors que tous ses téléspectateurs savaient pertinemment dans quel État ils se trouvaient ?

Sans quitter l'écran des yeux, Josie répondit :

— Et alors je pense que les affaires Coleman et Blackwell sont peut-être liées et, depuis ma conversation avec Ginger Blackwell ce matin, qu'elles sont liées à June.

L'homme à la télévision n'était pas un journaliste de WYEP. C'était le présentateur du journal matinal d'une grande chaîne nationale. Voilà pourquoi elle le connaissait. WYEP n'était qu'une des antennes locales de cette chaîne. En fait, le bulletin d'informations de WYEP était terminé et on était passé à l'édition nationale du journal. Trinity Payne avait réussi. L'affaire Coleman était à la une de tout le pays.

— Je vous l'ai dit, je ne connais pas de Ramona, dit Lara.

— Oui, mais vous savez quelque chose. Vous ne savez peut-être pas que vous le savez, mais vous savez quelque chose. Je dois savoir ce que faisait votre frère dans cette voiture. Après son arrivée à l'hôpital, personne n'a réussi à vous localiser. Vous vous cachiez, bien évidemment. Pourquoi ? Qu'est-ce qu'il vous a dit ? Que projetait-il de faire ?

Le présentateur se tut et une suite d'images et de petits clips vidéo défilèrent à l'écran : Isabelle sur différentes photos, la maison des Coleman entourée de nombreux véhicules, des bénévoles qui fouillaient les bois aux alentours de Denton.

— Je ne sais pas ce qu'il avait l'intention de faire, répondit Lara avec un soupir résigné, c'est ça le truc. Il ne m'avait rien dit. Il m'a dit qu'il ne pouvait pas m'en parler parce que c'était trop dangereux.

— Qu'est-ce qui était trop dangereux ?

Lara reposa sa fourchette sur son plateau.

— Il ne croyait pas que June avait fugué. Ça l'obsédait. Alors qu'elle s'était déjà barrée de chez moi, mais bon. Il pensait que quelque chose clochait. Je lui avais dit de faire comme il voulait mais, moi, je pensais qu'elle referait surface, un jour ou l'autre. Bref, une fois, il est venu me voir pour me dire qu'il pensait savoir où elle était et ce qui lui était arrivé, mais il n'a pas voulu m'en dire plus. Il s'est contenté de m'avertir que c'était très dangereux. Et qu'il aurait besoin d'aide.

— Le genre d'aide qu'un gang peut fournir ?

— Gamin, à l'école, Dirk était copain avec un petit Latino, Esteban Aguilar. C'est le chef du gang de mon quartier, maintenant. Je ne savais même pas que Dirk était encore en contact avec lui ni qu'il savait où le trouver. Je lui ai dit de ne pas fricoter avec les gangs. Que ça n'était pas une bonne idée. « Appelle la police, je lui ai dit. Appelle la police, c'est tout. » Il m'a dit que c'était impossible. Alors il est allé voir Esteban. Je ne sais pas de quoi ils ont parlé. Je sais juste que, quelques semaines après, il m'a appelée pour me dire qu'Esteban allait envoyer quelques gars pour l'aider à récupérer June.

Un autre texte se mit à défiler au bas de l'écran de télévision, sous une photo d'Isabelle Coleman, tout sourire : « Dernière vidéo du jour de l'enlèvement, enregistrée sur le téléphone portable de la disparue. » S'ensuivit une vidéo d'Isabelle en compagnie d'une autre adolescente, dans ce qui ressemblait à une chambre. Josie reconnut la meilleure amie d'Isabelle, qui était passée plusieurs fois à la télévision. Elle savait que cette amie avait passé la nuit chez Isabelle la veille de sa disparition. Elle était partie alors que les parents d'Isabelle étaient encore là. La caméra filmait les deux jeunes filles en gros plan, on ne voyait presque rien du décor. Elles gloussaient, papotaient et faisaient des grimaces à la caméra.

— Je lui ai demandé où il voulait la récupérer, reprit Lara. Il m'a répondu qu'il ne pouvait pas me le dire. Qu'il ne pouvait rien me dire, en fait. Simplement que je le saurais, si les choses avaient mal tourné, parce qu'on en parlerait aux infos. Et que si ça arrivait, je devais me planquer et qu'« en aucune circonstance », c'est l'expression qu'il a utilisée, je ne devais appeler la police, parce que les flics étaient véreux.

Josie écoutait Lara sans pouvoir détacher son regard de l'écran. Dans la vidéo, Isabelle Coleman fit une grimace, comme si elle sentait une mauvaise odeur. Elle agita la main devant son nez. Elle avait de longs ongles – le genre de faux ongles en plastique qu'on se fait poser dans une onglerie. Des ongles roses à rayures jaunes. Josie en eut le souffle coupé.

— Il m'a dit que la police était mêlée à l'affaire, acheva Lara.

45

Josie ouvrit avec fracas la porte de la cabine des toilettes, se précipita sur la cuvette, tomba à genoux et se mit à vomir tout ce que ses 5 précieux dollars lui avaient permis d'acheter. Son corps se rebellait. Quand elle n'eut plus rien à vomir, les contractions de son estomac se firent encore plus douloureuses. Une femme qui était aux toilettes, deux cabines plus loin, s'approcha d'elle, l'air inquiet. Josie pouvait voir ses baskets blanches sous sa blouse bleue.

— Quelque chose ne va pas ?

Josie ne savait pas où Lara était allée. Elle espéra qu'elle était restée attablée à la cafétéria. Elle hocha la tête, le front contre le siège relevé des toilettes.

— J'ai mangé un truc qui ne passe pas, souffla-t-elle. Mais ça va aller.

Les pieds de la femme s'éloignèrent puis revinrent, plus près cette fois. Josie vit une serviette en papier apparaître près de son visage.

— Prenez ça.

Josie la remercia, se remit debout tant bien que mal. La femme, jeune, blonde, lui souriait avec commisération. Peut-être à cause de sa blondeur, ou de sa peau parfaite, elle lui fit vaguement penser à Misty.

— Désolée, dit-elle à l'infirmière, je vais recommencer à vomir.

Elle replongea vers la cuvette tandis que son ventre se contractait de nouveau. Elle aurait voulu être seule pour digérer ce qu'elle venait de voir et d'entendre.

Ray. L'homme qu'elle avait connu et aimé depuis toujours. Il lui avait menti à propos de l'ongle. Pourquoi ? Il était impossible qu'il soit impliqué dans l'enlèvement d'Isabelle Coleman, mais couvrait-il quelqu'un d'autre ? Dusty ? Le chef ? Est-ce qu'ils protégeaient tous quelqu'un, ou plusieurs personnes ? Jusqu'où cela allait-il ? Elle avait le vertige.

L'infirmière posa la main sur son dos, entre ses omoplates.

— Vous voulez que j'appelle quelqu'un ?

Oui. Le FBI, se dit Josie.

— Non, non, ça va aller, vraiment, répondit-elle.

Elle se redressa et se dirigea vers les lavabos, s'aspergea la figure. Dans le miroir, elle pouvait voir l'infirmière s'attarder, l'air toujours inquiet. Josie se força à sourire.

— Vraiment, ça va aller maintenant. Vous n'avez pas besoin de rester.

L'infirmière sortit un téléphone de sa poche, regarda ce qu'il affichait.

— Il faut que je reprenne mon poste, dit-elle.

— Allez-y, répondit Josie. J'ai juste besoin d'un peu de temps pour récupérer, mais ça va mieux, maintenant. Merci.

Avec un dernier regard soucieux vers Josie, l'infirmière s'éloigna. Josie se mouilla le visage plusieurs fois encore, se rinça la bouche à l'eau du robinet et se recoiffa. La porte s'ouvrit à la volée. Josie se raidit, mais ce n'était que Lara, qui tendit à Josie les barres de céréales qu'elle avait achetées.

— Qu'est-ce qui se passe, bon Dieu ? Vous êtes malade ou quoi ?

Josie s'empara des barres de céréales, les fourra dans la poche de son blouson.

— Ou quoi... dit-elle d'un ton triste. Écoutez-moi. Est-ce que vous avez un endroit sûr où aller ? Vous pouvez vous planquer ?

Lara s'appuya contre le lavabo à côté de Josie, triturant la fermeture Éclair de son sweater à capuche.

— Oui, bien sûr. Mais qu'est-ce que vous allez faire, vous ?

Josie prit une serviette en papier au dévidoir, se sécha les mains.

— Je vais aller parler à mon mari.

46

Elle s'installa à proximité de l'entrée de l'hôpital, suffisamment à l'écart toutefois pour que personne ne puisse l'entendre. Dès qu'ils avaient appris que Luke s'était fait tirer dessus, les journalistes s'étaient rués à l'hôpital, pressés d'en savoir plus sur son état, mais il ne restait plus que deux camionnettes de presse, devant l'entrée, désertées par leurs occupants.

Elle appela Ray en faisant les cent pas, fut redirigée vers sa boîte vocale et raccrocha sans laisser de message. De l'autre côté de l'entrée, Lara l'observait. Comment elle s'y était prise, Josie n'en avait aucune idée, mais elle avait réussi à trouver une cigarette, qu'elle portait à ses lèvres en inhalant goulûment. Josie attendit trois longues et pénibles minutes avant de rappeler. Il décrocha à la quatrième sonnerie.

— Jo ?

Dès qu'elle entendit sa voix – si familière, la voix qui la réconfortait depuis qu'elle avait neuf ans –, un sanglot se nicha au creux de sa gorge. Elle voulut le réprimer, mais sa voix se brisa lorsqu'elle tenta de prononcer son nom.

— Jo ? répéta Ray, préoccupé, inquiet même, à présent. Tu vas bien ? Que se passe-t-il ? Où es-tu ?

Elle inspira en frissonnant.

— Je suis auprès de Luke, dit-elle d'une voix tremblante. Mais tu dois être au courant, non ?

Il ne perçut pas son ton accusateur.

— Oui, je suis désolé pour toi, Jo. J'ai vu ça aux infos. Comment va-t-il ?

Alors il allait faire semblant, jouer la normalité, comme s'il ne lui avait pas grossièrement menti ?

— Il est entre la vie et la mort, espèce de con.

Sa surprise parut sincère.

— Quoi ?

— Toi et tes... petits copains, vous savez exactement comment il va. Dis-moi, Ray. Le tireur cherchait-il vraiment à le tuer, ou simplement à le blesser ? Et qui avez-vous envoyé ? En tout cas, ça n'est pas un très bon tireur.

Il répondit plutôt froidement, sans l'indignation à laquelle elle aurait pu s'attendre s'il n'avait vraiment eu aucune idée de qui était derrière ces coups de feu.

— Je ne vois pas de quoi tu parles, Josie.

Il ne l'appelait jamais « Josie ».

— Combien d'entre vous sont mêlés à cette histoire, Ray ? Jusqu'où est-ce que ça va ?

— Je ne vois pas de quoi tu parles.

— Qui est Ramona ?

Il y eut un instant de silence, suivi d'un long soupir.

— Il n'y a aucune Ramona.

— Je sais que ce n'est pas son vrai nom. Qui est-ce ?

— Tu veux bien arrêter avec ça ? Tu commences à m'inquiéter, tu sais. Tu perds la raison, Jo. Tu supportes mal ta mise à pied. Tu inventes des gens avec des faux noms, tu harcèles le commissariat alors qu'on est en pleine enquête. Et même cette embrouille avec Misty, l'autre jour. Qu'est-ce que tu lui as dit ?

— Quoi ?

— Elle ne veut plus me parler. Elle ne décroche pas quand

je l'appelle. Je ne sais pas ce qui s'est passé ni ce que j'ai pu faire. La seule chose qui me vient à l'esprit, c'est que tu lui as dit quelque chose, qu'elle y a réfléchi et qu'elle a décidé que c'était fini entre nous. Qu'est-ce que tu lui as dit ?

— Ne détourne pas la conversation, Ray. Tu crois que j'en ai quelque chose à foutre de ta strip-teaseuse ? Tu n'as pas entendu ? Luke est entre la vie et la mort en ce moment même. Dans quoi nous as-tu fourrés ?

— Je... je ne vois pas de quoi tu parles, bégaya-t-il.

Il avait une ligne officielle, et il n'en démordrait pas. Elle changea de sujet.

— Où est l'Homme debout, Ray ?

En l'entendant prendre une grande inspiration, elle comprit qu'elle était tombée sur quelque chose d'important. Quand il parla, elle perçut la peur dans sa voix.

— Josie. Écoute-moi bien. Ne te mêle pas de ça. Lâche cette histoire. Toute l'histoire. Je t'en supplie.

Elle avait touché un point sensible. Elle devait pousser son avantage.

— Pourquoi m'as-tu menti à propos du faux ongle ? Je sais qu'il appartenait à Isabelle Coleman. Elle a les mêmes dans la vidéo que son amie a prise le jour de sa disparition.

— Écoute-moi, je t'en prie. Il faut que tu t'arrêtes tout de suite. Tu comprends ? Je ne peux pas te protéger.

— Me protéger de quoi ?

— D'eux, dit Ray d'une voix à peine audible.

— Qui ça, Ray ? Jusqu'où est-ce que ça va ?

— Loin. Très, très loin. Tu ne te rends même pas compte. Je t'en supplie, Jo. En tant que mari. Je t'en prie, ne t'en mêle pas.

Ses mots étaient des flèches acérées qui lui déchiraient le cœur.

— Qu'est-ce que tu sais de tout ça ? demanda-t-elle, la voix brisée.

— Ça suffit !

— Tu sais que je ne lâcherai rien, Ray. Je ne suis pas comme ça.

Il chuchota :

— Ils te tueront, Josie.

— Alors je dois les arrêter avant. Où est Isabelle ?

— Je ne sais pas.

— Ray.

— Sincèrement. Je ne sais pas.

— Tu savais ? Quand on a signalé sa disparition ?

— Pas au début. Je soupçonnais que... qu'ils y étaient pour quelque chose. Mais personne n'a rien dit franchement. Tout le monde s'est mis à sa recherche. Et puis les bénévoles ont trouvé son téléphone dans le bois. Je me suis dit que nos gars avaient fait semblant de ne pas le voir. Je pense... Je pense que quelqu'un avait peut-être été chargé de s'en débarrasser, mais que ça n'a pas été fait à temps. Le chef a commencé à parler d'enlèvement. Je crois qu'il savait où elle était. Je crois que beaucoup des nôtres le savaient.

— Où, Ray ?

— Je ne peux pas te le dire, Jo. Tu es déjà trop en danger. Et je n'en suis même pas sûr.

— Mais tu penses que ce sont eux qui l'ont enlevée ?

Il ne répondit pas, mais elle l'entendait respirer.

— Ray ?

— Je ne sais pas. C'est... c'est possible.

— Est-elle entre leurs mains, à l'heure qu'il est ?

— Non.

— Où est-elle ?

— Mais je ne sais pas ! Et je ne pense pas qu'ils le sachent non plus.

47

Pendant quelques secondes, Josie crut manquer d'air. Cherchant autour d'elle, elle s'assit sur le banc le plus proche, yeux fermés, et se concentra sur sa respiration. Quelque chose la travaillait depuis que Ray avait réagi à la mention de l'Homme debout. Visiblement, il savait où était l'endroit, alors qu'elle n'en avait aucun souvenir lié au temps où ils étaient ensemble. Mais puisqu'elle savait qu'elle avait vu ce rocher, cela signifiait qu'il lui fallait remonter à la période d'avant sa rencontre avec Ray. Elle passa le plus vite possible sur les horreurs vécues quand elle était seule avec sa mère pour repenser à la période où son père était encore vivant. Elle revit sa petite main dans la sienne tandis qu'ils sortaient de leur maison blanche pour aller dans le bois cueillir ce qu'on appelait des fleurs de cardinal. C'étaient des fleurs sauvages, avec des pétales rouges au bout d'une longue tige herbeuse et un pistil qui ressemblait à un périscope miniature. Josie adorait ces fleurs, tout comme elle aimait partir à leur cueillette dans les bois avec son père. Ils n'en trouvaient qu'à un seul endroit.

Elle ouvrit brusquement les yeux, inspira profondément et rappela Lisette. Messagerie. Elle appela le standard de Rockview. Une infirmière lui déclara, une fois de plus, que Lisette faisait la sieste.

— Ça fait plusieurs jours de suite que j'appelle, et elle ne répond pas, fit Josie. Je commence à m'inquiéter.

Il y eut un moment de lourd silence. Puis :

— Écoutez, mon petit, comme je vous l'ai déjà dit, elle est assez déprimée depuis ce qui est arrivé à Sherri. Et sans Sherri, Alton est déchaîné ; il embête les femmes comme s'il avait tous les droits. Plus personne ne veut quitter sa chambre. Sherri était la seule à pouvoir le contrôler un peu. Il y a une ambiance de chambre mortuaire, ici. On est tous traumatisés, pour être honnête. Je veux dire, la façon dont elle est morte...

En y réfléchissant, c'était bien dans le caractère de Lisette que de prendre autant à cœur la mort de Sherri Gosnell. Josie se rappela sa réaction en apprenant l'enlèvement d'Isabelle Coleman aux infos.

— Oui, elle doit probablement penser à « la pauvre maman de Sherri », marmonna Josie.

— En fait, la mère de Sherri est morte il y a plusieurs années de ça, répondit la réceptionniste.

— Vraiment ?

— Oui. D'un cancer. Elle était déjà âgée. Elle sombrait dans la démence, aussi.

— Ah bon ?

— Eh oui. Vous voulez que j'aille réveiller votre grand-mère ?

Quelque chose se fit jour dans l'esprit de Josie, comme si un banc de brouillard se dissipait.

— Non, non, merci. Je voulais lui poser une question, mais je viens de me rappeler ce que je voulais savoir. Je passerai la voir dès que possible.

Elle raccrocha et consulta sur son téléphone le site internet qui permettait d'estimer la valeur foncière de tout bien immobilier dans le comté d'Alcott. Elle dut fouiner plusieurs minutes dans la base de données avant de trouver ce qu'elle cherchait. Elle fermait la page du site lorsque son téléphone sonna. C'était Ray. Elle refusa l'appel. Il rappela immédiatement. Elle le refusa une nouvelle fois. Elle voulut se lever, mais ses jambes tremblotantes la forcèrent à se rasseoir immédiatement. Elle ne savait pas si son vertige était dû au choc et à l'angoisse ou à la déshydratation et au manque de sommeil. Tout ça à la fois, peut-être.

Elle reçut un SMS de Ray.

Écoute-moi, je t'en prie.

Elle mit son téléphone sur silencieux, le fourra dans sa poche et ferma les yeux. Même ainsi, le monde tournait comme une toupie. C'en était trop. Luke à deux doigts de la mort, Ray qui avait menti, qui était maintenant... un criminel ? Car c'est bien ce qu'il était. Elle n'avait aucune idée de ce qu'il savait vraiment, mais c'était assez pour être mouillé dans une énorme affaire. Une affaire horrible. S'il cachait le moindre indice permettant de savoir où était séquestrée Isabelle Coleman, il était tout aussi coupable que les gens qui la retenaient captive. L'idée lui soulevait le cœur.

Elle se demanda s'il s'attendait à ce qu'elle le couvre. Parce qu'ils étaient mariés ? Ou parce qu'elle était flic ? Ou les deux ? Comment en était-il arrivé là ? Ray avait toujours été bon, sincère, honnête, loyal. C'étaient ces qualités qui faisaient de lui un bon policier. Que lui était-il arrivé ? Comment avait-elle pu ne rien voir ? Peut-être n'avait-elle pas été assez attentive pendant tout le temps qu'avait duré leur mariage.

Il venait de dire qu'il avait soupçonné assez tôt qu'« ils » étaient mêlés à l'enlèvement d'Isabelle Coleman, ce qui signifiait qu'il avait de bonnes raisons de croire que ses collègues étaient impliqués dans une sale affaire *avant même* la disparition de Coleman. Depuis combien de temps était-il au courant ?

Savait-il depuis le début, pour June Spencer ? Josie et Ray avaient travaillé côte à côte pendant cinq ans. Qu'avait-elle loupé ? Ou bien avait-il été informé de choses qu'elle ignorait pour la seule raison que c'était un homme ? Le classique club des machos... Elle fouilla sa mémoire, cherchant une période de leur vie où il aurait commencé à se comporter différemment, mais en vain. Leur métier était stressant, on pouvait se montrer à cran pendant plusieurs semaines à cause d'un simple coup de fil ou d'une enquête ardue.

Elle fut reprise de nausées, mais il ne lui restait plus rien à vomir. Comment les choses avaient-elles pu partir en vrille à ce point ? Trois semaines plus tôt, Josie était une inspectrice de police respectée de Denton, une ville qu'elle aimait, elle venait de se trouver une jolie maison et vivait une nouvelle histoire d'amour pleine de promesses. Aujourd'hui, elle était mise à pied, fauchée, et très vraisemblablement en danger de mort. Son futur ex-mari, son grand amour de jeunesse, était un criminel, son nouveau fiancé était entre la vie et la mort, le torse en bouillie, et une jeune fille innocente avait disparu. Comment les choses avaient-elles pu tourner si mal, si vite ?

Elle ouvrit brusquement les yeux.

— June, dit-elle à voix haute.

Elle attrapa son téléphone, fit défiler les contacts jusqu'à trouver le numéro de portable de Noah Fraley. En attendant qu'il décroche, elle se demanda si lui aussi était impliqué dans l'affaire. Noah, si gentil, si timide et si empoté à la fois ? Mais hier encore, elle n'aurait pas pu imaginer que Ray puisse y être mêlé. Elle ne devait se fier à personne.

— Fraley, dit Noah à la sixième sonnerie.

— Noah, c'est moi.

Il répondit presque en chuchotant.

— Salut, Josie. Je suis vraiment désolé, pour Luke. Comment... Comment va-t-il ?

Josie sentit son cœur bondir. Elle ne s'attendait pas à ça. Il paraissait sincère, mais elle ne pouvait pas faire plus confiance à Noah qu'à un autre.

— On l'a mis dans un coma artificiel, dit-elle avec raideur. Ça n'augure rien de bon.

— Je suis sincèrement désolé. Vous tenez le coup ?

Fichu Noah.

— C'est dur, dit-elle, les larmes aux yeux.

Si Noah était dans le coup, elle ne pouvait pas lui dire qu'elle appelait pour June. Elle pria pour que Ray ne soit pas au commissariat.

— Dites, Noah, vous avez vu Ray ?

— Non, il est avec les autres, sur la piste d'Isabelle Coleman.

Josie jeta un coup d'œil vers l'entrée de l'hôpital. Lara avait disparu.

— Vous êtes toujours en train d'attendre d'éventuels tuyaux ?

— Non, je suis en bas, à l'étage des cellules. Il fallait bien que quelqu'un s'occupe de June Spencer.

Le soulagement envahit Josie, qui traversa le hall d'entrée de l'hôpital en direction des ascenseurs.

— Ils ne l'ont pas encore transférée ?

— Non. On m'a dit que c'était pour demain ou après-demain. Un lit va peut-être se libérer dans l'unité psychiatrique de Philadelphie d'ici là. Vous voulez que je demande à Ray de vous rappeler ?

— Oh, non, ne vous embêtez pas. Je le ferai moi-même. Ça lui arrive de temps en temps de me snober. Il veut que j'arrête de l'asticoter.

— Qu'il est bête. Vous voulez que je le lui dise ?

Josie trouva la force de rire.

— Ne vous en privez pas.

Ils raccrochèrent juste au moment où Josie débouchait à l'étage des soins intensifs. Elle retrouva Carrieann dans la salle d'attente, le teint cendreux, barbouillé de larmes. Josie eut l'impression d'être en apesanteur, comme si elle n'était qu'une enveloppe vide. Les battements de son cœur auraient suffi à la faire s'envoler.

Elle s'approcha de Carrieann, saisit ses épaules.

— Qu'est-ce qui s'est passé ? Il est... ? Il est... ?

Elle ne pouvait pas prononcer le mot, encore moins l'imaginer.

Carrieann la fixait comme si elle était transparente.

— Ils ont trouvé la personne qui a tiré, dit-elle.

— Mais Luke va bien ?

Carrieann acquiesça.

— Son état est stable.

Son soulagement fut palpable – comme si elle avait retenu son souffle cinq minutes au lieu de cinq secondes.

— Ils ont retrouvé le tireur ?

— La tireuse. Elle a été arrêtée il y a une heure. La presse n'est pas encore au courant.

— « Elle » ?

Josie était interloquée. Carrieann croisa enfin son regard.

— Denise Poole. Luke ne t'en a jamais parlé ? C'est son ex. Elle a toujours été un peu bizarre. Obsédée par Luke. Mais je ne l'aurais jamais crue capable de ça.

Le monde sembla se contracter, se réduisit aux dimensions d'une tête d'épingle. Carrieann continuait à parler, mais Josie n'entendait qu'un rugissement dans ses oreilles, comme un robinet de baignoire ouvert en grand. Une sueur froide perla sur son front et sur sa lèvre supérieure. Elle bouscula Carrieann pour aller s'effondrer sur un des sièges, le long du mur. Elle essaya de se reprendre en fixant le tableau qui ornait le mur d'en face, alors que toute la pièce tournait. Une copie d'un Renoir, se dit-elle, tout en relief, aux formes délibérément floues. Elle se demanda si les souvenirs de Ginger lui apparaissaient ainsi, brouillés, indistincts. Puis elle pensa au tableau dont Denise avait parlé.

La personne qui était derrière tout ça ne savait visiblement pas que Josie avait rencontré Denise Poole la veille, sinon elle serait morte, à présent. Et elle allait mourir – dès que Denise donnerait le nom de Josie, comme alibi, pour se disculper.

Le grondement dans ses oreilles commença à faiblir. Elle leva les yeux vers Carrieann, se força à se concentrer. Ce n'était pas le moment de céder à ses émotions. Il fallait qu'elle trouve une issue.

— J'ai du mal à y croire, poursuivait Carrieann. Denise ! Je ne pensais pas qu'elle pourrait faire une chose pareille.

— Parce que ce n'est pas elle, dit Josie d'un air absent.

Carrieann plissa le front, perplexe.

— Quoi ? Qu'est-ce que tu dis ?

Josie lui fit signe d'approcher, et chuchota :

— Carrieann, il faut que tu m'aides. Maintenant.

48

On frappa trois coups à la porte, et elle entendit un garçon appeler :

— Tu es là ?

Un nouveau coup, plus sourd, sur la porte, et la main sur sa gorge se desserra. Elle aspira autant d'air qu'elle le put. Le soulagement de pouvoir respirer fut immédiat, violent. Un nouveau coup à la porte remplit d'espoir sa poitrine doulou-reuse. Elle voulut hurler, mais ses mots étaient presque inau-dibles, même à ses propres oreilles.

La voix se fit plus nette.

— Papa, tu es là-dedans ?

Ce monstre avait un fils ? Elle se demanda quel âge il avait, s'il pouvait l'aider. S'il la trouvait, il l'aiderait forcément, il la ramènerait chez elle.

L'homme ramassa sa lampe torche et ouvrit la porte, lui lais-sant juste le temps d'entrevoir la silhouette mince d'un garçon se découper dans la lumière aveuglante, puis elle fut de nouveau plongée dans l'obscurité. Elle entendit le cliquetis du verrou. Son espoir s'évanouit. De nouvelles larmes lui piquèrent les yeux. Le garçon avait été si proche. Être sauvée. Rentrer

chez elle. Elle rêva qu'elle retrouvait les bras de sa mère, de sa
sœur. Si seulement l'homme ne l'avait pas frappée si violemment, elle aurait pu crier. Elle resta là, comme une poupée jetée
au sol, et entendit à nouveau la voix du garçon :

— Je veux seulement savoir ce que tu as là-dedans.

49

L'aile de détention du commissariat de Denton consistait en un petit groupe de cellules situées au sous-sol, près d'une sortie de secours qui donnait sur le parking de derrière. Elles servaient essentiellement au dégrisement des étudiants et des ivrognes qui avaient besoin de dormir un peu pour se remettre d'aplomb. Pour les délinquants qu'on inculpait ensuite, la police de Denton s'appuyait sur le centre de détention du comté, qui n'était qu'à quelques kilomètres. Le centre était beaucoup plus sûr, surveillé vingt-quatre heures sur vingt-quatre, et le transport des prisonniers vers et depuis le tribunal était assuré par les services du shérif. La police de Denton économisait beaucoup de temps et d'argent en envoyant ceux qui allaient être traduits en justice à la prison du comté au lieu de les garder sur place.

Le fait que June Spencer soit encore au commissariat de Denton n'était pas normal. Et l'affirmation de Noah selon laquelle on ne lui trouvait pas de lit dans les services psychiatriques des environs était bidon. Il y avait forcément une place quelque part. Pis, June n'avait personne pour défendre ses droits. Son oncle était à l'hôpital, sa mère se cachait. Elle-même était incapable de parler.

Visiblement, on essayait de retarder son transfert. Un jour ou deux de plus et un accident quelconque se produirait – pendant son transport, peut-être, ou bien elle trouverait le moyen de se suicider. En tout cas, c'est ce qu'on prétendrait. Et June n'aurait aucune chance de se remettre suffisamment pour pouvoir témoigner contre quiconque.

Il fallait que Josie la sorte de là et la mette à l'abri. Elle gara, à une rue du commissariat, le pick-up qu'elle avait emprunté à Carrieann. Celle-ci lui avait aussi prêté une carabine de chasse Marlin qui devait avoir plus de vingt ans. Sa crosse en bois était couverte de rayures et d'entailles, mais Carrieann lui avait garanti que ça ne l'empêcherait pas d'atteindre sa cible. Josie l'avait cachée sous son blouson et se faufilait dans l'ombre, entre les poubelles, sur le parking derrière le commissariat. Discrètement, elle regarda son téléphone portable.

— Ça ne devrait pas tarder, murmura-t-elle entre ses dents.

Il faisait froid au point que son souffle était presque visible. Elle se mit à danser d'un pied sur l'autre pour essayer de se réchauffer en attendant.

Enfin, elle entendit la porte d'entrée de l'autre côté du bâtiment s'ouvrir bruyamment, puis des appels, des bruits de course, des voitures qui démarraient en trombe. Une à une, elles désertèrent le commissariat. Comme prévu, Carrieann avait téléphoné en affirmant avoir aperçu Isabelle Coleman à l'autre bout de la ville. Tous ceux qui étaient de service devaient être partis à sa recherche, à l'exception d'un agent resté à la réception pour accueillir d'éventuels visiteurs, et d'un autre pour surveiller June Spencer dans les cellules du sous-sol. Josie ne savait pas si ce serait Noah, mais ça n'avait pas d'importance. Elle repartirait avec June Spencer, coûte que coûte.

Elle savait qu'un des agents, qui travaillait de nuit, se garait toujours sur le parking de derrière. Elle attendit qu'il jaillisse de l'issue de secours et se glissa derrière lui juste avant que la porte ne se referme en claquant, pendant qu'il se dirigeait à grands

pas vers sa voiture. Elle apparaîtrait sur les bandes de vidéosurveillance, mais cela ne l'inquiétait pas. Elle était déjà en sursis.
Tout ce qu'elle voulait, c'était emmener June et la mettre en
sûreté.

Elle s'arrêta dans le petit couloir qui reliait l'issue de secours
au bloc de cellules, le cœur battant. Elle ouvrit son blouson, leva
la carabine à deux mains, la crosse au creux de l'épaule droite.
Ses mains tremblaient. Elle prit le temps de se calmer. Elle allait
enfreindre la loi. Elle allait sceller son destin, renoncer à tout ce
qui lui était cher. Mais il n'y avait pas d'autre option. Il fallait
tuer ou être tuée.

Elle n'aurait cependant jamais imaginé commettre un crime
dans son propre commissariat. Elle prit une dernière inspiration
en frissonnant et s'avança dans le couloir. D'un côté, il y avait
une rangée de cellules. Deux petites, et deux plus grandes. De
l'autre, une série de bureaux inoccupés et un banc vide. Noah
Fraley était assis juste en face d'elle, les pieds posés sur un
grand bureau, si bien qu'elle ne voyait de lui que la semelle
boueuse de ses grosses chaussures. Il somnolait, mais ne
sursauta pas quand il la vit, comme elle s'y attendait. Elle
s'avança vers lui à la manière d'un chat, leva la carabine et la
pointa sur lui. Lentement, il écarta les mains, qu'il avait croisées
derrière la tête, et les tendit, à plat, paumes en l'air, en signe de
reddition. Un sourire hésitant se peignit sur son visage, comme
s'il n'était pas certain de la réalité de ce qu'il voyait.

— Inspectrice Quinn ? dit-il, l'air mi-interrogateur, mi-
inquiet.

Elle jeta un bref coup d'œil sur sa gauche et vit que toutes
les cellules étaient vides, sauf une. June était recroquevillée, en
position fœtale, sous la couchette d'une des petites cellules.
Comme un chien. Quelqu'un lui avait fait enfiler un pantalon
de survêtement et un simple t-shirt blanc.

Noah se leva quand Josie s'avança, essayant de se faire
conciliant.

— Josie...

— Laissez vos mains bien en vue, ordonna-t-elle.

— Mais qu'est-ce que vous faites ?

Elle désigna du menton la cellule de June.

— Je repars avec elle.

Il se mit à rire, mais s'interrompit immédiatement, le rouge aux joues.

— Vous plaisantez, c'est ça ?

— Vous êtes mêlé à l'histoire ? Vous êtes de leur côté ?

Son air interloqué lui parut sincère, mais elle s'accrocha à sa résolution de ne se fier à personne, pas même à lui.

— Pardon ?

— Laissez tomber. Prenez les clés, et ouvrez-lui.

— Vous ne pouvez pas... Pourquoi êtes-vous... Mais qu'est-ce qui se passe, là ?

— Je sais ce qui se passe. Je sais pour Ginger Blackwell. Je sais pour June. Je sais pour Isabelle Coleman.

Peu à peu, le visage de Noah se ferma.

— Vous savez quoi, Josie ? Je n'ai aucune idée de ce que vous voulez dire.

— Et je *sais*, pour Ramona, cracha-t-elle.

Pas la moindre lueur de compréhension.

— Ça n'a pas d'importance, de toute façon. Soit vous ne savez pas ce qui se passe dans cette ville, soit vous êtes un excellent menteur, comme mon mari. Dans un cas comme dans l'autre, j'emmène June. Ouvrez la cellule.

Il contourna précautionneusement son bureau et fit quelques pas vers elle. Dans la cellule, June s'étira, comme un animal, les yeux perçants rivés sur Josie. Elle lui rappelait un fauve dans un zoo, un prédateur enfermé dans une cage. Josie espéra qu'elle ne se mettait pas en danger. Elle ne voulait pas finir comme Sherri Gosnell.

— Ne faites pas ça, dit Noah. Prenez le temps de réfléchir.

Rentrez chez vous, allez dormir. On peut se voir demain. Et on parlera de ce qui se passe. Je peux vous aider...

— Ne me prenez pas de haut, Noah !

June, comme un serpent, sortit de sous la couchette et s'approcha des barreaux de sa cellule. Noah se tenait entre celle-ci et son bureau. Les clés étaient là, sur le bureau, à sa gauche. Son pistolet de service était accroché à sa ceinture, côté droit.

— Laissez-moi vous aider... à arranger les choses. On peut aller ailleurs et discuter.

Il pensait qu'elle était folle. Il essayait de désamorcer la situation. Il lui parlait comme si elle s'apprêtait à sauter d'un pont.

— Je ne suis pas dingue, Noah. Vous voulez vraiment savoir ce qui est dingue ? Je vais vous le dire. Isabelle Coleman a disparu il y a douze jours. Il y a des gars de ce commissariat qui savent où elle est, ou en tout cas où elle était, et pourtant elle n'a pas reparu. Ce qui est dingue, c'est que j'ai retrouvé un de ses faux ongles près de sa boîte aux lettres, le jour où vous m'avez laissée examiner la scène de crime – une scène de crime en pleine forêt, à près de cinq cents mètres de cette boîte aux lettres. Ce qui est dingue, c'est que June Spencer porte le piercing lingual d'Isabelle Coleman, alors que June avait disparu depuis plus d'un an, ce qui veut dire que June et Isabelle ont été enfermées ensemble, à un moment ou à un autre. Et pourtant, on a retrouvé June chez Donald Drummond, qui n'est plus là pour nous dire ce qui a bien pu se passer parce que le chef l'a descendu.

Sa voix grimpa dans les aigus.

— Ce qui est *dingue*, c'est qu'il y a six ans, une femme nommée Ginger Blackwell a été attirée sur le bord d'une route, droguée et kidnappée, par une autre femme disant s'appeler Ramona, et que la police n'a même pas essayé de la retrouver. Ce qui est dingue, c'est que, malgré des preuves irréfutables, on a affirmé que c'était une pure invention. Ce qui est dingue, c'est que dès que j'ai découvert de quoi il retournait dans l'affaire Blackwell, mon fiancé s'est fait tirer dessus. Ce qui est dingue, c'est que c'est son ex-petite amie, avec qui j'étais hier, qui porte le chapeau. Ce qui est complètement dingue, c'est qu'il se passe des trucs vraiment tordus dans cette ville, et que tout le monde s'en fout à part moi. Maintenant, faites-la sortir de cette cellule.

À chaque nouvel élément, Noah pâlissait un peu plus, et son bras droit s'abaissait un peu plus. Vers son arme. Noah n'avait jamais tiré en service, il serait lent à dégainer. Ses doigts effleurèrent la crosse de son arme, mais son holster n'était même pas ouvert. Il n'avait aucune chance.

Josie tira dans son épaule droite. Dans une si petite pièce, le coup fut assourdissant. Elle repoussa une vague de culpabilité. Noah ne s'était pas encore écroulé qu'elle était déjà sur lui, dégrafait son holster, le désarmait et glissait son pistolet à sa ceinture, dans son dos. Allongé au sol, il se tenait l'épaule, tête tournée, essayant de voir la fleur de sang qui s'épanouissait sur sa chemise bleue.

— Vous... vous m'avez tiré dessus ! hoqueta-t-il.

— Ça ne vous tuera pas. C'est un calibre .22 et je suis bonne tireuse.

Il ne répondit pas, ses yeux écarquillés fixés sur sa blessure. Elle avait une minute, au mieux, avant que le sergent de l'accueil ne déboule au sous-sol. Si Noah n'était pas impliqué, au moins, ils ne croiraient pas qu'il l'avait aidée. Et s'il était impliqué, elle était contente de lui avoir tiré dessus. Elle s'empara des clés, enjamba Noah et ouvrit la cellule de June. La jeune fille sortit en traînant des pieds, regardant Noah d'un air inquiet. Quand Josie la saisit par le bras, elle n'offrit aucune résistance.

Avant de quitter le couloir, Josie jeta un dernier coup d'œil à Noah, étendu au sol, l'épaule sanguinolente. Elle ravala ses excuses et emmena June dans la nuit noire et froide.

50

June, assise sur le siège passager du pick-up de Carrieann, regardait par la fenêtre les lumières des bâtiments du centre de Denton céder la place au noir d'encre des petites routes de campagne. Josie lui lançait des coups d'œil nerveux. Elle ne savait pas à quoi s'attendre ; la jeune fille avait tué une femme à coups de fourchette, et pourtant elle se montrait aussi docile et muette qu'un chiot abandonné. Malgré le chauffage poussé à fond dans l'habitacle, Josie frissonna.

— Je vais te conduire dans un endroit où tu seras en sécurité.

Pas de réponse. Josie comprit soudain qu'aux oreilles de June, ce qu'elle venait de dire devait être totalement absurde. Elle avait été arrachée aux griffes de Donald Drummond par des gens au moins aussi malfaisants que lui. De Charybde en Scylla. Pas étonnant qu'elle ait craqué.

— Vraiment, poursuivit Josie. C'est un endroit sûr. Chez une femme que je connais. Il ne t'arrivera rien avec elle. Elle prendra soin de toi jusqu'à...

Jusqu'à quand ? Jusqu'à ce que Dirk sorte du coma ? Jusqu'à ce que Lara puisse se montrer ? Jusqu'à ce qu'elles ne soient plus des cibles potentielles ? Quand June serait-elle à l'abri ? Quand seraient-ils tous hors de danger ?

— Jusqu'à ce que j'arrange tout ça, acheva-t-elle mollement.

June ne détourna pas un instant son regard éteint de la fenêtre.

Il leur restait une heure de route avant d'arriver chez Carrieann. Josie doutait d'arriver à tirer quelque chose de June, mais il fallait essayer.

— June, il faut que je sache. Est-ce Donald Drummond qui t'a enlevée ?

Silence.

— Ou est-ce que c'est Ramona ?

June tourna lentement la tête vers elle. Dans ses yeux reflétant la faible lumière émise par le tableau de bord, Josie perçut la même lueur qu'à la maison de retraite.

— C'est bien elle, n'est-ce pas ? Une femme qui s'appelle Ramona. Elle t'a prise en stop, ou bien elle a proposé de t'emmener. Ou alors tu la connaissais déjà et elle t'avait fait croire qu'elle t'aiderait à quitter la ville. Qu'elle te ramènerait chez ta mère ou chez tes amis à Philadelphie. Sauf qu'elle ne t'a pas emmenée là-bas, c'est ça ?

June continua à fixer Josie, sans ciller, mais ses yeux étaient de nouveau vivants. Elle était là, quelque part.

— Et tu as vu Isabelle Coleman, n'est-ce pas ?

Plus rien. Le regard de June se reperdit dans la tristesse et le vide.

— Non, ne pars pas, dit Josie en tendant le bras pour effleurer celui de June. Je sais que tu es là. Parle-moi, je t'en prie. J'ai besoin de savoir ce que tu as vu. Je dois savoir ce que tu sais.

Mais June s'était retournée vers la fenêtre, vers le néant au-dehors.

Tandis que les kilomètres défilaient, Josie continua à parler, à questionner June, à la rassurer, cherchant désespérément à lui faire comprendre qu'elle était de son côté. Enfin, épuisée et n'ayant plus rien à dire, elle se tut. Elles effectuèrent le reste du trajet avec la seule soufflerie du chauffage pour meubler le vide froid qui les séparait. En se garant sur la route de montagne isolée non loin de l'hôpital où Carrieann les attendait dans son SUV, Josie jeta un dernier regard à June, mais celle-ci avait les paupières closes.

51

Josie déboucla sa ceinture de sécurité et se pencha vers June pour lui tapoter le bras.

— June, réveille-toi. On est arrivées.

June ouvrit les yeux et regarda derrière Josie, observant Carrieann s'approcher de leur voiture avec la méfiance d'un chat.

— C'est mon amie, Carrieann. June, je vais te poser la question une dernière fois : as-tu croisé Isabelle Coleman ? Peux-tu me dire la moindre chose, même insignifiante, sur l'endroit où tu as été séquestrée avant qu'on t'amène chez Donald Drummond ?

Carrieann frappa au carreau. Josie voulait essayer d'obtenir plus de renseignements, mais ça pouvait prendre une éternité. Et elle n'avait pas l'éternité devant elle. Surtout après ce qu'elle venait de faire. Soupirant de frustration, elle ouvrit la portière et descendit de voiture.

— Comment ça s'est passé ? C'est elle ? demanda Carrieann en jetant un coup d'œil à June.

— Oui, c'est elle. J'ai tiré sur quelqu'un.

— Tu l'as tué ? dit Carrieann sans lâcher June des yeux.

— Non.

— Bon, pas de souci, alors.

Josie se demandait encore si elle plaisantait ou pas quand Carrieann grimpa dans la cabine du pick-up.

— Je m'appelle Carrieann, déclara-t-elle à June.

La jeune fille la fixa sans ciller.

— Où est Lara ? demanda Josie.

— Elle n'a pas voulu m'accompagner. Je vais la retrouver tout de suite.

— Merci de faire tout ça, Carrieann. Tu n'es pas obligée, tu sais. Elle est peut-être dangereuse, ajouta Josie en baissant la voix pour que June ne l'entende pas.

— Tu me l'as déjà dit, répondit Carrieann en chuchotant elle aussi. À l'hôpital. Et je t'ai déjà répondu que j'étais prête à faire le nécessaire pour découvrir ce qui est vraiment arrivé à mon frère. Je n'ai pas peur de cette fille.

— Tu devrais peut-être.

Carrieann leva un sourcil.

— Je peux être vigilante sans avoir peur. Ne t'en fais pas. C'est moi qui m'en occupe, maintenant.

— Sois prudente, je t'en prie. Ne laisse personne la voir.

— Promis.

Carrieann la regarda droit dans les yeux.

— Je serai de retour demain matin, après les avoir planquées toutes les deux dans ma ferme. Ne te fais pas tuer pendant mon absence.

— Je vais faire de mon mieux.

Josie regarda Carrieann s'éloigner jusqu'à ce que ses feux arrière disparaissent dans la nuit.

52

Elle avait promis à Carrieann de ne pas repasser à l'hôpital, mais Josie ne pouvait pas rentrer sans voir Luke une dernière fois. L'infirmière lui accorda dix minutes supplémentaires. Il ne s'était passé qu'une journée, et il semblait déjà avoir maigri. Elle caressa sa peau fraîche, évita soigneusement l'enchevêtrement de tuyaux et de câbles pour se pencher et lui embrasser la joue, murmurant qu'elle était désolée, avant qu'une autre infirmière ne lui fasse quitter la chambre.

Avant de partir, elle jeta un rapide coup d'œil dans la salle d'attente, pour s'assurer que Lara n'y était plus. Elle n'y trouva que deux policiers endormis dans des fauteuils et une poignée de parents inquiets pour leurs proches. Josie s'apprêtait à repartir lorsque Trinity Payne, sur l'écran de télévision, accrocha son regard. Elle se tenait devant le commissariat de Denton, cheveux au vent, micro à la main. En bas de l'écran défilaient les mots : « Une prisonnière enlevée. »

Josie dut s'approcher pour entendre ce que Trinity disait.

— ... il n'y avait qu'un seul policier affecté à la surveillance des cellules, ce soir, lorsqu'un homme, masqué et armé, est entré

par l'issue de secours, a tiré sur l'agent Noah Fraley et kidnappé
June Spencer...

Un homme masqué et armé ?

La culpabilité lui déchira la poitrine. Noah avait menti. Elle
lui avait tiré dessus et il avait menti pour la couvrir. S'il y avait
bien un signe que Noah n'était pas complice de toute cette
affaire, c'était bien ce pur mensonge. Mais pourquoi avait-il
voulu dégainer, alors ? Pourquoi ne pas essayer de la convaincre
de son innocence, au lieu de chercher à la dissuader ?

Parce que tu ne l'aurais pas cru, avoua sa petite voix
intérieure.

Et puis une atroce pensée la frappa. Et s'il avait voulu
dégainer pour se rendre ?

— Bon sang, marmonna-t-elle entre ses dents.

Mais ça n'avait plus d'importance. À ce moment-là, elle
n'avait aucun moyen de savoir s'il était son ennemi ou non. Elle
avait agi comme elle le devait, et June était à l'abri.

Son portable vibra dans sa poche. Elle quitta la salle d'attente,
s'avança vers la sortie en regardant qui l'appelait avant de répondre.

— Ray ?

— Où est June Spencer ?

— Aux dernières nouvelles, elle était dans une cellule du
sous-sol du commissariat de Denton.

— Tu vas vraiment jouer à ça ?

— Jouer à quoi ? dit-elle avec une innocence plus fausse
qu'elle ne l'aurait voulu.

— À mentir, gronda-t-il.

Josie se mit à rire.

— Toi, tu vas vraiment jouer à ça ? À me reprocher de
mentir ? Toi ?

Il y eut un long silence. Que Ray occupa probablement à
dresser la liste de tous ses mensonges de ces dernières années.
Enfin, il demanda d'une voix égale :

— Tu baises avec Noah Fraley ?

Josie laissa échapper un éclat de rire. Elle ne put s'en empêcher. L'idée était si absurde. Puis ce qu'il avait sous-entendu la frappa. Pensait-il vraiment qu'elle était incapable de faire quoi que ce soit sans avoir recours au sexe ?

— Peut-être que ta petite strip-teaseuse a besoin de se servir de son vagin pour arriver à ses fins, mais pas moi.

— Jo... dit-il, momentanément dompté.

— Pourquoi tu me demandes ça, alors ?

— Noah a effacé les bandes. Il a laissé des traces de sang entre le bloc des cellules et la salle de vidéosurveillance. Il a tout effacé. Les vidéos des caméras extérieures et intérieures.

Le cœur de Josie bondit.

— Les vidéos de quoi ?

Ray soupira une nouvelle fois.

— Tu le sais très bien.

— Non, désolée, je ne vois pas.

— Ce n'est pas un jeu, Josie, reprit Ray, d'une voix blanche. Je ne peux pas te protéger si tu vas plus loin. Dis-moi où est June. J'irai la chercher et je la ramènerai. Ils ne sauront jamais avec certitude que c'était toi.

— Qui ça, « ils » ?

— Je ne peux pas te le dire, tu le sais. C'est pour ton bien. Je t'en prie, Jo. C'est sérieux. Je sais que tu n'es pas du genre à renoncer mais, là, je te dis que c'est ta vie qui est en jeu.

Un frisson la parcourut tout entière. Le téléphone dans sa main se mit à trembler.

— Tu crois que je peux simplement oublier tout ça ? Arrêter de poser des questions et reprendre ma vie normalement ? Et que se passera-t-il la prochaine fois qu'une jeune fille disparaîtra, Ray ? Je ne reculerai pas. Je me suis rappelée où était l'Homme debout, et je vais y aller.

— Josie, ne fais pas ça. N'y va pas. Tu ne comprends pas. Ils te tueront.

Elle pensa à la femme qu'elle avait frappée parce qu'elle vendait sa fille de quatre ans pour de la drogue. Elle pensa à Noah Fraley allongé sur le carrelage, l'épaule ensanglantée. À Luke sur son lit d'hôpital, à June en chien de fusil sous la couchette de sa cellule, comme un bébé. Elle revit, en un éclair, sa propre mère. « Ça ne sert à rien de voir la vie en rose, répétait-elle régulièrement à Josie. Ce n'est pas comme ça qu'on avance. »

— Peut-être, dit-elle à Ray. Ou alors c'est moi qui les tuerai.

53

Durant les interminables heures qui suivirent, elle essaya deux fois de bouger, mais la douleur dans sa poitrine était trop forte. Entre éveil et sommeil, elle rêva de sa sœur. Elle rêva qu'elle se glissait dans son lit, comme souvent, qu'elle se blottissait contre elle, qu'elles riaient toute la nuit jusqu'à ce que la lueur de l'aube filtre par la fenêtre. Mais à chaque réveil, elle se retrouvait, anéantie, dans ce cauchemar de ténèbres, le corps traversé de douleurs fulgurantes à chaque respiration. Elle pria pour que le garçon revienne. Le garçon finirait bien par découvrir qu'elle était là et lui porter secours.

Quand la porte s'ouvrit de nouveau, une lumière grise, celle de l'aube ou du soir, pénétra sa prison. D'où elle était, recroquevillée contre le mur, elle entendit deux bruits de pas différents s'approcher. L'un lourd, l'autre plus léger. Le garçon. Elle n'osa pas regarder par-dessus son épaule malgré l'espoir qui montait en elle, tandis que le rayon de la lampe torche balayait son corps.

— Je... je ne comprends pas, murmura le garçon.

À sa voix apeurée, elle comprit qu'il n'allait pas la sauver.

— Celle-là est à moi, dit l'homme. Un jour, tu auras la tienne.

Des larmes roulèrent sur ses joues, une grosse main se tendit pour les essuyer.

— Chut, tais-toi, chuchota l'homme. Chut. Sois gentille, ma petite Ramona.

54

Josie reprit sa voiture et roula une heure et demie dans
l'obscurité, évitant l'autoroute et n'empruntant que des routes
secondaires pour arriver à l'embranchement qui menait à la
maison de ses arrière-grands-parents. Ceux-ci avaient revendu
les huit hectares de terres qu'ils possédaient à Alton Gosnell
quand Josie avait cinq ans. Alton, et son père avant lui, était
propriétaire de cinq hectares adjacents au terrain des arrière-
grands-parents de Josie. L'endroit était proche du sommet d'une
montagne aux environs de Denton. C'était un lieu isolé, à
quelque vingt kilomètres du centre de la ville, mais qui faisait
partie du territoire de la commune.

Un peu comme celle des Coleman, la vieille maison de ses
arrière-grands-parents était assez loin de la route, au bout d'un
long chemin défoncé envahi d'herbes et de buissons. Josie passa
trois fois devant l'entrée du chemin avant de la trouver. Les
Gosnell y avaient planté deux poteaux d'acier, reliés par une
chaîne à laquelle était accroché un panneau « DÉFENSE D'EN-
TRER ». Une fois le chemin repéré, elle parcourut encore près
d'un kilomètre, jusqu'à trouver un bas-côté plus large. Elle
quitta le gravier et s'enfonça sous les arbres. Ses amortisseurs

protestèrent lorsqu'elle roula sur une clôture écroulée et quelques petits rondins. Elle ne pouvait pas prendre le risque d'être visible depuis la route. Une fois sa voiture à l'abri derrière un bosquet, elle coupa le moteur et passa sur la banquette arrière. Dans la trousse de secours, elle dénicha une couverture de survie, s'y enroula et s'allongea, la carabine de Carrieann entre les mains.

Elle s'éveilla quelques heures plus tard, alors que le jour commençait à poindre. Elle se redressa lentement et jeta un coup d'œil au-dehors. Aux alentours, aucun mouvement, pas un son à l'exception du gazouillis des oiseaux dans les arbres. Son portable lui indiqua qu'elle avait six appels manqués de Ray, trois d'un numéro qu'elle reconnut comme étant celui de Misty, et deux de la part de Trinity Payne. Pas de coup de fil de Carrieann, ce qui était bon signe. Elles avaient convenu de ne pas se contacter sauf si l'état de Luke empirait. Josie ne voulait pas qu'on puisse remonter la piste jusqu'à elle et June.

Elle consulta ses SMS. Ray lui en avait envoyé une douzaine, l'implorant de le rappeler, ou au moins de lui dire où elle était pour qu'il puisse venir la chercher. Elle avait dormi d'une traite. Son épuisement était bien réel, et elle fut tentée de replonger sous la couverture et de se rendormir. Mais c'était impossible. Isabelle Coleman était là, quelque part. Il fallait arrêter ces hommes sans visage qui kidnappaient et violaient des jeunes femmes.

Josie mit son téléphone sur silencieux, se soulagea rapidement à côté de sa voiture, empoigna la carabine et partit à travers bois vers la propriété des Gosnell et le chemin barré d'une chaîne. Le temps qu'elle y arrive, le soleil avait commencé à dissiper les tourbillons de brume qui tapissaient le sol de la forêt. Une fine pellicule de sueur lui couvrait le visage, descendait le long de sa colonne vertébrale tandis qu'elle longeait le chemin, à l'affût du moindre bruit de pas ou de moteur.

Enfin, elle arriva à la clairière envahie d'herbes folles où se dressait la maison de ses arrière-grands-parents. La façade, blanche autrefois, était maintenant grise de crasse et de moisissures. Le toit s'était effondré. Une branche morte, noueuse, était tombée sur le plancher de la véranda et l'avait crevé. Les Gosnell avaient racheté le terrain, mais laissé la bâtisse à l'abandon. Josie n'avait que des bribes de souvenirs de l'intérieur de cette maison, avec son père et sa grand-mère. Elle n'avait aucun attachement particulier à l'endroit, mais elle trouvait dommage de laisser les lieux tomber en ruine.

Elle fit le tour de la maison en jetant un coup d'œil par les fenêtres au passage. L'endroit était vide, sombre. Le plâtre à l'intérieur s'effritait, les planchers s'étaient déformés. Un petit rongeur lui fila entre les pieds, la faisant glapir de surprise. Elle le suivit du bout du fusil tandis qu'il disparaissait dans la végétation. Constatant qu'il n'y avait personne à l'intérieur, elle rejoignit la porte qui donnait sur l'arrière de la maison et se tourna vers la ligne des arbres qui bordaient la clairière.

Elle essaya d'extirper le souvenir des recoins de sa mémoire. Elle ne se rappelait pas dans quelle direction son père et elle s'étaient enfoncés dans la forêt, seulement qu'ils s'y étaient aventurés au hasard, main dans la main. Elle décida de commencer par le centre de la ligne des arbres, juste en face de l'endroit où elle se trouvait. Elle avança en tournant la tête à droite et à gauche, cherchant du regard ce satané rocher.

Elle se disait qu'une fois entrée dans le bois, elle retrouverait d'instinct la direction à prendre, un peu comme des mains se souviennent de la manière de tenir une arme avec laquelle on s'est entraîné à tirer pendant des années. Mais ses souvenirs de ce bois derrière la maison de ses arrière-grands-parents étaient comme ceux que Ginger Blackwell avait de son enlèvement : indistincts, flous. Elle savait seulement qu'elle avait déjà vu l'Homme debout.

Quand elle s'aperçut qu'elle passait pour la troisième fois devant le même arbre couvert de mousse, elle entreprit de baliser son chemin en traçant des croix sur les troncs, à hauteur d'œil, à l'aide de ses clés de voiture. Au bout d'une éternité, elle déboucha sur ce qui ressemblait à un vrai sentier à travers la forêt. Les aisselles moites, elle retira son blouson, le noua à sa taille. Les broussailles avaient été tassées, dégageant un passage assez large pour un homme de taille moyenne. Le sentier menait dans un vallon étroit. Au fur et à mesure que Josie descendait, l'un des côtés du vallon se fit plus pentu, se mua en une paroi rocheuse. Et puis elle le vit. L'Homme debout.

Plus elle s'approchait, plus ses souvenirs se précisaient. Il ressemblait à un homme vu de profil, adossé à la paroi, une jambe repliée avec le genou en saillie, le pied à plat contre la pierre derrière lui. Son menton plongeait vers l'avant comme s'il contemplait quelque chose au sol. En s'approchant encore, elle vit que ce n'était pas un unique rocher, mais un ensemble de différentes protubérances de pierre, qui créaient une illusion visible seulement à une certaine distance et sous un certain angle. Une fois qu'on était passé devant, on ne voyait plus que des saillies émergeant au hasard de la paroi. À quelques mètres de l'Homme debout, elle vit une petite ouverture, d'à peine un mètre de haut, dans la roche. Elle s'accroupit pour regarder à l'intérieur, mais il y faisait noir. Elle sortit son téléphone, le réactiva. Il n'y avait pas de réseau, mais il pouvait toujours servir de lampe torche.

La grotte était petite, elle n'aurait pu abriter que deux personnes, au plus. Elle était froide, humide, pleine de pierres. Au moment où Josie y entra, elle entendit une branchette craquer, à l'extérieur. Surprise, elle se redressa si vivement qu'elle se cogna au plafond de la minuscule caverne. Se massant le crâne, elle rangea son téléphone et se retourna vers l'entrée, essaya de faire pivoter sa carabine, et se rendit compte que si elle voulait pouvoir tirer, il lui fallait se mettre à plat ventre.

Une autre brindille craqua. Elle se plaqua au sol, le canon de la carabine appuyé sur de petites pierres devant elle. La joue contre la crosse, le regard fixé sur l'extérieur, au-delà de l'entrée, elle attendit. Le sang battait à ses tempes. La personne qui arrivait ne cherchait pas à être silencieuse. De lourdes bottines noires, à coques, apparurent dans son champ de vision. Puis une voix familière siffla :

— Jo !

— Ray ?

Les bottes firent un bond en arrière. Puis le visage de Ray surgit dans l'ouverture.

— Qu'est-ce que tu fous là-dedans, bon sang ?

Elle s'extirpa de la grotte et se redressa, la carabine toujours en main, canon pointé vers le sol. Ray montra son arme.

— Et où as-tu trouvé ce truc ?

Josie plissa les yeux.

— Ne t'inquiète pas de ça.

Il s'avança vers elle. Il semblait avoir maigri et avait le teint cireux.

— Je m'inquiète pour toi. Il faut que tu viennes avec moi tout de suite. Il faut qu'on parte. Tu ne peux pas rester là, tu comprends ?

Josie ne put empêcher sa voix de chevroter.

— Tu sais quoi, Ray ? Je ne comprends plus rien. Je ne pige plus rien à ce qui se passe dans cette ville.

Elle essaya de le contourner, mais il fit un pas de côté, lui bloquant le passage. Elle appuya le bout du canon de la carabine contre sa cuisse.

— Écarte-toi de mon chemin, Ray.

— Oui, Ray, fit une voix d'homme sur leur gauche. Écarte-toi de son chemin.

Nick Gosnell se tenait à quelques mètres d'eux, le fusil braqué sur la tête de Josie.

Il y eut un bref moment d'extrême tension, puis tous trois bondirent en même temps. Josie releva sa carabine tout en l'armant et tira sur Nick Gosnell. Ray se jeta sur Josie pour l'écarter et fit dévier son tir. Gosnell tira lui aussi. Josie perdit l'équilibre et se cogna la tête contre la paroi rocheuse. Un éclair l'aveugla. Elle voulut faire un pas en avant, trébucha, le canon de sa carabine lui meurtrit les côtes. Ray se rua sur Gosnell et un second coup partit. Les deux hommes roulèrent au fond du vallon, bras et jambes mêlés, luttant pour s'emparer de l'arme, et disparurent à la vue de Josie. Sa vision lui parut se diviser, se dédoubler, puis redevint normale. Elle se palpa le crâne, sentit ses cheveux imbibés de sang. Elle entendait les deux hommes lutter, plus bas, dans les buissons. Elle voulut se relever, mais ses jambes ne la portaient plus. Elle avança à quatre pattes dans leur direction, la lourde carabine en bandoulière. Et puis le silence se fit.

Ray.

Il n'y avait pas eu d'autres coups de feu. Ray était-il mort ? Ses jambes se mirent à flageoler à cette idée. Elle pouvait revenir à la grotte, se mettre en position défensive en attendant de comprendre ce qui se passait. Là, elle pourrait entendre Gosnell arriver, voir ses pieds. Elle tirerait avant qu'il puisse faire quoi que ce soit. Ensuite, elle pourrait s'enfuir. Si elle arrivait à se mettre debout. Elle tenta de se redresser. La forêt se mit à tourner autour d'elle. Elle s'accroupit, empoigna la carabine, la tint droit devant elle. Elle entendit, trop tard, un froissement de feuilles mortes, sur le côté. Elle essaya de relever la carabine, mais ses mains, trop maladroites, trop lentes, refusèrent de lui obéir. Elle fut soulevée de terre, par-derrière, comme si elle ne pesait rien. Le métal froid de sa carabine lui écrasait un côté du cou. De l'autre côté, le cuir rugueux de la lanière s'enfonçait dans sa peau. Les carotides comprimées, elle vit la forêt tourbillonner, passer du vert au gris, puis au noir absolu.

56

Josie reprit connaissance dans l'obscurité totale. Elle porta les mains à ses paupières battantes pour vérifier qu'elle avait bien les yeux ouverts. Peu à peu, ses sensations revinrent. Un élancement sourd à l'arrière de son crâne. Le froid du ciment sous ses fesses. Une odeur de bois pourri et de moisi. Son dos était appuyé sur quelque chose de plus mou. Elle se tourna légèrement pour appuyer dessus d'une main. Quelque chose lui enserra l'avant-bras. Elle cria, se recroquevilla, lança des coups de pied. Il lui fallut plusieurs secondes pour distinguer, parmi ses propres cris, la voix de Ray.

— Jo, c'est moi. C'est moi !

— Ray ? dit-elle sans le voir.

Elle tâtonna tout autour d'elle, ses mains ne rencontrant que le ciment. Un sifflement s'éleva et elle comprit, trop tard, qu'elle entrait en hyperventilation. Elle ne supportait pas les espaces clos, obscurs. Les battements de son cœur étaient plus bruyants encore que ses halètements. Elle s'agita dans l'obscurité, malgré elle, en dépit de sa volonté de rester immobile, de se calmer, de reprendre haleine. Et puis les bras de Ray l'attirèrent contre lui, elle sentit son souffle chaud sur sa nuque.

— Ça va aller, lui dit-il. Tu es en sûreté. Je suis là, avec toi.

Elle voulait lui hurler de la lâcher, mais ne trouva pas les mots. Elle ne pouvait que gémir comme un animal pris au piège. Une plainte terrible qui lui lacérait les oreilles. Son corps se révulsa à son contact, malgré leur familiarité. Elle aurait dû y trouver du réconfort, mais c'était au-dessus de ses forces.

Comme s'il lisait dans ses pensées, Ray dit :

— Je sais que tu ne veux pas que je te touche, mais il faut que tu te calmes, Jo. Fais comme si j'étais Luke, s'il le faut. Mais je t'en prie, calme-toi.

Elle continuait à gémir. Son esprit la bombardait d'ordres auxquels son corps était bien incapable d'obéir. *Respire. Arrête de te débattre. Calme-toi. Calme-toi, putain !*

Ray desserra quelque peu son étreinte, mais sans la relâcher. Il posa le menton sur sa tête.

— Chhh, murmura-t-il pour l'apaiser. Jo, tout va bien. Écoute le son de ma voix. Tu peux encore m'écouter, quand même ?

Il avait raison. La nuit qui avait tué leur mariage – avant même que Misty n'entre dans la danse – avait au moins laissé ça intact. Ses gémissements faiblirent, sa respiration se fit moins saccadée.

— Je ne te ferai aucun mal. Je te le promets. Tu me connais, Jo. Je suis incapable de te faire du mal.

Mensonges, mensonges. Mais elle l'écouta, parce qu'il le fallait. Parce que sa voix avait été son refuge, autrefois. Elle s'accrocha à son timbre pour sortir du sombre tunnel de l'hystérie, s'y agrippa comme si sa vie en dépendait.

— Je suis avec toi, je ne te laisserai pas.

Les mouvements de sa poitrine se calmèrent. Le sifflement cessa. Elle pouvait presque parler.

— Tu n'es plus une petite fille. Tu n'es pas seule. Le noir ne peut pas te faire de mal, tu te souviens ? Ce n'est que du noir.

Il avait raison. L'obscurité ne pouvait pas la faire souffrir.

Un petit espace non plus. Ni sa mère. Mais il y avait un autre monstre de l'autre côté de la porte, et il avait déjà essayé de leur faire du mal. Ils étaient enfermés dans cette petite boîte noire.

Sa voix était faible quand elle put enfin recommencer à parler :

— Tu es blessé ?

— Ça va.

À son ton, elle soupçonna qu'il lui cachait quelque chose. Elle voulut le palper pour voir s'il était sérieusement touché, mais il lui saisit les mains, les serra dans les siennes.

— Ça va. Je te jure.

Elle aurait voulu pouvoir le voir. Elle s'appuya contre lui et ils se laissèrent glisser au sol.

— Il a pris nos téléphones, dit Ray. De toute façon, il n'y a pas de réseau ici. J'ai essayé d'enfoncer la porte à coups de pied, mais rien à faire.

— Où sommes-nous ?

— Dans le... bunker de Gosnell.

— Son bunker ?

— Appelle ça comme tu veux. C'est un endroit qu'il a construit dans la forêt, derrière chez lui. Qui ressemble à une de ces maisons enterrées, tu sais ?

Un caveau. Une tanière, au sens propre.

— Tu es déjà venu ici ?

— Non. Si. Enfin, je suis déjà allé chez lui, dans sa maison. Mais je ne... je ne suis jamais entré ici.

Elle appuya sa tête contre le blouson de Ray. Les odeurs de sang et de sueur se mêlaient à celles de moisi et de terre de la petite pièce.

— Tu saignes ?

— Non, répondit-il trop vite. Je veux dire, oui, je crois qu'il m'a fait une vilaine entaille à la jambe, mais ça va, Jo.

— Cet endroit, c'est quoi ? À quoi ça sert ?

Ray mit plusieurs secondes à répondre. Seule sa poitrine

qui se soulevait et s'abaissait sous sa joue lui prouvait qu'il vivait encore. Elle se demanda s'il s'était endormi.

— Ray ?

— Il s'en sert pour... Enfin, je crois que c'est là qu'il enferme... tu sais... les femmes.

— Il enferme des femmes ? répéta-t-elle d'une voix stridente.

Quand Ray répondit, il semblait à la fois calme et triste.

— Jo, quand tu es venue ici, qu'est-ce que tu pensais trouver ?

— Est-ce qu'Isabelle Coleman est là ?

— Non, dit-il, fermement.

— Comment le sais-tu ?

— Parce que je le sais.

— On va mourir ici.

— Non, ça ne nous arrivera pas.

— Parce que vous êtes très copains ? Tu vas lui demander de nous relâcher et il va s'exécuter ?

Ray soupira, exaspéré.

— Josie.

— Je veux la vérité, Ray. Toute la vérité. Ce que tu sais, et depuis quand tu le sais. Il faut que tu me parles, sinon je vais vraiment devenir folle, ici.

57

— L'année dernière... commença Ray.

Elle le coupa d'une voix aiguë :

— L'année dernière ?

— Tu veux que je te raconte, ou pas ?

— Pardon. Continue.

Il reprit :

— J'imagine que tu te souviens que, quand ça s'est gâté entre nous, j'ai fait quelques conneries ?

Josie sentit l'embarras de Ray à la tension de ses muscles. Elle était au bord de la nausée.

— Non, ça n'est pas arrivé après notre séparation. Tu avais commencé à déconner bien avant, et tu le sais très bien.

— Jo, je suis vraiment désolé, tu sais. Je ne sais pas combien de fois je vais devoir le répéter.

Elle ne répondit pas, parce qu'elle ne voulait pas revenir là-dessus. Ils en avaient reparlé des centaines de fois. Ray n'avait aucun souvenir de la nuit qui avait, à elle seule ou presque, brisé leur mariage, avant même que Misty n'apparaisse dans l'équation.

— Jo, tu sais bien que je ne voulais pas...

— Arrête ! le coupa Josie. Dis-moi seulement ce qui est arrivé.

Ray soupira.

— Bon. Une fois, l'année dernière, Dusty, moi et quelques autres, on est allés boire des coups. On en tenait vraiment une bonne, tu vois ?

— Oui, ça, je vois très bien.

— Jo...

— Raconte.

— J'étais mal. J'étais mal parce que je te perdais. Je savais... Je savais que rien ne serait plus comme avant. Je le voyais dans tes yeux à chaque fois que tu me regardais.

Dans les bras de Ray, Josie se mit à trembler, de rage, mais aussi au souvenir du traumatisme de cette nuit-là.

— C'est toi qui as dit à Dusty de rester dormir.

— Dusty passait souvent la nuit chez nous.

— Et tu étais tellement soûl que tu lui as dit qu'il pouvait me baiser s'il en avait envie. Et il a essayé, bon Dieu, Ray.

Elle revécut le moment où elle avait été tirée d'un profond sommeil par des mains qui exploraient son corps, pensant que c'était Ray. Et puis, en émergeant peu à peu de son sommeil, elle avait compris que la personne qui la touchait ainsi n'était pas du tout Ray.

— Dusty était soûl, lui aussi, Jo.

— Pas autant que toi, et ce n'est pas une excuse, de toute façon. Ça n'excuse rien du tout. Je dormais.

Elle avait jailli du lit, frappé Dusty à coups de poing, à coups de pied, si durement qu'il s'était mis à crier et que Ray était monté. Il les avait séparés et, à cet instant, elle avait été soulagée. Puis elle avait vu sa figure. Ses yeux lourds de colère, hagards. Comme s'il la regardait sans vraiment la voir. Il s'en était pris à elle, l'avait traitée de salope, de pute, l'avait accusée de le tromper avec Dusty. C'est à ce moment-là que Dusty, nu, à l'autre bout de la pièce, avait dit : « Hé, mec, du calme ! C'est toi qui m'as dit que je pouvais la baiser. »

— Jo, tu sais très bien que je n'aurais jamais dit ça si je n'avais pas été ivre mort.

— Mais tu *étais* ivre mort, Ray. Soûl, furieux, jaloux, hors de toi, violent. Comme ton père avec ta mère.

Josie sentit Ray se tendre, mais il ne répondit pas. Elle était furieuse contre lui à cause de ce qui s'était passé mais, surtout, elle le haïssait de ne pas s'en souvenir. Il avait laissé éclater sa rage, donné à Dusty un violent coup de poing au menton qui l'avait fait saigner. Et quand elle leur avait ordonné de sortir de la chambre, tous les deux, il l'avait frappée, elle aussi. Comme ça. Il avait cogné si fort qu'elle en était tombée.

— Tu m'avais promis de ne jamais me faire de mal, chuchota-t-elle dans l'obscurité.

— Jo, je suis sincèrement désolé. Je ne me souviens même pas d'avoir dit à Dusty qu'il pouvait... Je ne me rappelle pas m'être battu, ni avec toi, ni avec lui. Je ne me souviens de rien.

— Mais tu te souviens que Dusty t'avait parlé de cet endroit ?

— Il ne m'en avait pas tout à fait parlé.

— Alors, qu'est-il vraiment arrivé ?

— Les copains essayaient de me faire penser à autre chose qu'à toi et à nos problèmes, tout ça. Et ils ont demandé à Dusty s'il m'avait déjà emmené voir Ramona. Dusty a réagi très bizarrement, comme s'il voulait éviter le sujet. Tu sais, lui et moi... On est amis depuis longtemps. On n'a pas beaucoup de secrets l'un pour l'autre. Donc je lui ai demandé qui était cette Ramona. Il s'est montré très mal à l'aise. Je voyais bien qu'il n'avait aucune envie de parler de ça. Mais les autres étaient tout excités, tu vois ? Ils le poussaient à parler, mais il est resté muet. Alors un des gars a dit : « Merde, puisque c'est comme ça, on va emmener Ray la voir. » Et ils... ils m'ont conduit ici.

Il s'interrompit pour reprendre son souffle. Josie sentit ses muscles se contracter nerveusement, puis il reprit :

— Enfin, pas ici, pas dans cette cave, mais à la maison des Gosnell. Il était tard, et je n'ai pas reconnu tout de suite chez qui on débarquait. J'avais déjà croisé Nick, il était venu une fois réparer les toilettes du commissariat, et je l'ai vu une autre fois chez les parents de Dusty, quand il s'était occupé de leur plomberie, avant ça. Mais je ne le connaissais pas plus que ça. Enfin, bref. Les copains me font descendre de voiture, on frappe à la porte et Sherri Gosnell vient ouvrir. Là, ils disent qu'ils sont venus voir Ramona.

— Sherri Gosnell ? C'était *elle*, Ramona ?

Elle sentit qu'il hochait négativement la tête.

— Non, Ramona, c'est une sorte de mot de passe. Du genre, on frappe chez eux, on demande à voir Ramona, et on est amené ici.

Josie le sentit lever la main pour englober l'endroit où ils se trouvaient. Elle repensa aux paroles de Ginger Blackwell et frissonna.

— Dans une boîte noire comme ça ?

— Je ne sais pas. Je n'ai pas pu... Je n'ai pas pu aller jusqu'au bout. Sherri nous a demandé d'attendre, le temps qu'elle aille chercher Nick. Quand il est arrivé, il était tout sourire, comme s'il était vraiment content. Il m'a fait penser au type de l'atelier de carrosserie, quand on était gamins. Tu te rappelles ? Il proposait aux filles de les emmener en voiture jusqu'au centre commercial. Un adulte, sans enfant, qui proposait à des filles de treize ans d'aller faire un tour au centre commercial, tu vois le truc ? Ça faisait vraiment pervers.

Josie ravala la bile qui montait dans sa gorge.

— Oui, je me souviens de ce type.

— Eh bien Nick avait exactement cet air-là. Donc il nous dit de passer à l'arrière de la maison et il nous emmène dans le bois. En pleine nuit. Il avait une de ces lanternes qui marchent à piles. Alors on le suit, je demande à Dusty ce qu'on est venus foutre là, et il me répond que Nick a des filles. Je lui demande ce qu'il veut dire par là et il me dit que Nick enferme des filles là-dedans, que si on a le mot de passe et qu'on est prêt à payer, on peut entrer et faire ce qu'on veut avec elles. Je demande à Dusty où Nick trouve ces filles et là, il s'énerve, il me dit de la fermer et d'arrêter de faire la chochotte.

— Et tout ça entre flics, marmonna Josie. Bref. Et après ?

— On descend au bunker. Je vois qu'il y a une porte, mais Dusty commence à me faire tout un discours, du genre, une fois que je serai entré, pas moyen de reculer, et cætera. Il répète que c'est une fraternité, qu'on ne peut pas balancer ses membres. Que si je parle de ça à quelqu'un qui n'est pas censé être au courant, je risque la mort. Ou toi. Et il n'arrête pas d'insister, de me demander si je veux vraiment participer à ça, ou si je ne devrais pas plutôt me contenter de la strip-teaseuse du club.

— Et tu as choisi Misty.

— Non. Oui. Non, non. Enfin, ça n'avait pas de rapport avec Misty. La vérité, c'est que…

Il se tut. Josie sentit qu'il relevait le menton pour souffler longuement.

— J'avais peur, tu comprends ? Ça ne me disait rien du tout, ce truc. Pourquoi avait-il besoin de me menacer comme ça ? Et il n'y avait aucune lumière, dans cet endroit, rien. C'était bizarre. Bizarre d'avoir besoin d'un mot de passe. Je n'avais pas vraiment envie de savoir ce qui se passait de l'autre côté de la porte. Parce que si je le découvrais, j'aurais été obligé de faire quelque chose et…

— Et tu es un trouillard ?

— Jo, arrête.

— Mais c'est la vérité, Ray. Tu savais que quelque chose clochait dès qu'ils t'ont emmené là-bas, mais tu as choisi de ne rien faire. Ne joue pas les martyrs. En repartant sans intervenir, tu étais aussi coupable que les autres qui y sont allés pour... pour...

Elle ne put achever sa phrase.

— Ce n'est pas ce qui s'est passé.

— Vraiment ? Alors quoi ?

— Je ne savais pas du tout jusqu'où ça allait. La seule chose que je savais, c'est que ce type tenait une sorte de bordel clandestin dans un bunker derrière chez lui, fréquenté par beaucoup de flics. Et que personne ne voulait se faire choper.

— Tu m'étonnes !

Il resta silencieux un bon moment. Elle essaya de patienter jusqu'à ce qu'il reprenne, mais n'y tint plus.

— Alors, qu'est-ce que tu as fait ?

Soupir.

— J'ai dit à Dusty que je n'étais pas prêt pour ça. Je suis retourné à la voiture, et je les ai attendus. Et puis ils m'ont ramené à la maison. On n'en a plus jamais reparlé.

— Et avec Dusty ?

— Non plus. On n'est jamais revenus sur le sujet. Enfin, jusqu'à la disparition d'Isabelle Coleman.

— Tu t'es dit que Gosnell l'avait enlevée ?

— Je n'en étais pas sûr. Au bout d'une semaine, comme on ne la retrouvait nulle part, je suis allé poser la question à Dusty.

De rage, Josie tapa du pied. Elle voulait s'écarter de lui, mais ses bras étaient la seule chose qui pouvait empêcher les abysses de l'engloutir.

— Ray, si tu pensais que Gosnell l'avait enlevée, pourquoi ne pas simplement débarquer ici et la libérer ? Si tu pensais que Gosnell retenait ici des femmes contre leur gré, pourquoi est-ce que tu n'as rien fait du tout ?

— Parce que... Parce que tu ne sais pas jusqu'où ça va. Ce n'était pas aussi simple. Si elle était vraiment ici, que c'était bien lui qui l'avait enlevée, et que tous les gars du commissariat étaient au courant, est-ce que tu comprends ce que ça implique ?

— Est-ce que tous les flics de Denton connaissent cet endroit ?

— Tous, je ne sais pas. Mais beaucoup, oui. Vraiment beaucoup. Et il n'y a pas que des flics. Je crois... Je crois que Gosnell fait ça depuis longtemps.

Une vague de dégoût submergea Josie.

— Sa femme savait. Elle l'aidait, même. Comment pouvait-elle participer à ça ? Toutes ces femmes...

Tout à coup, la sauvagerie des coups de fourchette de June lui sembla trop douce pour Sherri Gosnell. Tout s'expliquait.

— Oui. Je crois qu'elle les appâtait. Parfois, en tout cas.

— Donc tu es allé poser la question à Dusty, comme ça ?

— En gros, oui. Je lui ai demandé s'il pensait que Gosnell pouvait être mêlé à la disparition d'Isabelle Coleman. Il m'a dit de la fermer et d'arrêter de poser des questions idiotes.

— Mais quand je t'ai eu au téléphone, tu avais l'air de savoir qu'elle n'était pas ici. Comme si elle y était allée, mais qu'elle n'y était plus. Alors quoi, bon Dieu, Ray ?

— Dusty est passé me voir. Il y a quelques jours. Il m'a dit que Gosnell l'avait enlevée, mais qu'elle s'était enfuie.

Josie se raidit un instant. Si elle s'était enfuie, elle était peut-être encore vivante.

— C'est là que tout le monde est devenu fou et qu'on s'est mis à la chercher nuit et jour. On a commencé à recevoir des signalements de gens qui croyaient l'avoir vue marcher sur des routes, ou dans la forêt. Ce n'était plus la même chose que la première fois qu'elle avait disparu, tu comprends ? Tous les mecs avaient la trouille de se faire arrêter, donc il fallait absolument la retrouver.

Elle frissonna de nouveau.

— Qu'est-ce qu'ils auraient fait s'ils l'avaient retrouvée ?

Elle le sentit hausser les épaules.

— Aucune idée.

Josie, elle, pouvait l'imaginer.

— Et le chef, il est... ?

— Je ne sais pas.

— Il n'a rien dit ?

— Personne ne dit rien, Jo. Enfin, Dusty est venu m'en parler, mais c'est tout. Ce n'est un sujet de conversation pour personne.

— Ray ?

— Oui.

— Qu'est-ce qui arrive aux filles quand Gosnell en a fini avec elle ?

58

Ils ne pouvaient pas savoir depuis combien de temps ils étaient là, mais cela parut une éternité à Josie. Ray avait exploré à tâtons leur petite cellule et trouvé des toilettes, dans un angle, où ils purent se soulager. Ils mouraient de faim et de soif. La seule eau disponible était celle des toilettes, mais ils convinrent qu'ils n'étaient pas assoiffés à ce point. Josie avait retrouvé dans son blouson les barres de céréales achetées à l'hôpital Geisinger. Il lui en restait quatre. Ils en mangèrent une chacun et résolurent de garder les deux autres pour plus tard. Accrochés l'un à l'autre, ils parlèrent jusqu'à ce que le sommeil les prenne.

Josie n'avait aucune idée du temps qu'ils avaient dormi. Quand elle s'éveilla, Ray frissonnait sans pouvoir s'arrêter. Elle s'était endormie la tête sur ses genoux, et c'était le tremblement de ses jambes sous sa nuque qui l'avait réveillée. Du bout des doigts, elle le palpa, remonta jusqu'à son visage. Les mains en coupe sur ses joues, elle s'agenouilla, se pencha sur lui.

— Ray... Ray !

Il gémit.

Ce fut comme si on venait de lui injecter de l'adrénaline directement dans le cœur. Elle avait tous les sens en alerte. La respiration inégale de Ray lui semblait assourdissante. Pourquoi tremblait-il autant ? Il avait dit qu'il n'était pas trop gravement blessé.

— Bon sang, Ray !

Évidemment qu'il avait dit ça. Il avait menti, parce qu'il cherchait à la calmer. Elle ouvrit la fermeture Éclair de son blouson, y glissa les mains, parcourut chaque centimètre carré de son corps à la recherche de la plaie. Lorsque ses doigts rencontrèrent un bout de peau à vif, déchiré, elle lâcha un petit cri. La blessure était du côté gauche, plus près du dos que du ventre. Elle avait appris qu'il n'y avait pas grand-chose de vital de ce côté de l'abdomen, c'est pourquoi il était encore en vie. Mais il était en état de choc. Elle ne savait pas s'il avait perdu beaucoup de sang ni combien de temps il pouvait encore tenir. Il fallait au moins lui faire un bandage. Elle ôta son blouson, fit passer son t-shirt par-dessus sa tête. En soutien-gorge et débardeur, elle frissonna, puis roula le t-shirt en boule, le pressa contre la plaie.

— Mon Dieu, Ray.

À tâtons, elle changea de position, s'assit dos au mur et le fit s'allonger, tête sur ses genoux. Elle s'assura que le t-shirt était bien contre la plaie et lui couvrit la poitrine de son blouson. D'une main, elle lui caressait les cheveux tandis que des larmes chaudes roulaient sur ses joues, gouttaient sur le visage, le cou de Ray. De l'autre main, elle les essuyait délicatement. Il avait la peau en feu, brûlait de fièvre. Elle aurait tant voulu le voir, voir son visage. Une fois de plus, elle maudit les ténèbres, maudit Nick Gosnell de les avoir enfermés ici.

— Ray. Il faut que tu me parles. Reste avec moi. Ray !

Il gémit de nouveau, marmonna quelques mots incohérents. Elle répéta son nom, encore et encore, d'une voix de plus en plus stridente. Ses paroles se firent plus intelligibles.

— Il faut que je... te parle... et Misty.

Ces quelques mots suffirent à la blesser. Elle ne put s'empêcher de répliquer durement :

— Je sais, croassa-t-elle. Tu veux l'épouser et vivre heureux avec elle pour toujours. C'est bon, Ray. Ça ne me dérange pas. Tu as ma bénédiction. Je t'en prie, ne t'inquiète pas pour ça.

Il se détendit un peu, mais tremblait toujours. Elle le serra contre elle, aussi fort qu'elle put, essaya de le calmer.

— Reste avec moi, murmura-t-elle. Reste avec moi.

Impossible de dire combien de temps passa. Mais il finit par s'immobiliser. Elle chercha son pouls à la carotide, poussa un cri quand elle le sentit sous ses doigts. Faible, mais présent. Il lui fallut un moment pour se dégager. Elle reprit son blouson, en fit un oreiller qu'elle glissa sous la tête de Ray, passa quelques minutes à faire elle aussi à tâtons le tour de la cellule. Les murs semblaient être en béton – des parpaings, peut-être. Une grande planche de bois était accrochée à un des murs par des charnières, à la manière des tables à langer pliantes qu'on trouve dans les toilettes pour femmes ; mais celle-ci était assez grande pour un adulte. Elle songea un moment à la déplier pour y allonger Ray, mais se dit que, dans le noir, l'entreprise était trop compliquée. De plus, le déplacer à ce stade pouvait s'avérer fatal. Enfin, elle trouva un interstice dans le mur qui ne pouvait être qu'une porte. Mais il n'y avait pas de poignée, et le bas en était calfeutré par des bandes de caoutchouc. Elle se mit pourtant à quatre pattes et approcha la bouche le plus près possible du bas de la porte.

Puis elle hurla du plus fort qu'elle le put.

Elle hurla à en avoir la gorge en feu, la voix éraillée. Elle commença par appeler à l'aide puis, comme rien ne se produisait, se mit à agonir Gosnell de toutes les injures possibles et imaginables. Un grognement lointain lui répondit. L'air se figea dans ses poumons. Il y avait une autre femme quelque part.

— Oh mon Dieu, Ray, chuchota Josie par-dessus son épaule. Il y a quelqu'un d'autre ici. Il a une autre prisonnière.

Pas Isabelle Coleman. Qui, alors ? Quelqu'un dont on avait déjà signalé la disparition, peut-être, et qui n'avait pas reparu à cause du manque délibéré d'efforts de la police de Denton pour retrouver les victimes de ce genre. Brûlante de colère, elle se remit à hurler.

Elle cria, donna des coups de poing dans la porte jusqu'à l'épuisement, ne s'interrompant que pour aller prendre le pouls de Ray, qui faiblissait à chaque fois. Lorsqu'elle s'écroula contre la porte, haletante, le sommeil la gagna. Elle tenta de lutter, ne se rendit même pas compte de sa défaite, puis fut réveillée en sursaut par un raclement à l'extérieur de leur cellule. Elle leva la tête, pressa l'oreille contre la porte. Des bruits de pas. Et ce qui ressemblait à des meubles qu'on déplaçait.

— Ray, souffla-t-elle par-dessus son épaule. Quelqu'un vient.

Agitant les mains dans le noir, elle revint vers lui. Ses doigts rencontrèrent un genou. Elle remonta jusqu'à son cou, chercha son pouls. Sa peau, brûlante l'instant d'avant, était froide.

— Ray.

Elle palpa l'autre carotide. Rien. Elle approcha la joue de ses lèvres entrouvertes, espérant sentir un faible souffle. Rien.

— Non... Ray !

Elle ne put contenir l'hystérie dans sa voix. L'oxygène lui manqua, ses poumons se vidaient plus vite qu'ils ne pouvaient se remplir. Un vertige la balaya. C'était impossible. C'était un cauchemar, et elle allait se réveiller d'une seconde à l'autre dans sa grande et jolie chambre. Luke serait à la cuisine en train de préparer des œufs brouillés ; Ray lui enverrait des SMS agacés pour lui demander de laisser Misty tranquille. Elle retournerait travailler avec les collègues qu'elle connaissait depuis cinq ans, et tous seraient des hommes honnêtes. Des hommes droits, qui ignoraient tout du bunker de Nick Gosnell.

Ray l'avait blessée, profondément meurtrie, à un endroit vulnérable de son âme qu'elle n'avait rendu accessible à personne d'autre – pas même à Luke, pas vraiment. Mais il faisait tellement partie de son monde qu'il était presque inimaginable pour elle de vivre sans lui. Il avait toujours été présent, joignable d'un simple coup de fil. C'était un menteur, un tricheur, un criminel et, elle devait l'admettre, un lâche. Mais il avait toujours fait partie d'elle. Depuis leur enfance. Il était constitutif de son identité. Bon ou mauvais, elle n'était pas prête à le perdre.

Elle hoqueta, prit son visage dans ses mains, pressa les lèvres sur sa bouche inerte.

— Ray, ne m'abandonne pas, je t'en prie. Pas comme ça.

Elle s'allongea sur lui, respirant son odeur une dernière fois, comme pour l'obliger à se réveiller, le forcer à lui dire qu'il la protégerait, qu'il ne laisserait ni Gosnell ni personne d'autre lui faire du mal. Mais elle était seule dans l'obscurité. Plus seule que jamais.

Elle était à nouveau enfermée dans le placard de son enfance. Seule dans ce réduit, paralysée par la peur, terrifiée par ce qui l'attendait dehors, de l'autre côté de la porte. Au moins, avec sa mère alcoolique, aigrie, méprisante, elle savait à quoi s'attendre. Mais avec Gosnell ? Elle savait qu'il était violent, qu'il aimait faire du mal aux femmes. Il avait tué Ray. Elle s'accrocha à cette idée, qui la rendait folle de colère, parce qu'elle aurait besoin de cette colère quand la porte finirait par s'ouvrir. Elle s'imagina comme un incendie qui se propage lentement et qui grossit jusqu'à illuminer toute la pièce. Quand il ouvrirait la porte, elle éclaterait, exploserait de chagrin, de haine, de colère. Ses mains s'agrippèrent au corps de Ray, tandis que son esprit s'arrimait fermement à la colère. Il ne lui restait plus qu'à attendre.

59

Quand la porte s'ouvrit en grinçant, Josie releva la tête, désorientée, aveuglée par la lumière molle et brumeuse qui filtrait dans la cellule, et se redressa, les jambes flageolantes. Elle se couvrit les yeux d'une main, les plissa, cligna des paupières, essayant de faire le point sur l'imposante silhouette de Nick Gosnell. Elle ne distingua qu'une forme noire qui se découpait dans l'embrasure. Sa grosse voix résonna dans la petite pièce.

— Ça y est, il est mort ?

Josie ne répondit pas. Elle essayait de se repérer dans la pièce malgré les taches de lumière qui agressaient ses pupilles. Les murs étaient en parpaings, comme elle l'avait supposé, mais peints en rouge. La planche rabattable était telle qu'elle l'avait imaginée. Les toilettes, blanches en principe, étaient crasseuses. Elle évita de porter les yeux sur la forme immobile de Ray. Elle ne le supporterait pas. Si elle le regardait, si elle voyait ce que Gosnell lui avait fait, elle perdrait toute maîtrise d'elle-même, et il ne lui resterait plus d'énergie pour combattre l'homme qui se tenait devant elle.

La forme noire lui fit signe de la main.

— Allez, viens.

— Non, grinça-t-elle.

La silhouette de Gosnell s'avança d'un pas.

— Qu'est-ce que tu viens de dire ?

Elle rassembla le peu de salive qu'elle avait dans la bouche et déglutit.

— J'ai dit non !

Son rire se répandit dans la cellule comme une mauvaise odeur.

— Aucune fille ne peut me dire non, tu sais ?

Il fonça sur elle, plus vif et plus agile qu'elle ne s'y attendait. Ou peut-être Josie était-elle plus faible, plus sonnée qu'elle ne le pensait. Elle tenta, sans résultat, de bourrer de coups de poing la chair molle de son torse ; il la saisit par les cheveux pour l'entraîner hors de la cellule. La plaie à l'arrière de sa tête se rouvrit. Elle cria malgré elle, tenta tant bien que mal de le suivre. Une fois hors de la cellule, il la projeta en avant. Elle atterrit sur quelque chose de mou, légèrement surélevé. Un lit, comprit-elle lorsqu'elle put jeter un regard autour d'elle. Un immense lit à baldaquin.

Le lit occupait un angle d'une grande pièce rectangulaire que Josie voyait dans toute sa longueur. C'était une salle sans fenêtre, décorée comme un salon. Des divans bordaient un des murs, une petite lampe était posée sur chacune des trois tables basses, diffusant une lumière douce, dorée. Le sol était couvert d'un vieux tapis marron à poils longs. Dans le mur contre lequel le lit était poussé, sur la gauche, une porte entrebâillée laissait entrevoir des toilettes et, derrière, ce qui ressemblait à un rideau de douche. Une salle de bains. En face des divans, il y avait quatre portes, toutes recouvertes du même papier peint à fleurs désuet, mauve et blanc, que celui qui recouvrait les murs, comme si elles faisaient partie de la cloison. Seuls les encadrements et leurs poignées permettaient de les distinguer. À côté de chaque poignée, elle vit des serrures encastrées renforcées de plaques métalliques et, au-dessus, des loquets coulissants.

Quatre portes.

Son cœur bondit, s'arrêta, repartit de plus belle. Quatre portes. Ce qui signifiait que quatre femmes pouvaient y être enfermées à tout moment – plus, peut-être, si elles partageaient la même cellule. Combien de femmes Gosnell avait-il enlevées, en tout ? Et combien en séquestrait-il en ce moment même ?

Elle cligna des yeux, chercha à mieux voir la pièce. Gosnell était à l'autre bout, penché sur un petit frigo qu'elle n'avait pas remarqué jusque-là. À côté, une lourde porte à panneaux, qui devait donner sur l'extérieur. De l'autre côté du réfrigérateur, une petite vitrine blanche qui semblait contenir des flacons de produits pharmaceutiques et des seringues neuves. Des sédatifs.

Gosnell se retourna et s'avança nonchalamment vers elle, une canette de bière à la main, qu'il ouvrit avec un petit *clac* étrangement assourdi. La pièce était bizarrement silencieuse. Comme si tous les sons étaient absorbés par les parois et la terre qui les entouraient. Pas étonnant qu'elle ait hurlé en vain. Gosnell entra dans le cercle lumineux que projetait la lampe de chevet. Josie vit à quel point son œil au beurre noir était sombre, laid. C'était pire que ce qu'elle en avait vu à la télévision.

— C'est Isabelle Coleman qui vous a fait ça à l'œil ?

Le sourire libidineux de Gosnell s'effaça instantanément. La colère luisait dans ses yeux. Il avala une longue gorgée de bière et la dévisagea longuement, comme s'il hésitait quant à ce qu'il allait lui faire. Elle n'avait jamais ressenti une telle répulsion. Comme si des milliers d'insectes fourmillaient sous sa peau et cherchaient à en sortir. Sans lâcher sa bière, il déboucla sa ceinture d'une main. Avait-elle assez de force pour lui foncer dessus ? Elle fouilla de nouveau la pièce du regard, en quête d'une arme improvisée. Une des lampes, peut-être. Elles n'avaient pas l'air bien lourdes, mais elle pouvait peut-être l'étrangler avec le fil électrique, serrer son gros cou répugnant. Gosnell était costaud, cependant. Solide, rond et probablement assez musclé. Elle comprit qu'elle devait le faire parler, le temps de décider quoi tenter et comment s'y prendre.

— Elle vous regardait, Sherri ?

Il s'immobilisa, les doigts sur la braguette, sourit à Josie.

— Quoi ?

— Votre femme. Elle vous aidait. Ça lui plaisait ? C'est elle qui vous amenait les filles, non ?

— Elle m'amenait des filles parce que je lui disais de le faire. Mais elle n'aimait pas regarder. Je l'obligeais, parfois, mais elle n'aimait pas ça. Elle savait qu'il valait mieux ne rien dire. Sherri était obéissante.

Il désigna les portes des cellules.

— Et toi, tu aimes ça, mater ?

Josie tourna la tête vers les portes. Quand elle reposa les yeux sur lui, elle vit qu'il était rouge. Il avait l'air excité, avide. Il posa sa bière, s'avança au pied du lit. Il saisit d'une main la cheville de Josie, glissa les doigts sous sa jambe de pantalon pour toucher sa peau nue.

Elle rua.

— Ne me touchez pas, putain !

Très vivement malgré sa corpulence, il grimpa sur le lit, s'assit à califourchon sur elle. Il lui broyait les hanches. Elle essaya de lancer des coups de pied, mais elle manquait de force. Il lui prit les poignets, serra si fort qu'elle sentit sa chair bleuir.

— Je vous ai dit de ne pas me toucher !

— Personne ne me donne d'ordre.

Fais-le parler, fit la petite voix intérieure de Josie. Malgré toutes les fibres de son corps qui ne cherchaient qu'à lutter, elle s'obligea à se détendre un peu. Il lui sourit, sans desserrer son étreinte.

— Je fais ce que je veux, dit-il avec orgueil. Et pas seulement ici. Dehors, aussi. Je ne paie plus rien. Pas d'amende pour excès de vitesse. J'ai amoché un type le mois dernier dans un bar, et je n'ai même pas fait garde à vue. Les flics sont venus, ont vu que c'était moi, et m'ont laissé partir.

Il se mit à rire.

— Le type a eu besoin de sept points de suture. Je fais remplir ma déclaration d'impôts gratuitement. Il y a un bar, où je vais souvent. Je ne paie jamais. Partout où je vais, je suis le roi.

Josie faillit s'étrangler.

— Parce que... Parce qu'ils veulent pouvoir revenir ici ?

Il se balançait d'avant en arrière, l'écrasant de sa masse. Devant sa répulsion, impossible à cacher, il se remit à rire.

— Oui, bien sûr. Mais surtout parce qu'ils ont peur de ce que je peux avoir de compromettant sur eux. Ils ont tous des femmes, des petites amies, des familles...

Libérant un de ses poignets, il indiqua la porte qui donnait sur l'extérieur, que Josie entrevoyait à peine derrière son épaule.

— Là, dit-il en montrant un petit boîtier noir fixé au mur, au-dessus de la porte. J'ai une caméra qui les filme dès qu'ils entrent. J'ai un enregistrement de tous ceux qui viennent, à chaque fois, et je sais tout ce qu'ils font ici.

Il s'empara de nouveau de son poignet libre, lui tordit les mains au-dessus de sa tête. Elle sentit son souffle chaud, fétide, sur sa joue, tandis qu'il s'allongeait sur elle.

— Et personne ne veut être celui qui me fera tomber.

Elle détourna le visage, pour ne pas croiser son regard de fouine. *Continue à le faire parler !* Au moment où Gosnell avançait la main vers sa ceinture à elle, Josie parvint à cracher une question.

— Et vous avez eu cette idée comment ?

— Bon Dieu, tu parles beaucoup, toi.

Il lâcha un gros soupir, libéra les poignets de Josie qui tendit aussitôt les mains devant elle. Le soulagement de le voir s'écarter un peu fut palpable.

— Mon père, dit-il. C'est une affaire de famille, en quelque sorte.

Se désintéressant momentanément de la ceinture de Josie, il plongea une main dans son pantalon et commença à se masturber.

Josie pensa à Alton Gosnell, tranquillement installé à la maison de retraite de Rockview, à quelques mètres seulement de sa grand-mère, et eut envie de vomir. Ainsi, c'était son père qui avait commencé. Que Sherri lui vole son larynx, c'était bien le moins.

— Et votre mère ?

La main de Gosnell cessa de s'agiter, son visage s'assombrit. Au bout de plusieurs secondes, il s'écarta pour aller chercher sa bière. Josie se mit à genoux sur le lit.

— Elle n'était pas coopérative, dit Gosnell. Elle ne savait pas quoi faire. Mon père a dû s'en débarrasser.

— Mais vous n'avez pas eu ce problème avec Sherri.

— Sherri était obéissante.

Gosnell sourit faiblement, avant de s'assombrir de nouveau.

— Et puis cette petite conne l'a tuée.

— June Spencer ?

— Je l'ai laissée partir. On en avait une nouvelle, de toute façon. Il n'y avait pas assez de place. Je l'ai refilée à Donald. Et puis elle a buté ma Sherri.

Donc June était bien passée par ici.

— Donald Drummond était un de vos...

Josie chercha le mot juste, chaque option la hérissait. Elle se décida pour :

— Habitués ?

Il but une gorgée de bière, beaucoup moins pressé maintenant de la déshabiller. *Il aime ça*, comprit-elle. Il prenait plaisir à se vanter de son entreprise révoltante.

— Oui, un habitué. Il avait un faible pour June. Quand ça a été le moment de m'en débarrasser, il m'a demandé s'il pouvait la prendre. Je lui ai dit qu'il fallait payer pour ça. Il m'en a offert 2 000 dollars. J'ai accepté. C'est moins fatigant que de creuser un trou.

Josie fut prise de nouveaux vertiges. Donc il les tuait. Que pouvait faire d'autre quelqu'un comme Gosnell de celles qu'il considérait comme sa propriété ?

— C'est la seule que vous ayez vendue ?

— Ouais. Je n'ai pas besoin de me compliquer la vie, d'habitude. Je me fais assez d'argent ici avec mes filles.

Il se remit à la dévisager, l'air libidineux, reprit ses va-et-vient sous sa braguette. Josie enchaîna précipitamment :

— Ça a dû être dur. De perdre Sherri comme ça.

Gosnell rougit de colère, lui jeta à la figure sa canette qui rebondit sur le mur, la manquant de peu. Il pointa le doigt vers elle.

— Ferme-la, maintenant, OK ?

Il prit une grande inspiration, se détourna et se dirigea en titubant vers le frigo, près de la vitrine pleine de flacons et de seringues. Josie, se demandant à quel point il était soûl, poursuivit :

— C'est Sherri qui les droguait, n'est-ce pas ? Les filles. Elle était infirmière. Elle savait se servir d'une seringue.

Gosnell sortit une autre bière du frigo, le referma brutalement, ouvrit sa canette.

— Ferme-la, je t'ai dit. Tu parles trop, putain !

— Vous les trouviez où, ces sédatifs ? insista Josie.

Elle voulait qu'il continue à parler pour qu'il arrête de se masturber, et surtout pour qu'il ne la touche pas, elle.

— Il devait vous falloir un approvisionnement assez régulier. Il devait bien y avoir un médecin ou un pharmacien, plusieurs peut-être, parmi vos habitués. Qui est votre fournisseur ?

Il ne répondit pas, buvant sa bière sans la lâcher des yeux.

— Vous ne pouvez plus le faire, c'est ça ? Vous ne pouvez plus les droguer, maintenant que Sherri n'est plus là ?

La canette, plus pleine que la précédente, atteignit Josie à l'épaule malgré son mouvement pour l'éviter, atterrit sur le lit et se vida sur les draps.

— Qu'est-ce que vous allez faire, maintenant ? poursuivit-elle. Vous et Sherri n'avez pas d'enfant. Il n'y a personne pour reprendre l'entreprise familiale.

Secouant la tête, il alla chercher une nouvelle bière.

— Ne me parle pas de ma femme, tu entends, marmonna-t-il.

— Que s'est-il passé ? Elle ne pouvait pas en avoir ? Ou elle n'a pas voulu en avoir avec vous ? Ou bien c'est vous ? Vous ne pouviez pas lui donner d'enfant ?

Josie esquiva de justesse la canette pleine qui s'écrasa contre le mur au-dessus de sa tête, fit une entaille dans la cloison et l'arrosa de bière. Il s'avança en brandissant un index menaçant.

— Je t'ai dit de la boucler, bordel ! Tu ne sais pas de quoi tu parles. Sherri a eu une tumeur à l'âge de dix-neuf ans. Ils ont dû lui ligaturer les trompes. Il n'y a aucun problème de mon côté.

Josie ressentit un minuscule élan de commisération pour Sherri, vite effacé par la peur et le dégoût qui la submergèrent quand Nick Gosnell sortit son pénis de son pantalon et se masturba quelques brefs instants avant de monter sur le lit. À genoux, Josie se recroquevilla, s'écarta le plus possible.

— Je vais te montrer que tout fonctionne parfaitement chez moi. Fini de parler. Maintenant, tu vas faire exactement ce que je te dis.

Elle espéra qu'il ne la voyait pas trembler. Elle fixait son œil valide. Elle allait devoir le laisser l'approcher. C'était le seul moyen. S'il ne la voyait pas, il ne pourrait pas l'attraper. Il ouvrit le tiroir d'une des tables basses, en sortit une longueur de corde, lui attacha les mains à une des colonnes du baldaquin. Elle se débattit, essaya de lui griffer les yeux, puis serra les poings pour frapper n'importe quel point sensible, au hasard. Il lui cogna la tête contre le mur jusqu'à ce qu'elle cesse de s'agiter. Des étoiles dansaient devant ses yeux. Il acheva de lui lier les mains et entreprit de baisser son pantalon. Une porte s'ouvrit en grinçant dans l'esprit de Josie. Celle de l'endroit où elle se réfugiait quand quelque chose de terrible se produisait. Elle n'en avait pas eu besoin depuis des années. Elle pensait ne plus jamais devoir y retourner. Au moment où Gosnell s'allongea une nouvelle fois sur elle, elle en franchit le seuil.

Ils se figèrent sur place en entendant tambouriner à la porte.

60

— Nick Gosnell !

La grosse voix qui résonna derrière la porte était familière à Josie, mais elle ne parvint pas à l'identifier. Les coups redoublèrent, firent trembler la porte dans son cadre. Gosnell se retourna.

— C'est quoi, ce bordel ? marmonna-t-il.

— Gosnell, ouvrez cette porte. Je sais que vous êtes là.

Le regard de Gosnell passait de Josie à la porte, comme s'il hésitait.

— Gosnell, sortez de là immédiatement, bon sang !

C'est alors que Josie reconnut la voix du chef.

Gosnell se rhabilla, s'avança vers la porte, s'arrêta devant le frigo pour y prendre quelque chose que l'esprit hagard de Josie ne put reconnaître.

Et puis elle entendit le déclic d'une arme à feu qu'on chargeait. Un pistolet. Gosnell entrouvrit la porte. Dehors, il faisait grand jour.

— Je peux vous renseigner, chef ?

Le chef Harris répondit de la voix grave et furieuse qu'il prenait à chaque fois qu'il était hors de lui.

— Je sais ce qui se passe là-dedans, Gosnell.

— Je ne suis pas sûr de comprendre, chef.

Elle vit Gosnell perdre un court instant l'équilibre puis peser de tout son corps contre la porte. Harris essayait de forcer le passage.

— Laissez-moi entrer, bon sang !

— Je ne sais pas à quoi vous jouez, mais vous feriez mieux de foutre le camp. C'est une propriété privée.

Ils poussaient chacun de leur côté. Elle pouvait entendre Harris se jeter de tout son poids contre la porte pour essayer d'entrer.

— Je suis le chef de la police, Gosnell.

— La police n'a rien à faire ici. Sortez de chez moi.

— C'est ma commune, Gosnell. Vous pensiez que je ne savais pas qu'il se passait des choses ici ? Il ne me manquait que des preuves. Jusqu'à aujourd'hui.

— Si vous avez des preuves, où sont les autres flics ? Pourquoi êtes-vous venu seul ? persifla Gosnell qui essayait de garder son pistolet bien en main tout en empêchant Harris d'enfoncer la porte.

— Il n'y a que deux personnes dans cette ville en qui j'ai vraiment confiance. J'en suis une, et je suis prêt à parier que l'autre est prisonnière dans cette pièce. Laissez-moi entrer !

Le cœur de Josie bondit. Elle hurla :

— Chef !

La porte sauta de ses gonds et le chef déboucha dans l'embrasure, bousculant Gosnell qui tomba en arrière. Il leva son arme de service, balaya la pièce du canon. Josie eut juste le temps de voir son visage, rouge de fureur, avant qu'il se tourne vers Gosnell, à terre. Celui-ci lui donna un coup de pied dans la rotule, le coup partit, manquant de très loin sa cible. Le chef, en tombant, faillit s'écrouler sur Gosnell qui roula sur lui-même, brandit son pistolet et visa à son tour. Harris tira une seconde fois. La balle érafla le bras de Gosnell en faisant voler de petits morceaux du tissu de sa chemise. Il riposta, le chef s'écroula comme une poupée de chiffon. Josie hurla de nouveau :

— Chef !

Mais le chef, face contre terre, ne bougeait plus.

Josie tirait désespérément sur ses liens, jusqu'à s'en arracher des lambeaux de peau. Elle n'entendait plus que des cris, des hurlements, comme si une femme se faisait larder de coups de couteau. Il lui fallut un moment pour comprendre que c'était elle qui criait, avant de finir par se taire. Elle entendit Gosnell marmonner tous les jurons de la terre tandis qu'il remettait la porte en place et évaluait l'ampleur des dégâts. Le seul espoir de Josie, maintenant, était de parvenir à se défaire de ses liens. Gosnell la coinça contre le mur pour pouvoir la détacher. Elle se remit à crier.

— Tu vas la boucler, putain ! aboya-t-il.

Mais elle ne pouvait pas s'empêcher de hurler. Le chef était innocent et Gosnell l'avait abattu sous ses yeux. Il était sans doute mort. Luke, Ray, le chef... Qui serait le prochain ?

— Tu vas retourner avec ton petit copain jusqu'à ce que j'aie nettoyé ce bordel, déclara Gosnell.

Elle voulut lui lancer des coups de pied, mais comprit qu'elle avait intérêt à ce qu'il la détache. Cela lui donnait quelques précieuses secondes pour tenter quelque chose. Il était plus grand qu'elle et armé. Elle était menottée et blessée. Elle ne pouvait pas l'affronter physiquement en étant en situation de faiblesse, en risquant de ne plus pouvoir se défendre ni s'échapper. Il fallait qu'elle ait l'avantage.

Elle entendit alors Ray lui dire, aussi nettement que s'il était là, debout, au pied du lit : *Calme-toi, Jo. L'obscurité ne peut pas te faire de mal.*

Elle cessa de se débattre, inspira le plus profondément possible, malgré ses tremblements, et laissa Gosnell la libérer de ses liens. Il tendit la main pour la tirer par les cheveux, sa méthode préférée pour trimballer les femmes d'un endroit à un autre, visiblement. Sans hésiter, elle leva les deux mains et lui prit les joues, comme si elle allait lui donner un baiser. Un éclair de surprise réjouie traversa la figure de Gosnell. Puis elle enfonça les pouces dans les globes mous de ses yeux, les mains bien ancrées à sa nuque. Gosnell se mit à hurler, se débattit, cherchant désespérément à lui échapper.

Il tomba du lit. Elle bondit par-dessus lui, atterrit douloureusement sur les genoux, ramassa son arme qui gisait un peu plus loin. Elle se releva malgré ses rotules endolories, pointa le pistolet sur Gosnell qui se tordait de douleur, les mains sur la figure.

— Mes yeux ! beugla-t-il. Mes yeux !

— Gosnell !

— Mes yeux ! Espèce de salope ! Mes yeux !

— Ne bougez plus, dit-elle en avançant d'un pas.

— Putain de salope !

— Ça, c'est pour Ray, dit-elle en lui tirant une balle dans le genou gauche.

Gosnell mugit de plus belle. Il porta les mains à sa rotule en bouillie, se recroquevilla sur le côté. Accompagnant ses soubresauts, elle plaça le canon du pistolet sur son genou droit, appuya l'acier contre l'os, tira une seconde fois. Du sang, des morceaux d'os lui giclèrent au visage. Elle s'essuya d'un geste du bras. Les cris qu'il poussait ne ressemblaient à rien de ce qu'elle avait déjà entendu – à rien d'humain, en tout cas. Mais elle n'y prêta pas attention.

— Ça, c'était pour le chef.

Elle lui donna des coups de pied jusqu'à ce qu'il roule sur le dos, écrasa du talon un de ses genoux en bouillie, puis se pencha sur lui pour qu'il l'entende, malgré ses cris.

— Et ça, c'est pour les filles, dit-elle en lui tirant une troisième balle dans le bas-ventre.

Elle jeta le pistolet au loin, se précipita vers le chef qui gisait face contre terre. Il toussa quand elle lui toucha l'épaule.

— Josie, parvint-il à dire.

Elle tomba à genoux.

— Chef !

— Ne me faites pas bouger.

Il avait la voix rauque, luttait péniblement pour articuler chaque mot. Elle dut tendre l'oreille.

— Je crois que la balle a touché la moelle épinière. Je ne sens plus rien. J'ai du mal... du mal à respirer.

Elle s'allongea près de lui, le visage à hauteur du sien, tout proche, pour qu'il puisse croiser son regard. Il voulut sourire, mais une larme coula de son œil, roula sur l'arête de son nez. Ils se dévisagèrent un moment. Le soulagement de Josie ne pesait rien face au chagrin qui la noyait. Rien ne serait plus jamais comme avant.

— Écoutez, c'est important, chuchota-t-il.

— Chef...

— Vous pouvez compter sur Fraley. Il est intègre. Je vous nomme cheffe de la police. Vous êtes réintégrée, et promue. Ne... ne faites confiance à personne. Vous allez... Vous allez devoir... embaucher de nouveaux...

— J'embaucherai de nouveaux flics, promit-elle.

— Méfiez... Méfiez-vous.

— Oui, je ferai attention.

Il battit des paupières.

— Appelez...

Elle lui toucha délicatement la joue.

— Chef ?

— Appelez le FBI.

— OK, je les appellerai.

Il ouvrit grand les yeux, soutint son regard avec une intensité qui donna à Josie la chair de poule.

— Chopez-les. Chopez-les tous.

Puis il cessa de respirer.

61

Elle recouvrit le chef d'un drap pris sur le lit, aussi respectueusement qu'elle le pouvait dans cet endroit sorti de l'enfer. Nick Gosnell gisait, inerte, au milieu d'une mare de sang et d'esquilles d'os. Puis Josie resta plusieurs minutes à sangloter près de son mentor, genoux ramenés à la poitrine, se balançant d'avant en arrière comme une enfant. Geignant, gémissant, elle s'autorisa un bref moment à exprimer sa peine, incommensurable. Enfin, elle essuya ses larmes, se remit debout. Elle retrouva son pantalon, le renfila, et entreprit d'examiner la pièce. Il fallait qu'elle réfléchisse, et qu'elle réfléchisse correctement.

Elle devait faire les choses dans l'ordre. D'abord, ouvrir les portes. La terreur pesait comme une brique sur son estomac. Elle ne savait plus par quelle porte Gosnell l'avait fait sortir et devait vérifier chacune d'elles. Elle commença par la plus proche. À son grand soulagement, la cellule était vide, même si elle donnait l'impression d'avoir été occupée peu de temps auparavant. Une couverture était roulée en boule sur une couchette de bois, et un sac de fast-food avait été oublié au sol. Quand elle ouvrit la seconde porte, elle aperçut les chaussures de Ray et la referma aussitôt. Elle ne pourrait pas supporter de le voir. Pas comme ça. Il était trop tôt.

Elle prit une grande inspiration avant d'ouvrir la troisième cellule. Vide. Derrière la quatrième porte, une forme squelettique était recroquevillée dans un angle de la pièce. Elle se replia encore plus sur elle-même quand Josie s'avança sur le seuil.

— Hé !

La femme se releva d'un bond, s'éloigna d'elle le plus possible, se couvrant les yeux d'une main pâle.

— Arrêtez, par pitié, dit-elle d'une voix éraillée.

Chose qu'elle n'aurait pas crue possible, la fureur de Josie envers Nick Gosnell pour tout ce qu'il avait fait subir à tant de jeunes femmes innocentes se fit encore plus brûlante.

— C'est fini, dit-elle. Vous êtes en sécurité, maintenant. Je ne vous ferai aucun mal.

Josie attendit un bon moment que la femme baisse enfin le bras en clignant des yeux. Ce n'était pas Isabelle Coleman. Cette jeune femme-ci paraissait avoir autour de vingt-cinq ans. Elle avait des cheveux bruns, courts, un menton pointu.

— Qui êtes-vous ? demanda-t-elle d'un ton accusateur.

— Je m'appelle Josie Quinn, je suis inspec...

Elle s'arrêta, laissa les larmes rouler librement sur ses joues. Elle se retourna vers l'endroit où gisait le chef. Puis elle se redressa et releva fièrement la tête.

— Je dirige la police de cette ville. Je suis venue vous sortir de là.

62

La femme qui lui faisait face, rachitique, les jambes tremblantes, ne portait qu'une culotte et un soutien-gorge de dentelle, mal ajustés.

— Attendez-moi ici.

Josie se hâta d'aller chercher la couverture qu'elle avait vue dans la cellule vide. Elle la tendit à la femme.

— Tenez.

Toujours méfiante, la femme s'enroula lentement dans la couverture.

— Comment vous appelez-vous ?

— Rena. Rena Garry, répondit la femme d'une voix chargée d'émotion à présent.

Josie lui tendit la main.

— Rena, il faut partir d'ici. Immédiatement.

Une étincelle de compréhension brilla dans les yeux de Rena Garry. Elle agrippa la main de Josie et la suivit hors de la cellule.

— Ça n'est pas beau à voir, ici, dit Josie. Regardez droit devant vous, vers cette porte. Ne baissez pas les yeux.

Josie voulut la presser pour passer près du corps mutilé de

Nick Gosnell, mais Rena s'arrêta, lui tira le bras avec insistance. Josie insista pour la faire avancer :

— S'il vous plaît. Il faut partir.

Rena avait les yeux rivés sur le corps de Nick Gosnell.

— C'est lui. Il venait ici tous les jours.

— Oui, cet endroit lui appartenait, confirma Josie. Écoutez, il faut vraiment que...

Josie ne put s'empêcher de regarder le cadavre du chef. Une idée la frappa et elle lâcha la main de Rena.

— Une seconde, dit-elle.

Rena fixait toujours le corps de Gosnell d'un air féroce.

Josie prit le temps de chercher le téléphone portable du chef, qu'elle trouva dans sa poche arrière. En revenant vers Rena, elle se rendit compte qu'elle ne pouvait pas appeler le 911. Qui appeler, alors ? Le chef lui avait dit de ne faire confiance à personne. Et puis il n'y avait même pas de réseau, ici, dans la montagne, se dit-elle. Elle allait devoir entrer dans la maison des Gosnell et se servir de leur ligne fixe.

Elle reprit la main de Rena.

— Je vous en prie. Il faut qu'on parte, maintenant.

— C'est vous qui avez fait ça ?

Josie baissa les yeux, se rendit compte alors de ce qu'elle avait fait, comme si elle découvrait tout juste la scène. Les yeux sanguinolents de Gosnell enfoncés dans leurs orbites, le sang qui avait coulé sur sa figure. L'avant de son jean déchiqueté, le sang qui s'étalait tout autour. Les bouts d'os brisés qui dépassaient de son genou gauche. Sa rotule droite en bouillie. Les morceaux d'os, de chair, de nerfs dans la mare de sang. Les tirs à bout portant, les dégâts dévastateurs.

— Oui. C'est moi.

Rena cracha sur le corps de Gosnell avant de répondre :

— OK, on y va.

Josie hocha la tête, empocha le téléphone du chef et, Rena toujours derrière elle, ne s'arrêta que pour ramasser l'arme du

chef qui gisait dans un coin et la glisser à sa ceinture avant d'ouvrir la porte. La lumière du jour était presque aveuglante. Rena
leva la main pour se protéger les yeux et Josie baissa les siens sur
les pieds de la jeune femme :

— Vous êtes pieds nus.

— Je m'en fous.

Josie prit la main de Rena et, ensemble, elles plongèrent
vers la lumière.

La maison des Gosnell était petite et chichement meublée. La porte de derrière donnait sur une cuisine qui paraissait n'avoir pas changé depuis les années 1970. Josie laissa Rena assise devant un verre d'eau, face à la table en Formica jauni qui occupait presque toute la cuisine, pour aller explorer le reste de la maison, mais ne trouva rien. Elle soupira de soulagement. Elles étaient tranquilles pour l'instant, mais quelqu'un viendrait forcément, tôt ou tard. Elles ne pouvaient pas s'éterniser ici.

Par la fenêtre du salon, elle vit la Jeep du chef. Elle n'avait pas trouvé de clés dans ses poches ; il les avait donc probablement laissées sur le contact. Elle pouvait toujours embarquer Rena et s'enfuir en Jeep. Mais il fallait laisser les lieux intacts. Les protéger, même. Il ne fallait pas qu'un des tarés de clients de Nick puisse détruire le moindre élément de preuve.

Le chef lui avait dit d'appeler le FBI, mais elle n'avait aucun contact chez les fédéraux. Luke en connaissait peut-être, mais il ne pouvait rien pour elle en cet instant. Tout ce qu'elle pouvait espérer, c'était qu'il soit encore en vie. Denise Poole aurait peut-être pu lui indiquer quelqu'un, mais elle devait être en garde à vue à l'heure actuelle. Il ne restait plus qu'une seule personne.

La seule susceptible d'aider Josie à préserver la scène de crime, même si elle répugnait de toutes les fibres de son corps à lui passer un coup de fil.

Elle revint à la cuisine et dénicha un téléphone fixe. Il lui fallut trois essais pour composer le bon numéro – elle ne pouvait compter que sur sa mémoire. Enfin, on décrocha.

— Allô ?

— Trinity, j'ai besoin de votre aide.

— Qui est à l'appareil ?

— C'est Josie Quinn.

Trinity hoqueta presque.

— Où êtes-vous, bon Dieu ? Vous avez disparu depuis deux jours. Ray aussi. Et au commissariat, on m'a dit que le chef était parti et que lui aussi était injoignable.

Deux jours. Elle était restée enfermée avec Ray deux jours. Elle se demanda si Luke vivait encore, mais poser la question était au-dessus de ses forces. Elle ne pouvait pas le perdre, lui aussi. Elle n'y survivrait pas. Elle ferma les yeux.

— Je vais vous dire où je suis – où on est tous. Mais il faut que vous m'aidiez. Vous connaissez quelqu'un au FBI ?

— Bien sûr. J'ai un ami au bureau de Philadelphie. Mais attendez, qu'est-ce qui se passe ?

— Il faut que vous l'appeliez. Dès qu'on aura raccroché. Et il faut aussi que vous joigniez Noah Fraley.

— Il vient juste de sortir de l'hôpital.

— Très bien. Appelez-le et emmenez-le.

— Vous voulez que je l'emmène où ?

— Je vais vous expliquer. Mais vous devez faire exactement ce que je vous dis. À la virgule près, et sans rien omettre.

L'image de Trinity, fronçant ses sourcils parfaitement dessinés, s'imposa à Josie.

— Et qu'est-ce que j'y gagne ?

— Le reportage de votre vie.

64

Il leur restait deux ou trois heures de jour, estima Josie. Elle s'inquiétait de ce qui pouvait arriver une fois la nuit tombée. Elle ne voulait pas rester dans cette maison dans le noir ni prendre le risque d'allumer les lumières avant l'arrivée des secours. Si un des complices de Gosnell débarquait, Josie serait obligée de se défendre, de protéger Rena.

— Combien de temps avant qu'ils arrivent ? demanda celle-ci, tremblante.

Toujours assise à la table de la cuisine, elle avait les genoux ramenés contre sa poitrine, les orteils recroquevillés sur le bord de la chaise. Elle tirait sur les coins de sa couverture pour s'y blottir le plus possible. Il ne faisait pas froid dans la maison, mais Josie savait qu'elle était en état de choc.

Josie se tenait sur le seuil. Elle avait ouvert les rideaux du salon pour pouvoir, de là où elle était, surveiller une partie de l'allée qui menait à la maison.

— Ça peut prendre plusieurs heures, dit-elle sans chercher à mentir.

— Je ne comprends pas, dit Rena. Vous êtes cheffe de la

police, pourquoi faut-il attendre des heures que les renforts arrivent ? Pourquoi avoir fait appel au FBI ?

Josie baissa la tête.

— C'est une longue histoire. Que je vous raconterai volontiers en attendant les secours. Mais je dois d'abord savoir. Depuis combien de temps étiez-vous prisonnière dans ce bunker ?

Rena se balança lentement d'avant en arrière.

— Aucune idée. Quel jour sommes-nous ?

— Le 23 mars.

Rena ferma brièvement les yeux.

— Oh mon...

Elle n'acheva pas sa phrase.

— Quand avez-vous... Quelle est la dernière date dont vous vous souvenez ?

— Octobre. Le 5 octobre. J'étais à l'hôpital. Oh mon Dieu. Je... C'est impossible. Je sais que ça a été long. J'ai cru que ça durait une éternité, mais les drogues... Presque tout est flou. Je ne... Je ne...

Sa voix se fit hystérique, grimpa dans les aigus. Josie traversa la cuisine, vint s'asseoir près d'elle.

— Là, dit-elle doucement. Vous êtes sauvée, maintenant, Rena. Ça va aller. Pourquoi étiez-vous à l'hôpital le 5 octobre ?

Rena mit un long moment à répondre. Quand elle releva la tête, des larmes barbouillaient sa figure maigre.

— J'étais en... en... en désintox. Je... je suis toxicomane, d'accord ?

Elle tendit le bras et Josie remarqua pour la première fois les marques de piqûre au creux de son coude.

— C'était ma troisième cure. J'y suis allée de moi-même. Toute seule, en voiture, et j'y suis restée deux semaines, jusqu'à ce que mon assurance cesse de payer. Alors je suis partie. Je cherchais ma voiture sur le parking quand cette femme est passée près de moi. Elle m'a demandé si j'avais besoin d'aide.

J'ai répondu que oui, que je cherchais ma voiture. C'est la dernière chose dont je me souviens.

Comme Ginger Blackwell, ou presque.

— Je suis désolée. Sincèrement désolée. Vous vous souvenez un peu de cette femme ?

— Elle portait une blouse d'hôpital, comme les infirmières. Assez vieille, soixante ans, peut-être. Elle m'a dit qu'elle s'appelait Ramona.

C'était donc Sherri Gosnell qui l'avait attirée dans le piège.

— C'était quel hôpital ?

Le nom que donna Rena ne disait rien à Josie.

— C'est l'hôpital d'une petite ville aux environs de Pittsburgh, ajoute Rena.

Elle écarquilla les yeux, regarda autour d'elle, paniquée.

— On est où ? On est où, bon sang ? On est bien en Pennsylvanie ?

— Oui, on est toujours en Pennsylvanie. Mais vous êtes à deux cent cinquante kilomètres de chez vous.

— Oh mon Dieu...

— Je suis vraiment désolée, Rena.

Josie se leva, s'approcha de la fenêtre du salon. Toujours rien. Le soulagement le disputait à l'angoisse. Il fallait que Trinity et Noah se dépêchent.

Dans son dos, Rena demanda :

— À vous, maintenant. Dites-moi où je suis, et comment vous m'avez trouvée.

65

Le jour déclinait quand Josie et Rena entendirent des pneus crisser sur le gravier, dehors. Elles avaient bu toutes les bouteilles d'eau du réfrigérateur, mangé des chips et des biscuits trouvés dans les placards des Gosnell. À voir Rena picorer ses chips, Josie avait bien compris qu'elle avait encore moins d'appétit qu'elle, mais leurs estomacs grondaient et Josie l'avait exhortée à manger, au moins pour passer le temps.

— Je ne sais pas quand on aura l'occasion de faire un vrai repas. Une fois que le FBI sera là, les choses vont se précipiter.

Elles mangèrent comme elles le purent. Josie avait la gorge sèche, irritée, à force de parler, mais ça lui permettait de repousser l'angoisse, l'empêchait de penser à Ray et au chef, morts, froids et seuls dans le bunker.

Elles se levèrent d'un bond en les entendant arriver. *Il y a plusieurs voitures*, se dit Josie quand la première apparut dans le virage au bout de l'allée. Tout son corps se relâcha quand la Honda Civic de Trinity Payne se rangea à côté de la Jeep du chef. Deux Chevrolet Suburban noires et un van blanc orné, sur le côté, du logo du FBI et des mots « Unité scientifique du Bureau de Philadelphie », suivaient la Honda.

— Ils sont là, dit Josie d'une voix tremblante à Rena. Ils sont là !

Rena se rassit, Josie s'élança vers la porte.

— Je reviens tout de suite.

Elle n'aurait jamais pensé être aussi heureuse de revoir Trinity, et dut se retenir de lui sauter au cou quand celle-ci descendit de sa Honda. Elle s'obligea à garder ses distances, essaya de sourire, mais sentit qu'elle était au bord des larmes. Elle se mit à trembler en voyant les agents fédéraux jaillir de leurs voitures et s'avancer au petit trot.

— Merci, dit-elle à Trinity.

Pour une fois, Trinity n'arborait pas son air inquisiteur habituel.

— Vous n'avez pas bonne mine, répondit-elle.

Noah Fraley émergea de la Honda, côté passager. Son épaule droite était enveloppée d'un épais bandage, et il avait le bras en écharpe. Il paraissait pâle, épuisé, avec de grosses poches sous les yeux.

— Inspectrice Quinn.

Josie s'étrangla à demi, essuya ses larmes d'un revers de main.

— Noah. Je suis désolée de vous avoir tiré dessus.

Il parvint à sourire faiblement.

— Vous êtes toute pardonnée.

Un grand policier fédéral, en costume anthracite, s'avança vers Josie. Extrêmement sec, il devait bien mesurer un mètre quatre-vingt-quinze. Les cheveux courts, gris terne, il semblait approcher la soixantaine. Trinity fit les présentations.

— Voici l'agent spécial Marcus Holcomb. C'est lui qui va mener l'enquête.

Josie lui serra la main.

— Je vais vous montrer.

66

Josie passa deux heures sur place avec Holcomb, guida son
équipe jusqu'au bunker et lui donna sa version des événements.
Son épuisement étant de plus en plus visible, Holcomb lui
proposa de se faire accompagner à l'hôpital pour un contrôle,
puis dans un hôtel où elle pourrait se laver, manger et se reposer. Il lui adjoignit une des femmes de son équipe. Josie n'avait
aucune envie de rester seule et accepta de bonne grâce.

Une fois à l'hôtel, elle crut ne pas pouvoir dormir mais,
après avoir pris une douche et avalé deux antidouleurs, elle
sombra dans un sommeil sans rêve. On la laissa dormir jusqu'au
lendemain matin, mais il fallut bien se remettre au travail.
Le FBI devait apprendre tout ce qu'elle savait, jusque dans les
moindres détails. La policière fédérale qui l'avait accompagnée
enregistra sa longue déposition dans la chambre de l'hôtel ;
Holcomb était resté chez les Gosnell pour superviser le reste
des opérations.

Josie apprit que Rena Garry avait été emmenée, sous
escorte, à l'hôpital Geisinger. Elle eut aussi l'autorisation de
contacter Carrieann pour lui dire qu'elle était saine et sauve
et pour organiser la prise en charge de June et Lara Spencer

par le FBI. L'état de Luke était resté stable. Josie en fut à la fois soulagée et déçue. Plus que jamais, elle avait besoin de lui.

Noah et Trinity eurent la permission de passer la voir à l'hôtel. Noah lui apprit qu'on n'avait toujours pas retrouvé Isabelle Coleman.

— Des tombes ont été creusées dans la propriété des Gosnell. Certaines sont assez récentes, mais pas suffisamment pour que Coleman y soit enterrée, précisa-t-il.

Josie frissonna.

— Gosnell et son père ont sévi pendant des années. Noah, il y a peut-être une centaine de corps, là-haut.

Il s'assit près d'elle, au pied de son lit.

— Je sais. Écoutez, je n'ai pas encore eu l'occasion de vous le dire, mais je suis sincèrement désolé, pour Ray.

Elle s'absorba dans la contemplation du tapis sous ses pieds. Des fils couleur bordeaux, mauve, et plus de nuances de rose qu'elle ne pouvait en compter.

— Ray savait, chuchota-t-elle. Il savait qu'ils faisaient quelque chose de criminel, là-bas, et il n'a pas essayé de les arrêter.

— Mais c'était quand même votre mari.

Elle acquiesça avec raideur.

— Josie, je dois vous parler de plusieurs choses. Gosnell détenait des vidéos…

— Je suis au courant. Il me l'a dit.

Elle releva la tête à temps pour apercevoir la grimace que faisait Noah.

— Holcomb veut qu'on les visionne avec lui. Il faut identifier autant d'hommes que possible sur ces vidéos. Si ce truc va aussi loin que vous le pensez, arrêter tous ces connards sans qu'ils aient vent de quelque chose va s'avérer plutôt délicat.

— Est-ce que Trinity a fait diffuser le reportage que je lui ai suggéré ?

— Oui. Il a fallu qu'elle obtienne l'accord de son producteur et de la chaîne, mais Holcomb a arrangé ça très vite.

Josie sourit.

— Je me demande ce qu'il lui a promis. Trinity ne fait jamais rien gratuitement.

Noah haussa les épaules.

— Je la trouve plutôt sympa...

Josie avait suggéré de faire croire que Gosnell et Harris étaient vivants tous les deux, et qu'ils coopéraient avec le FBI pour enquêter sur une grosse quantité de drogue trouvée chez les Gosnell, et notamment dans un laboratoire clandestin de méthamphétamine installé dans la vieille maison qui se trouvait tout au fond de leur terrain. Josie avait proposé de filmer des gens du FBI faisant semblant de fouiller l'ancienne maison de ses arrière-grands-parents. Elle était assez éloignée du bunker de Gosnell pour que ses clients réguliers ne paniquent pas complètement. Cette histoire de drogue bidon devait les empêcher de pointer leur nez chez les Gosnell, mais aussi de s'enfuir. Josie se doutait que pas mal d'hommes de Denton et des comtés voisins devaient être nerveux. D'après ce que Ray lui avait raconté, le FBI savait, sans avoir besoin de voir les vidéos, que Dusty était impliqué dans l'histoire.

— Holcomb a chopé Dusty ?

— Oui, et il s'est montré très coopératif. Je crois qu'il essaie d'obtenir une remise de peine. Holcomb avait à peine prononcé deux mots qu'il était prêt à tout balancer.

Josie frissonna de dégoût.

— Quelle raclure...

— Oui. Je n'ai jamais aimé ce type.

— Je crois que même sa mère ne l'a jamais aimé.

Noah se mit à rire. Après les quelques jours qu'elle venait de passer, ce rire lui parut saugrenu – mais lui fit aussi beaucoup de bien. Il lui donna un petit coup de pied amical.

— Dusty a déjà identifié tous les flics de Denton qui étaient impliqués. Holcomb les a fait cueillir ce matin. Vous êtes officiellement cheffe de la police par intérim, maintenant. C'est vous la plus gradée, de toute façon, même sans la promotion accordée par le Grizz. Tous les autres sont au boulot comme si de rien n'était. On manque un peu de personnel, mais on s'en sort. J'ai des patrouilles qui sont toujours à la recherche d'Isabelle Coleman vingt-quatre heures sur vingt-quatre.

— C'est bien. Au fait, vous avez demandé à Holcomb si j'avais le temps de passer voir ma grand-mère ?

— Il peut vous accorder une heure, pas plus. Il veut qu'on visionne ces bandes le plus vite possible. Une fois que ce sera fait, vous pourrez retourner la voir plus longuement.

— Une heure ? Il plaisante ?

— Non. Je peux vous déposer à Rockview en allant au commissariat.

— Et la mère de Ray ? Et la femme du chef ? Elles sont au courant ?

Noah baissa la tête.

— Je sais que vous vouliez les prévenir vous-même, mais ça ne pouvait pas attendre. Elles n'arrêtaient pas de téléphoner, elles avaient compris qu'il se passait quelque chose.

Josie ferma les yeux.

— Pas Holcomb… Par pitié, dites-moi que vous n'avez pas laissé Holcomb le leur annoncer.

Quand elle rouvrit les yeux, Noah soutint son regard.

— Non, non. C'est moi qui suis allé leur dire.

— Merci.

— Vous êtes prête à vous y remettre ?

Josie inspira profondément pour se préparer à ce qui l'attendait. Revivre ce qu'elle avait subi pour l'annoncer à Lisette, lui apprendre la mort de Ray, regarder les vidéos et chercher Isabelle Coleman.

— Allons-y, dit-elle.

67

— Tu dis qu'ils ont trouvé des corps, là-haut, dans la montagne ?

Lisette fixait Josie depuis son fauteuil, dans sa chambre, les yeux écarquillés comme jamais. Elle triturait un mouchoir roulé en boule.

— Oui. Noah dit qu'ils ont trouvé des tombes, mais aucune n'est assez fraîche pour être celle d'Isabelle Coleman. Mamie, tu m'as entendue ? Gosnell a tué Ray.

Lisette hocha la tête et se tamponna le coin des yeux avec le mouchoir. Elle avait peut-être du mal à l'intégrer. Trop d'émotions, trop de choses à avaler d'un seul coup, probablement. La vie sans Ray était impossible à imaginer. Josie avait encore besoin de lui, elle s'en rendait compte. Peut-être pas quotidiennement, mais il l'avait aidée à surmonter ses démons, son passé. Seul Ray savait tout d'elle. Il avait été là presque tout le temps et, sans lui, elle était seule à porter son fardeau. Pour Josie, la seule façon de tenir était de ne penser qu'à ce qu'elle avait à faire ensuite. Parler à Lisette, puis aller voir Holcomb. Pour le moment, la liste était sans fin, et cela lui allait très bien.

— J'irai avec toi à l'enterrement, dit Lisette.

Elle tendit la main vers Josie, assise sur le rebord du lit, qui s'en saisit.

— Je suis vraiment désolée, Josie.

Josie ravala la boule qu'elle avait dans la gorge.

— Merci.

C'était gentil de sa part, mais elle semblait bien plus boule-versée par ce que Nick Gosnell faisait chez lui depuis des années que par le meurtre de Ray. Lisette lâcha la main de Josie, se renfonça dans son fauteuil. Peu à peu, son regard se perdit dans le vague. Josie eut l'impression que son esprit était parti ailleurs.

— Mamie, dit-elle doucement, il va falloir que j'y aille. Ils ne m'ont accordé qu'une heure. Je dois aller... examiner des vidéos. Identifier tous les clients de Gosnell. Ça va aller, d'ici mon retour ?

— Sherri a dû être horriblement maltraitée, dit Lisette comme si elle ne l'avait pas entendue.

Josie soupira. Penser aux Gosnell était peut-être moins pénible, pour sa grand-mère, que de penser à Ray. Elle jeta un coup d'œil au réveil sur la table de chevet. Il lui restait un quart d'heure.

— Oui. En venant, Noah m'a dit qu'il avait parlé avec la légiste qui l'avait examinée. L'autopsie de Sherri a révélé un grand nombre de fractures anciennes. Aux côtes, aux bras, aux jambes, et même une fracture du crâne. Typique chez une victime de violences conjugales.

— C'est vraiment triste. Elle qui ne disait jamais rien...

— Ça devait être difficile pour elle de s'ouvrir à des gens. Vu ce que devait être sa vie à la maison.

— Elle ne disait jamais rien, répéta Lisette. Elle ne faisait que son travail. Elle n'était pas désagréable, elle était... Elle était là, c'est tout.

Josie tenta de se représenter Sherri Gosnell chez elle. Par certains côtés, cela lui rappelait la catatonie de June Spencer.

Elle vivait comme un automate. Mais, supposa Josie, pour Sherri, vivre avec un monstre comme Nick Gosnell, c'était surtout essayer de survivre. Rester vivante un jour de plus, ou passer un jour sans se faire frapper, devait ressembler à une victoire. Elle se demanda si Sherri Gosnell avait connu de vraies joies dans sa vie. Elle était partagée entre la commisération et la fureur de savoir qu'elle avait participé à une entreprise aussi diabolique. Elle se demanda jusqu'où allait sa culpabilité. Son mari l'avait maltraitée, c'était indéniable ; mais elle avait beaucoup fait pour l'aider. C'était tout bonnement incompréhensible.

Lisette prit soudain un ton féroce.

— Et ce salaud d'Alton Gosnell. Regarde ce qu'il a engendré. Tu sais qu'on n'a jamais retrouvé sa femme ? Il dit qu'elle s'est enfuie, mais je pense que, maintenant, on sait ce qui lui est vraiment arrivé.

— Ils vont la retrouver là-haut, j'en suis sûre, dit doucement Josie.

Elle ne voulait pas troubler davantage sa grand-mère en lui répétant ce que Nick Gosnell lui avait révélé mais, en l'entendant réprimer un sanglot, elle ajouta vivement :

— Je vais revenir et l'interroger, mamie. Dès qu'on en aura terminé avec ces vidéos. Nick Gosnell a mis en cause son père, et il ne s'en tirera pas comme ça, je te le dis.

Lisette renifla, puis répondit :

— Tant mieux. C'est bien. Il faut qu'il paie pour tout.

Elle baissa la voix.

— Mais il est très malade. Une sorte d'infection, à ce qu'on dit.

— Ça m'est bien égal, dit Josie fermement.

Silence. Puis :

— Ça, c'est ma petite-fille. Je suis fière de toi.

Josie ne supportait pas l'agent spécial Holcomb. Elle l'avait vu arriver chez les Gosnell avec soulagement, et la présence du FBI l'avait ravie, mais la personnalité de Holcomb laissait beaucoup à désirer. Il était aussi terne que ses cheveux gris. Il en avait peut-être trop vu dans sa longue carrière, d'autant plus qu'il était affecté à la division des droits civils, qui enquêtait essentiellement sur des affaires de policiers corrompus et de trafic d'êtres humains, mais, pour Josie, il manquait de passion, voire de colère.

— C'est peut-être quelqu'un comme ça qu'il nous faut. Quelqu'un de froid, détaché.

C'est ce que Noah avait essayé de faire valoir à Josie après une journée passée en compagnie de Holcomb à visionner les vidéos trouvées dans le bunker de Gosnell pour essayer de reconnaître tous ceux qui y figuraient. Ils voulaient d'abord se concentrer sur les hommes, pour procéder rapidement à leur arrestation. Le reste de l'équipe du FBI chercherait ensuite à identifier toutes les femmes filmées et à les comparer aux restes humains qu'on avait déjà exhumés. Les vidéos s'étalaient sur plus de vingt ans ; en un jour, ils n'avaient eu le temps de parcourir que les cinq premières années. Holcomb faisait défiler chaque bande en accéléré. Il ne s'arrêtait que sur les plans montrant des visages d'hommes. Plus tard, pour les besoins de l'accusation, chaque vidéo devrait être regardée en entier. Il arrêtait les bandes à tout bout de champ, demandait à Josie et à Noah s'ils reconnaissaient chaque visage, s'impatientait quand ils hésitaient.

Même en accéléré, les images étaient atroces. Josie et Noah avaient dû faire plusieurs pauses, sortir prendre l'air, se laver de l'horreur sous la pluie, ne serait-ce que quelques secondes. Holcomb ne s'était levé que deux fois. Une pour aller manger, la seconde pour aller se chercher un café – sans même leur en proposer un. Puis il avait noté sans un mot sur un carnet chacun des noms qu'ils lui avaient donnés, avec la même expression que s'il avait établi une liste de courses à faire, ce qui agaça prodigieusement Josie.

À la fin du troisième jour, ils avaient achevé de dresser une liste fournie. Holcomb les laissa pour demander à ce qu'on délivre les mandats d'arrêt et organiser les équipes pour procéder aux arrestations.

— Il faut agir vite, leur dit-il. Il faut les cueillir tous le plus rapidement possible. Il ne faut pas qu'ils aient le temps de se prévenir les uns les autres. Je veux avoir ces fumiers jusqu'au dernier.

Ce fut la première phrase sortie de sa bouche qui plut à Josie.

Dès qu'il fut parti, elle se tourna vers Noah.

— Il y a combien de personnes en train de chercher Isabelle Coleman en ce moment précis ?

— Une douzaine.

— Alors allons parler à Alton Gosnell.

Noah fronça les sourcils, jeta un coup d'œil à sa montre. Il était une des rares personnes que Josie connaissait à encore porter une montre au lieu de lire l'heure sur son téléphone.

— Maintenant ? Vous ne voulez pas vous reposer ? On a eu trois longues journées.

— Non, pas de repos. On y va.

69

Alton Gosnell était si malade que le personnel soignant lui avait interdit toute visite, mais Josie ne se démonta pas.

— Quand bien même il serait au milieu d'une transplantation cardiaque, je m'en fous, je veux lui parler, déclara-t-elle à l'infirmière en chef de Rockview.

— Mademoiselle Quinn...

— Cheffe Quinn, intervint Noah. Elle dirige la police de Denton, maintenant.

L'infirmière en chef se força à sourire.

— Cheffe Quinn, M. Gosnell a beaucoup de fièvre. Son rythme cardiaque est très élevé et sa tension très faible. Comme vous devez le savoir, il a une trachéotomie et parle avec un larynx artificiel. Dans son état, la moindre... discussion lui serait extrêmement pénible. Je ne peux tout simplement pas vous autoriser à lui parler.

Josie posa la main sur sa hanche.

— Je ne manquerai pas d'en faire part aux familles des femmes qu'il a violées et assassinées. Ce n'est pas une discussion, c'est un interrogatoire. Et s'il est mourant, il est d'autant plus urgent que je lui parle. Une jeune fille de cette ville est toujours portée disparue et je la retrouverai, coûte que coûte.

— Vous ne pouvez pas entrer ici et exiger quoi que ce soit. Vous êtes peut-être la nouvelle cheffe de la police, mais ça ne vous donne pas tous les droits.

Josie répondit d'une voix grave, tendue comme une corde à piano prête à rompre.

— Je commence à en avoir plus qu'assez qu'on me mette des bâtons dans les roues. On a trouvé un charnier sur la propriété de cet homme. Vous me comprenez ? On est en train de déterrer des cadavres de jeunes femmes – dix, jusqu'à présent, et ce n'est pas fini. Nos radars géologiques nous disent qu'il pourrait y en avoir une soixantaine. M. Gosnell parle peut-être avec un larynx artificiel, mais il peut encore parler. Ces femmes n'ont plus ce luxe. C'est moi qui parle en leur nom, maintenant, et j'ai un sacré de tas de questions à lui poser. Maintenant, vous avez le choix entre vous ôter de mon chemin ou vous faire arrêter pour obstruction à la justice.

— Vous ne pouvez pas...

— Je le peux, et je ne vais pas me gêner. Ne me mettez pas au défi de le faire. Et même si ça ne tient pas devant un tribunal, ça n'est pas mon problème, vous comprenez ? Ce sera celui de votre avocat.

Josie fit mine de se diriger vers le couloir derrière l'infirmière et planta son regard dans le sien, pour voir si elle tenait bon. Au bout d'un long moment de tension, l'infirmière en chef s'écarta sans rien dire. Quand Josie fut passée, elle dit :

— Il est chambre...

— Je sais où il est, coupa Josie sans même se retourner.

Alton Gosnell, à demi assis dans son lit, portait une veste de pyjama d'un bleu délavé. Les quelques cheveux blancs qui lui restaient flottaient sur l'oreiller. Il avait le teint cramoisi. Quand il respirait, sa canule sifflait. Le liquide qu'il avait dans les poumons clapotait avec un son de cafetière électrique. La chambre sentait l'urine et la sueur. Ses yeux noirs se posèrent sur Josie et Noah dès qu'ils entrèrent. Noah se posta sur un côté du lit, Josie dc l'autre. Noah fit machinalement les présentations avant de faire la lecture de ses droits à Alton Gosnell. Lorsqu'il lui demanda s'il avait bien compris ce qu'il venait de lui lire, Alton porta son larynx artificiel à sa gorge.

— Vous m'arrêtez ? demanda-t-il de sa voix de robot.

— Nous sommes simplement venus vous parler, monsieur Gosnell, dit Noah, en agitant une copie du guide des droits de l'accusé. C'est ce que je dois lire avant d'interroger les gens quand il y a eu un crime.

Alton Gosnell hocha sagement la tête. Ils avaient décidé que Noah mènerait l'opération parce qu'un misogyne comme Alton Gosnell avait plus de chances d'accepter de parler à un homme qu'à une femme. Et aussi parce que Josie n'était pas certaine de ne pas déborder du cadre professionnel.

— Monsieur Gosnell, toutes mes condoléances pour la mort de votre fils, commença Noah.

Ni Josie ni Noah n'en étaient désolés, mais ils avaient convenu de commencer par là. Alton Gosnell haussa les épaules.

— Il était faible. Et stupide.

Les deux policiers se regardèrent. Noah saisit la balle au bond.

— Stupide ? Il semblait plutôt avoir un certain succès, là-haut, chez vous. D'après ce que nous savons, il a fait ça pendant des dizaines d'années.

La main noueuse de Gosnell pressa le larynx artificiel contre sa gorge.

— Mais il s'est fait prendre, non ?

Alton Gosnell dévisageait Josie. Elle refusait de se laisser impressionner par son regard libidineux, presque identique à celui de son fils. Il était vieux, infirme. Il ne pouvait même pas marcher. Il pouvait la lorgner tant qu'il voulait, il ne l'atteindrait pas.

— Moi, on ne m'a jamais pris.

— Votre fils vous a mis en cause.

Gosnell se mit à rire sans bruit, puis reporta le larynx artificiel à sa gorge.

— Vous ne pouvez pas m'arrêter maintenant. Je suis trop vieux, trop malade.

Josie se moquait bien qu'il tombe en poussière au moment où on lui passerait les menottes ; elle le ferait quand même arrêter. Elle ouvrit la bouche, mais Noah la devança :

— Et qu'est-ce qui a fait la différence ? Entre vous et Nick... Comment avez-vous fait pour ne jamais vous faire prendre ?

Gosnell tourna la tête vers Noah.

— Je n'ai jamais emmené quelqu'un d'autre là-haut. Il n'y avait que moi. Je ne les vendais pas, et je ne les gardais pas longtemps, je vous le garantis. Quand j'en avais fini avec elles, je m'en débarrassais.

— C'est-à-dire ?

Alton Gosnell ne répondit pas. Noah essaya autre chose.

— Comment faisiez-vous pour vous en « débarrasser » ?

— Il y a beaucoup de place, là-haut. Surtout quand j'ai eu racheté la propriété voisine.

— Où les trouviez-vous ? Comment se fait-il que personne n'ait jamais rien remarqué ?

— Je n'en ai jamais enlevé deux au même endroit. Je roulais le plus loin possible, j'en choisissais une dont je pensais qu'elle ne manquerait à personne, et j'attendais le moment où on était seuls pour la kidnapper. À l'époque, il n'y avait pas de téléphones portables, pas de caméras partout. C'était plus facile, dans le temps, et, en plus, je n'en ai jamais enlevé autant que mon fils.

— Combien y en a-t-il là-haut, d'après vous ?

— Sais pas. Je n'ai jamais compté.

— Vous vous rappelez la première fois que vous vous êtes, euh, « débarrassé » de l'une d'elles ? demanda Noah.

Alton Gosnell regardait droit devant lui. Sans sa respiration pénible, Josie aurait pu le croire mort.

— Monsieur Gosnell ? insista Noah.

Il y repensait peut-être. Ses yeux se mirent à briller, et quelque chose qui ressemblait à de l'euphorie se peignit sur sa figure rougeaude. Josie en eut la nausée. C'était un véritable tueur en série, comprit-elle. Il avait sévi pendant des dizaines d'années librement, sans contrôle, et sa propriété était assez vaste pour dissimuler toutes ses victimes. Il n'avait absolument aucun remords, il avait savouré chacun de ses crimes. Josie savait que, selon la rumeur qui circulait en ville, la femme de Gosnell l'avait quitté alors que Nick n'avait que neuf ans, ce qui signifiait qu'il avait été élevé presque exclusivement par son père, qui l'avait façonné à son image. Deux générations de tueurs en série. Tel père, tel fils...

La voix de Lisette, farouche et frémissante à la fois, résonna depuis le seuil.

— Dis-leur la vérité, Alton !

Surpris, Noah et Josie se retournèrent. Lisette était appuyée sur son déambulateur, et sa frêle silhouette semblait occuper tout l'encadrement de la porte. Elle fixait Alton Gosnell d'un regard brûlant, féroce. Josie ne lui avait encore jamais vu cet air-là. Sa grand-mère si douce, si aimante...

— Mamie ?

Lisette s'avança avec résolution, maniant son déambulateur comme une arme. Elle en donna de grands coups contre le lit de Gosnell, au point de le faire trembler. La rêverie euphorique d'Alton Gosnell fit place à l'agacement. Il lui lança un regard méchant. À l'aide de son larynx artificiel, il dit :

— Ferme-la, Lisette.

Elle tendit un index accusateur, tremblante de fureur.

— Tu crois que je ne sais pas ce que tu as fait ? J'ai tout

deviné. Je sais que c'est toi. Je sais ce que tu as fait à ma… à ma… ma Ramona. Maintenant, dis-leur la vérité, espèce de fumier !

En entendant le nom de Ramona, Josie devint blême.

— Mamie ? répéta-t-elle d'une voix faible.

Elle dévisagea cette femme qu'elle reconnaissait à peine. Ce n'était plus sa grand-mère. C'était une autre femme, une femme avec de la haine plein les yeux, une envie de vengeance qui la faisait frémir. Seul son déambulateur l'empêchait de serrer le cou d'Alton Gosnell, de l'étrangler de ses propres mains.

Gosnell se remit à rire sans bruit. Puis il se tourna vers Lisette et appuya son appareil contre sa gorge.

— Elle était parfaite. Tu as fait du bon boulot en la mettant au monde, Lisette. J'ai regretté de devoir m'en débarrasser. Elle, j'aurais pu la garder pour toujours.

Lisette restait muette, ignorant les larmes qui roulaient sur ses joues, tombaient sur son chemisier.

— Tu croyais que je n'étais pas au courant ? reprit Gosnell.

Lisette se taisait toujours.

— C'était le jeune soldat, non ? Celui que ta famille avait accueilli pour l'été ? Je t'ai vue une fois avec lui, dans le bois. Il y allait à fond, hein ?

Lisette hoqueta. Noah assistait à la scène, totalement muet et immobile. Josie murmura doucement :

— Mamie, de quoi parle-t-il ?

Sans lâcher Gosnell des yeux, Lisette répondit :

— J'étais toute jeune. Je n'avais que treize ans. Mes parents louaient une chambre de la maison, pour arrondir les fins de mois. Un été, nous avons hébergé un soldat, qui était entre deux affectations. Il est resté quelques mois. Il n'était pas beaucoup plus vieux que moi. J'ai cru que je l'aimais. Après son départ, je me suis aperçue que j'étais enceinte.

— Quoi ? Mais papa était fils unique !

— C'est ce que tout le monde a cru. Ma mère a annoncé partout qu'elle était enceinte. Dès que mon ventre s'est arrondi, je n'ai plus quitté la maison. On a répété que j'étais malade. J'ai accouché, chez nous, d'une magnifique petite fille. Ma mère a fait croire que c'était son enfant. Ma sœur. La petite Ramona.

Gosnell mima ces trois derniers mots : « La petite Ramona. »

— Combien de temps a-t-elle... a-t-elle vécu ? demanda Josie en frémissant.

— Elle avait huit ans. J'accrochais du linge sur le côté de la maison, elle jouait dans le jardin. Elle courait après les papillons. Et elle a disparu. Comme ça, d'un coup.

Elle fusilla Gosnell du regard.

— C'est lui qui l'a enlevée.

— Elle s'est fait bouffer par des animaux sauvages, dit Gosnell.

— Le seul animal qui l'ait touchée, c'est toi, rétorqua Lisette.

Gosnell se remit à rire en silence.

— J'ai fouillé tout le bois pour la retrouver, reprit Lisette. Mon père a cherché avec moi. Des jours entiers. La police est montée là-haut aussi, pour la chercher. Et puis, au bout d'une semaine, on a retrouvé ses vêtements dans la forêt. Déchirés, arrachés. La police a dit qu'elle avait dû se faire attaquer par un ours ou par des coyotes. Qu'ils l'avaient probablement emportée. Ils ont cherché son corps quelques semaines de plus, sans rien trouver. Nous avons mis en terre un cercueil vide.

Elle hoqueta, puis répéta en chuchotant :

— Un petit cercueil vide.

Lisette essuya ses larmes d'un revers de manche avant de poursuivre.

— Ma mère a été soulagée de pouvoir balayer toute cette histoire sous le tapis. Je n'ai jamais cru que ma fille avait été emportée par un animal sauvage, mais qu'est-ce qui avait pu lui arriver d'autre ? À cette époque, on n'avait pas de fichiers de délinquants sexuels et tous ces trucs. Les gens ne parlaient pas de crimes sexuels ni de pédocriminalité. Au fond de moi, je savais seulement que quelque chose de terrible lui était arrivé, et que ce n'était pas le fait d'un animal. J'avais vécu dans ces bois toute ma vie, et je n'avais jamais vu le moindre coyote. Quand tu m'as parlé de Nick et de ces femmes, j'ai compris. Je sais quel genre d'homme est Alton. Tu n'as jamais entendu ce qu'il dit aux femmes ici, toi. Ça n'a pas été trop difficile de comprendre qu'ils sortaient du même moule.

Tel père, tel fils.

Josie en avait la chair de poule.

Lisette cogna le cadre du lit avec son déambulateur.

— Qu'est-ce que tu lui as fait, salaud ?

Gosnell se détourna de Lisette. Son sourire narquois disparut, remplacé par un air presque peiné.

— Elle a été la première. Je voulais la garder mais, au bout de quelques jours, comme elle était toujours recherchée, j'ai compris que je ne pouvais pas le faire. Alors je m'en suis débarrassé. Je l'ai mise là où personne ne la trouverait jamais, et j'ai laissé ses vêtements pour que tout le monde pense qu'elle s'était fait emporter par un ours. J'étais sûr qu'ils viendraient m'arrêter. J'ai attendu.

— Tu lui as fait mal ? Tu l'as tripotée ?

Ses yeux redevinrent vitreux.

— Pas comme tu le penses. Je n'ai pas eu le temps. Ma femme… vivait encore. Mon fils me posait beaucoup de questions. Je ne pouvais pas prendre de risques. Quand je descendais la voir, il y en avait toujours un des deux pour me déranger.

Josie s'approcha de Lisette, posa la main sur son bras.

— Mamie…

— Mais c'est la première que j'ai enlevée, poursuivit Gosnell, le regard de nouveau habité. Et je ne me suis pas fait prendre. Alors j'ai su que je pouvais le faire.

J'ai su que je pouvais le faire.

Les corps exhumés dans la propriété des Gosnell et les vidéos filmées par Nick Gosnell avaient permis de déterminer que toutes ses victimes étaient soit adolescentes, soit plus âgées. Si les appétits d'Alton Gosnell ressemblaient à ceux de son fils, Ramona, qui n'avait que huit ans, avait probablement été la victime d'un crime d'opportunité, mais pas forcément choisie parce qu'elle correspondait à ses fantasmes sexuels. Il savait que c'était une enfant illégitime, il n'avait pas eu de mal à la kidnapper dans le jardin de ses voisins. Un parfait sujet d'expérience.

— Depuis combien de temps ? demanda Josie. Depuis quand rêviez-vous d'enlever une jeune femme avant de vous en prendre à Ramona ?

— Très longtemps. Depuis mon adolescence. J'aurais voulu faire plus de choses avec elle, mais ça, c'est arrivé ensuite, avec les autres. J'ai décidé de conserver ce nom pour mon fils. Le premier crime parfait. Je lui disais qu'il devait se trouver sa propre Ramona, et c'est ce qu'il a fait. Mais ensuite, il a tout perverti. Il était incapable de se taire. Je vous ai dit qu'il était stupide.

Ainsi, tout venait de là. Nick Gosnell s'était simplement approprié le nom de Ramona pour ses petites affaires, même si cela avait déçu son père. « Perverti », le choix du mot était significatif. Josie tenta de se représenter Alton Gosnell, jeune, nourrissant des fantasmes de rapt et de viol pendant plus de dix ans. Quelle excitation il avait dû ressentir en enlevant la fillette ! En faisant enfin le premier pas vers l'assouvissement de ses désirs malsains. Le fait de s'en tirer sans être inquiété avait dû ouvrir en grand les vannes de ses pulsions les plus tordues. Et puis il avait assassiné sa femme et avait entrepris d'enseigner à son fils comment violer et tuer des femmes, et comment se débarrasser de leurs corps.

— Où est-elle ? demanda Lisette. Où est ma fille ?

— Là-haut. Là-haut, dans la montagne, avec les autres.

70

— Mamie, comment se fait-il que tu ne m'aies jamais parlé de ta fille ?

Elles étaient assises côte à côte sur le lit de Lisette, main dans la main, les yeux tournés vers la porte ouverte de la chambre, devant laquelle résidents et personnel soignant passaient sans même leur accorder un regard. Une journée d'activité normale à Rockview. Le séisme émotionnel que venait de vivre Josie dans la chambre d'Alton Gosnell ne concernait qu'elles. Sa grand-mère et elle. Les seules survivantes de leur famille.

— C'était de l'histoire ancienne, répondit Lisette, la voix lourde de fatigue.

— Allons, je sais que ce n'est pas vrai. En tout cas, pour toi, ce n'est pas de l'histoire ancienne.

Quelques secondes s'écoulèrent. Lisette serra la main de Josie.

— C'était il y a très longtemps, et mes parents ont tout fait pour tourner la page et ne pas remuer le passé. Il faut que tu comprennes bien comment c'était, à l'époque. On ne pouvait pas tomber enceinte sans être mariée. Les mamans solo, ça n'existait pas vraiment. Ma mère a voulu m'envoyer loin de la maison. Il y avait un foyer pour mères célibataires à Philadelphie. Je devais y aller pour accoucher et, avec de la chance, Ramona aurait été adoptée. Elle aurait peut-être vécu si j'avais fait ce que mes parents voulaient. Mais je ne pouvais pas abandonner mon bébé. Je savais que c'était au-dessus de mes forces. J'ai fini par les faire céder. Ils ont eu l'idée de faire passer Ramona pour leur enfant. Mais ils ne l'ont jamais vraiment acceptée. Pendant un temps, après sa disparition, je me suis demandé si ce n'étaient pas eux qui l'avaient envoyée ailleurs. Mais elle leur manquait, à eux aussi. Alors j'ai su qu'ils n'y étaient pour rien. Pourtant, quand on a retrouvé ses vêtements, ils ont eu vite fait de l'enterrer. Ils voulaient recommencer à vivre comme si elle n'avait jamais existé. On n'en parlait jamais. Je crois que ma mère était soulagée, en réalité.

— Oh, mamie, je suis vraiment désolée.

— J'ai fini par me faire à l'idée de ne jamais vraiment savoir ce qui lui était arrivé. Je savais qu'elle était morte, même si je rêvais parfois qu'elle vivait toujours et qu'elle viendrait un jour me retrouver. Ça m'a passé, avec le temps. J'ai même accepté le fait de ne pas pouvoir l'enterrer pour de vrai. Mais jamais celui de l'avoir perdue.

— Je ne vois pas comment tu aurais pu...

Lisette se tourna vers Josie, lui sourit – le sourire d'une femme qui tentait de rester positive malgré un chagrin infini.

— Et puis tu es arrivée. Une petite fille. J'étais si heureuse.

Josie lui rendit son sourire. Elle s'approcha un peu plus, posa la tête au creux de son épaule. Elle s'y nichait avec la même perfection, aujourd'hui, à vingt-huit ans, que lorsqu'elle en avait huit.

— Papa a su, pour Ramona ?

— Non. Personne n'a jamais rien su, à part moi et mes parents. Je n'en ai jamais parlé. À personne.

— Son père, qu'est-il devenu ?

— Je ne sais pas. Je n'ai plus jamais eu de nouvelles. J'ai entendu dire qu'il avait été envoyé en Corée. Je me suis persuadée qu'il était mort pendant la guerre. C'était plus simple comme ça.

— June Spencer a écrit son nom sur le mur avec le sang de Sherri Gosnell. C'est ça qui t'a bouleversée. C'est pour ça que tu ne voulais plus répondre au téléphone. Tu savais ? Tu soupçonnais Alton Gosnell ?

Lisette fit non de la tête.

— Pas tout de suite. Je n'ai pas fait le rapprochement. C'est seulement le fait de voir ressurgir son nom. Tout m'est revenu comme si c'était hier. Pardonne-moi, je n'ai pas eu le courage de te rappeler. Je savais que tu traversais des moments pénibles, je n'ai pas voulu t'accabler avec ça.

— Mais mamie, jamais tu ne m'accableras, jamais.

Lisette lui serra la main.

— Mais ensuite, quand tu es passée, l'autre jour, que tu m'as raconté ce qui t'était arrivé et ce que tu avais découvert, là, j'ai compris.

— Je vais envoyer Alton Gosnell en prison.

Elle lui avait signifié son arrestation, après sa confession. Mais il était si malade qu'il fallait l'envoyer à l'hôpital, pas en cellule. Même si c'était inutile et qu'elle manquait de personnel, elle voulait le faire transférer, avec un policier pour garder sa porte à l'hôpital. Ne serait-ce que pour lui rappeler qu'il s'était enfin fait prendre.

— Il n'ira jamais en prison, dit Lisette. Il est trop malade. Mais maintenant, je sais. Je sais ce qui est arrivé à ma petite Ramona.

Devant le chagrin de sa grand-mère, Josie se sentit inutile, impuissante. Plus démunie encore que lorsqu'elle était enfermée dans la cellule obscure de Nick Gosnell. C'était une femme d'action. Mais, portant elle-même le deuil de Ray et du chef, elle savait qu'il n'y avait rien à faire. Il n'y avait aucun moyen d'alléger ou d'adoucir la peine de sa grand-mère. Cette douleur avait une existence propre, c'était une entité avec laquelle Lisette vivrait jusqu'à son dernier souffle. Josie demanda pourtant :

— Je peux faire quelque chose pour toi, mamie ?

— Quand tu auras localisé la petite Coleman, retourne dans la montagne et retrouve ma Ramona. Trouve-la pour moi, Josie.

71

Josie était à la fenêtre du bureau du chef, son bureau désormais, et observait la rue en contrebas, pleine de camionnettes de télévision, de journalistes, d'antennes paraboliques et de curieux. Les équipes de Holcomb avaient lancé leurs opérations la veille – le lendemain du jour où Lisette, Noah et elle avaient obtenu la confession d'Alton Gosnell – et la nouvelle de ce qui se passait vraiment chez les Gosnell s'était répandue comme une traînée de poudre. Noah avait embauché quelques jeunes du quartier pour dresser des barrages temporaires et tenir tout ce petit monde à distance de l'entrée du commissariat. Quelqu'un avait même installé des toilettes de chantier sur le trottoir. La presse allait rester un moment, c'était inévitable. Pour une fois, sa présence ne gênait pas Josie. Les journalistes étaient fouineurs et envahissants, mais ils lui permettaient aussi de tout garder à l'œil, le temps que le FBI et le peu de policiers municipaux qui lui restaient remettent les choses à peu près dans l'ordre.

Josie vit une femme en robe noire moulante et boléro bleu franchir la barrière et s'avancer vers l'entrée en faisant claquer ses hauts talons de douze centimètres sur l'asphalte. Trinity se faisait remarquer. Josie avait fait savoir à tout le monde qu'elle était autorisée à entrer librement dans le bâtiment par la porte latérale, réservée aux policiers, et à venir voir soit Noah, soit elle, à tout moment. Et Trinity Payne ne se privait pas d'étaler son privilège devant tous ses collègues.

Josie s'écarta de la fenêtre et consulta son téléphone portable de remplacement, posé sur son bureau, mais il n'y avait aucun message de Carrieann. L'état de Luke était stable. Les nouvelles seraient peut-être meilleures demain. Elle soupira. Au moins, Denise Poole avait été relâchée et les poursuites contre elle, abandonnées. Josie fit le numéro de Rockview et patienta, le temps qu'on aille chercher l'infirmière en chef. Au bout de quelques minutes, celle-ci prit l'appareil, contrariée et à bout de souffle. Sans préambule, elle déclara :

— Non, M. Gosnell n'a pas encore été transféré. Il n'y a pas une place de libre à l'hôpital. Je fais tout mon possible, croyez-le bien. J'espère pouvoir l'envoyer à l'hôpital demain.

Josie était furieuse à l'idée que sa grand-mère passe une nuit de plus sous le même toit que ce monstre. Elle savait bien qu'il était incapable de faire du mal à une mouche dans son état, mais la question n'était pas là. Elle avait supplié Lisette de venir dormir chez elle, le temps que les choses s'arrangent, mais elle n'avait rien voulu savoir et avait déclaré à sa petite-fille qu'elle ne bougerait pas et qu'elle voulait « voir ce salaud crever ».

Visiblement, Lisette était tout à fait sérieuse.

— Votre grand-mère semble monter la garde devant la chambre de M. Gosnell.

— Que voulez-vous dire ?

— Je veux dire qu'on l'a vue plusieurs fois plantée devant chez lui, à le fixer du regard. Je pense que ça n'est pas très sain. Hier, une des infirmières de nuit l'a trouvée *dans* la chambre, juste à côté du lit de M. Gosnell.

Josie ne répondit pas. Que pouvait-elle dire ? Alton Gosnell avait tué la fille de Lisette et n'avait jamais été inquiété. Elle n'allait pas s'excuser parce que sa grand-mère voulait se confronter à cet assassin. Et elle n'allait pas essayer de la raisonner. Qu'aurait-elle bien pu lui dire ?

L'infirmière en chef soupira bruyamment.

— Je vous rappelle dès qu'il est transféré, je vous le promets. Je veux en finir avec cette histoire autant que vous et votre grand-mère, croyez-moi.

— Merci, répondit Josie avant de raccrocher.

Elle sortit dans le couloir, trouva deux tasses propres dans la salle de repos et prépara deux cafés, avec du sucre et de la crème. Maintenant qu'elle était à la tête de la police, elle allait devoir demander un financement pour les nouveaux besoins du service en sucre et en crème. Elle emporta les tasses fumantes jusqu'à la salle de vidéo, adjacente à l'unique salle d'interrogatoire dont disposait le commissariat. Noah regardait, sur un écran plat haute définition, l'agent spécial du FBI Marcus Holcomb interroger Dusty Branson.

Noah pivota sur sa chaise quand elle entra. En souriant, il prit de la main gauche le café qu'elle lui tendait. Il avait toujours le bras droit en écharpe. Josie savait bien qu'il lui avait pardonné de lui avoir tiré dessus mais, à chaque fois qu'elle posait les yeux sur lui, elle sentait la culpabilité l'envahir. Elle lui rendit son sourire, malgré la semaine éprouvante qu'elle venait de vivre.

— Du nouveau ?

— Holcomb ne va pas tarder à porter l'estocade pour la tentative de meurtre sur Luke.

Holcomb cuisinait Dusty depuis des heures. Il lui avait déjà fait dire comment Sherri et Nick Gosnell avaient enlevé Isabelle Coleman. Ils l'avaient repérée près de sa boîte aux lettres et suivie sur le chemin qui menait chez elle, en faisant semblant d'être perdus et de lui demander leur route. Dusty ne savait pas exactement ce qui s'était dit, mais Coleman s'était rendu compte à un moment que les Gosnell n'étaient pas nets et s'était enfuie par le bois. Nick s'était lancé à sa poursuite, l'avait rattrapée et ramenée de force à leur voiture. Ils l'avaient enlevée sur une impulsion. Gosnell sévissait rarement dans la région, avait dit Dusty à Holcomb. En général, Nick et Sherri partaient en week-end dans un État voisin, Ohio, New York, New Jersey, Maryland ou même Virginie-Occidentale, et c'est là qu'ils kidnappaient des filles, d'après Dusty. Ils n'agissaient quasiment jamais à moins de cent cinquante kilomètres de Denton, pour ne pas attirer les soupçons. Ils ciblaient des jeunes femmes instables, brouillées avec leur famille, dont la disparition serait peut-être moins remarquée. Des fugueuses, des toxicomanes, des prostituées. L'enlèvement d'Isabelle Coleman, comme celui de Ginger Blackwell six ans plus tôt, était une anomalie, très loin de leur mode opératoire habituel. Seuls Dusty et une poignée d'autres avaient su que Coleman était prisonnière de Gosnell.

Et puis, quelques jours après le meurtre de Sherri, Nick Gosnell avait appelé Dusty, paniqué. Isabelle Coleman s'était échappée. C'était la première fois que ça se produisait. Gosnell avait attribué son évasion au fait qu'il n'était pas dans son état normal à cause de la mort de Sherri. Et puis, Sherri n'étant plus là pour la droguer, Isabelle avait dû retrouver un peu de lucidité et de force. Elle avait réussi à s'enfuir dans la forêt et plus personne ne l'avait revue.

Josie savait par Ray que tout le commissariat était resté à la recherche de Coleman vingt-quatre heures sur vingt-quatre, jusqu'à l'affrontement dans le bunker. Et que même ensuite, en l'absence du chef, ils avaient continué à la chercher, en vain. Maintenant que la plupart des flics clients et complices de Gosnell avaient été arrêtés, la police de Denton manquait cruellement de personnel. Josie pensait passer par Trinity pour lancer un appel à tous les citoyens désireux de participer aux recherches.

Dusty avait aussi donné les noms des deux policiers qui

avaient tiré sur la voiture des gangsters et de Dirk Spencer. Selon lui, Spencer avait entendu prononcer le nom de Ramona dans un bar qu'il avait commencé à fréquenter après la disparition de June. Il lui avait fallu du temps avant que les habitués du bar ne lui parlent de ce que trafiquait Gosnell, et plus longtemps encore pour apprendre où ça se passait, mais il avait fini par le découvrir. D'une manière ou d'une autre, certains flics de Denton avaient entendu dire que Spencer projetait d'aller attaquer le bunker de Gosnell avec ses petits copains de Philadelphie, et ils avaient réussi à les intercepter. Comme le soupçonnait Josie, un des flics de l'État, qui travaillait au même endroit que Luke, était lui aussi mouillé dans l'histoire et avait aidé à effacer les traces de l'implication de ceux de Denton dans la fusillade de l'autoroute. Il avait aussi suggéré de faire porter le chapeau à Denise Poole pour Luke, parce qu'il savait que Luke et Denise avaient été en couple et qu'elle nourrissait toujours une obsession envers lui.

Mais Dusty n'avait toujours pas craché le nom de la personne qui avait tiré sur Luke. Sur l'écran, Holcomb se tenait debout d'un côté de la table, une main sur la hanche, l'autre lissant sa cravate, et toisait Dusty par-dessus ses lunettes de lecture. Sa veste était posée sur le dossier de son siège. Même à l'écran, il paraissait immense. Dusty, assis face à lui, ressemblait à un petit enfant.

— Asseyez-vous, dit Noah, arrachant Josie à ses pensées.

Elle s'installa à côté de lui, sirota son café.

— Montez le son, s'il vous plaît.

Face à Holcomb, Dusty était affalé sur son siège. Une mèche de cheveux gras lui tombait sur les yeux sans qu'il fasse le moindre geste pour la remettre en place. Il portait un simple t-shirt blanc, avec des taches jaunâtres qui commençaient à apparaître aux aisselles. Il agitait les mains en parlant.

— C'est le type dont je vous ai déjà parlé, celui qui nous a aidés à couvrir la fusillade avec les gangsters.

Holcomb baissa les yeux sur son carnet et proposa le nom d'un policier d'État.

— Oui, celui-là, confirma Dusty. Il a vu le dossier Blackwell dans le pick-up de Luke Creighton. Dans une enveloppe. Alors il a appelé Nick, et Nick m'a téléphoné.

— Pourquoi Nick Gosnell vous a-t-il appelé, vous ?

Dusty haussa les épaules.

— Je n'en sais rien.

— Vous étiez un de ses habitués.

Le café brûlait l'estomac de Josie.

— Bon, oui, euh, bref. On a parlé. Entretemps, j'avais reçu quelques coups de fil de certains flics de Denton, et d'un type que je connais au bureau du shérif. Ils s'inquiétaient, vous voyez ?

— Des noms, agent Branson. Je veux des noms, dit Holcomb.

Dusty lui donna plusieurs noms, que Holcomb nota dans son carnet avant de reprendre :

— Qui a décidé de tuer l'agent Creighton ?

— Personne n'a vraiment pris la décision. Je ne sais pas. On en a discuté...

— Vous et les hommes dont vous venez de me donner les noms ?

— Oui. On en a parlé et on a convenu que ça serait bien que quelqu'un... Enfin, qu'il se fasse descendre.

Noah posa sa tasse et se pencha pour serrer le bras de Josie.

— Qui a tiré sur Luke Creighton ? demanda Holcomb.

— Jimmy la Fouille.

Holcomb regarda ses notes.

— Vous voulez dire James Lampson ?

— Oui. Il est enquêteur spécial au bureau du procureur. Ça fait des années qu'il est copain avec Nick. Il était flic à Denton, avant.

72

Josie sortit de la salle à la suite de Noah. Impossible d'en entendre davantage. Lampson avait été arrêté par le FBI la veille. Il allait payer. C'est tout ce qui comptait.

Noah la rejoignit dans son bureau, s'appuya nonchalamment au chambranle. Elle se rapprocha de la fenêtre, le regard perdu dans le vague.

— Ça va aller, dit-elle par-dessus son épaule.

— OK, dit Noah.Ils savaient très bien tous les deux que ça n'allait pas, en réalité. Elle mettrait longtemps avant d'aller bien. Tout comme lui. Elle s'écarta de la fenêtre, s'installa à son bureau.

— Des nouvelles de Luke ? demanda Noah.

— Ils vont essayer de le faire sortir du coma demain. Mais il va bien, ajouta-t-elle avec un franc sourire. Ils sont très optimistes. Je veux y être demain.

— Bien sûr.

Précédée d'un cliquetis de talons, Trinity écarta Noah, sur le seuil, et vint s'affaler sur un siège face à Josie. À peine plus d'une semaine auparavant, Josie était dans ce fauteuil pour supplier le chef de la réintégrer, même temporairement.

— Votre café est dégueulasse, dit Trinity. Quand est-ce que vous allez embaucher ? C'est un commissariat fantôme, ici. Ah, et ce crétin du FBI n'a pas voulu me laisser entrer dans la salle d'interrogatoire. Est-ce que Branson a balancé le nom de celui qui a tiré sur Luke ?

Ce fut Noah qui le lui annonça, parce que Josie ne trouvait pas les mots. Trinity siffla doucement, et sortit son téléphone.

— Ne prévenez personne, lui rappela Noah. Attendez qu'on l'ait inculpé, d'accord ?

— Il est déjà en détention, mais bon, dit Trinity en levant les yeux au ciel et en remettant son téléphone dans son sac à main. Branson a donné d'autres noms ?

— Quelques gars de la police d'État, répondit Noah. Un type au bureau du shérif, le procureur lui-même. La plupart des hommes impliqués, côté police, en tout cas, étaient d'ici. Les autres sont des gens du coin, dont un médecin, un pharmacien et un barman.

— Ça ressemble au début d'une très mauvaise blague, dit Trinity. C'est dément. Vous vous en rendez bien compte, non ? Enfin, c'est un truc énorme.

— Énorme, mais exclusif, intervint Josie.

— Vraiment ? dit Trinity, incrédule. Je n'ai pas du tout l'impression d'une exclusivité, pourtant.

— Je veux dire qu'ils n'admettaient pas n'importe qui dans leur cercle, précisa Josie. Gosnell exigeait le secret et une allégeance absolus. Personne ne voulait être celui qui tirerait la sonnette d'alarme. Dénoncer Gosnell, c'était dénoncer tout le monde, et se dénoncer soi-même. N'importe lequel d'entre eux aurait pu témoigner contre les autres en échange d'une remise de peine – s'il avait vécu assez longtemps pour ça –, mais ça voulait dire balancer des amis, des collègues.

— Quelqu'un a bien dû essayer de mettre un terme à tout ça, pourtant ! Enfin, comment est-ce que ça a pu durer des années, des dizaines d'années même ? Comment tous ces gens ont-ils pu faire ça si longtemps sans être inquiétés ?

— Gosnell était le roi de l'intimidation, répondit Josie. Et une fois qu'il a eu dans sa poche des gens prêts à le couvrir, il est devenu tout-puissant. Certains des clients identifiés sur ses vidéos se sont suicidés. Ils voulaient peut-être cracher le morceau, mais n'en ont pas été capables.

Elle pensa à Ray, qui n'avait pas voulu savoir, parce que savoir l'aurait obligé à agir. Il était convaincu qu'il n'était pas assez fort pour arrêter Gosnell et ses complices.

— Et ils n'ont pas supporté de vivre avec ça non plus, ajouta-t-elle.

— Et certains clients de Gosnell ont eu des accidents mortels, ajouta Noah. Qui n'étaient probablement pas des accidents du tout.

Trinity en resta bouche bée.

— Bon Dieu de merde !

— Même en étant aux premières loges de cette affaire, j'ai aussi du mal à y croire, dit Josie.

— Qu'est-ce que Branson a dit d'autre ? Rien sur Isabelle Coleman ?

Josie lui répéta ce que Dusty leur avait révélé.

— Alors elle est quelque part dans la forêt ?

Josie haussa les épaules.

— Je n'en sais rien.

— Espérons qu'elle ne se soit pas fait manger par un ours, ajouta Noah.

Trinity se tourna vers lui.

— Ce n'est pas drôle.

Noah rougit.

— Ce n'était pas une blague.

Au bout du couloir, Holcomb appela Noah qui le rejoignit en traînant des pieds, laissant seules Trinity et Josie.

— Vous pouvez lancer un appel à volontaires ? On a besoin

d'aide pour les recherches. Je n'ai plus que douze hommes pour fouiller la région. C'est tout l'effectif dont je dispose à l'heure actuelle.

— Oui, bien sûr.

Trinity sortit son téléphone et commença à envoyer des mails avec le débit d'une mitraillette. Josie pivota sur son fauteuil et contempla le ciel gris. Depuis qu'elle avait quitté la propriété des Gosnell, le temps était resté plombé, il avait plu. Elle se demanda si elle reverrait le soleil un jour. Quelle question stupide. Bien sûr que oui. Mais Isabelle en aurait-elle l'occasion ? Était-elle encore vivante ?

— Elle est toujours vivante, dit Trinity comme si elle avait lu dans ses pensées.

— J'espère que oui, dit Josie sans se retourner. Les statistiques ne sont pas en sa faveur.

On frappa à la porte pour attirer son attention. Noah se tenait à nouveau sur le seuil, le visage fermé.

— Patronne ?

Josie ne s'habituait pas à ce qu'il l'appelle ainsi, mais elle ne le corrigea pas. Ça paraissait lui plaire.

— Oui ?

— On vient de nous signaler une nouvelle disparition. C'est Misty. Misty Derossi.

73

Josie dévisagea Noah, stupéfaite.

— Quoi ?

— Misty a disparu.

Le regard de Trinity allait de l'un à l'autre.

— Une autre adolescente a disparu ?

— Pas une adolescente, une strip-teaseuse du *Foxy Tails*.

— Celle qui sortait avec feu ton mari ?

Josie ignora la question et demanda à Noah :

— Quand l'a-t-on vue pour la dernière fois ?

Il baissa les yeux sur son carnet, le feuilleta tout en parlant.

— Elle est venue travailler normalement toute la semaine dernière. Et puis elle s'est fait porter pâle en début de semaine. Et ensuite, plus rien. Son patron dit qu'elle n'a encore jamais fait ça. Son téléphone renvoie directement sur sa boîte vocale. Sa meilleure amie est en vacances. Elle dit qu'elle l'a eue au téléphone il y a quatre jours, et qu'elle avait une voix bizarre. Elle a essayé de la rappeler plusieurs fois par jour depuis mais, à chaque fois, comme je vous l'ai dit, elle tombe sur sa boîte vocale. Elle ne répond pas aux SMS non plus. La meilleure copine a demandé à une de ses collègues de passer voir chez

Misty, mais personne ne vient ouvrir la porte, et pourtant sa voiture n'a pas bougé de devant chez elle.

— Une voix bizarre, dans quel sens ?

— Comme si elle était tendue, que quelque chose n'allait pas. Et son chien a disparu aussi. La collègue dit qu'il aboie toujours comme un dingue quand elle passe la voir mais que, quand elle a sonné à la porte, elle n'a rien entendu.

— Misty a un chien ? dirent Josie et Trinity d'une seule voix.

Noah prit un air perplexe.

— Quoi, les strip-teaseuses n'ont pas le droit d'avoir des chiens ?

Josie leva les yeux au ciel. Trinity, qui avait sorti son propre carnet et un stylo, demanda :

— Quel genre de chien ?

— Un chiweenie.

— Un quoi ?

— Un chiweenie. Un croisement entre un chihuahua et un teckel. Petit et très jappeur, d'après la copine. Misty en est folle.

Jamais Josie n'aurait imaginé que Misty puisse être en danger. Elle avait envoyé Noah lui annoncer la nouvelle de la mort de Ray juste après avoir fini de visionner les vidéos en compagnie de Holcomb. Elle ne voulait pas que Misty l'apprenne aux infos ou par les commérages. Elle tenait au moins à lui faire cette politesse. Mais Noah n'avait trouvé Misty ni chez elle ni au *Foxy Tails*. Josie lui avait dit de laisser tomber. Elle finirait bien par refaire surface. Et ils n'avaient ni le temps ni les moyens de partir à sa recherche.

Mais à présent, sa meilleure amie et son patron avaient signalé sa disparition.

Les paroles du chef lui revinrent en mémoire. *Chopez-les tous.* En auraient-ils laissé échapper un ? Est-ce qu'ils avaient loupé quelque chose ? Gosnell ou un de ses complices avait-il eu le temps de kidnapper Misty avant que Josie ne fasse intervenir le FBI ? Elle ne la portait pas dans son cœur, bien sûr, mais elle ne lui souhaitait pas d'être une énième victime de Gosnell ou de ses sbires.

— Il faut qu'on passe chez elle, dit-elle en saisissant son blouson sur le dossier du fauteuil.

———

Misty Derossi vivait seule dans une grande maison victorienne du vieux quartier de Denton. En montant les marches de la grande véranda qui faisait le tour de la maison, Trinity et Noah sur les talons, Josie ravala une remarque acerbe sur la manière dont on pouvait se payer ce genre de logement. Noah fit le tour, jetant un coup d'œil par chaque fenêtre.

— Aucune lumière, remarqua-t-il. Et pas de chien qui aboie, comme l'a dit la copine.

— Bon, si le chien n'est pas là, on peut penser qu'elle l'a emmené avec elle.

Josie espérait que Misty avait simplement quitté la ville, mais le fait qu'elle n'ait pas pris sa voiture lui donnait un mauvais pressentiment. June Spencer et Isabelle Coleman étaient à pied quand on les avait enlevées.

— Il faut qu'on sache où elle irait si elle se croyait en danger. Est-ce que quelqu'un est allé voir... est allé voir...

— Oui, je suis passé chez Ray, compléta Noah avec tact. Sa mère y est depuis le début de la semaine, vous savez. Pour préparer ses funérailles. Misty n'est pas là-bas.

Josie hocha la tête sans rien dire. Une grosse boule lui serrait la gorge.

— Alors où pourrait-elle aller ? demanda Trinity.

Noah tenta de tourner la poignée, poussa la porte pour voir si elle ne s'ouvrait pas.

— Je ne sais pas. Elle n'a pas beaucoup d'amis.

Josie contint une autre remarque assassine.

— Ses parents vivent en Caroline du Sud depuis des années. L'amie de Misty dit qu'elle les a appelés : ça fait cinq ans qu'ils ne l'ont pas vue. Elle dit que si Misty devait aller quelque part, c'est chez elle qu'elle viendrait.

Noah se tut et examina la porte de haut en bas, comme si c'était une énigme qu'il n'arrivait pas à résoudre.

— Vous n'avez pas demandé à l'amie si elle avait sa clé ? demanda Trinity.

Noah rougit et sortit son téléphone.

— Elle n'est pas en ville – mais elle m'a dit qu'elle n'avait pas sa clé. Misty est assez secrète, selon elle. Mais elle sait peut-être si elle cache sa clé quelque part…

Josie l'écarta et donna un violent coup de talon dans la porte, juste au-dessous de la serrure. Au troisième coup de pied, la porte céda. Josie franchit le seuil. Voyant que Noah et Trinity n'entraient pas à sa suite, elle se retourna. Ils la dévisageaient, bouche bée.

— Quoi ?

— Patronne… On ne peut pas… Il faut un mandat. Là, c'est une effraction.

— Si elle est là-dedans, blessée ou mourante, je ne vais pas attendre que quelqu'un nous apporte la clé.

Le regard qu'elle leur lança ne souffrait aucune objection.

La maison, totalement déserte, était absolument immaculée. Ils la visitèrent avec une sorte de déférence étrange. On aurait dit que chaque pièce sortait tout droit d'un magazine, avec des meubles anciens luxueux et impeccablement assortis. Certaines étaient si soigneusement décorées que l'entrée aurait dû en être interdite, pensa Josie. Ou alors réservée à des visites guidées. En pensant à sa propre maison, elle eut l'impression que quelqu'un lui enfonçait des épines dans le cœur. Elle était jolie, mais n'avait pas le quart du charme et du style qui émanaient de chaque abat-jour à pompons, de chaque coussin rebondi de la maison de Misty. Celle de Josie n'était pas du tout meublée, en fait. Et même meublée, elle ne serait jamais aussi joliment coordonnée, aussi fastueuse ni aussi bien entretenue que celle-ci. Josie tenta d'imaginer Ray, avec ses chaussures perpétuellement boueuses, laisser des traces terreuses dans chaque pièce de cette maison. Ou abandonner ses t-shirts tachés sur le dossier du canapé. Ou semer ses bouteilles de bière vides un peu partout – il en laissait parfois jusque dans la salle de bains. Elle n'y parvint pas. Évidemment, maintenant, elle n'aurait plus jamais à essayer de se l'imaginer. Elle ne saurait jamais si Misty l'aurait supporté longtemps. L'émotion la submergea comme une vague, puis reflua. Elle était ici pour travailler.

— C'est de l'obsession, ça, non ? La vache !

Trinity était dans la cuisine. Josie rejoignit la journaliste, plantée devant le réfrigérateur ultramoderne.

— Regardez-moi ça ! dit-elle à Noah et à Josie.

Le frigo était couvert de pages découpées dans des magazines. Chaque page montrait une pièce qui avait son équivalent exact dans la maison de Misty.

— Elle a copié ces magazines.

— Je trouve ça triste, en fait, dit Noah derrière elles.

C'était peut-être triste, mais Josie se sentit légèrement mieux. Pour dissimuler sa gêne, elle frappa dans ses mains.

— Bon, on repart. Elle n'est visiblement pas là. Il n'y a aucune trace de lutte. Rien ne semble avoir disparu. On dirait qu'elle est sortie promener son chien et qu'elle n'est jamais rentrée.

Une fois dehors, elle demanda à Noah d'appeler quelqu'un pour faire réparer la porte, et de relever un des agents lancés à la recherche d'Isabelle Coleman pour le mettre sur la piste de Misty. Elle se tourna vers Trinity.

— Vous croyez que vous pourriez faire passer ça au bulletin d'infos de l'après-midi ?

Trinity plissa le front.

— On parle bien de la fille qui vous a piqué votre défunt mari, là ?

Josie résista à son agacement.

— Mon mari avait une liaison avec elle. Notre mariage était fini. Mais elle reste une citoyenne de Denton, et elle a disparu. Après ce que j'ai vu dans la montagne le week-end dernier, je ne veux prendre aucun risque. Donc j'aimerais vraiment médiatiser cette disparition. S'il vous plaît.

Trinity la dévisagea un long moment, comme si elle voyait à quel point cela torturait Josie de lui demander ce service.

— Plus aucune Ginger Blackwell, plus aucune June Spencer. Personne ne passera plus à travers les mailles du filet, promit Josie, plus pour elle-même que pour les deux autres.

74

Ce soir-là, Trinity Payne lança un appel vibrant et sincère aux citoyens de Denton pour qu'ils participent aux recherches des deux femmes disparues. Elle apparaissait à l'écran presque à chaque fois que Josie regardait les informations. Même les chaînes nationales faisaient appel à elle pour couvrir les événements incroyables qui avaient lieu en Pennsylvanie centrale. Pendant que Trinity récitait son reportage, des photos d'Isabelle et de Misty apparurent à droite de sa tête, en incrustation. Avec, sous leurs visages souriants, le mot « Disparues ». Qui fut ensuite remplacé par le numéro de téléphone de la police de Denton.

Josie était aux côtés de Carrieann, dans la salle d'attente de l'unité de soins intensifs. Les médecins avaient réduit la dose de sédatifs quelques heures plus tôt, il n'y avait plus qu'à attendre et à espérer que Luke se réveille de lui-même. Elles s'étaient relayées à son chevet jusqu'à ce que les infirmières les mettent dehors, au changement d'équipe, afin de pouvoir transmettre les consignes à leurs remplaçantes.

Les deux femmes, silencieuses, les yeux levés vers l'écran de télévision, regardaient le bulletin spécial d'informations de

Trinity Payne, consacré aux deux disparues et aux événements de Denton.

— Patronne ?

Noah apparut sur le seuil de la salle d'attente.

Le cœur de Josie se serra. S'il était venu jusqu'à l'hôpital, ce n'était pas pour lui annoncer une bonne nouvelle. Avaient-ils enfin trouvé Isabelle Coleman ? Morte ? Elle prit congé et le suivit dans le couloir.

— Qu'est-ce qui se passe ?

Il lui tendit un sachet en plastique contenant un téléphone portable.

— Je me suis dit que vous voudriez le récupérer.

Josie fixait bêtement le téléphone, totalement désemparée. Elle ne pensait qu'à Isabelle Coleman.

— Je ne comprends pas. Vous avez retrouvé Coleman ? Ou Misty ?

Ce fut au tour de Noah d'être interloqué.

— Quoi ? Non. Mais le FBI a retrouvé votre téléphone, dit-il en agitant le sachet. Ils ont fini de relever les empreintes. J'ai pensé que vous voudriez le récupérer.

Elle tendit lentement la main pour s'en emparer. Elle utilisait un téléphone temporaire, fourni par le commissariat. Dont seuls Lisette, Noah, Trinity, Carrieann et Holcomb connaissaient le numéro. Avec tout ce qui s'était produit, elle avait complètement oublié qu'elle n'avait plus son téléphone. Mais en le prenant, elle repensa à toutes les photos de Luke et elle qu'il contenait, et fut reconnaissante envers Noah d'avoir fait toute cette route pour le lui rendre. Elle leva les yeux vers lui.

— Merci.

De sa main valide, il fouilla dans sa poche pour lui tendre un chargeur.

— Vous en aurez besoin.

Josie se hissa subitement sur la pointe des pieds et l'embrassa sur la joue.

Noah devint rouge comme une pivoine.

— Qu'est-ce que… C'était pour quoi, ça ?

— Pour vous remercier d'être du bon côté.

———

Noah lui tint compagnie un moment, mais dut rentrer en ville pour surveiller les opérations de recherche pendant qu'elle s'installait pour passer la nuit à l'hôpital. Elle mit son téléphone à charger sous un fauteuil de la salle d'attente. Le changement d'équipe effectué, Carrieann et elle reprirent leur veille au chevet de Luke, en se relayant toutes les deux heures. Les câbles et les tuyaux qui le reliaient aux différentes machines autour de lui étaient moins nombreux. Josie put s'approcher suffisamment pour lui prendre la main et lui parler à voix basse. Elle parla sans s'arrêter. Pas de ce qu'elle avait enduré depuis qu'il s'était fait tirer dessus, mais de tout ce qu'ils feraient une fois qu'il serait réveillé ; de pêche, qu'en fin de compte elle pensait préférer au tricot, pour qu'ils puissent partager le même hobby. Elle ne plaisantait qu'à moitié.

Elle s'était assoupie quand l'infirmière entra, vers 5 heures du matin, pour lui dire que c'était au tour de Carrieann de s'asseoir au chevet de Luke. Quand elle se leva pour sortir, elle sentit la main de Luke se contracter sur la sienne.

Josie poussa un cri, et Carrieann la rejoignit en trombe. S'ensuivirent des embrassades, des bonds, des bourrades et des cris dignes d'une équipe venant de remporter le Super Bowl. L'infirmière examina Luke en détail, l'appela une bonne quinzaine de fois et lui plongea le faisceau lumineux d'une lampe torche dans les yeux, mais il n'y eut pas d'autre réaction. C'était un début, malgré tout. Et c'était suffisant pour Josie.

Elle laissa Carrieann, tremblante, en pleurs, au chevet de son frère et se précipita pour aller chercher son téléphone dans la salle d'attente et appeler Noah. Impatiente, elle tapotait l'écran en attendant qu'il redémarre. La télévision diffusait le premier bulletin d'informations du jour. Avec Trinity Payne, une fois de plus. Son téléphonc était resté éteint longtemps. Quand il s'illumina, la photo de Luke et elle, en fond d'écran, apparut et l'emplit d'une nouvelle vague d'euphorie. Il avait serré sa main. Il était vivant. Il allait récupérer.

Les notifications de la semaine écoulée se mirent à tinter. Appels, SMS manqués. Elle vit le petit chiffre grimper en haut à gauche de l'écran. Trois, sept, douze, dix-sept, vingt-deux… Le nombre d'appels manqués s'arrêta à cinquante-sept.

Josie pressa sur l'icône pour jeter un coup d'œil à la liste, qui allait de l'appel le plus récent au plus ancien. Le dernier remontait à une heure à peine. Et quarante-neuf de ces appels manqués provenaient du même contact. Une petite photo du chef de police Wayland Harris s'affichait à côté du numéro. Et au-dessus de celui-ci, le nom qu'elle avait entré dans sa liste de contacts : « Chef (chalet). »

75

— Je ne comprends pas, dit Noah. Le chef... Le chef est mort.

Josie allait et venait dans la salle d'attente des soins intensifs, le portable collé à l'oreille.

— Oui, mais quelqu'un me téléphone depuis son chalet de chasse. Quelqu'un m'a appelée depuis son chalet, sur mon portable, quarante-neuf fois en une semaine.

— Sa femme, peut-être ?

— J'ai parlé à sa femme. Elle organise son enterrement. Je doute fort qu'elle ait eu le temps de monter jusqu'à son chalet de chasse tous les jours de la semaine pour me téléphoner. Et pourquoi aurait-elle fait ça ? Il lui suffisait d'appeler le commissariat.

— Ses filles ?

— Elles sont toutes les deux à l'université, loin. Elles arrivent à l'aéroport de Philadelphie demain.

— Vous avez rappelé le chalet ?

— Ça ne répond pas. J'ai essayé trois fois. Il faut qu'on monte là-haut.

Noah soupira à l'autre bout du fil. Josie savait qu'il n'avait pas dormi depuis plusieurs jours. Elle non plus, d'ailleurs.

— Je vais devoir encore réduire l'équipe de recherche d'Isabelle Coleman, dit-il.

— Non. On ne peut pas se le permettre. Surtout si Coleman est toujours vivante quelque part. Je crois qu'on devrait appeler le FBI. Leur demander du renfort.

— Je m'en occupe. Mais d'après ce que j'ai compris, ils sont très occupés par toutes ces descentes, surtout à cause des interrogatoires et de la paperasse qui vont avec.

— Essayez quand même. Dans l'intervalle, confiez le commissariat au sergent Tralies. Le chalet est à une heure de route de l'hôpital Geisinger, vers le nord. Quand est-ce que vous pouvez y être ?

━━━━━

Le chalet de chasse de Wayland Harris n'était guère plus qu'un préfabriqué de deux pièces, sans étage, à flanc de montagne. Les trois derniers kilomètres de la route et le chemin qui reliait celle-ci au chalet n'étaient pas goudronnés. En hiver, pour monter de la route à son refuge, il lui fallait un quad, qu'il remisait dans une cabane à l'entrée de sa propriété. Quand ils arrivèrent sur les lieux, secoués comme des pruniers dans le van de Noah, Josie remarqua que le cadenas qui fermait le petit abri était intact.

C'était un sujet de plaisanterie récurrent au commissariat : le chef n'allait en fait jamais à la chasse, il ne gardait son chalet que pour pouvoir échapper à l'atmosphère saturée d'œstrogènes qui régnait chez lui. Alors que la plupart des hommes du coin exhibaient fièrement les photos du cerf huit cors ou de l'ours noir de trois cents kilos qu'ils avaient abattus, le chef Harris revenait toujours de son chalet les mains vides, sans aucune histoire de chasse à raconter. Une année, se rappela Josie, il avait tué une dinde. Ses collègues avaient rigolé en disant qu'il ne l'avait tuée que pour que sa femme arrête de le pousser à vendre son chalet bien-aimé. Il en parlait d'ailleurs comme de son chalet, et non comme d'une cabane ou d'un relais de chasse. Les chasseurs se retrouvaient généralement en petits groupes dans des bungalows, au cœur de la forêt, pour la saison de chasse. Mais le chef avait son chalet. Son chalet, à lui tout seul.

Josie ne savait où il se trouvait que parce que le chef avait prêté son quad à la police de Denton plusieurs années de suite, essentiellement pour aller secourir des gamins assez idiots pour se perdre dans les bois. Le chef avait fait deux fois le trajet en compagnie de Josie pour pouvoir redescendre avec le quad au commissariat. Mais elle n'était jamais entrée dans son fameux chalet.

Pour être sûrs de ne pas se faire entendre, ils se garèrent en bas du chemin et le remontèrent à pied. Noah, derrière Josie, ne tarda pas à haleter. Elle se retourna vers lui, s'inquiéta en voyant qu'il blêmissait. Il n'était pas encore remis de sa blessure au bras, et elle lui en demandait énormément.

— Ça va, Noah ? Vous voulez m'attendre dans la voiture ?

Il eut un rire dédaigneux, s'essuya le front d'un revers de manche.

— Vous êtes folle ? Vous laisser toute seule ? Pas question.

— Vous n'avez pas l'air très en forme...

— Ça va très bien !

En haut du chemin, le chalet les attendait, silencieux, menaçant.

Le chef avait fait refaire le bardage extérieur depuis la dernière fois que Josie l'avait aperçu. Elle dégaina son arme de service, pointa le canon vers le sol. Ils contournèrent ensemble le petit bâtiment. Après en avoir fait deux fois le tour, Josie alla frapper à la porte d'entrée, tandis que Noah, à l'abri des arbres, la couvrait, prêt à tirer. Elle rengaina son arme, mais laissa le holster ouvert. Elle attendit plusieurs minutes, frappant à la porte à intervalles réguliers, jusqu'à ce qu'elle entende bouger à l'intérieur. Des sons qui correspondaient à plus d'une personne, selon elle. Et les aboiements d'un chien. Puis elle entendit des pas et ce qui ressemblait à une discussion animée, à voix basse. Enfin, la porte s'ouvrit et Misty se jeta dans ses bras.

— Merci, merci mon Dieu, vous êtes là !

Elle pleurait. Josie tenta de masquer sa surprise tout en essayant de se dégager. Mais Misty s'accrochait à elle comme un enfant apeuré. Josie parvint à se défaire d'un de ses bras, qui lui serrait le cou, mais elle lui enserra aussitôt la taille. Les larmes inondaient sa figure. Ses cheveux blonds étaient ternes, en bataille.

— Merci, merci, répéta-t-elle. Le chef avait dit que vous viendriez. Mais vous n'avez jamais répondu à mes coups de fil. Pourquoi est-ce que vous ne décrochiez pas ? Je voulais vous laisser un message, mais le chef m'avait fait promettre de ne pas le faire, au cas où quelqu'un d'autre mette la main sur votre téléphone et écoute vos messages. Il voulait que personne ne sache qu'on était ici.

Noah sortit du couvert des arbres et s'approcha. Misty s'agrippa de plus belle à Josie et se mit à couiner, paniquée :

— Il avait promis que vous viendriez seule !

Josie se retourna vers Noah, qui s'immobilisa aussitôt.

— C'est l'agent Fraley, expliqua Josie. Il est avec moi. Le... le chef m'a dit que je pouvais lui faire confiance.

Misty se détendit.

— Ah. D'accord.

Josie fit un dernier effort pour se dégager, posa les mains sur les épaules de Misty pour la tenir à distance.

— Misty. Qu'est-ce qui se passe, bon sang ?

Une silhouette apparut dans l'encadrement de la porte, derrière Misty. Une jeune femme aux joues creuses, le teint si pâle qu'il en était presque bleu – un teint de vampire. Vêtue d'un survêtement d'homme beaucoup trop grand pour elle, l'air négligé, les cheveux emmêlés, elle portait dans ses bras un petit chien qui ressemblait à un renard miniature. Avant que Josie ne comprenne vraiment qui était cette jeune femme, elle entendit Noah murmurer :

— Isabelle.

76

Misty était assise à la table de la salle de conférences du commissariat de Denton, une bouteille d'eau entamée devant elle. Elle se passait les doigts dans les cheveux, encore et encore, pour essayer de se peigner, tandis que son petit chien ronflait sur ses genoux. L'agent spécial Holcomb lui faisait face. Josie était à l'autre extrémité de la table, aussi loin d'elle que possible. Noah se tenait derrière Josie, telle une sentinelle. Sa présence la réconfortait. En rentrant du chalet, ils avaient dû apprendre à Misty que Ray et le chef étaient morts tous les deux. Josie, en plus de son propre chagrin qu'elle contenait à peine, avait dû supporter celui de Misty, démonstratif au point de paraître artificiel.

— Vous ne connaissiez même pas le chef, avait protesté Josie dans la voiture.

Noah était intervenu en douceur.

— Patronne, tout le monde réagit différemment face au deuil...

Josie s'était tue, de peur de regretter ce qu'elle pouvait dire ensuite, même à Misty. L'agent spécial Holcomb avait accepté de bonne grâce de prendre la déposition de Misty.

On avait conduit Isabelle Coleman à l'hôpital le plus proche. Josie avait appelé ses parents et savouré le plaisir d'être, enfin, porteuse de bonnes nouvelles. Holcomb prendrait sa déposition plus tard, une fois qu'elle aurait été examinée par un médecin et qu'elle aurait pu retrouver sa famille. Elle en avait de toute façon suffisamment dit à Josie pour confirmer ce qu'elle savait déjà. Les Gosnell l'avaient kidnappée après l'avoir aperçue près de sa boîte aux lettres, et l'avaient enfermée dans leur bunker. À son arrivée, elle avait été enfermée en compagnie de June Spencer. Les Gosnell s'étaient disputés si violemment sur le fait de garder ou non Isabelle que Sherri avait oublié une lampe torche dans la cellule des deux jeunes filles pendant deux jours entiers. C'est Isabelle qui avait eu l'idée de donner à June son piercing, après avoir entendu les Gosnell parler de vendre June. C'était sa seule chance de faire passer un message – encore fallait-il que June parvienne à s'échapper. Une fois June partie, Isabelle avait été bourrée de drogues et ses souvenirs, comme ceux de Ginger Blackwell, n'étaient plus que des flashs incohérents. Elle s'était échappée après la mort de Sherri, qui n'était plus là pour lui faire régulièrement des injections, et avait erré dans la forêt pendant un temps assez long, avant de croiser la route de Misty.

— Racontez-moi tout, mademoiselle Derossi, dit Holcomb.

Il avait parlé d'un ton si délicat que Josie eut envie de le gifler, avant de se rendre compte qu'il n'avait aucune raison de ne pas être gentil avec Misty. Elle avait recueilli Isabelle et l'avait emmenée en lieu sûr, après tout.

— Bon. Je roulais sur Moss Valley Road…

C'était une route de campagne qui reliait le quartier du *Foxy Tails* et le centre-ville de Denton, en passant non loin de la propriété des Gosnell.

— Très tôt, un matin, reprit-elle. Je sortais du boulot… Je travaille de nuit, vous voyez.

— Quel est votre métier, mademoiselle Derossi ?

Misty caressa la tête de son petit chien.

— Je suis danseuse au *Foxy Tails*.

Holcomb leva un sourcil.

— Le *Foxy Tails* ?

— Un club de strip-tease, intervint Josie sans pouvoir s'en empêcher.

Misty la fusilla du regard.

Holcomb les laissa se toiser l'une l'autre d'un air glacial un bon moment avant de poser une nouvelle question.

— Quelle heure était-il lorsque vous avez pris cette route, mademoiselle Derossi ?

Misty reporta lentement les yeux sur Holcomb.

— Il devait être autour de 5 heures. Je ne travaille pas si tard d'habitude, mais il y avait eu pas mal de fêtes privées, ce soir-là. En tout cas, je ne roulais pas vite. À cause des chevreuils, vous comprenez. Ils traversent souvent les routes en courant. J'ai failli la renverser. Elle courait comme un de ces chevreuils. Complètement nue.

— Qui ça ?

— Isabelle. Je ne l'ai pas reconnue tout de suite. Elle m'a fichu une de ces trouilles. J'ai pilé, je l'ai évitée de justesse, et je suis sortie de ma voiture. Elle hurlait, elle était complètement... allumée, vous voyez. Je ne pouvais même pas la toucher. J'ai voulu appeler le 911, mais je n'avais plus de batterie.

— Qu'avez-vous fait, alors ?

— J'avais une veste dans ma voiture, je la lui ai donnée. Je suis restée au bord de la route et je lui ai parlé. Elle m'a dit qu'elle s'appelait Isabelle Coleman, que quelqu'un l'avait enlevée, mais qu'elle ne savait pas qui. Elle répétait qu'on lui plantait des aiguilles dans le bras pour qu'elle ne se souvienne de rien. Elle était vraiment complètement paniquée. Hystérique, presque.

— Elle est montée en voiture avec vous ?

— Oui, enfin, ça a mis du temps. J'ai dit que je pouvais la

conduire au commissariat, ou à l'hôpital. Mais elle voulait seulement rentrer chez elle. J'ai dit que beaucoup de gens étaient à sa recherche, et qu'elle ferait quand même mieux de passer à l'hôpital avant de rentrer chez elle. Pour se faire examiner, vous comprenez ?

— Mais vous n'êtes allées à aucun hôpital, souligna Holcomb.

Misty jeta un bref regard à Josie et à Noah, avant de revenir à Holcomb. Son petit chien soupira dans son sommeil.

— Elle est montée, et j'ai redémarré. Puis tout à coup, elle s'est mise à répéter qu'elle pouvait en sentir un.

— Sentir un quoi ?

Misty serra son chien contre elle.

— Un des hommes. C'est ce qu'elle a dit. Elle pensait que beaucoup d'hommes différents lui avaient... fait des choses. Elle a dit que là où elle était, elle ne voyait rien, parce qu'on l'enfermait dans le noir et, quand ils la faisaient sortir, elle était tellement éblouie qu'elle ne voyait pas bien ces hommes. Mais qu'elle sentait leur odeur. Et elle a dit qu'elle... qu'elle sentait l'odeur de l'un d'eux dans ma voiture.

— Ray m'a dit qu'il n'était jamais allé là-bas, intervint Josie.

Avait-il menti, là aussi ? Il n'apparaissait sur aucune des vidéos.

Misty se tourna vers Josie, les yeux écarquillés.

— Mais non, pas Ray. Dusty.

Holcomb devança Josie.

— L'agent Branson ?

— Oui. Il était monté dans ma voiture ce jour-là. Il était passé me voir au travail, et nous sommes allés dans ma voiture.

— Pour faire quoi ? demanda Holcomb, perplexe.

— Pour baiser avec, c'est ça ? coupa Josie. Vous couchiez aussi avec Dusty. Ray soupçonnait que vous aviez une autre aventure, Misty.

Misty prit un air innocent.

— Mais j'étais avec Ray. On voulait vivre ensemble.

Ses yeux s'embuèrent.

— On allait se marier.

Et pourtant, Ray refusait de signer les papiers du divorce, de mettre un point final à son mariage avec Josie. Avait-il des doutes sur sa relation avec Misty ? Ou était-il simplement réticent à mettre fin à une histoire qui avait duré presque toute sa vie ? Josie tapa sur la table et fit sursauter tout le monde. Le petit chiweenie releva brusquement la tête pour voir ce qui se passait.

— Alors qu'est-ce que vous faisiez à baiser avec Dusty dans votre voiture ?

— Patronne ! intervint Noah.

— Ça n'était pas prémédité, dit Misty. Ray et moi étions déjà ensemble. Un soir, on s'est soûlés, Dusty et moi, et c'est arrivé comme ça. On allait arrêter, dès que j'aurais épousé Ray.

— Ray était au courant ?

Josie n'avait pas pu s'empêcher de prendre un ton accusateur mais, au fond d'elle-même, elle se demanda si ça la gênait tant que ça.

— Je ne sais pas. Je ne lui avais rien dit. Je ne crois pas que Dusty lui en ait parlé non plus. Écoutez, ce qui se passait avec Dusty n'avait aucune importance. J'aimais Ray. Mais Dusty était hyperstressé. Il disait qu'il avait besoin de ça.

— Bon Dieu !

Josie était prête à exploser.

— Patronne, répéta Noah en lui posant une main sur l'épaule.

— OK, OK, coupa Holcomb à son tour. Ça n'a pas vraiment de rapport avec ce qui nous occupe. L'agent Branson était monté dans votre voiture, et Mlle Coleman a déclaré qu'elle pouvait sentir son odeur... ou, pour être plus précis, Mlle Coleman a indiqué qu'elle sentait l'odeur de l'un de ses violeurs. Vous avez supposé que c'était l'agent Branson parce qu'il avait été la dernière personne à monter dans votre voiture, c'est bien ça ?

— Oui.

— Et qu'avez-vous fait ensuite ?

Misty baissa les yeux vers son chien qui la fixait lui aussi, aux aguets de la moindre de ses émotions.

— Ray m'avait avoué qu'il pensait que Nick Gosnell... kidnappait des femmes et les prostituait, et que beaucoup de policiers de Denton étaient au courant.

— Quoi ? Quand vous a-t-il dit ça ? l'interrogea Josie.

— La veille. Il venait de m'en parler. Ça l'avait vraiment secoué. Il pensait que Gosnell avait probablement enlevé Isabelle, mais il ne savait pas quoi faire parce que, d'après lui, tout le monde était mêlé à cette histoire. Il a dit que des types s'étaient déjà fait tuer à cause de ça. Il avait peur de ce qui pouvait m'arriver s'il dénonçait quelqu'un. Il ne m'a jamais dit spécifiquement que Dusty était au courant. Seulement que beaucoup de gens savaient. Mais quand Isabelle a dit qu'elle sentait l'odeur de Dusty, j'ai compris. J'ai su qu'il était impliqué. Et je me suis rendu compte que je ne pouvais pas simplement la déposer au commissariat. Donc je l'ai emmenée à la maison. Chez moi, je veux dire.

— Pourquoi est-ce que vous n'avez pas appelé Ray ? dit Josie.

— Mais je l'ai fait. Je l'ai appelé et je lui ai demandé si Dusty était impliqué dans cette histoire avec Gosnell. Il a menti et m'a répondu que non. Alors je me suis posé la question : pourquoi Ray me mentait-il ? Pourquoi protégeait-il Dusty ?

— Parce que c'est son meilleur ami depuis la crèche, dit Josie.

Holcomb reprit la parole.– Vous avez dit à Ray Quinn que Coleman était chez vous ? demanda-t-il à Misty.

— Non. Je ne savais pas quoi faire. Alors j'ai appelé le chef.

— Mais comment saviez-vous que le chef n'était pas mêlé à l'histoire, lui aussi ? intervint Noah.

Misty se tortilla sur sa chaise. Le chien se mit à geindre.

— Eh bien... Quand les collègues de Ray ont découvert que lui et moi... avions une liaison, tout à coup, ils se sont mis à fréquenter le club. C'était bizarre. Comme s'ils voulaient se renseigner à mon sujet, ou quelque chose comme ça. Certains d'entre eux me faisaient même un peu peur, au bout d'un moment. Le chef, lui, n'est jamais venu au club. Jamais. Mais je l'ai rencontré une fois ou deux. J'étais passée au commissariat apporter du café et de quoi manger à Ray, pendant qu'ils recherchaient Isabelle Coleman.

— Oh, mais pas à Dusty ? dit Josie sèchement.

— Patronne, s'il vous plaît, fit Noah.

— Cheffe Quinn ! renchérit Holcomb.

Misty jeta un regard furibond à Josie et poursuivit comme si de rien n'était.

— Bref, j'ai appelé et j'ai demandé à lui parler en personne. On a dû me prendre pour sa femme parce qu'on ne m'a même pas demandé qui j'étais. Je lui ai résumé ce qui se passait. Il est venu tout de suite. Il m'a dit qu'il se doutait qu'il se passait de drôles de choses dans sa ville, mais qu'il ne savait pas quoi précisément. Qu'il ne savait pas jusqu'où ça allait et qu'en attendant qu'il tire tout ça au clair, il voulait qu'on se cache, Isabelle et moi. Alors il nous a emmenées à son chalet. Il m'a dit que s'il n'était pas revenu nous chercher d'ici deux jours, je devais appeler Josie, et seulement Josie. De sa ligne fixe, pas de mon portable.

— Il a expliqué pourquoi ?

— Il a dit que Josie était la seule personne dans ce bled perdu à qui il pouvait encore faire confiance.

77

Le jour de l'enterrement de Ray, Josie se leva à 5 heures du matin. Elle essaya une demi-douzaine de tenues convenant à un enterrement avant de se décider pour un simple haut noir sans manches et une jupe droite. Autour de son cou, elle passa le pendentif en diamant que Ray lui avait offert avant qu'ils partent à l'université. Il avait économisé des mois pour le lui offrir. C'était son cadeau de départ, et la promesse qu'ils se retrouveraient ensuite. Elle passa une heure à tirer ses cheveux avec des épingles, à les laisser libres, puis à les tirer à nouveau en arrière, et décida finalement de les laisser flotter. Ray les avait toujours aimés ainsi. Face au miroir en pied de sa salle de bains, elle se dit que c'était idiot de s'habiller du mieux possible pour l'enterrement d'un homme qui l'avait trahie, trompée, et qui avait été complice de l'enlèvement d'Isabelle Coleman.

Son Ray.

Elle enfila ses hauts talons noirs. Il aimait qu'elle mette de hauts talons. Elle songea à tirer ses cheveux en arrière une fois de plus, comme en miroir aux émotions contradictoires qu'il lui inspirait. Mais elle décida que non. Aujourd'hui, elle ne disait pas adieu à l'homme qui lui avait fait du tort. Elle disait adieu au gentil garçon qui l'avait aidée à affronter le cauchemar de son enfance, qui avait accepté qu'elle bouscule ses certitudes, qui l'avait aimée malgré les horreurs qu'elle avait endurées. Aujourd'hui, elle disait adieu à l'homme qu'elle avait épousé, le Ray honnête, sincère, loyal. Elle n'arriverait peut-être jamais à réconcilier le garçon, le mari qu'elle avait aimé et l'homme qu'il était devenu depuis près d'un an. Mais elle devait lui dire adieu. Elle n'avait pas le choix.

Elle entendit frapper à sa porte. Elle prit son temps pour aller ouvrir, s'attendant à voir Trinity, mais c'était Noah qui se tenait sur le seuil. Malgré son bras toujours en écharpe, il portait un costume noir qui en imposait. Ses cheveux bruns étaient adroitement ébouriffés. Mais il avait le visage fermé. Le cœur de Josie s'emballa. Elle pensa à Lisette, à Luke.

— Qu'y a-t-il, Noah ?

Par pitié, mon Dieu, par pitié. Je ne supporterai pas un nouveau deuil.

— Josie, est-ce que je peux entrer ?

— Dites-moi.

— Alton Gosnell est mort cette nuit dans son sommeil.

Elle s'affala contre le chambranle. Noah fit un pas en avant, lui prit le coude de sa main valide, la poussa à l'intérieur et referma la porte du pied. Il voulut la conduire au salon, mais s'immobilisa quand il vit que la pièce était vide.

— Je n'ai pas de meubles, dit Josie d'un air penaud.

Il se retourna, posa la main dans son dos et la guida vers la cuisine. Elle le laissa tirer une chaise pour qu'elle s'asseye et lui verser un verre d'eau. Elle avait, au moins, un peu de vaisselle.

Il s'assit en face d'elle.

— Ça va aller ?

Elle but une gorgée d'eau.

— Le salaud.

— Je suis désolé. Pas qu'il soit mort, mais qu'on n'ait pas eu l'occasion de le jeter en prison. L'infirmière en chef a téléphoné ce matin. Elle disait que son infection s'était arrangée. Qu'un lit était disponible à Denton Memorial et qu'ils allaient le transférer aujourd'hui, parce qu'il était enfin transportable. Il n'était pas en grande forme, mais elle pensait qu'il avait franchi un palier, et qu'il lui restait encore un peu de temps à vivre.

— Ma grand-mère m'avait prévenue qu'il n'irait jamais en prison. Et pourtant, j'espérais bien... Noah, ça vous embêterait de me conduire à Rockview ?

Il se leva, lui proposa son bras valide.

— Pas du tout. Je peux vous conduire à la cérémonie, vous et Lisette.

––––––

Lisette les attendait dans le hall d'entrée, vêtue d'un élégant tailleur gris et d'un chapeau noir à large bord qui couvrait ses boucles grises. Elle se leva dès leur arrivée, agrippée à son déambulateur, et se hâta vers la sortie.

— Allez, on y va, déclara-t-elle, en se dirigeant vers le parking sans les attendre.

Ils se regardèrent, haussèrent les épaules et lui emboîtèrent le pas. Josie s'installa à l'arrière avec sa grand-mère et Noah prit la route du funérarium.

— Mamie, tu es au courant pour Alton Gosnell, n'est-ce pas ? Ils t'ont prévenue ?

Lisette regarda Josie droit dans les yeux.

— Bien sûr, chérie.

— Je suis vraiment désolée, mamie. Je voulais qu'il paie pour ses crimes.

Lisette posa la main sur son genou et lui sourit avec, dans le regard, une lueur qui ressemblait beaucoup à du contentement. Exactement comme le jour où elle avait définitivement obtenu la garde de Josie aux dépens de sa mère. Une lueur de triomphe.

— Oh Josie, chérie, il a payé, ne t'en fais pas. N'y pense plus. C'est réglé maintenant.

Josie plissa le front.

— Tu veux dire que ça ne te tourmente pas ?

Lisette se détourna vers la fenêtre.

— Non, chérie. Pour la première fois depuis que ma petite Ramona a disparu, je me sens enfin... en paix.

— Je la retrouverai.

— Je sais.

Noah se gara sur le parking du funérarium et aida Lisette à descendre. Josie les suivit. La mère de Ray avait organisé la cérémonie. Elle avait souhaité quelque chose de rapide, de simple. Ni elle ni Josie n'avaient les moyens d'un enterrement en grande pompe. Josie avait voulu arriver assez tôt pour pouvoir être seule quelques minutes avec Ray. Elle laissa Noah et Lisette en compagnie de Mme Quinn et s'approcha du cercueil ouvert, à l'entrée de la salle. Les pompes funèbres avaient fait du bon travail et il était beau dans son uniforme de policier, ses cheveux blonds bien peignés, les yeux fermés, dans un apparent sommeil paisible. Mais il ne ressemblait pas vraiment à l'homme qu'elle avait aimé. Elle caressa ses mains froides. Ce n'était pas son Ray. C'était juste la coquille qui enveloppait toutes ses facettes, bonnes et mauvaises, merveilleuses et repoussantes, ces facettes qui faisaient qu'il lui avait appartenu pendant si longtemps.

Elle ne put empêcher les larmes de couler.

— Je t'en veux, marmonna-t-elle. Je t'en veux de m'avoir abandonnée.

Elle se sentit étrangement engourdie, à la dérive, pendant toute la journée. Les heures s'écoulèrent dans un brouillard. Elle resta aux côtés de la mère de Ray pour recevoir les condoléances de l'assistance. Et elle était trop paralysée par le chagrin pour protester lorsque Mme Quinn laissa Misty se placer de l'autre côté et serrer dans ses bras chacun de ceux qui étaient venus dire adieu à Ray, comme si elle avait eu une grande importance dans sa vie. Comme si elle avait beaucoup compté pour lui. *Mais il n'a jamais signé les papiers du divorce,* n'arrêtait pas de penser Josie. Maigre consolation.

Elle embrassa chaque visiteur, débita les formules adéquates, n'écouta qu'à demi la lecture de la Bible, faite par un pasteur qu'elle ne connaissait pas. Personne ne prononça d'éloge funèbre. Ni Josie ni la mère de Ray n'étaient en état de le faire et son meilleur ami, Dusty, était en prison. Après la cérémonie, ils ne furent qu'un petit groupe à suivre le cercueil jusqu'au cimetière. Josie et Lisette s'accrochaient l'une à l'autre et pleurèrent lorsqu'on descendit Ray dans la glaise. Derrière elles, Noah montait la garde. Il attendit qu'elles soient prêtes. Mais ils ne partirent que lorsque les fossoyeurs leur demandèrent de s'éloigner pour qu'ils puissent terminer leur ouvrage.

78

Josie vint le lendemain au chevet de Luke, serra sa main tiède, épaisse, entre les siennes. On l'avait transféré en réanimation, dans une chambre particulière, et il ne restait presque plus rien des appareillages qui l'avaient maintenu en vie. Seuls demeuraient quelques appareils de monitoring classiques pour mesurer son rythme cardiaque, sa pression artérielle et le taux d'oxygène dans son sang. Tous les paramètres étaient stables. Carrieann lui avait annoncé que Luke avait brièvement repris conscience la veille, pendant qu'elle était à l'enterrement de Ray, et qu'il avait demandé à la voir. Elle ne lui avait rien dit, à part que Josie serait là bientôt, et il s'était rendormi profondément. Et maintenant, Josie attendait. Elle était prête à attendre aussi longtemps qu'il le faudrait. On avait retrouvé Isabelle Coleman, qui avait rejoint sa famille. Le FBI avait pris en main l'affaire Gosnell, qui allait sûrement durer plusieurs mois. Ray reposait au cimetière. Elle devait assister à l'enterrement de Wayland Harris dans quelques jours. La cérémonie allait être d'importance, son chef bien-aimé le méritait bien. Mais en dehors de cela, elle était libre de rester auprès de Luke en attendant qu'il se réveille. Noah pouvait régler les affaires courantes au commissariat au moins quelques jours.

Josie observait la poitrine de Luke se soulever au rythme de sa respiration et repensa à la conversation avec Lisette, en route pour l'enterrement de Ray. En dehors du chagrin évident que lui causait la mort de Ray, sa grand-mère semblait aller bien. Elle paraissait plus sereine. Josie serait même allée jusqu'à dire plus heureuse. Elle ne pouvait oublier l'étincelle dans les yeux de sa grand-mère, la lueur de triomphe.

« Il n'ira jamais en prison, avait-elle dit avec assurance. Il est trop malade. »

« Je veux dire qu'on l'a vue plusieurs fois plantée devant chez lui, à le fixer du regard. Je pense que ça n'est pas très sain. Hier, une des infirmières de nuit l'a trouvée dans la chambre, juste à côté du lit de M. Gosnell. »

« Oh Josie, chérie, il a payé, ne t'en fais pas. N'y pense plus. C'est réglé maintenant. »

— Salut.

La voix de Luke l'arracha à ses pensées. Il lui serra doucement la main, lui sourit d'un air las.

Josie se leva, se pencha sur lui, la main de Luke pressée entre les siennes contre sa poitrine.

— Luke, souffla-t-elle. Tu es réveillé. Comment tu te sens ?

Il cligna des paupières plusieurs fois.

— Dans le brouillard. Qu'est-ce qui m'est arrivé ?

— Tu ne te rappelles pas ?

— Non. Je me rappelle être sorti du bureau pour aller à ma voiture, c'est tout. Carrieann m'a dit qu'on m'avait tiré dessus.

Josie hocha la tête.

— Je suis tellement désolée.

Luke ouvrit la bouche pour répondre, mais les quelques mots déjà prononcés lui avaient pris toute son énergie.

— Ça va aller, dit Josie. Repose-toi. Je vais rester là. J'aurai le temps de tout t'expliquer plus tard. On a arrêté le tireur. Ça va s'arranger.

Luke ferma les yeux.

— Je sais. Puisque tu es là.

Elle lâcha sa main, se rassit pour l'observer, étonnée de se sentir aussi ragaillardie par le son de sa voix. Il allait récupérer entièrement. Ils se marieraient, ouvriraient un nouveau chapitre de leur vie.

Elle le laisserait peut-être même installer une porte au placard de sa chambre.

ÉPILOGUE

Peu après que Luke fut sorti de l'hôpital, l'état de Dirk Spencer s'améliora, et il finit par pouvoir rentrer chez lui où sa sœur, Lara, le rejoignit et le soigna le temps de sa convalescence. Josie passait les voir toutes les deux semaines environ. June fut hospitalisée dans un établissement psychiatrique, pour évaluation, en attendant son procès pour le meurtre de Sherri Gosnell. La nouvelle procureure générale par intérim était assez confiante quant au fait que défense et accusation allaient se mettre d'accord pour que June puisse bénéficier du traitement psychiatrique dont elle avait désespérément besoin. Six mois après s'être échappée des geôles de Denton grâce à Josie, elle recommença enfin à parler.

Isabelle Coleman se rétablit quant à elle beaucoup plus rapidement. Elle reprit une vie normale avec un enthousiasme qui confinait parfois, selon Josie, à une avidité désespérée. Elle décida même d'aller à l'université l'automne suivant, comme prévu. Mais Josie savait très bien que chacun réagissait différemment à un traumatisme. Les parents d'Isabelle lui assurèrent cependant que leur fille serait régulièrement suivie, même une fois partie à l'université.

Deux mois après que l'affaire Gosnell eut éclaté, la femme qui avait porté plainte contre Josie, lorsqu'elle était inspectrice, pour usage excessif de la force, mourut d'une overdose. La maire autorisa Josie à rester cheffe par intérim de la police de Denton. Sur la suggestion de l'agent spécial Holcomb, la nouvelle procureure générale révisa son rapport sur la mort de Nick Gosnell, ainsi que le rapport d'autopsie. Après en avoir discuté avec la maire, elle décida de ne pas inculper Josie. À Denton, le moral était au plus bas et, aux yeux de tous, Josie était l'héroïne qui avait révélé les horreurs perpétrées par Gosnell et qui y avait mis fin. Les familles des victimes dont on avait retrouvé les restes, dans la montagne, la couvraient d'éloges dans la presse. Grâce à elle, disaient-elles, elles pouvaient enfin faire le deuil de leurs proches disparues depuis longtemps. Il fut décidé qu'inculper Josie pour avoir tué l'homme le plus haï de toute l'histoire de Denton, après avoir été sa prisonnière pendant deux jours durant lesquels elle avait assisté à la mort de son mari et avait failli être violée, était suicidaire en termes d'image. Josie fut soulagée de ne pas être inculpée, mais ne regretta jamais d'avoir tué Nick Gosnell.

Huit mois et treize jours après la mort de Nick Gosnell, une équipe du FBI exhuma les restes de la petite Ramona. Alton Gosnell l'avait enterrée à quelques pas seulement de sa maison, à l'arrière, c'est pourquoi il fallut si longtemps avant de la retrouver. Les échantillons d'ADN confirmèrent qu'elle était bien la fille de Lisette. Josie ne regarda pas à la dépense pour lui donner les funérailles qu'elle méritait. Choisir le cercueil, les fleurs, la pierre tombale et organiser la cérémonie parut apaiser Lisette. L'assistance fut bien plus nombreuse que Josie ne s'y attendait, et cela aussi sembla faire du bien à sa grand-mère. Enfin, plus de soixante ans après, elle pouvait exprimer son terrible chagrin et revendiquer la maternité qu'on lui avait volée, dans la vie comme dans la mort. Beaucoup de ses amis de la maison de retraite assistèrent à la cérémonie, ainsi que des membres du personnel soignant avec qui elle avait développé une certaine proximité au fil des ans. La maire, la médecin légiste et la nouvelle procureure générale vinrent également, tout comme Noah et quelques membres de la police de Denton. Luke se tenait auprès de Josie lorsqu'on descendit sa tante, qu'elle ne connaîtrait jamais, dans la tombe qui l'attendait depuis soixante ans.

———

Il la jeta sur son épaule comme si elle ne pesait rien. La fillette pendait, inerte, dans son dos, les bras ballant au gré de ses mouvements. Il l'emporta dehors. À chaque pas qu'il faisait, un éclair de douleur la traversait. Clignant rapidement des paupières, elle força ses yeux à s'habituer à la lumière. Enfin, elle parvint à distinguer le sol. De l'herbe, des feuilles, des brindilles. Elle ne savait pas où il l'emportait. Elle essaya de relever la tête pour voir où elle était, mais elle n'en eut pas la force.

———

Luke s'était rétabli, mais lentement. Il n'était pas encore prêt à reprendre le collier, mais il passait ses journées à pêcher et à envoyer des messages à Josie. Ils déjeunaient ensemble chaque jour, et passaient leurs nuits à redécouvrir leurs corps meurtris. Il n'avait été capable de refaire l'amour que très récemment. Il était couvert de cicatrices et souffrait encore beaucoup, mais il était vivant. L'homme qui lui avait tiré dessus était toujours en prison et attendait son procès. La procureure ne doutait guère de son inculpation. Denise Poole avait essayé de joindre Luke plusieurs fois, mais il l'avait ignorée, tout en avouant avec réticence à Josie que Denise avait toujours eu des tendances qui confinaient au harcèlement. Il avait promis de lui céder un tableau qu'ils avaient acheté ensemble du temps où ils étaient

fiancés si elle aidait Josie à obtenir le dossier de Ginger Blackwell. Il était sincèrement désolé pour elle qu'elle ait eu à subir
l'affaire Gosnell, mais il insista pour garder ses distances – ce
qui convenait très bien à Josie.

———

Et puis elle vit les pieds du garçon. Il portait des baskets
blanches maculées de terre et se traînait derrière son père. Il
gardait la tête baissée. La fillette savait que c'était inutile, mais
elle essaya quand même de parler. Son appel à l'aide étranglé
ne fut qu'un gargouillis, un accès de toux grasse. L'homme la
secoua et lui ordonna de se taire. Des larmes mouillèrent le coin
de ses yeux.

———

Quand le pasteur eut terminé, ils s'avancèrent pour déposer une
rose rouge sur la tombe de Ramona. Lisette, en tête, abandonna
son déambulateur pour s'accrocher au bras de Luke. Il la guida
jusqu'au cercueil et, quand elle déposa avec révérence la
première rose, tout le monde sembla retenir son souffle. Puis elle
porta la main à ses lèvres pour envoyer un baiser à sa fille
disparue depuis si longtemps. Josie ne put retenir ses larmes.
Pas seulement pour la tante qu'elle ne connaîtrait jamais, mais
pour tout ce qu'elle avait perdu. Son père. Ray. Le chef. Et la
croyance naïve que sa ville était un endroit où il faisait bon
vivre.

Noah lui offrit son bras. Ensemble, ils suivirent Lisette et
Luke, déposèrent chacun une rose rouge et s'écartèrent de la
tombe. Lisette, appuyée sur Luke, observa l'assistance qui se
dispersait.

———

Au bout de ce qui lui parut une éternité, ils s'arrêtèrent. La fillette eut l'impression d'être dans une sorte de clairière. Du coin de l'œil, elle aperçut des marches d'escalier. Ils étaient donc près d'une maison ? Ils allaient chercher du secours ? Il la ramenait chez elle, peut-être ? Elle n'osait pas espérer. Avec douceur, l'homme s'agenouilla et la coucha sur le dos. Ils étaient bien à l'arrière d'une maison. Mais qu'elle ne reconnut pas. Ce devait être celle de l'homme et du garçon. Elle crut voir bouger un rideau à une des fenêtres. Et puis plus rien. Elle croisa le regard du garçon. Il la dévisageait avec curiosité. Enfin, l'homme se pencha sur elle et, à son sourire, elle sut qu'elle ne rentrerait jamais chez elle.

———

Josie poussa le déambulateur de Lisette vers elle, mais sa grand-mère le refusa. Luke lui prit la main et lui sourit. Ces deux-là s'entendaient bien mieux que Josie ne l'avait espéré.

— Vous savez, votre petite-fille a enfin meublé sa salle à manger et je fais d'excellentes lasagnes au poulet et à la crème. Vous voulez venir dîner à la maison ce soir ? demanda Luke.

Lisette avait préféré rester à Rockview, en dépit de l'insistance de Josie pour qu'elle aille dans une autre maison de retraite. « Je n'ai rien fait de mal, avait dit Lisette. Pourquoi aller ailleurs ? Et pourquoi m'éloigner de toi ? » Josie avait dû admettre qu'elle était contente d'avoir sa grand-mère à proximité, maintenant plus que jamais.

Ils rejoignirent la voiture de Josie et Luke aida Lisette à y monter. Elle lui sourit.

— Je me joindrai à vous avec grand plaisir.

———

Ramona ne regarda ni l'homme ni le garçon. Elle ne voulait pas leur faire ce plaisir. Au-dessus d'elle, le ciel bleu-mauve du crépuscule lui emplit le cœur d'une étrange sérénité. La beauté du ciel lui avait tellement manqué lorsqu'elle était enfermée. Elle vit avec saisissement un grand papillon monarque orange voleter au loin. Elle sourit, pensa à sa sœur, et sentit la peur disparaître.

UNE LETTRE DE LISA REGAN

Je voudrais vous remercier énormément d'avoir choisi de lire *Jeunes disparues*.

Votre adresse mail ne sera jamais communiquée à un tiers et vous pouvez vous désinscrire à tout moment.

Il y a beaucoup d'autres excellents livres, c'est pourquoi je vous remercie sincèrement d'avoir pris le temps de lire ce premier tome de la série *Josie Quinn*. La ville de Denton et le comté d'Alcott sont des lieux fictifs, qui ne ressemblent que vaguement aux diverses localités de la Pennsylvanie rurale que j'ai eu l'occasion d'habiter et de visiter. J'espère que vous lirez la suite des aventures de Josie à Denton !

Et comme vous le verrez dans les remerciements, je le répète, je vous suis vraiment reconnaissante d'avoir pris le temps de lire mes livres. J'adorerais avoir vos impressions. N'hésitez pas à me contacter via l'un des réseaux sociaux ci-dessous, ainsi que sur ma page Goodreads. Si vous en avez envie, je serais très heureuse que vous y laissiez une chronique, et peut-être que vous recommandiez *Jeunes disparues* à d'autres lecteurs et lectrices.

Les comptes rendus et le bouche-à-oreille permettront à beaucoup de gens de découvrir mes livres. Et donc, merci de votre soutien, qui me va droit au cœur ! J'ai hâte d'avoir de vos nouvelles, et de vous retrouver pour le prochain livre !

Merci,

Lisa Regan

www.lisaregan.com

 facebook.com/LisaReganCrimeAuthor
x.com/LisaIRegan

REMERCIEMENTS

Tout d'abord, je voudrais remercier mes enthousiastes lecteurs et lectrices. Merci de faire avec moi ce fantastique voyage. J'apprécie vraiment chaque message, chaque tweet, chaque mail, chaque post sur Facebook. Merci de parler de mes livres. J'espère que vous aimez Josie Quinn autant que moi, et que vous serez là pour la suite de ses aventures.

Comme toujours, merci à mon mari, Fred, et à mon adorable fille, Morgan, qui ont sacrifié beaucoup de leur temps pour que je puisse travailler à ce livre. Merci à ma famille, William Regan, Donna House, Rusty House, Joyce Regan et Julie House, qui m'ont constamment encouragée à suivre mon rêve. Merci aux amis qui m'ont réconfortée pendant que je rédigeais la première version de ce roman et m'ont accompagnée durant les nombreux remaniements qui ont suivi : Melissia McKittrick, Nancy S. Thompson, Michael J. Infinito Jr., Carrie A. Butler, Dana Mason et Katie Mettner. Sans eux, j'aurais sûrement abandonné. Merci aussi à ceux qui ont largement contribué à ce que l'on parle de mes livres, quel que soit le temps écoulé entre deux publications : Helen Conlen, Marylin House, Ava McKittrick, Dennis et Jean Regan, Torese Hummel, Laura Aiello, Tracy Dauphin et Dennis Conlen.

Merci beaucoup aussi au sergent Jason Jay qui a répondu en détail à tant de mes questions sur le travail de police. Je ne le remercierai jamais assez. Merci à Amy Z. Quinn d'avoir répondu si complètement à mes questions sur le journalisme.

Enfin, merci à Jessie Botterill de m'avoir demandé ce que

j'avais en réserve, d'avoir osé parier sur moi et de s'être engagée avec autant d'enthousiasme dans l'aventure de ce livre et de cette série. Merci, Jessie, pour ton superbe travail d'éditrice, pour ta franchise – merci d'être aussi géniale, tout simplement. J'ai beaucoup de chance de travailler avec toi. Merci à toute l'équipe de Bookouture ! Je ne peux qu'être ravie de faire partie d'une famille éditoriale aussi merveilleuse.

Printed in Great Britain
by Amazon